猴 面 包 树

这儿可没人读托尔斯泰

[英] 马克·霍金森——著

张蕾——译

No One Round Here Reads Tolstoy

Mark Hodkinson

中央编译出版社
CCTP
Central Compilation & Translation Press

献 给

简和罗伊

我回忆起一个更广阔、光明的世界，

一个充满书籍，可以安静思考的世界。

——摘自“中间者”乐队[1]的歌曲《牛群与甘蔗》(*Cattle and Cane*)，

作者麦克伦南与福斯特

1 澳大利亚独立摇滚乐队，于1977在昆士兰成立。乐队主要成员有格兰特·麦克伦南、罗伯特·福斯特和林迪·莫里森等。——译者注

序

我的生活空间正在不断地缩小。从前离我尚有几米远的那几面墙，我如今只需稍稍探过身就能触到了。假如你也像我一样疯狂地收藏各种书籍，并把它们存放在一个又一个硕大的书架上，那么你本来不大的房子就会越变越小。然而，你很难察觉到这个变化的过程，就好比时间悄然流逝，你却总以为自己没有发生任何变化，直到对比了自己十年前的照片，才不禁发出一声惊叹："天哪！"

我从不觉得3500本书（数字还在不断增加）是一个特别大的数字，就像我始终认为小时候家里有且仅有一本书不足为奇一样。我对音乐的态度也是如此：我收藏了数千张CD。在可订阅的流媒体服务出现之前，我曾在3个iPod音乐播放器里存了6万多首歌曲。人各有所好，每个人都在做自己想做的事情。这些在自己看来再正常不过的行为，在别人眼里却可能显得有些离经叛道。

17岁那年，我到一位大学同学家做客，第一次见识到一个家庭可以拥有那么多的藏书。我不是那种把“敬畏”一词经常挂在嘴边的人，也从不轻易对某事惊叹不已。但就在那一天，我实实在在地被眼前的景象所震撼，即使身上那件帅气的意大利野战夹克和梳得一丝不苟的发型也没能抑制住我内心的激动。我真想拥有那里的每一本书，那种被书山环绕的感觉简直太妙了。

当时我就立志将来要做的绝不是一项为了收藏而收藏的任务，也不是为了炫耀或是巧妙地换一种方式来博人眼球。因为我已经感受过书籍的真正魅力，见识过书中的智慧与美好。在当时的我看来（当然，现在的我依然这么认为），每一本书都是一个传送门，能够将你传送到一片新天地或是一个不同于以往的世界。每读完一本书，你都能感觉到一丝轻微的，甚至有时是彻底的改变。还有什么比这更令人无法抗拒呢？此外，如果你恰好生长在一个没有半点文化熏陶或艺术细胞的家庭里，你的个性就全靠自己来塑造了。一路走来，我靠的就是音乐和书籍。

最初，我计划将这本书的主题定为“延迟满足”——这是一个很受社会学家和心理学家青睐的术语，是指收藏者与个人藏书量之间的关系。简言之，就是试图通过一个人的藏书来分析他的个性以及藏书的意义，并且探讨这些书究竟何时才能被真正读到。我甚至连书名都想好了，就叫《现在要多久？》（*How Soon is Now*？）。

隽永的文字，就像生命里的美好时光一样，总是不期而至，可遇而不可求。一本好书能够自我成就。虽然本书最初的构思获得了一波强有力的支持，但我却毫不心动。在写作的过程中，我渐渐意识到一个工人家庭出身的孩子能最终成长为一个爱书之人，甚至一步步地成为新闻记者、作家乃至出版工作者，这段经历本身就极具独特性。通常在这类家庭里长大的孩子，读书的愿望非但得不到支持，而且会遭到鄙视，他所能获得的教育就是在一所综合学校[1]里混到中学毕业（看到这里，你可能会说“我实在同情你的处境”）。

阶级常被用作一个人自怨自艾时的托辞，又或者在相互“比惨”的时候被用来调侃命运的不济——详见巨蟒剧团[2]的经典舞台短剧《四个约克郡人》（*Four Yorkshiremen*）。然而，我却单纯地只想凭借自己的记忆与认知，客观地介绍我的成长背景、我的家庭，以及我所居住的城镇。至少在意识层面上，我并不打算为这本书赋予其他使命。

我身上自然流露出的工人阶级特征与我那可怜的、饱受折

---

1 英文为Comprehensive School，即同时开设普通教育课程、学术性大学预备课程和职业教育课程的中等学校。——译者注

2 又译为“蒙提 · 派森”剧团，是英国著名的六人喜剧团体，名气相当于喜剧界的披头士。——译者注

磨的外公有着千丝万缕的联系。当年正是外公用他的热情、智慧与反叛精神，竭力将我从一个无知的少年塑造成今天的藏书家。我只想讲一个普通人的故事，因为像我的外公约翰·威廉·达菲这样的人应该不在少数。也许每条街上都会有这样一户人家，他们竭尽所能、日复一日地应对着生活中的各种难题，勉强维持生计。他们得不到外界的支持，甚至无人问津。

这是一本关于书籍的书，作者是一位书迷，书中充斥着各种杂七杂八，甚至稀奇古怪的隐喻，入流的、不入流的都有，堪比一锅大杂烩。为了完成这本书，一年中的大部分时间我都把自己关在藏书室里。在本书的结尾处，我单独用一个小节如实地反映我在这段时间里的工作成果，其中就包括我整理出来的先前夹在或记录在某些书本里的物件或笔记：一份我虽一直搁置一边，但最终还是努力完成了的阅读清单；一份我对各类待读书目的概述。读者不妨把这部分内容视为一部影片的精彩花絮，又或者（如果你不怕暴露年龄的话）将其视为一张12英寸[1]单曲唱片上的附赠歌曲（必须是那种放在贴着缎面补丁的折页式唱片套里的黑胶唱片）。

我见证过书籍面世的全过程，从内容到封面，从写作到出版，再从读者写书评到被收藏。因此，我在书中分享了自己的毕生所学，包括我最喜爱的作家和出版商简历，图书的内容简介和作者照片对一本书的重要性，排版设计的美学，出版代理

1　1英寸约2.54厘米。——编者注

人的作用，以及一些关于书籍出版的自助指南，当然也不乏一些我认为不堪入目的书和一箱子被我标记为“智慧”的好书（标记时用的是不褪色的毡尖记号笔）。

总之，这本书里写的，除了书，还是书。

马克·霍金森

2022年

目　录

第一部分

来时之路

第一章　3500本藏书

几年前我们搬了一次家，新居就在同一个小区里，拐个弯就到了。人们常说的“拐个弯”实际上往往要走出1英里[1]，一路上还要经过一个加油站、一座教堂、一排商店和一个由一家倒闭的酒吧改建的人工洗车行外面的停车场。然而，我们这次搬家可是名副其实的“拐个弯”就到了。谷歌地图上显示的步行距离为3分钟，骑自行车的话只需1分钟。如此近的距离根本不需要雇搬家公司来帮忙。我当时想了一个万全之策：只需把小件物品装箱或用垃圾袋打包好，开车来回运几趟，再由亲戚朋友帮忙把床、沙发、椅子、书架、茶几、抽屉、衣柜等家具沿街扛过去。我们最好一大早就出发，以免让太多人目睹这场精

1　1英里约1.61千米。——编者注

心策划却又非同寻常的搬家行动。

搬家前，我把几百本书通通堆到了床上，将它们分类装箱，并在每个箱子的外面用笔做了记号，如“历史类”“媒体类”“政治类”和“小说”（按书名首字母从A到Z排序）等。我不时停下来望向窗外，与这个街区平行的是一条铁路的路堤，它的高度正好与房子的一楼持平，如同一条天然的丝带把整条街衬托得格外好看。一丛丛醉鱼草、金雀花、荆棘、杜鹃花、丁香、欧芹，以及桦树幼苗在有限的空间里竞相开放。当时正逢八月初，四周一片寂静，没有一丝风吹草动。人们对夏末秋初的印象总是天高云淡，但那一天，也就是我们搬家的那天，天气却阴晴不定，但还不至于下雨。

我们是从一对名叫史蒂夫和斯蒂芬的夫妇手里买下的这栋房子，其实我们早该从这两个几乎一样的名字上看出些端倪。对于一个50多岁的人来说，那位先生的皮肤简直光滑得有点过分，唯有每小时抛光一次才能有那样的效果。他的太太总是一脸苦相，让人不禁以为她刚被诊断出什么大病或是弄丢了一张中奖的彩票。我们与其他四组买卖房子的人被安排在同一天完成搬迁，按照各路中介律师的说法，我们的合同早在几天前就交换好了，所谓的产权交割仪式（即迁出和迁入）不过是走个程序。

史蒂夫站在他家（马上就该称为“我家”）的前门冲我们若有若无地点了一下头。他说我们可以先把那几箱东西放到车库里。从他不乐意的表情和敷衍的语气中，我一下就读懂了他的暗示。在他身后的不远处，那位一脸苦相的太太正板着一张比切奶酪的钢丝还要严肃紧绷的脸，暗示着她的丈夫：史蒂夫你告诉他，只准把东西放在车库里，不准再往前了。这些话虽然没有直接从她的嘴里说出来，但她双臂交叉、纹丝不动地坐在藤椅上的架势就足以说明一切。我可不想一大早就跟人起冲突，毕竟今天还有一大堆事要做。于是，我像大多数人那样选择视而不见，只盼眼前的窘境能自动消失。

朋友们一来就开始帮忙装车。不一会儿，我的爸妈和我那两个二十出头的儿子也加入了搬家的队伍。所有人开始围着那几件“大家伙”转悠，商量着究竟该先搬哪一件。随着朱迪斯——也就是买走我那栋旧房子的女士——的到来，这里又多了好几辆堆满东西的车子和一辆搬家用的大货车。不到几分钟的时间，这条狭窄的巷子里就挤满了人，少说也有二十来个。大大小小的车门都敞开着，各式各样的家具被一件件搬到了人行道上，甚至是马路中央。邻居们也出来凑热闹，他们三五成群地小声议论着，还不时地朝我的房子看一眼，等着我出来给个说法。这场紧张又难熬的对峙持续了一两个小时，迫不得已，我只好打电话给史蒂夫。

“在你把所有的钱都汇入我的账户之前，我无法让你在我家存放任何东西。”他照本宣科似的一字一句地回复了我。

我告诉他，今天要交房的所有人此刻都在搬家，而我们这一群人却只能在他家门外干等着。史蒂夫说我能提前获得车库的使用权就已经够幸运了。接着，电话里响起了一阵尖叫和哀号，我立刻听出那声音是斯蒂芬发出来的。不难想象，此刻的史蒂夫正用力把电话捂在胸前，以免让我听到电话这头的动静。可这些做的都是无用功。他苦口婆心地劝妻子冷静，放松点。“亲爱的，我会处理好的。”最终，他通知我他们也要动身了，但他会把钥匙交给中介律师，自那一刻起，我只能和律师联系交接的相关事宜。

正当我还在电话里跟史蒂夫理论的时候，朱迪斯的搬家队伍已经迫不及待地开始清理我的花园棚屋，把割草机、铲子和锯子全都搬到了街上。我急得口干舌燥、头痛欲裂、心怦怦乱跳。我突然想到妹妹家离这儿不远，也就200米左右。虽然她外出度假了，但我们可以借用她家门前的车道和花园来做临时存放处。我立刻通知了下去，不一会儿工夫，一行人再次带着我的家当浩浩荡荡地走上了街头。我的私人物品就这样被他们夹在腋下或肩挑背扛地展示给所有的路人和沿途房子里的“观众”，那场面着实令人尴尬。

一上午的慌乱让我对时间完全失去了概念，转眼就到了下午三点，整条街渐渐热闹了起来。大人们下班、小孩们放学，他们来回穿梭在回家的路上。个别路人甚至没反应过来，露出了难以置信的表情，目光穿过那堆杂乱的床垫和衣柜，仿佛期待着下一秒就能看到某个摄制组在拍电影。

每隔一段时间我就给律师打电话，询问他房款是否已结清，何时能把钥匙交给我。直到那天下午四点半，我才被告知那笔钱已到账，但是他们事务所五点就关门。虽说事务所离这儿不过5英里，但此刻我要挑战的可是交通晚高峰。我在他们下班前的几分钟赶到了事务所，前台那位负责接待的女士没好气地向我索要身份证明。我什么也没带，因为没有人告诉我要出示任何证明。我只能跟她摆事实讲道理，告诉她事情不可能这么凑巧：一个人接到一个电话，约好了25分钟后来这里取一串钥匙，而我这个冒名顶替者恰好就在这个时间走了进来，不仅能说出卖方的姓名，还能准确地描述他们的样貌和特征（一位皮肤光滑，另一位很讨人嫌）。

"无论如何，我们都必须谨慎。"她一边说着，一边把钥匙递给了我。看得出，她为自己手中的这点权力感到得意。

事情总算是办成了。我带着近乎狂喜的心情一路往回赶，一边开着车，一边随着音乐的节拍用手掌拍打着方向盘。当车子拐进小区的那一刻，我不禁抬头望了一眼那条路堤，只见那一排排灌木被风吹得弯下了腰，远远看去就像起伏的水面。几棵白桦树上的叶子也仿佛通了电似的，不停地颤动。我明白这意味着什么，于是我向前探了探身子，想透过挡风玻璃看一看天色。早些时候的那片蓝天已被一大片灰色的乌云所取代，最初只有零星的雨点滴落在引擎盖上，但很快就大了起来，我连忙打开雨刷。透过车窗，我看见搬家的队伍正匆忙地拎着大包小包从妹妹家跑向我的新居，有的人正好利用手里的东西挡雨，有的人则在奋力保护我的电器，以防它们被淋湿。

我把车停好，无限忐忑地走进屋里，生怕史蒂夫和斯蒂芬夫妇还没走，其实他俩早就走了。一群人穿过瓢泼大雨来到客厅，再分别到不同的房间，就像在完成一项精神上的传递。屋子里立刻变得嘈杂起来，我高兴地嘱咐大家进屋不用脱鞋，尽管之前我每次来找史蒂夫谈买房的事情时都被要求脱鞋。我一直觉得这么做太麻烦，毕竟房子是用来住的，不是用来敬拜的寺庙。我站在门口指挥着大家进进出出，不经意间朝妹妹家的方向望去，发现她家的车道上还堆着一大摞纸箱，足足有一面墙那么高。这时，雨突然大了起来，雨点重重地砸向地面又被弹得老高，甚至高过了我的脚踝。谁能想到我竟然要在8月的午后披上11月才需要穿的雨衣呢？

“那些箱子里装的是什么？”我问道。

“是你的书。”

我的书！我的书居然就这样在雨水里泡着！我的脑子里瞬间冒出了一大堆想法：不知普通纸箱的防水性能如何？有些纸箱是用胶带封起来的，这样至少能抵挡一阵子吧？我当时为何不用带扣盖的塑料箱装书呢？那些精装书，至少那些封面覆膜的书，可能比平装书更能防水一些吧。也许我还能保住其中一部分，甚至是大部分，就算是封面卷起来了，书页上带点污渍或者霉味，只要不影响阅读，还能看得出是一本书就行。要是它们全被泡成了纸浆该怎么办？我一边想着，一边和其他人一起冲进雨里去抢救那些装书的箱子。

就在我抬脚跨过那排低矮的铁丝网栅栏的一瞬间，我突然意识到这些藏书对我来说意味着什么，而此时我满脑子都是搬家的紧张和压力，无暇顾及这突如其来的感受，只觉得内心深处的某一个点——我也说不清具体位置——受到了一拳重击，并迅速波及全身。在短短的几秒内，我被迫去想象，没有了这些书，自己的生活会变成什么样。我自识字起就开始收藏各种书籍，这些书伴随着我的成长，和我一起经历了数次恋爱和无数次搬家。我的每一张居家照片里都少不了这些藏书。无论照片的内容是什么，从家庭大合照到孩子们的打打闹闹，从我搂着第一任女朋友到堆满了啤酒瓶和黑胶唱片的合租公寓，从我入住自己买下的第一栋房子到我怀抱自己的孩子时露出的灿烂笑容，这些书总是出现在我的身后或左右。它们先是被塞进我童年卧室的多功能组合柜里，接着又被堆到一间屋子的壁炉台上，屋子里到处散落着衣服，我们常常聚在那里听史密斯乐队[1]的最新单曲，一到周五晚上便出去疯玩。起初，这些书刚好能放在卧室里的一个架子上，架子的上方是一面镜子和一张黛比·哈里[2]的海报。后来，它们被挪到一个特制的书架上，书架的隔板险些被压弯了，爸爸不得不用一些木块加固。我的藏书越来越多，渐渐占据了壁炉两侧的壁橱，并且很快就摆满了整面墙。再后来就不得不使用更多的书橱，其中几个是带有玻璃门和一把钥匙的（虽然那把钥匙总被弄丢），其余的书橱则是仿哥特式的，雕刻着橡子和树叶的图案，显得粗壮而厚实。

一想到有可能失去这些我珍藏了多年的书，一阵强烈的刺

1　活跃于1982—1987年的英国摇滚团体。——译者注

2　美国歌手、演员，“金发女郎”乐队主唱，被认为是20世纪70年代末最性感的女人之一。——译者注

痛感瞬间涌上心头。但我并没有因此跌入怀旧的旋涡，也丝毫不后悔曾在这些书上花费的时间和金钱。我反而努力地体会这种感觉，直到得以窥见它的全貌——这种痛堪比丧亲之痛。

好在这只是虚惊一场，这些纸箱被打包得严严实实，所有的藏书都完好无损。我之前可能夸大了它们所处的险境，但当你深爱着某样东西并担心会失去它时，出现这种反应在所难免，不是吗？

在这次搬家的过程中，妈妈曾不止一次向我提意见："你压根就看不完这么多书。"多年来，她时不时就会跟我唠叨这句话，但我向来置若罔闻。我的理由很充分，因为她是一个"厌书者"—— 一个憎恶、惧怕或质疑书籍的人。然而这一次，我头一回认真听取了她的意见，毕竟她说到点子上。也许是年龄的问题，又或许是我意识到这很可能是自己最后一次搬家。不管怎样，是时候对这些藏书进行一番整理了。

我数了一下，总共有80多个纸箱。如果按每箱40本书算的话，那么这里至少有3200本书，还得加上那些早已散落在我的新居各个角落的（床边、茶几上，以及我的卧室兼办公室里）一堆堆新买的书，每堆书少则三四本，多则二十来册。这么多的书，我大概只看了其中的一小部分，有些书还是三十几年前看的，看来很有必要重读一遍。我继续埋头苦算。在这些藏书当中，篇幅最短的小说要数约翰·斯坦贝克那本1500字左右的《义务警员》（*The Vigilante*），而篇幅最长的则是约瑟夫·麦克尔罗伊的长篇小说《女人与男人》（*Women and Men*），估计有77.5万字。一般认为小说的平均长度为9万字，而非虚构类作品的平均长度为6.5万字。总而言之，假如我的藏书中包含3/4的小说和1/4的非虚构类作品，按照平均两三天看完一本篇幅适中的书的速度计算，我需要花二十几年的时间才能将它们全部看完，而且我必须24小时不间断地看，不眠不休，更别提偶尔去“红狮”酒吧小酌了。

“你压根就看不完这么多书。”我的耳边再次响起妈妈的这句话。这是一个我无法辩驳的事实。我已然陷入了一个被美国人称为“藏书阅读量超过了预期的寿命”（BABL，Book Accumulation Beyond Life Expectancy）的僵局。事情何以至此？在一个周五的晚上，在啜饮几杯酒后，我一边找来一把椅子垫脚，一边问了自己这个问题。“请各位保持安静。”伴随着怦怦的心跳，我用颤抖的声音告诉在场的每一个人（其实只有我的两个朋友和一个酒吧女服务员），这是因为我总是雄心勃勃、信心满满地找寻，每一本新书都见证了我永不满足的欲望。再说，难道丢弃这些书就能让我否认自己在这个世上的时间是有限的，从而改变我至死也读不完这些书的事实吗？试问我们当中有谁能够如此顺从地接受死亡呢？

酒过三巡，我走在回家的路上，空荡荡的街上只有我和内心暗中滋长的自我怀疑。“听着，小子（脑袋里冒出来的那个声音总是把我当小孩），你收藏那么多书不过是想让人觉得你很聪明。其实你根本就不是读书的料，不是吗？你只读到中学毕业，且你永远只是个中学生。承认吧，你只是想用满墙的书来掩盖那些至今仍令你感到不愉快的童年经历。你骗不了别人，更骗不了你自己。”

第二天，我专程拜访了一位作家朋友（因为事情紧急，不容有任何闪失）。他告诉我3500本书（这是最新统计的数据）实在是“太多了”。他的结论下得很果断，仿佛对所有人来说这都是个不争的事实。

“你说真的？”我问道。

“真的。”他重复着我的话，这更加说明一个拥有这么多书的人多少有点儿不对劲，甚至令人同情，至少我是这么觉得的。

待宿醉的感觉渐渐消退，我开始坚定地为自己拥有这么多书辩护。我说，既然说到这儿，那么我认为那些没有大量藏书的人，尤其是作家，才真的是奇怪啊。这些人都怎么了？如今的二手书便宜得跟免费赠送似的，在超市的窗台上也好，在别人屋外的折叠桌上也好，到处可见二手书边上放着一个饼干盒，里面有一张手写的纸条，提示你随便投几个便士就能换走一本书。这么好的机会，他们怎么能错过呢？

也许我的作家朋友和世界上其他心智健全的人都会把看过的书通通处理掉，无论是送给朋友还是随手送给火车站里的陌生人，又或者直接把它们扔掉（但愿不要发生这样的事）。想象一下，一本破破烂烂、污迹斑斑的书被扔进垃圾桶里，与其他废纸和硬纸板一起被回收。它将被一页页撕去，揉皱书页，书里的文字和思想都将和包裹过微波炉食品或亚马逊包裹的纸皮一起被塞进焚烧炉里。书本的归宿难道就是垃圾桶或废料桶吗？除非事出有因，否则这就是一个悲剧。

如果3500本太多，那么到底几本才算刚刚好呢？闻名世界的“收纳达人”（她本人可能更喜欢被称为“家政顾问”或“整理大师”）近藤麻理惠认为30本书对一个家庭来说就足够了。在经历过一次长达两个小时的晕厥后，她突然领悟到一条人生哲学：家里的每一件物品都必须能令她“怦然心动”，否则就要毫不犹豫地扔掉。可想而知，她的观点遭到了众多图书爱好者的反对，率先发难的是热情高涨的爱尔兰裔加拿大作家安娜卡纳·斯科菲尔德。她在推特上警告书友们：“千万不要用近藤麻理惠那套理论来对待书籍。尽情地用书籍填满你的公寓和丰富你的人生吧。每个人都需要一个不断扩充的图书馆，而不是整洁又无聊的书架。”

图书社交网站“希法里”[1]认为个人藏书量的合理上限为几百册，又宣布1000册以上即“太多”。因此，我的3500册藏书已远远超出了这一标准。我是如何一步步走到今天的？如何从男孩成长为男人的？又是如何从少时的“一书难求”变为今天的藏书泛滥的？一个拥有“标准上限”三倍多藏书的人，究竟是怎样的人物？

1　一个创建于2007年的以图书为主题的爱好者交流平台。2008年，该平台被亚马逊收购，2016年又与Goodreads合并，成为全球最大的在线读书社区。——译者注

第二章　天生的“收藏家”

以下这段在主观上随时随地都能被唤醒的记忆，便是导致我这位中年男子选择在“书洞”里度过余生的主要原因。

我出生于20世纪60年代中期的曼彻斯特。我爸（我从不称呼他“父亲”）退休之前是一名电工，我妈（我也从不叫她“母亲”）退休前是一名缝纫机修理工，他们相识于曼彻斯特北部哈伯利镇上一家举世闻名的大使俱乐部，这个俱乐部名叫“伯纳德·曼宁”，当晚那里有一场摔跤比赛。我妈说她喜欢我爸身上的烟味，觉得他“男人味”十足。我出生的那一年，我爸21岁，我妈23岁。尽管当年的他们青春洋溢，轻而易举就能融入“摇摆的60年代”，但在他们身上却闻不到一丝广藿香味，也全然没有扎染衣服或不受约束的痕迹。我不禁因此认为这股20世纪60年代的摇摆风压根就吹不到曼彻斯特北部。

我们家有车（最普通的那种）、有房（一套面积不大、格局规整的三居室）。我有一个小4岁的妹妹。我们从不出国度假，因为去一趟德文郡就可以欣赏到棕榈摇曳的异域风情了。我不记得小时候喝过什么瓶装的饮用水，除非是生病的时候，因此我猜它一定具有某种药用价值。汽水我倒是喝了不少，尤其是那种蓝色的。事实上，当年有一个人（我们叫他“送水工”）每周都会开着卡车穿过大街小巷，在家家户户的门前放上一大瓶“阿尔卑斯”牌矿泉水。

我上的是一所综合学校。班上有一个男生说我过得比他们奢侈，因为我父母的婚姻关系还算牢固。从13岁到16岁的三年里，我每天的晚餐都是一成不变的“薯条饭”（一份牛肉腰子馅饼配薯条，再加点儿肉汁和醋）。我的朋友中没有一个人的父母当老师。在我的家人和我认识的人里面，也没有在办公室上班的职员。我爸的烟瘾很大，我妈一天也要抽五六根。他们彼此很少有真情流露，但对我们兄妹两个的爱却是纯粹无私、始终如一的。在我所认识的人当中，没有一个是家里有乐器或是会弹奏任何乐器的。我们家经常播放猫王（尤其是他伤感时期的作品，比如《你的奇迹》等）、德尔·香农的音乐，以及五黑宝合唱团[1]的唱片，这些满是划痕的45转速的黑胶唱片平时都被收在一个类似烤面包架的设备里。

1　美国国宝级组合，20世纪50年代最顶尖的美声团体之一，亦是当时最受欢迎的黑人音乐团体。——译者注

除了假期里去过一两次小餐馆之外，我们全家从未一起外出用餐过。在家的时候，我们一星期里每天都有固定的饭菜，星期三吃土豆泥、星期五吃鱼，雷打不动。在我们家，午餐才是正餐，晚餐反而是简单的下午茶。我们几乎没有真正的家庭出游日，我爸妈一致认为“乡下”全是大片的私人领地，挨家挨户都有一个农夫守着，而且手里都有枪。况且，我妈很怕冷。每当我们一起外出时，还没走几步，她就开始宣布：“冻死我了，这么冷的天我们干吗要出来？”然后带着我跑回车上，小口吃着用锡纸包着的三明治，馅料通常是腌牛肉和辣泡菜。全家人仅有的一次去电影院看电影，看的是《人猿星球》（*Planet of the Apes*），而仅有的一次进剧场，则是为了看由吉米·克利瑟罗和安妮塔·哈里斯主演的童话剧《杰克与豆茎》（*Jack and the Beanstalk*）。

我所有亲戚和朋友的家里都有各式各样10先令就能买到的饰品和一些小摆件。当时许多家庭都会养一只虎皮鹦鹉和一条狗。白天，这些宠物会被主人定时放出来溜达。印象中，家里的电视机一直是开着的，墙上没有挂过任何原版画作。我爸妈习惯喝茶，在他们看来，喝咖啡未免太“装腔作势”了——这可是他们的原话。家里的一瓶坎普牌液体咖啡完全失宠了，原封不动地在橱柜里放了至少十年。我在十八九岁时离开了家，在那之前，我从未喝过葡萄酒，也从未尝过橄榄、千层面、鹰嘴豆泥、鳄梨酱、穆萨卡[1]、大蒜、芦笋、马苏里拉奶酪、蒸粗

1　希腊传统菜，相当于肉末茄子饼。——译者注

麦粉、鹰嘴豆、腰果和鳄梨。我在家吃过的意大利面也仅限于那种罐装的细面条和细面圈。

镇上终于开了第一家大型超市——特易购。一开始，爸爸十分积极地陪着妈妈去采购，兴奋得像是要去那里赴约一样。回到家后，他们眉飞色舞地向我描绘超市里有多温暖、多明亮，还有一些穿着奇装异服的促销员从桌子上拿各式各样的奶酪和进口食品请他们试吃。我问他们吃了没有。

爸爸回答："不太敢吃，那些东西吃多了不好消化。"

有了超市就意味着我们从此有了更多的选择，比如披萨（当然是冷冻的）和奶酪蛋糕。我们家第一次品尝奶酪蛋糕时居然是和薯条一起吃的，因为我妈当时还不晓得这是一道餐后甜点。她从超市回来时（爸爸只陪她去了一两次，之后就再也没去过，就像他从不做饭和做家务一样）经常会给我和妹妹带一根香肠或是儿块果冻作为奖励。想想都觉得好吃！爸爸每晚都去酒吧。通常，他和那几个要好的朋友会在打烊之前每人再点一轮两三品脱[1]的啤酒。他有时会从街上带回来一些小动物，比如流浪猫和流浪狗，有一次竟然带回来一窝小鸡。妈妈每周至少陪他去一次酒吧。

每到周末，我的奶奶或者外公外婆就会轮流过来与我们同住。印象中所有的大人都是和蔼可亲的，只不过他们的世界与我的世界永远是平行的。他们当中只有一个人——我的外

1　1品脱约等于0.57升。——编者注

公——遵循了西格蒙德·弗洛伊德的格言（并不是我们常听到的那些）：“一个成年人在与孩子相处时最好是放下架子，去掉那些令人压抑的优越感，以平等的身份和孩子一起玩耍。没有什么比这更能为孩子带来快乐了。”我外公一贯以上述方式跟我交流。这也许归功于他的精神分裂症（这只是他身患的若干病症之一）。对我来说，他比别的成年人更有亲和力。

在20世纪70年代，养育子女可不像如今这么复杂，父母们从不焦虑，也从不看育儿书。在当时，好父母的定义就是让孩子吃得饱、穿得暖，又不缺少关爱。除此之外，还有什么可担心的呢？关于这个问题，诺埃尔·加拉格尔[1]最有发言权。他在2006年的一档电视节目里接受了迈克尔·帕金森的采访，顿时把整个国家的注意力都引到了这个话题上。在采访中，加拉格尔被带回他在曼彻斯特的成长记忆里，或许那是一段他本人不太愿意回忆的过去，特别是他爸爸所扮演的角色，记忆中，他的爸爸经常出轨且有暴力倾向。采访时，足足有一秒时间，加拉格尔的脸上失去了往日的高调、沉着与冷静。从他的眼神中可以看出，他又回到了过去，回到了那间他不情愿与讨厌鬼弟弟利亚姆同住的卧室。他曾经因为害怕那位动不动就和人干仗的爸爸而患上了口吃。帕金森不停地追问，期待他能自曝内心的脆弱，或者至少承认这个问题的严重性。

1　英国歌手、吉他手，前绿洲乐队主唱。——译者注

“你过去是不是每晚躺在床上时，都担心爸爸会进来暴打你一顿？”帕金森问道。

加拉格尔挠了挠头，企图利用这点时间进行思考。他答道：“当时还是1970年代，那时候关于成为‘新时代的人’这一概念还不太流行。过去的人其实都比较崇尚暴力，你懂我的意思吗？”

帕金森仍穷追不舍，又问加拉格尔：“‘既没有希望也看不到未来’是一种什么感觉？”此时摄像机对准了加拉格尔的脸和那一头看似邋遢却被精心打理过的头发。与其他摇滚明星不同的是，他会倾听别人说话。

“我不认为自己的成长经历与住在同一条街上的其他人，或是我交往过的任何一个人有什么不同。”他说道。

我的记忆里也有过类似的紧张时刻，尽管我没有挨过打，但挨骂却是家常便饭。爸爸的工作很繁重，每晚回到家都是筋疲力尽，浑身是泥，一天的工作把他累得动不动就发脾气。建筑工地的条件相当艰苦，还总有人想要偷奸耍滑占便宜。爸爸早就学会了把自己包裹得严严实实的，必要时才给人一点颜色瞧瞧。他栽过几次跟头。小时候，我每回跟他一起去上班，都能感觉到他身上散发的那种气场。他脑子里永远绷着一根弦，时刻提防有人要什么花招触碰到他的底线。他的坏脾气倒是帮了不少忙，别人都不敢不听他的话，更不敢赖他的账。他不仅要养家，还要还房贷，因此最好不要惹他生气，万一遇到他生气的时候，你最好祈祷令他生气的人不是你。

从各个方面来看，我们家都属于那种最普通、最正常的家庭，直到我开始接触书籍。首先是我有了收藏的爱好——任何可收藏的东西我都不放过。我清楚地记得自己从什么时候开始这项爱好，靠的不是幻想也不是想象。我可不像那位3岁时就被扔在斯拉德草地上的劳里·李[1]，回忆里尽是些唧唧的虫鸣和斑驳的阳光。这项爱好开始于我7岁的时候，在一次学校的游戏时间里，所有的孩子都跑来跑去、上蹿下跳、大喊大叫。我可不在其中，只是从他们中间穿过，我一直很享受这种穿过人群的感觉。男孩们正沿着操场的围墙“嗖嗖”地掷着（这个动作比“扔”精确得多）足球卡。玩这种游戏全凭技巧，那张印有利亚姆·布雷迪[2]还是谁的卡片（卡片上的球员个个都穿着球衣，膝盖弯曲，手掌将球死死地按在地上）被男孩们小心地夹在食指与中指之间。他们手腕轻轻一甩，卡片就飞出去了，快到令人目不暇接。如果出手时先向下走，甩手腕的那一刻再突然上扬，就有可能将卡片掷出一条更高的抛物线，从而使它飞得更远。每一轮将卡片掷得最远或是离墙根最近的选手就能赢得对手的卡片。

尽管我既没有背着双手，也没有系领带，但是当我阔步走过操场时，脑海中浮现的画面与文学作品里那些时髦的、略带神经质的孩子没什么两样——比如小公子方特洛伊[3]、迪克·布尔

1　英国编剧、演员。——译者注

2　前爱尔兰足球运动员。——译者注

3　1980年上映的英国电影《小公子方特洛伊》（*Little Lord Fauntleroy*）里的男主人公。——译者注

蒂特[1]和哈利·波特等——都是冷漠中带有一丝高傲。我有一个计划，你们就等着瞧吧。何必费那个劲去掷球卡呢？我早就冷静地想好了一个万全之策：先是耐心地等到游戏结束，直到同学们开始厌烦那些足球卡了，我再趁机以低到离谱的价钱把它们买下来，或是拿些不值钱的东西跟他们交换——没准儿他们还会免费送给我呢，毕竟小孩的脾气谁也拿不准。年仅7岁的我竟然如此精明，我既感到尴尬又觉得自豪，虽然我不得不承认，精明和狡猾之间只有一步之遥。

由此可见，我根本用不着下定决心去收藏东西，也没人劝我，或是将我培养成一个收藏家，只能说我天生就是这块料。渐渐地，我的涉猎越来越广。10岁以前，我就已经收集了各种明信片、“PG Tips”牌茶叶里的收藏卡、邮票、足球赛程表、啤酒杯垫、徽章、硬币、足球卡、漫画书，以及玩康克游戏[2]时用的七叶树果。这完全是一种感官上的体验，我喜欢用手指摩挲那些纸片，体验它们干裂的质感，也喜欢抚摸硬币上的凹槽，感受它们光滑的表面和具有砂砾感的侧面。我贪婪地嗅着那些足球卡，似乎能闻到曾经包裹着它们的泡泡糖纸的甜味。

1　1981年上映的英国系列剧《小爸爸大儿子》（*Vice Versa*）里的男主人公。——译者注

2　一种英国传统的儿童游戏，双方用系在绳上的七叶果轮流互击，以击落或击破对方的七叶果为胜。——译者注

如果有茶叶收藏卡从书里掉出来，我就会在上面寻找固体胶棒那种略带咸味的味道，或是强力胶水那种更为辛辣的味道。我买了一些小小的、背面有胶的集邮袋，把邮票固定在书页上，可它们总是会掉下来，仿佛长了脚似的，总往书页内侧的缝隙里跑。我痴迷于那些岁月留下的痕迹，比如经过日晒或受潮以后褪了色的纸张、徽章背面的斑斑锈迹、啤酒杯垫上环形的印记，以及明信片背面那行被水打湿的、模糊的字迹，暗示着它是从凯瑟克[1]、上阿玛[2]或海参崴[3]寄出的，而那天正好下着雨。

在我为这些藏品做记录，并把它们安放、装裱或归档的过程中，我接受了一个极不愿意承认的事实，那就是我永远无法拥有世界上所有的七叶树果。尽管如此，今天的我仍然会把无意间在路边发现的一个刚出壳的七叶树果捡起来，放进口袋里。阳光透过它深红褐色的表面反射到我的掌心里，仿佛自己正捧着一束来自天堂的光。

我小时候收集的都是些容易积攒的东西，爸妈、外婆和罗尼舅舅都曾为我的茶叶收藏卡添砖加瓦。他们喝茶，我收集卡，各得其所。那时候，只需写一封信寄到萨福克郡邦吉镇的一

1　英国湖区一个风景优美的小镇。——译者注

2　德国巴伐利亚州南部的一个小镇，又译为“奥博拉梅尔高”。——译者注

3　俄罗斯远东地区最大的城市，俄文称为“海参崴”。——译者注

个地址，就能用37便士[1]买到满满一塑料袋“来自世界各地”的邮票，如此简单的方法让我乐此不疲。亲戚们通常会在家里的壁炉上摆放几张明信片，后来这些明信片也都被我收入囊中。我还会到露天市场搜罗各式啤酒杯垫和徽章。由于当时还太小，我无法像大人那样去市场上以物换物。可一旦遇到非常想要的东西，我也会硬着头皮在市场里转上好几圈，鼓足勇气把它拿下。

我按照之前的计划，成功地从学校那帮喜新厌旧的孩子们手里“继承”了数百张足球卡。有时，我担心自己一时间拿到这么多张卡会不好意思，便把它们均匀地藏在身上（比如外套的口袋、上衣里侧的口袋、袖子上的口袋，以及裤子的前后口袋）。我知道，当一个孩子拥有647张足球卡，而不像其他孩子只有口袋里的那几张时，事情就变得有些反常，甚至怪异起来。的确，谁会想要17张一模一样的“鲍勃·拉齐福德”、11张“雷·肯尼迪”和五六张“格雷厄姆·帕登”卡片呢？好吧，我想要。

针对人们收藏东西的动机，专家们做过各种各样的精神分析和解释，最常见的一种解释就是小时候缺爱的孩子会通过积累财物来寻求安慰。我并不缺爱，可我从小到大都感觉自己与家里的其他成员不一样。也许，我在很小的时候就有了这样的

1　1便士约合0.08人民币。——编者注

直觉，于是那些邮票和卡片就成了我的“朋友”。我对待它们甚至比对待家人还要亲。关于收藏动机的另一种解释是对于存在感的焦虑，也就是说，那些藏品会作为个人身份的延续，在人死后仍继续存在。以我的情况来看，这套理论显然不适用，我无法想象自己会借着这些藏品继续“活”下去。家族里的下一代成员（我的儿子和侄子）都没有对它们表现出多大兴趣（他们心里肯定在想：“这些东西……就是……你知道我指的是什么，到底有什么用？”），等待着这些藏品的将是几个大的废料桶，或者是放在二手交易网站上售卖（如果他们想要把这些手工艺品的价值变现成度假经费，或是几双时髦的运动鞋倒也无可厚非）。关于收藏动机的第三种解释是，雄性动物会通过展现自己积累资源的能力来吸引潜在的配偶。假如我收藏的是价格不菲的汽车或游艇（必须是如假包换的实物，而不是啤酒杯垫或明信片上的照片），那么这一说法便是可信的。但是，如果一个像我这样成天痴迷于拥有全套（无污渍、无折痕）布鲁克·邦德公司和PG Tips公司联合发售的“穿越时代”或“旗帜与徽章”系列收藏卡的男人会成为女人趋之若鹜、难以抗拒的对象，那么这个说法显然值得怀疑。事实证明，这么做会大大削减我作为男性的魅力。

其实，无论是小时候还是现在，我都十分清楚自己为什么爱收藏，因为我想要储存足够多的东西，一些完全属于自己的东西，以便在第二天、下周或是将来的某个时间（无论时间远近）都能够让自己被这些东西所环抱，甚至湮没其中，与它们融为一体。我不太相信会有人和我有相同的想法。我想不通他们怎么能只活在当下，而不未雨绸缪，不为自己预备一个更好的、更安静的，可以反思的未来——这正是收藏所能为我们提供的保障。对那些不屑于收藏的人来说，明天不过是对今天的复刻，所谓的生活也不过是例行公事、千篇一律，过一天算一天。毫无疑问，收藏的价值就在于，这些东西在将来一定有值得你费尽心思获得和珍惜的价值，从现在开始的每一天都有可能。

十二三岁时，我的兴趣又从收集啤酒杯垫和其他东西上直接转为收集书籍，中间没有任何过渡。我当时的藏书量和一个私人文库所需的藏书量比起来，简直就是小巫见大巫。书籍从各方面来看都更有收藏价值。首先它不像那些卡片和杯垫那样是其他东西的附带品，你完全可以把书当作一个人、一个家人。谁不希望家里随时有人跟你叫板，陪你聊天，要是嫌吵了就把书本合上，对比此前的喧嚣，这一刻的安静一定会更令人愉快。

每个人对书都有不同的感受或需求，与书之间的关系自然也不同。对一些人来说，书本是信息的功能性载体；对另一些人来说，通过阅读各类书籍——从夸张虚幻到朴实无华——他们可以识别、验证和改善自己的生活；而有些人则想通过阅读来做白日梦或逃避现实，他们巴不得生活中也有那些设计巧妙的情节和曲折反转的剧情，把身边的人都想象成卑鄙小人或圣人君子。这样的人只配活在书里，不是吗？有些读者想要通过阅读回到过去，回到一个特定的时间点或某段尘封已久的历史中；有些人则更想了解那些发生在当下的故事；还有些人希望被书本带去未来，远离地球去探索那个纯粹由想象雕琢而成的外部世界。

小时候，我家住在距离曼彻斯特市中心3英里的布莱克利区，周围全是街道和红砖房，偶尔会看见一大片荒地，那是因为原先的建筑在战争中被夷为平地。幸运的是，我家的附近就有一个公园，公园里有树木、山谷、小溪和沼泽，因此我们可以在里面搭窝棚，在树枝上荡秋千、收集树果和鸟蛋，在小溪里筑坝，或者漫步到公园另一端的湖上去划船。

自打我记事以来，我和外公的关系就相当亲密。当时的我并不知道他和其他成年人是如此的不同。后来，我渐渐在他身上看到了一些乔·葛吉瑞的影子，就是狄更斯的小说《远大前程》(*Great Expectations*)里那位善良的姐夫兼监护人。主角皮普在小说中说道："我从来不把他当作大人看待。他只不过是个大孩子，和我的身份没什么两样。"与其他大人相比，外公只是缺少一个过滤器，所以他总是分不清在与孩子交流时什么该说，什么不该说，也不懂得跟孩子说话的正确方式与时机。外婆或妈妈经常责备他一开口就是那些恐怖事件，比如有人掉进肉店的绞肉机里，或者一群像狗那么大的老鼠在曼彻斯特的巷子里流窜。他似乎有讲不完的恐怖故事，而且个个都十分精彩。

"别讲了，"她们斥责道，"这孩子今晚该做噩梦了。"

他讲过许多关于死亡的事情。

他说："每个人都怕死，但是所有人都免不了一死。我们最终都要被埋进土里。你最好把它想象成长睡不醒，没有人打扰你，也没有人来抓你。试问还有什么比这更好吗？"

我不知道该如何回答，那一年我才7岁。

他常常把一些话挂在嘴边，其中最常说的一句就是"在这座不夜城里有八百万个故事，这就是其中的一个"。他通常先跟外婆聊一些家常，比如区委会已经更换过他们那栋公寓楼前的井盖，然后以这句话收尾。直到若干年后我才知道，外公的这句经典台词是从一部名叫《不夜城》（*Naked City*）的警匪片里偷来的。他不仅爱讲故事，同时也被故事的光环所照亮。他对观察人物很感兴趣，经常三言两语就能概括出一个人的特质。只需和他待上几个小时，就会有令人惊喜的事情发生。又或者，他会用温柔的声音，抑扬顿挫地给你讲述上个星期、上上个星期，前年或是更早时候发生的故事。

我和外公在一起的时间似乎比和爸爸在一起的还要多，至少在我十几岁以前一直是这样的，我的很多朋友都有相同的经历。我爸生我的时候正值青春年少，他喜欢把大部分时间都花在喝酒和交朋友上。他经常在周末外出工作，有时一走就是几个星期。外公的陪伴则相对稳定，尽管有时会躁狂症发作并且伴有间歇性的"精神崩溃"。我常常想起外公，想到他对我和全家来说是那么重要，然而放眼历史长河，他又和大多数人，尤其是他们那个阶级的人一样，是那么渺小和微不足道。但他的故事却因为一个结局而变得与众不同，与其说是结局，倒不如说是一个“意外事件”。这个事件就跟天晴和下雨一样，真实地发生在我和他的身上，同时又像是一个只有在书里才能看到的故事，带有几分魔幻现实主义，甚至是超自然的。从那时开始，我就想成为讲述这个故事的使者，讲述不幸的、令人心碎的经过，以及最后出人意料的结果。假如像人们所说的，我们每个人的经历都能写成一本书，或者至少是一个故事，那么这段经历就是我要写的书，同时也是外公的书。它就是成就了所有这些藏书的“书中之书”，是我那3500本书里的第一本。

在“二战”前后的二三十年里，英国传统的工人阶级中流行着一种头戴软毡帽、身穿精纺毛料、嘴里叼着烟斗的不俗不雅的风格。他们爱好广泛，喜欢听民谣和古典音乐，经常出入那些铺着石板的小酒馆，只喝手摇鲜啤和酒馆自酿的啤酒。这些酒馆的酿酒棚修建得十分讲究，不仅每年刷一次木馏油，还会每隔一段时间换一次毡顶。当时许多人家中都有一个小园子。工人们可以去工人教育协会开办的培训班上课，还可以参观力学研究所，在那里阅读或听科学家的讲座。英国当时有700多家这样的机构，其中一些在后来都演变成了学院、大学或公共图书馆。工人阶级当中还流行起学外语。女人和男人一样渴望知识，同时还能多掌握一门“家政学”——缝纫、烘焙、插花等手艺。男士个个都很有礼貌且说话温和，他们大多会组装收音机。1932年，一些激进分子——他们当中既有男人也有女人——往背包里塞几个三明治，揣着一张巴塞罗缪版的折叠地图，就大胆地入侵了金德斯考特[1]。他们不仅会画画，还喜欢阅读。他们通常选择看“人人文库”系列丛书，这是一套于1905年出版的书籍，目的是让所有人——工人、学生、儿童及受过教育的其他社会人士，都能买得起装帧精美的世界文学经典。一想到那个年代，我脑海中就会出现这样的画面：一群体格健壮、老实巴交的大男人正在如饥似渴地阅读约翰·拉斯金、萧伯纳和赫伯·乔治·威尔斯的作品，尤其是普利斯特利那本优秀的散文集《乐趣》。这本书细腻地描写和赞美了生活中一些简单的快乐，比如观众在剧院或电影院的灯光熄灭后等待好戏上演时的那种兴奋与激动。

很可惜，我没有运气成为那个年代工人阶级的一分子。从小到大，我都生活在嘈杂、忙碌、脏乱的环境里。邻居和亲戚可以随意进出我家（我的舅舅、舅妈就住在隔壁），摔门声、狗吠声、鹦鹉的尖叫声和爸妈的斗嘴声此起彼伏，电视机仿佛24小时开着，猫王深情款款地唱着那首《妈妈如此喜爱玫瑰》，不停地表达着他对妈妈的爱。记忆中，我们家连一本《圣经》都没有，这在当时是很罕见的。我许多朋友的家里都有《圣经》，它们通常安静地躺在胶合板陈列柜的某一层架子上，看不出是否被人翻阅过。它们的存在似乎更像用来辟邪的护身符。

1　1932年发生在英国皮克区金德斯考特的大规模侵入事件，大大激化了工人阶级散步的权利与富人对荒原专属权之间的矛盾。——译者注

在我们家，夏尔马陶瓷的数量远远超过了书籍的数量。事实上我家一直以来就只有一本书，那还是爸爸有一次看了报纸上的广告后购买的。这种事应该不会再发生第二次了，因为家里没有邮票和信封，所以他寄这封信时一定费了好大一番工夫。这是一本皮面书，封面和书脊上都印有烫金的书名——《英国民间故事、神话与传说》（*Folklore, Myths and Legends of Britain*）。爸爸郑重其事地把它放在柜子的最顶层，和其他有纪念意义的物品摆在一起，比如他们的婚礼相册和我的国家自行车水平证书。如果你表示想看这本书，他就会全程监督你，确保你没有把书弄皱或是大力把书合上。不得不说，这本书向当时还未满10岁的我展现了一个深奥但狭窄的专业领域。通过它，我对牧师住所里发生的恐怖命案、独眼巨人，以及“女巫”爱丽丝·纳特的悲惨一生了如指掌，知道了一个人在杜莎夫人蜡像馆的恐怖屋里待一个晚上，第二天会不会变成“口齿不清的傻子”，答案是肯定的，因为我亲眼见过那些画面。

这本《英国民间故事、神话与传说》现在虽已绝版，但仍可以在一些网站上搜到。当我再次看到那个封面时，上面画着凯尔特神话里的“角神”科尔努诺斯，他看上去既震惊又恼怒，浓密的胡须凌乱不堪——我仿佛在一瞬间穿越回了童年。这是世界上仅有的一本如暗夜森林般神秘、沉重，令人生畏的书。

假如我今天去看望爸妈，我敢说发现他们在后花园蹦床的可能性和发现他们在看书的可能性几乎一样小，前提是他们如今都已七老八十了。印象中他们从不看书，即使是在圣诞节这种适合读一会儿书的假期里。我儿时伙伴的家里也难见书的踪影，唯有当奶奶和外婆来我家时，才能从他们的行李中找到一两本米尔斯布恩或者凯瑟琳·库克森出版社出版的书。家中的任何书架或书柜最终都会被用来充当鞋架，或用来收纳雪花水晶球，以及从兰迪德诺或里尔海边度假带回来的装饰品。

书籍和我爸妈完全没有缘分。读书是需要环境的，唯有外在的安静与内心的平静相结合时，一个人才能尽情地享受阅读，饥寒交迫的时候是无法阅读的。弗吉尼亚·伍尔夫在《一间自己的房间》(*A Room of One's Own*) 一书中也认可了这一点。她的观点不仅代表了女性的诉求，同时也引起了穷人的共鸣。伍尔夫当时住在肯辛顿海德公园门旁一栋五层楼的房子里，家中有一个藏书室。她夏天则住到位于康沃尔的塔兰德别墅，这是一座可以俯瞰圣艾夫斯湾的别墅。她曾在小说《海浪》(*The Waves*) 中写到，通过卧室天花板上的倒影就能欣赏到波光粼粼的大海。当时她的兄弟可以外出上大学，她们姐妹几个却只能在家里接受教育，她因此发出了渴望更多私人空间的诉求。

与之相反的是，我的爸妈都来自普通家庭。家里的每一个人都在为温饱、房租、照顾孩子而奔忙，完全没有时间、空间、外界的鼓励或自身的意愿去思考作家、艺术家或任何生活必需品以外的事情。但他们仍为各自在曼彻斯特的家而感到自豪，不允许任何人把他们的生活区域称为“贫民窟”，尽管那里的环境与《牛津英语词典》里的定义完全相符："贫民区，即一个城市中非常贫穷的区域，那里的房屋大多脏乱、破败。"左邻右舍中可能有不少人干过抢劫、打架或酗酒等不光彩的事，但在爸妈的内心深处，他们一点儿也不坏。

爸爸从小和他的父母及哥哥姐姐住在哈伯利一栋租来的排屋里，家里只有两间卧室和一个位于后院的厕所。他们一直住在那里，直到奶奶1980年去世之前。我爷爷则在我出生前的几个月就去世了。这栋房子离卡里斯布鲁克街很近，安东尼·伯吉斯[1]（当时叫约翰·安东尼·伯吉斯·威尔逊）于1917年出生在那里。我妈则住在伊尔克河附近的科利赫斯特的一栋排屋里，离我爸当时的家也就1英里远。大约一百年前，弗里德里希·恩格斯就写过关于该地区的文章。他当时在他爸爸开办的一家名叫"埃尔曼与恩格斯"的纺织公司上班，就在这附近。他在文章里写道：

> 左右两侧皆是有顶棚的过道，密密麻麻地连接着街道与街道两侧的无数个院子。通过这些过道，你会立刻进入一个充满污秽、令人作呕的环境，眼前所见绝对是头一遭，尤其是伊尔克河岸边的那几个院子。我敢说，那里的房子是我所见过的最糟糕的房子……房子的下面就是伊尔克

1 英国当代著名小说家、评论家及作曲家，著有小说《发条橙》等。——译者注

河，河边开的几家皮革厂，使得整个街区充满了动物腐烂的恶臭。

到了我妈生活的那个年代，虽然周围的环境已有了很大的改善，但由于伊尔克河岸经常破堤，河水还是把很多污泥冲进了附近居民的家中。妈妈仍记得小时候一遇到发大水就有警察抬着他们到路的对面去上学。

外公是家里的独子，他有七个姐妹，因此他继承了他爸爸的名字。他会隔三岔五地从餐柜里摸索出几张他爸爸的照片，对着我唱道："快来看，快来看，这位就是老约翰·威利·达菲本人，他是个十足的老家伙。"

他一边唱着，一边把膝盖抬起来，假装用勺子在上面打着节拍。照片里的老约翰·威利昂首挺胸地站着，双眼被松垮下垂的眼皮挡住了，其中一只几乎已经睁不开了。他受过严重的工伤，当年在建筑工地干活时被一块砖头击中。妈妈说他常常用一块湿手帕来缓解疼痛，但频繁发作的疼痛让他的脾气变得非常暴躁。

妈妈家的隔壁住着麦格兰一家，这家的父母经常去酒吧，每次出门都把三个孩子锁在家里。当时那三个孩子都不到8岁，老大帕特丽夏不得不承担起照看弟弟迈克尔和妹妹伯纳黛特的责任。外婆过去经常会往他们家的邮箱里塞一些漫画书。他们家没有室内厕所，孩子们只好在厨房的地砖上大小便，等到他们的妈妈回家后再来收拾干净。

我爸不像我妈那么爱说话，因此我对他的童年知之甚少。他很务实，甚至有点愚钝，如果你问他对某件事情的看法，他的回答很可能是：你觉得我该怎么看呢？或者直接冲你耸一耸肩。他很擅长用肢体语言表达，远胜于开口说话。关于我爸的童年，我只知道一些零散的信息。比如他们学校没有操场，所以一帮孩子只能在地窖里玩耍；再如他曾花很多时间搜索当地的信息，专门寻找别人想转卖的东西。他一直很自豪自己“有一门手艺”——电工。以他的家庭背景来看，他能做到这样的确不容易。从发现并培养这项才能到当上学徒，再到上夜校，直到最终成为一名合格的电工，每一步他都走得稳稳当当。他很热爱这份工作。

生活在那个年代的人虽然不看书，但他们看电视，什么节目都看。电视是人们生活中不可或缺的一部分，几乎无孔不入，即使当时只有三个频道可看，其中一个还是几乎没有什么观众、专门播放纪录片和逍遥音乐节的频道。在20世纪70年代末，大约1/3的英国人看过至少一集《加冕街》（*Coronation Street*）[1]并认为其情节特别扣人心弦。

人们的日子在这些游戏节目、肥皂剧、体育节目、情景喜

1　英国播放时间最长的肥皂剧之一，首播于1960年。——译者注

剧、新闻和偶尔播出的几部电影中平稳而轻松地度过。当时就连广告也特别受欢迎，几乎与那些电视节目一样，在人们心中留下了不可磨灭的印象，尤其是那些被应用在广告里的口号或歌曲。比如，“土豆泥就买吉百利”（“吉百利”即食土豆泥广告）、“每一口都是好‘嗞’味”（“科罗娜”气泡水广告），还有“喝什么都不如喝茶”。每当午夜时分，电视里就开始播放国歌，接着就会响起一个亲切的声音提醒大家关电视。就算有人忘了关，也会被接下来一阵单调刺耳的信号中断提示音驱赶着去睡觉。

第三章　打开新世界的大门

我小时候常常生病，上幼儿园时还曾因此错过了一整个学期的课，等我复学时，别人都已经学会了阅读和写字。我得过哮喘，一开始只是有点喘息的症状，接着很快就演变成了咳嗽，整晚咳不停。每当发现我的呼吸变得短促时，妈妈或爸爸就会赶紧带我下楼，让我站在门口的台阶上，大口呼吸外面的新鲜空气。只需一次重感冒就能让我卧床好几天，而且通常会发烧。我可以算是医院的常客了，每次入院都免不了三样检查：吹气、验血、照X光。为了测试我的过敏源，医生会在我的手臂上注射微量的尘螨、羽毛，以及猫毛和狗毛等提取物。他们还给我一个吸入器，我把它随身放在口袋里，一走起来就叮当作响。妈妈在我的床单下面多铺了一层塑料床单，并且每天都用吸尘器清扫房间，尽量使房间一尘不染。

也许正是这段生病的日子让我发现了自己对阅读的热爱。只有在这种时候，我才能关上房门，把一切噪声隔绝在外，独享这份宁静。对我来说，最快乐的事情莫过于此。

与作家弗朗西斯·斯巴福德[1]不同的是，我不记得究竟是哪本书打开了我的新世界，只记得当时我有不少选择，比如看漫画、制作足球赛程表、看杂志，也许还有一本伊妮德·布莱顿的《五伙伴历险记》(*Famous Five*)。在发烧的作用下，书上的文字和图片全都跃然纸上，我就这样迷迷糊糊地享受着生病带来的快乐。与此同时，6岁的斯巴福德患上了腮腺炎。他在翻看J.R.R.托尔金的小说《霍比特人》(*The Hobbit*)时，突然意识到自己会阅读了。后来，他在一篇措辞华丽的散文里回忆道：

> 《霍比特人》开篇就是一堆错综复杂的符号，需要先逐一进行破译，再仔细斟酌，将它们拼凑到一起……然而，当我看到《霍比特人》的最后一页时——此处的文章对我来说已不再生硬，它渐渐褪去了印刷文字的硬壳，变成了一种透明的液体。起初它是一团包裹着内容的凝胶，黏稠且流动缓慢，而后逐渐被稀释，流动速度也随之加快，直到与我的思维同步——此时的我已分不清脑子里的想法究

1 英国作家，皇家文学学会会员。——译者注

竟是书里的，还是我自己的。[1]

——《小书痴》

尽管我和他成长于截然不同的家庭——斯巴福德的父母都是学术界的泰斗（他已故的妈妈曾被授予大英帝国勋章）——我们的阅读之旅却都始于病榻，就像许多其他人一样。布拉姆·斯托克小时候得过一种怪病，据他自己说："直到大约7岁的时候，我才知道直立是什么意思。"[2]与他同龄的赫伯特·乔治·威尔斯——朋友们都叫他伯蒂——在一次露营时重重地摔倒在固定帐篷的木桩上，把腿摔断了。后来他把这一天称为自己"一生中最幸运的一天"，因为他可以因此窝在自己最喜欢的长椅上，连续读了几十本书。希拉里·曼特尔，这位两届布克文学奖得主，小时候经常莫名其妙地发烧并伴有严重的头痛，以至于被她的家庭医生戏称为"爱生病小姐"。她曾在《绝望》（*Giving up the Ghost*）一书中，将这一病症自我诊断为子宫内膜异位。罗伯特·路易斯·史蒂文森患有多种支气管病，凯瑟琳·曼斯菲尔德和D.H.劳伦斯也是如此，这对惺惺相惜的朋友分别在34岁和44岁死于肺结核。

许多例子表明，健康问题反而成就了一批作家，为他们的

1　本段摘自《小书痴》（*The Child That Books Built*）。

2　摘自布拉姆·斯托克《亨利·欧文的个人回忆》（*Personal Reminiscences of Henry Irving*）（1906）。

作品增色不少。病痛虽常使他们自叹命运多舛，却赋予了他们常人所没有的洞察力，写出的作品也因此更加深刻。细看大部分作家（几乎都是从读者转变而来的）的经历，你会发现他们都把在病床上阅读的“顿悟”视为自己写作生涯的重要支柱。几乎所有作家和书迷都有过类似的童年经历：他们病怏怏地躺在被窝里，小口地啜着番茄汤，无聊时要么看看书，要么垫高枕头，以便更好地欣赏楼下的花园。

外公告诉我，他的爸爸成天坐在火炉边的椅子上对所有人发号施令，一坐就是好几个小时。他爱嚼烟草，嚼到没味了就直接往火堆里吐。就连一旁的水烧开了，他也无动于衷，因为这从来都是妻子的活。她必须放下手里的事情，过来把水壶从炉架上拎到边上去泡茶。

他是个不折不扣的酒鬼，曾因喝醉了酒而两次被车碾过，一次是马车，另一次是汽车。外公满脸自豪地跟我们说：“他喝得烂醉如泥还能从车轮下死里逃生，而且不只一次，还是两次。好家伙！”

从我卧室的窗子望出去，只能看见一块桌布大小的草坪和它角落里的一根电线塔腿。我们和周围的三个邻居分别共享了这样的一条腿。爸爸的工棚就搭在草坪中央的一小块混凝土地上。那块地在雨水的冲刷下已四分五裂，从裂缝处可以看见几只木虱和蜘蛛在废墟里忙前忙后。我的咳嗽一直没有好。在20

世纪70年代，曼彻斯特的医生们给出的诊断结果似乎还属于一个世纪前的医学诊断。妈妈被告知我的病“长大后自然就会好的”，目前只需要充足的新鲜空气。尽管如此，她还是会把一些味道很苦的小药片混在一勺果酱里喂给我吃。

我爸妈有一次驾车外出时误入了一条跨越沼泽地的公路。这个偶然的机会让他们注意到了罗奇代尔几乎被这片绿草覆盖的湿地三面环绕着。于是，在我10岁生日的前几天，为了改善我的健康状况，我们举家搬到了这个位于兰开夏郡的工业小镇。这里距离布莱克利虽然只有12英里，我们却仿佛到了另一个国家。没错，差别就是这么大。许多街道的两侧都建有又高又大的厂房，它们就像一艘艘整齐排列的战舰，与周围的环境格格不入。我们有时会乘坐公共汽车去城里拜访亲友。我至今仍记得我们等的是461路车，以及车子开上皇后大道时我心里的不安。皇后大道是罗奇代尔的主干道之一，在这条将近2英里的大道两侧，大大小小的工厂鳞次栉比。当熟悉的房屋、酒吧和街道再次映入眼帘时，你难免会有一种刚从一条砖砌的隧道里钻出来的错觉。假如换成火车，你便会经过邓禄普公司的加工厂。这家在当时被认为是全球最大的加工厂，在1929年最辉煌的时期曾雇用了3200名员工，专门制造用于加固轮胎的织物。大多数制造厂都会起一些独特且简短的名字，例如埃尔克、埃拉、埃纳、欧布等，这些单词的长度刚好能水平绕烟囱一圈，既简单又醒目。

爸爸工作时经常把我带在身边，无论是去工厂，还是去一些办公室、学校和仓库之类的地方。当然，前提是这些地方都得暂时关闭，以便进行电气维修。我记得许多工厂里都有一股特殊的淀粉味。我总想趁机对这些空无一人的建筑进行一番探索，但爸爸不放心我四处乱跑，于是我只能读一读被钉在墙上的通知，看一看公告栏或车床附近的几张明信片和海报。走廊里经常有一台饮料机。

“爸爸，想不想来杯茶？”

我通常喝热巧克力，只需投一枚硬币，就能听到那台机器的内部瞬间活了过来。我想象着这些工厂平时的噪声有多大。机器的轰鸣声震耳欲聋，工人们交流时都得靠大声喊叫盖过机器的噪声。我外婆就是在缝纫厂工作时学会了读唇语。我反正帮不上什么忙，于是便带了几本书去读。爸爸倒不介意，只要我乖乖地在他身边待着就好。不瞒你说，我就是在兰开夏郡最大的一家工厂里读完了乔治·奥威尔的《动物农场》（*Animal Farm*）。

我第一次接触另一种生活方式是通过朋友大卫·约翰逊，他是我在罗奇代尔交到的第一拨朋友之一。在他被允许晚上出去玩之前，我都得坐在他家的前厅等他练习完小提琴。他家的房子里总是弥漫着一种混合了家具保养的蜡味、咖啡味和烟斗味的、浓郁且令人愉悦的味道。我在一旁等待时，他的妈妈会为我端来一块饼干和一杯橙汁，询问我一些关于学校的事情，或者聊一聊最近的新闻。她跟我见过的所有父母不一样，事实上，有些朋友的父母连我叫什么名字都不知道，尽管我几个月来经常去他们家玩。在等大卫练琴的这段时间里，我有时会浏览他爸爸收藏的唱片。那些都是崭新的古典音乐专辑，封面上描绘着各种美景，比如秋天的森林，或是靛蓝的海水拍打着岸边。咖啡桌上通常放着一份叠好的报纸，看得出上面的填字游戏已经快完成了。他家的壁炉上有一座古董木钟，指针清脆而响亮地走着。在那样一个安静舒适的环境里，这种有节奏的滴答声常使我昏昏欲睡。

当我们一起升入中学时，我们很快就发现同年级有两个名叫大卫·约翰逊的孩子。开学第一天，校长在大会上宣读了各个班级的名单。一个大卫·约翰逊被分配到A班，另一个则被分配到E班。A班和B班的学生被认为是最聪明的，他们将学习高中入学考试的课程。其余的学生，从C班到M班，则是一个学习能力从普通到需要补习的庞大群体，他们只能学习质量差得多的中等教育证书（CSE）课程。我被分到了E班。我的朋友约翰逊竟然屈尊陪我沿走廊一路走进了E班。另一位约翰逊也走了进来，他坐在后排的座位上。他们两个除了姓名之外，几乎没有相同之处。我的朋友约翰逊干净、聪明、目光清澈，而另一位约翰逊则像一只被雨淋湿的老鼠，蜷缩着身子，头发乱糟糟的，刘海遮住了大半张脸。他已经自顾自地在课桌上用指南针刻上自己的绰号“土豆”了。

“那么，”我们的班主任库克先生终于发话了，他显然对这个难题很感兴趣，“你们两个究竟谁走对了教室，谁应该回去和我们的智囊团A班一起上课呢？”

“我想那个被分到A班的人应该是我，先生。”我的约翰逊回答道。

库克先生认为他这么说未免太过狂妄，于是厉声说道：“你凭什么这么肯定？”

“因为我在来之前就被告知可能要学习拉丁语，只有高中入学考试的课程里才有这门课。”

他仅凭一句话就轻松取胜，库克对此感到非常恼怒，于是轻蔑地挥一挥手，把他赶出了教室。

此时，“土豆”约翰逊从毛衣上弹下一片干玉米片，嘴里喊道：“肯定是他，先生。因为我太笨了！”

大卫经过我的课桌时低声对我说道：“我真是同情你，今后这几年有你受的。”

妈妈经常给我们讲她7岁时有一次去她爷爷奶奶家的事情。那天，她见前门敞开着，就径直走了进去。老约翰·威利当时正在他的椅子上打盹，看样子是刚喝了一顿酒。此刻他被妈妈的脚步声吵醒了，直起了身子冲她咆哮道：“你在这干什么？谁让你进来的？出去。马上给我出去。”

他显然没有认出我妈。这也难怪，他总共有15个孙子孙女，对于他这样只有一只眼睛视力正常的人来说，这样被惊醒还真看不清谁是谁。

我所在的学校是由一堆乱七八糟的低成本建筑物随意拼凑

起来的。校园里到处坑坑洼洼，教室的门牌被漆在三英尺高的砖墙上，几辆被千斤顶顶起来的汽车横在人行道上，底下还躺着几个修车的工人。花园的篱笆被踢得东倒西歪，流浪狗的叫声不绝于耳。学校并不强制学生穿校服，因为老师一眼就能认出这些孩子来自什么家庭。这些家庭里的孩子除了要为自己做早餐外，有的还要兼顾家里的兄弟姐妹。如果你恰好在晚餐时间和他们一起回家，比如去他家取一件体育用品，没准就会发现他们的妈妈还没起床，早餐的盘子被随手丢在了沙发上，餐桌上还摆着一个牛奶瓶。由于早上出门时忘了关火，燃气表上的煤气计量被整整烧掉了三格。

“该死，我最好赶紧把它关掉。我妈要是知道了非杀了我不可。”

这样的家里通常会有一只小杂种狗，要么蜷缩在长椅上，要么在你的脚边叫个不停。

小狗会上前舔你的脚，表示它很高兴见到一个大活人，这时它的小主人会介绍说：“它叫罗斯蒂。”

小主人会开玩笑地和它在地上摔跤，然后把盒子里的饼干倒在地板上给它吃。厨房里空空如也，一叠脏兮兮的盘子高高地堆在一个大盆里，满屋子都是狗和薯条的味道。

“我们要不要找点东西吃？”

他翻箱倒柜找吃的，眼前只有几袋蛋奶沙司、一些小瓶的蓝色和绿色食用色素、几包奶油饼干和几瓶酱汁，都是一些不能当晚餐吃的东西。

另一个约翰逊，就是自称“土豆”的那位，是我们班这群同学的典型代表。他的双手永远插在防风衣的口袋里，口袋里装着他的“太空尘埃”牌跳跳糖[1]。我们大多数人吃一两包就腻了，但“土豆”却吃上了瘾。每当那些糖在他的唇齿间和舌头上噼里啪啦爆开时，他就会张着嘴喊道：“真刺激，简直就跟火箭发射似的！”

老师们试图让他跟上学习进度，但他们很快就接受了这个事实：“土豆”的生活就像遇水就爆的跳跳糖一样，令人焦头烂额。

至少“土豆”还算讨人喜欢。除了他之外，班上还有不少人的脾气你根本就摸不清，调皮捣乱的大有人在。老师每节课都要花很多时间来维持秩序，中途还要停下来应对各种干扰。孩子们会在课堂上大声喧哗，和老师顶嘴，挑起一些无谓的争端。那些对课程感兴趣或认真完成作业的学生，都会被这群人嘲笑为“讨厌鬼”和“马屁精”。所有老师被折腾得筋疲力尽，很快就放弃了。

这样的课堂在当时比比皆是。20世纪六七十年代，英国的教育制度只适合少数人，对大多数人来说是令人失望的。开办综合学校这一做法据称是为了解决旧的教育体系内存在的不公平现象。根据此前的制度，小学生一旦通过了适龄升学考试（通过率为25%），就能进入文法学校[2]，不及格者则进入中等技术学校。依照英国教育部的指导方针，中等技术学校的学生接

1　美国通用食品公司20世纪70年代末推出的一款跳跳糖。——译者注

2　英国近现代主要中等教育机构，相当于普通中学。——译者注

受的是“多种简单实用的技能培训”。说白了，就是把这些孩子训练成体力劳动者。与此同时，文法学校提供的则是将孩子培养成白领和管理层的学术教育。从根本上讲，这种分化式教育的任何一方都会在学习的过程中形成一种心态，这种心态将伴随他们的一生，从而决定他们的命运。文法学校里的孩子会觉得自己是被选中、被重视和被认可的，而中等技校里的孩子则会觉得自己是无关紧要的废物。

这一教育制度的受害者绝不在少数，其中就包括艺术史学家和小说家迈克尔·帕拉斯科斯。30多年后的今天，他仍对这件事感到愤愤不平。“你从一开始就认定自己是个失败者，因为他们就是这么看你的！所以，如果你喜欢艺术、书籍或其他类似的东西，那个地方（中等技校）对你来说一点好处也没有。”[1] 他还曾在《卫报》[2]（*The Guardian*）上就这一问题发表过更多的看法：

> 我不认为那些考入文法学校的人能理解适龄升学考试不及格的严重后果。
>
> 除了阻碍前途之外，它还会在你的脑海里植入一种无论你做什么都会一败涂地的意识。尽管我拥有博士学位，发表过很多作品，还曾在英国一些顶尖的大学任教，但是，

---

1 摘自2016年4月的《塞浦路斯邮报》（*Cyprus Mail*）。

2 摘自2016年9月的《卫报》。

拜文法学校的选拔制度所赐，直到今天，我的脑海中仍有一个声音告诉我，我是个失败者。这一想法动摇了我所有的努力。

综合学校制度曾一度被渲染为解决机会均等问题的灵丹妙药。不幸的是，我所就读的学校（充其量就是一所“社区”学校）和其他许多学校一样，纯粹把这一制度拿来装点门面。他们仍在重蹈覆辙，学生一入学就被分成了三六九等。

中等教育证书启用于1965年，是向雇主提供的有效证明，是证明你确实上过学的“离校证明”。中等教育证书课程是专门针对蓝领工作设置的，因此我们要学习木工、金属加工和技术制图，并且定期参观车间和工厂，仿佛专门在为进入当地的企业而做准备。

我经常回想起大卫·约翰逊经过我身边时的那声冷笑和评论：“我实在同情你的处境。”

我到现在也没搞明白自己究竟是如何沦为一个中学毕业生的。从没有人向我解释过升学是怎么一回事，也没人征求过我的意见。那个年代的父母从未质疑过老师、学校及整个教育体制。我常想：究竟是谁做的这个决定？难道我上小学时成绩就很差吗？（我本人并不这么觉得）难道他们只是在完成某项指标吗？他们难道从没想过，哪怕几秒也好，这个决定会给一个人的性格乃至一生带来什么样的影响？至少适龄升学考试还能体现一个人的自主权——无论年龄大小，你都算是真正地参加过一场考试。

两三年后，学校（有可能是国家教育部）又出台了新的政策，学生们将按各个学科，而不是一刀切地被分到高中入学考试组或中等教育证书组。然而，这一切对我来说已经太晚了。

中等教育证书课程所针对的对象范围很广，其中就包括一些如今被认为“有特殊教育需求”的人。他们处于行为量表的边缘，由于在某些方面表现得异常迟钝，所以被其他孩子贴上了“笨蛋”或“傻瓜”的标签。他们会坐在椅子上摇来摇去，或者笨拙地把手放在身体两侧。他们中的有些人有语言障碍，并形成了反复摩擦桌子或用力点头等习惯。比如，伊恩·米勒会不停地舔嘴唇，直到嘴唇周围的皮肤变得又红又痛，就像把脸放在果汁里浸泡过似的，于是这就成了他的绰号。他们被迫去上体育课，这对他们来说痛苦不堪。我记得自己曾在更衣室里照看马克·皮克，他双手颤抖，面容扭曲，脱衣服的动作极其缓慢，就像是在剥一层皮。他一丝不苟地穿上橄榄球袜，每当他全神贯注的时候就会把舌头吐出老长。球场上，由于害怕被球击中，球员们一个个就像在火车站里迷了路，一发觉有球朝他们飞过来，就立刻转过身去，把脸皱成一团。这些孩子最终都会离开班级，被安置到那栋“补习楼”里。这是一栋比主校区的房子还要破旧的预制板建筑物。

偶尔有一两个孩子是在学期的中途才来报到的，他们的“特殊”程度显然更令人担忧。这些“特殊”会体现在他们的举止、眼神和话语上。有个男孩刚来一天就被带走了，原因是在一节化学课上，他用一块浸过氨水的破布擦一个女孩的脸。下午休息时，他又拿自行车链条袭击路人。另一个男孩卡尔·贝宾顿（人称“贝兹”）则沉迷于暴力，动不动就拿附近学校的一个帮派来吓唬别人。

“他们随身带了好多家伙。你们等着瞧吧，马上就要打起来了，躲不掉的。”

他甚至想好了该如何应战：“如果我被逼得走投无路了，我就倒一杯滚烫的开水，谁要敢凑过来，我就往他脸上泼。”

他经常声称自己在“镇上”或“霍华德勋爵酒吧后面的巷子里”目睹过一场帮派斗殴。

“你们真该去瞧瞧。他们给了那哥们儿一记重锤，把他的脸打得稀烂。”

我和他单独在一起时，无论是在公交车上还是走在放学回家的路上，总能在他的故事里感受到几分真实，尤其是在昏暗的冬日下午。那些故事的主题不外乎被前后夹击，不可力敌。他一激动脸就涨得通红，红得就像刚被火烤过一样。即便各自回家了，他和他的那些故事也能让我久久无法忘怀。

外公走出校园后的第一份工作是在火车站当工人。他每天除了铲煤和搬运枕木之外，还要清扫站台和粉刷车站。19岁那年，他被一节火车车厢撞了，那节脱钩的车厢沿着铁轨疾驰而下，将他撞得不省人事。他的姐妹们说，自从那次事故以后，他就“不再是从前的那个小伙子了”。那时他和外婆刚开始交往，于是他的大姐莉齐提醒外婆说："你跟他在一起只会给自己惹麻烦。他已经不是个正常人了。"

1976年5月，我读完了人生中第一本成年读物（总共252页）——吉米·哈利[1]的《马不停蹄的兽医》(*Vet in Harness*)。我有图为证。为了留作纪念，12岁的我梳着中分头，身穿喇叭裤和一件星形图案的套头衫，在那本书的第一页潦草地写下了自己的名字和当天的日期。考虑到这种"所有权"的主张违背了图书的共享性，这应该是我仅有的一次。

这本书是一部有四册的回忆录里的第四本，我也说不清它究竟是哪一点吸引了我。这套回忆录讲述了一位兽医在约克郡谷地一个虚构的村庄达罗比行医的故事。我没有看过1975年上映的根据原著改编的电影《万物生灵》(*All Creatures Great and Small*)，而原著改编的电视剧直到三年后才播出。我之所以被这本书吸引，可能纯粹是因为它的人气，当时的图书市场简直是吉米的天下。市面上到处可见他的书，不仅在各大图书馆被大量借阅，还被作为热销书摆上所有礼品店和书报亭的旋转货架。吉米是罕见的具有跨性别吸引力的作家，而其他一些作家，比如马里奥·普佐、杰克·希金斯、弗雷德里克·福赛斯和约翰·勒·卡雷，他们的作品只能吸引男性读者。同样，杰

1 又译作詹姆斯·赫里奥特，苏格兰人，英国知名兽医作家，其作品多次被改编成电视剧和电影。——译者注

基·柯林斯、科琳·麦卡洛、吉莉·库珀和芭芭拉·泰勒·布拉德福德等女性作家的作品更受女性读者的偏爱。

英国的评论家们（他们中的许多人本身就是作家，通常都自命不凡）认为吉米的作品土里土气、低俗不堪，但这并没有改变他的书在全世界卖出6000多万册的事实。这些书之所以受欢迎，在某种程度上得益于它们与众不同的营销方式。每一本书的封面上都画有一个倒霉兽医的搞笑卡通形象，它们全都出自漫画家诺曼·塞尔维尔（*Norman Thelwell*）之手。我买的这一版本价格是60便士，封底只有密密麻麻的文字短评，并没有我们现在熟悉的条形码和书号，毕竟这项技术是从1979年秋季才开始被应用在书上的。如今重读这本书，我发现它的主要魅力在于亲切的人物形象和讨巧的乡野趣事，其中还不乏一些令人回味的片段："我在香气扑鼻的微风中漫步，心中泛起一阵莫名的兴奋，我竟然独自一人置身于这片广阔的荒野，四周万籁俱寂，眼前这片紫色的花海和绿色的草地绵延数英里，直到与远处薄雾蒙蒙的蓝天相接。"

那一年的夏末，一场雨都没有下，无论是这个季节常见的小雨，还是倾盆大雨，全都被那一缕缕阳光驱散了。骄阳日复一日地眷顾着英格兰的许多地区，罗奇代尔接连几周都是晴空万里，柏油路面被晒成了黏稠的黑色胶水。地方警察局有史以来第一次允许警员穿制服不打领带。消防员一周内出警300余次，其中大多数是因为荒原着火。许多人因中暑被送进了医院。水库里的水大量蒸发，水位急剧下降，有时甚至低于正常水位25英尺（7.62米），修水库之前的村庄轮廓又变得清晰可见了。许多城镇不得不实行定量供水，很多家庭都经历了长时间的断水。

我们一群小伙伴整个夏天都在玩耍。天气炎热的时候，我们就扑倒在草地上，闭着眼睛感受形状各异、五颜六色的色块在眼皮下面游走。运河沿岸的那片地方在一阵虫鸣鸟叫声中显得格外热闹。每当路过那里，那些小虫子就会在我们的脚边跳来跳去，每走一步都有可能踩死一只。那里的草长得比以往任何时候都高，有的甚至高过了我们的肚脐，把原先那几条蜿蜒的小路遮得严严实实。周围的一切色彩都变得更加明快和浓烈了。河水在高温的作用下闪闪发光，干旱使得人行道上出现了无数细小的裂缝。孩子们脱光了衣服跳进溪流里。他们成群结队地在街上又跑又跳，胳膊下面夹着毛巾，身后还跟着几只狗。

到了晚上，我打开卧室的窗户，把一天当中难得的一丝凉意请进屋里，开始阅读詹姆斯·赫里奥特这套书的前三本——《要是它们能说话就好了》(*If Only They Could Talk*)、《这种事不该发生在兽医身上》(*It Shouldn't Happen to a Vet*)和《别惹兽医》(*Let Sleeping Vets Lie*)。虽然没有人指导我应该如何阅读，但我本人却拥有完美主义者的坚韧与决心。

赫里奥特在1995年去世时留下了近550万英镑的遗产。《纽约时报》上刊登的讣告是这么评价他的作品的："每本书都用朴素的文字讲述了一个又一个温暖人心的故事，这些故事里不仅有生病的动物和它们的主人，还有不分昼夜奔走于泥泞的乡间的兽医们。”他原先开在瑟斯克镇科克盖特街23号的那间兽医诊所已被改建成博物馆，至今仍对外开放。博物馆的名字就叫“詹姆斯·赫里奥特的世界”。尽管爱狗人士对宠物禁止入内的规定略显失望，但参观者仍是络绎不绝。一位名叫保罗的网友在猫途鹰网上抱怨道：“（对于这项规定）赫里奥特在坟墓里也会不高兴的。”得到的却是博物馆方面模棱两可的回答：“因为狗的行为不可预测。”

我从学校的图书馆借阅过不同种类的书。我对阅读的渴望完全是与生俱来的，既不是被塑造的，也没有获得过任何鼓励。有些事只有在思想和行为都很纯粹的童年才能做到，喜欢了便去做。这就意味着很多决定都明显不是的选择结果。在我第一次从头到尾看完的几本书中，有一本是杰克·谢弗的西部小说《第一滴血》（*First Blood*）。这是一个充满西部色彩的故事，故事的主人公是年轻的驿站马车夫杰西·哈克，他对公司的最高信使瑞斯·克里姆充满了敬畏。我在一个本子上写了一篇关于这本书的短评，其中特别提到了一点：“故事节奏明快，情节丰富。”从那以后，我决定每读完一本书就写一篇书评，但没过几周我就放弃了。接着，我又借了两本书，虽然书名和作者我已想不起来了，但当我在记忆里搜寻这两本书时，我发现它们和后来读过的大部分书籍都有着类似的主题与风格。第一本书节奏缓慢，气氛阴郁，有点像亚历山大·索尔仁尼琴的《伊凡·杰尼索维奇的一天》(*One Day in the Life of Ivan Denisovich*)。另一本则是杰克·伦敦式的心灵之旅，与他的《星际漫游者》(*The Star Rover*)有着异曲同工之妙。

我从此受到了鼓舞——即使在这样一所无可救药的学校里，我也照样可以往书包里塞上两本深奥有趣的书，津津有味地阅读它们，让自己从精神上摆脱平淡无奇的日常生活。

就在我埋头阅读詹姆斯·赫里奥特系列和学校图书馆里的杂书时，一场文化与社会的革命爆发了。爆发的地点就在瑟斯克以北9英里的诺斯阿勒顿市。诺斯阿勒顿与北约克湿地公园平行，与瑟斯克之间隔着三个“桑顿”(分别是桑顿街、桑顿荒原，以及比尔·布莱森[1]曾表示希望死后葬在那里的桑顿-勒-宾斯)。1976年5月19日星期三，也就是“性手枪”乐队[2](the Sex Pistols)发布首张单曲的六个月前，他们在诺斯阿勒顿市中心一条小巷里的一家名叫“塞耶斯”的夜总会举办了一场演出。这是他们第一次在伦敦及周边地区以外的地方演出。那年夏天，他们把演出带到了一些原本不太可能去的偏远城镇，所到之处聚集了一帮渴望改变的追随者。当时年仅12岁的我还无法理解和接受他们掀起的这股音乐与思想的狂潮，但我坚信，在接下来的几个月或几年里，我脑子里的这场革命终将到来。到

1　美国作家，文化观察大师，畅销科普作品《万物简史》的作者。——译者注

2　英国最有影响力的朋克摇滚乐队之一，成立于1972年。——译者注

那时，音乐（特别是朋克音乐）和书籍，以及它们所蕴含的一切思想、能量和激情，都会融合到一起，并最终成为我生命的一部分。

在一个阴沉的秋日清晨，就在我们几乎忘了那个炎热无比的夏天时，朋克音乐的热潮来到了我们的小镇罗奇代尔。保罗·肯尼迪，人称“肯尼”（就连我们的老师也这么叫他），穿着一条豹纹裤子和一件满是拉链的连帽T恤走进了学校操场。他的头发高高地向上竖起，一边的耳坠上挂着一根白色的小羽毛。他比我和我的一帮朋友们略大几岁。在此之前，大多数有自我意识的孩子都很喜欢一种故作深沉的风格。这在很大程度上是受到电视剧《功夫》（*Kung Fu*）里的主角大卫·卡拉丁的影响。这种风格大体可以描述为：眼睛向下瞟，双手插兜，头发细直，姿态懒散。很快就有一群人把肯尼团团围住，追着他问这问那，场面绝不亚于新闻发布会。

“你为何打扮成这样？”

“因为我是朋克。”

“什么是朋克？”

“朋克就是朋克精神，就是朋克音乐，这就是朋克！”

几分钟之后，他举起双臂，像在游蛙泳似的朝两侧划开，一把拨开了人群。接下来的几个星期，迫于老师的压力，他的着装风格较之前克制了许多，换成了时尚军旅风：上身是一件意大利作战夹克，下身是一条熨得笔挺的裤子，脸上多了一副没有镜片的黑框眼镜。他这身打扮着实让我眼前一亮。

这股朋克风迅速燃遍了校园。先前那些浑身散发广藿香油味，穿着沙漠靴晃来晃去的人全都成了“老古董”。我偶尔会在镇上的布拉德利唱片行里见到肯尼。第二次遇见他时，他居然揉了揉我的头发，热情地称呼我“哥们儿”。他总是随身携带一盒7英寸的单曲唱片，他把那盒唱片在班上传了一遍，告诉每个人那盒唱片有多珍贵，像这种装在手绘唱片套里的透明黑胶唱片全世界只有1000张。实际上，那些唱片套上的图案全是他拿剪刀和胶水一张张拼出来的，从头到尾花不了几分钟时间。

“所以它们才这么珍贵。”他自信地说道。

外公和外婆计划结婚。多年以后，外婆告诉我，她非常爱外公，因为他出事之前是个特别有趣的人。外公出事后，外公的姐妹纷纷劝她取消婚礼。她可不想中她们的计，因为她感觉自己从未被她们认可过。但是，要讨好八个女人——也就是外公的七个姐妹和妈妈——对她来说又谈何容易？那时候，她对外公已经有了非他不嫁的强烈情感，绝不会在刚要开始一起生活时就狠心抛弃他。于是，他俩如期举行了婚礼。

我当过报童，每天早上都要挨家挨户地投递报纸。假如我连走带跑地爬上老人之家的每一级台阶，就能为自己坐在运河边的长椅上看书赢得几分钟时间。在落座之前，我有时会凝视水面。当时这条运河几乎被视为半合法的垃圾场。在晦暗的晨光中，这里就像一潭死水——水面上漂浮着木条、旧轮胎、塑料瓶和锥形交通标志等杂物，偶尔还会有小半截购物车露出水面。这里唯一的生命迹象就是几只麻雀或椋鸟，它们啄食着废弃泡沫砖上掉下来的碎屑，误以为那是美味的面包。有一次，一群破坏分子把道路工程丢弃的废料全扔进了运河。

我负责投递的区域止于阿什菲尔德山谷，这是一片由运河沿岸的几栋多层公寓楼组成的市政廉租房。这片拥有1014套公寓的楼房建于20世纪60年代末，建筑风格属于法国建筑师勒·柯布西耶[1]所倡导的功能主义——一种乌托邦式的“空中街市”。这些建筑就像巨大的科幻作品里的生物，把“内脏”一览无遗地暴露在体外。灰泥卵石墙面搭配波纹状的墙缘，像极了一个个镶嵌在混凝土中的金属笼子。没过几年，租户们就开始抱怨这些恐怖的实用主义建筑让他们感觉自己像是住在监狱里。那一带的公共设施屡遭破坏，毒贩横行霸道，酒鬼醉卧街头，满墙都是涂鸦，还有人曾在垃圾箱里发现一具死了6个月的干尸。那里的租户统统被当地的商贩和企业列入了黑名单，无论是音像租赁店、煤气用具展销店还是家具店，都拒绝为他们供货，即使供货也坚持收取大额的订金。这个街区在当时简直臭名昭著，以至于那里的居民在找工作时都不敢使用真实的地址。爸爸曾开玩笑说，这条运河就相当于我们街区和廉租公寓之间的护城河，要是真想过河的话也不难，只需踩着那些被扔进河

1　20世纪著名的建筑大师、城市规划家和作家，现代主义建筑的主要倡导者，功能主义建筑的奠基人。——译者注

里的购物车、婴儿车和垫子，三两下就能跳到对岸去。

那一带即使在清早也让人感觉不太平。电梯里总有一股尿骚味。有些涂鸦的内容居然牵扯到我们学校的老师。比如在楼梯的转角处画着一些卡通画，上面写着“朱莉是个大渣女”和“保罗是个大傻帽儿”。一天早上，墙上又出现了新“画作”，一看就是乐队的名字——“驽钝”[1]和“堕落”[2]——被喷在西北电力局用来警告人们谨防触电的标签下面，上面画的是一个腹部遭电击的火柴人形象。我当时就提醒自己，有机会一定要问问肯尼，看他知不知道这两支乐队。

几周后，我看到肯尼坐在迪肯·格林酒吧附近的墙上。在校外，他又恢复了一身朋克的行头。上身是一件蓝色的艺术家罩衫，下身是一条红色紧身裤，脚上是一双长及膝盖的马丁靴。他把头发染成了红色，并利用一些干肥皂片把头发一绺一绺地竖起来。要不是他冲我点了点头，我差点都忘了自己有事要问他。于是我停下脚步，问道：“肯尼，你听说过一支叫‘驽钝’的乐队吗？”

“当然听说过，”他说，“他们是一群彻头彻尾的无政府主义者。我前几天刚在一本乐迷杂志上读到关于这支乐队的文章。那几个家伙看起来怪吓人的，到哪儿都穿着一身黑。”

“那‘堕落’乐队呢？”

1　英国最具代表性的无政府主义朋克乐队之一。——译者注

2　英国著名后朋克乐队。——译者注

“我太爱‘堕落’了，”他说，“今年初夏我去看了他们的首演。演出地点是曼彻斯特的一个地下室。那叫一个疯狂。后来在丁斯盖特街的‘索耶的怀抱’酒吧里，我遇见了他们的主唱马克。他居然请我喝了一杯！”

我问他为何到处闲逛。

“我在等人来接我。我们几个打算去一趟‘电马’[1]。”

“什么是‘电马’？”

“就是‘电动马戏团’，曼彻斯特的一家俱乐部。”

“那里有什么演出吗？”

“主场是‘雷齐洛斯’乐队，但我们主要是去看助演的‘华沙’乐队[2]。他们简直太棒了，尤其是他们的主唱，每场演出都全情投入，近乎癫狂。”

1　原文为“leccy”，即英国人对“电力”的非正式叫法。——译者注

2　英国著名摇滚乐队“快乐分裂”的前身。——译者注

第四章　徜徉书海

兰令[1]的那款“Chopper”自行车实在是绝佳的运“书”工具。加了软垫的座位又窄又长，靠背上多出的那一截弧形的金属扶手非常适合用来挂一次能装四本书的书袋——罗奇代尔的卡斯尔顿图书馆一次最多只能借四本书。这座图书馆和遍布各个英语国家和地区的2500多座图书馆一样，是由安德鲁·卡内基捐建的。这位知名的苏格兰裔美国实业家生前（1835—1919）一共捐出了3.5亿美元用于建设图书馆，用现在的物价折算相当于今天的48亿美元。

周六上午我常骑自行车去图书馆。虽然徜徉书海是一种快

1　英国著名自行车品牌，因其车标图案形似凤凰又译作“蓝翎”或“凤头”。——译者注

乐，但并不像许多人回忆和想象的那般浪漫与神圣（让-保罗·萨特说过：“我找到了自己的信仰。对我来说，没有什么比一本书更重要的了。我把图书馆视为一座神圣的庙宇。”）。在我看来，图书馆就是一座没有地图的城市。这里的规矩令人生畏，工作人员并不友善。当你问道：“我可以一次借三本小说外加一本非虚构类作品吗？还是根据新规则，我可以随便借阅，只要不是地方史或者楼梯下面那排架子上大本的画册？”那些女图书管理员（我每回遇到的都是女士）可不像电影里描绘的那样戴着一副半框眼镜，笑容可掬、和蔼可亲。她们总是一边工作、一边看表，嘴里嘀嘀咕咕，恨不得下一秒就能下班回家。她们显然对孩子来图书馆这件事不以为然。在她们的认知里，孩子就该去街上或公园里玩耍，不该来图书馆。我有时会不小心弄丢借书卡或迟一两天来还书。每当这时，我都会尽可能欢快地表达我的歉意：“对不起，有一本书稍微有点逾期。”

“嗯，逾期就要被罚款。”

我的朋友中只有大卫·约翰逊和我一样热爱阅读，但我们的阅读品位却不尽相同，尽管我们还不成熟。他曾借给我一本艾萨克·阿西莫夫[1]的《基地》[2]（*Foundation*）。如果他不说下面的那段话，而是直接把书递给我，我肯定会乐坏了。可是，就

1 俄罗斯犹太裔美国科幻小说作家、科普作家、文学评论家，美国科幻小说黄金时代的代表人物之一。——译者注

2 艾萨克·阿西莫夫所著的《基地》三部曲中的第一部。——译者注

在他把书给我的前一秒，他开口说道："这本书讲的是银河帝国的末日，数学家哈里·谢顿终其一生都在研发一套被称为'心理史学'的理论。他可以运用统计学法则预测出人类的未来。于是，他预见帝国正在逐渐走向衰亡，以及未来银河系将会经历一段长达3万年，充满无知、野蛮和战争的黑暗时期。"

我点了点头，希望他能看出我这么做是出于礼貌而不是兴奋。然而，他接着又开始讲述阿西莫夫的生平。

"他出生在俄罗斯莫斯科西南约250英里的一个名叫彼得罗维奇的小村庄。"他滔滔不绝地说道，"1921年，他和村里的其他16个孩子同时感染了双侧肺炎，但他是唯一幸存的。3岁那年，他们全家乘坐当时世界上最大的皇家邮轮'波罗的海号'前往美国。我猜你肯定以为他们一家人当时说的都是俄语，对吧？"

说实话，我当时想的是我宁愿听他那刺耳的小提琴声，也不愿听他以这种方式跟我说话。

"那么，你就错了。他的父母说的是英语和意第绪语。你听说过意第绪语吗？就是犹太人之间说的一种神秘的语言。总之，他后来成了波士顿大学生物化学教授……"

"好极了。"我迫不及待地抢着说。

在接下来的七八天里，我勉强读了20页左右的《基地》，实在无法理解书里的内容，怎么也看不下去。于是，我实话告诉了约翰逊。

他确认道："对于你这种初次涉猎科幻小说的人来说，这本书可能超出了你的理解范围。所以，这类书才被叫作‘科幻’小说。或许你可以先试试读迈克尔·莫尔考克的书，他就好比英国版的阿西莫夫。嗯，只能说是有点儿像。如果我是你的话，我会先从那本《科尼利厄斯四重奏》（*The Cornelius Quartet*）看起。”

“这书名听起来像爵士乐队。”我说。

“这绝不是什么乐队。”他严肃地说道，完全听不出我是在开玩笑。

姐妹们的担心是对的。外公在婚后不久就出现了一些怪异的行为。他在婚礼照片上乱涂乱画，在那张在教堂外面拍的宽幅大合照上，他不仅在自己的头上画了一对角，还在脚上画了一个向下的箭头。

多次尝试之后，大卫带着一肚子叹息和懊恼，最后一次向我发出看科幻小说的请求，这次他推荐的是J.R.R.托尔金。这一回，他直接把书郑重地交到我的手里，仿佛那不是一本书，而是一块纯金的牌匾，上面赫然写着《霍比特人》（*The Hobbit*）几个大字。我本打算使出前几次应付他的招数，走马观花地翻一遍，没想到这本书的每一页都复杂到让我看不下去。巫师、矮人、精灵、兽人、恶龙、神秘之门、魔戒、会说话的蜘蛛，当周围的一切由内（电视和广播）到外（酒吧、演出场所、街头）都在进行着一场崇尚真实、被称为“朋克”的文化大变革时，这堆乱七八糟的东西又是如何被虚构出来的呢？我当时觉得纵容自己去看托尔金的瞎扯是一种毫无责任感的行为、一种时间和精力上的浪费，因为我们有更重要的事要做：要组建乐队、要出乐迷杂志、要买唱片，还要为每一首歌曲欢呼雀跃。就像雷蒙斯乐队在歌中唱到的，我们要“嘿！吼！向前冲！”。

一周后，我把那本《霍比特人》还给了大卫，并声称自己“看不太懂”。好在这并没有影响我们的友谊。通过这次经历，我发现好朋友之间可以共享很多东西，但这并不代表你们对书的品位也要完全一致。更重要的是，我第一次真正成为一个反社会习俗的人——因为大卫告诉我，《霍比特人》在全世界已有数百万的销量。我不在乎将自己变成一座“孤岛”，更不在乎那些反对者的意见有多强烈和多不容置疑，我只知道任何一本以“地底洞穴中住着一名霍比特人”为开头的书都不可能出现在我的生命里。

卡斯尔顿图书馆的许多书若干年后都成了我藏书的基石。当年除了我的朋友大卫·约翰逊之外，没有人给过我文学方面的建议，因此我与这些书暂时还无缘相见，它们就像与我擦肩而过或走在街对面的路人，有一天却突然成了我的好朋友。但我并没有闲着，仍在用我这双“喜鹊”[1]的眼睛四处搜寻与我的各类收藏相关的书籍，比如“瓢虫”系列读物（里面有精美的

1　“喜鹊”在英语中暗指“有收集零碎东西癖好的人”。——译者注

插图）和厚重的权威读物“观察者”系列。其中，“观察者”系列包含了从1937年出版的《英国鸟类》（*British Birds*）到2003年出版的《路边与林地》（*Wayside and Woodland*），共100个主题。另一个精彩的系列共有48本小人书，涉及的主题相当广泛，从《海底世界》（*Life Under the Sea*）到《狂野西部的英雄》（*Heroes of the Wild West*），再从《著名的教堂》（*Famous Churches*）到《美丽的蝴蝶》（*Beautiful Butterflies*）。这套书于20世纪60年代中期由班克罗夫特公司首次出版。正如其书名所示，这是一套适合小孩看的书，因为每一本书都只有十几岁孩子的手掌那么大，每本书的封面都有一个红色的小圆圈，圆圈里写着每本书的序号。还有什么比这更能吸引收藏爱好者的呢？

外公的状态越来越差。最糟糕的时候，他会在房子的周围点满蜡烛，并且在墙上写字。他从铁路上搬来几块木头，用它们把家里的窗户堵上，因为他觉得有人在监视他，他的脑子里总有人在说话。于是他冲着邻居大喊，叫他们不要隔着墙窃窃私语。他一直对外婆说他要走了，必须去一个地方，而且很快就得动身。

我在当一个任性的孩子和当一个懂事的见习生之间摇摆不定，不知不觉中就把两种角色都试了一遍。夜深人静时，我会看看书，或琢磨一会儿朋克究竟是什么。然后我会和朋友们一起出去玩，撕一块硬纸板，顺着长满青草的斜坡往下滑，或是骑在铁轨的枕木上，沿着运河漂流。于是我更加矛盾了，虽然我心智成熟（我那会儿总把自己想象成35岁左右），可外表看起来又比实际年龄要小，虽然已经13岁了，但看起来还跟9岁差不多。

我们学校的大多数人在星期三晚上都会去圣路加教堂的青年俱乐部。一群半大的孩子在大厅两侧的房间里跑进跑出，难免会发生冲撞；有的会跑到台上模仿牧师讲道，有的则在满是尘土的地上比赛掷卡片，打架更是在所难免。一个孩子流着鼻血冲进洗手间，身后留下一串长长的血迹。一些孩子在储藏室里找到了地板刷，于是跨着它们四处跑，假装在进行骑士比武大赛。还有人得意地挥舞着日光灯管，直到一个领头的出来制止说："把灯管收起来，听到了吗？马上！这东西是会爆炸的。"

一家空手道俱乐部占用了大厅正上方的大房间。在任何情况下，我们都不准上楼。有一次，我和史蒂夫·费顿成功甩掉了看管我们的头儿，悄悄地溜了上去。史蒂夫把脸贴在门板的玻璃上，我从他身后偷偷往里看了一眼。里面的人全都穿着宽松的白色套装，看起来正在做一些日常训练，每个人的脸上都憋出一副古怪的表情。史蒂夫说他们看起来像是在拉屎，于是就惟妙惟肖地模仿了起来。一开始只是做给我看，后来就连里面的人也全都成了他的观众。这下子我可笑不出来了，那扇门被我用力撞开。我立刻转身跑下楼梯，史蒂夫追了上来，从我身后一级三英尺（0.91米）高的台阶上直接跳了下去。他先是撞到了墙上，随后又落在一堆杂物上。那个会空手道的家伙站在最高的一级台阶上，气得直发抖。

“跟你们说过多少次了，不要到上面来。”

“去你的吧。”史蒂夫一边喊一边揉着自己的屁股。

“下回再让我看见你们上来，可就不只是踹屁股了，听到了吗？”

“我会让我爸来跟你算账的，”史蒂夫喊道，“不管你会什么功夫，他都能把你揍扁。”

戴先生是我们的科学老师，掌管着学校里唯一的录像机[1]。每隔几周，他都要把这台硕大的设备推出来摆在教室前面，以供大家瞻仰。他再三强调说，我们这群人不配与这台神奇的机器共处一室，这种设备通常只有一流的学校才买得起。他有一盘专门记录解剖学上畸形现象的录像带，大部分内容都是以怪异、模糊的黑白色呈现的。

“我们来看那些怪物吧！”他兴奋地提议道。

“好！”

我们七手八脚地用几个压扁的纸箱遮挡住窗户外面透进来的光，与此同时，戴先生愉快地按下了录像机前面的几个大按

1　这台录像机应该是英国首批进口的盒式录像机之一。1975年，市场上一台这样的录像机售价是1000英镑，当时一辆家用汽车的价格大约是它的两倍。直至2001年，它的价格才下降了96%。这款录像机如今已停产，就连二手市场上也无人问津。

钮。影片开始了，但是声音颤抖，画质粗糙。我们看到了一些浑身毛茸茸的婴儿、身体长在一块儿的人、脊柱末端长出尾巴的人，还有满脸胡须的女人。有一位长了11根手指的钢琴演奏者，他了无生趣地弹着钢琴，就像是在为自己的葬礼演奏。下课时，戴先生不准我们起身，以便他迅速地把这台机器放回那个无人知晓的地方。他是担心我们知道了以后会把消息透露给那些觊觎这台机器的兄长或朋友。

学校的体育课从来不给人喘息的机会。我们大多数人想踢足球，可当时只有联盟橄榄球才被列入正式的"校园运动"。在体育馆里，体育老师本森先生愣是把这项野蛮的运动变成了一种优雅、气派的休闲活动。我们进行了带球和传球等训练，队列和阵型都很优美。可一到球场上，它瞬间就成了一场光荣的帮派斗争。块头较大的男孩终于可以光明正大地对那些发育不全的同学动粗。面对他们猛烈的冲撞，我们全都成了依附在角马背上瑟瑟发抖的鸟。

"蹲下来抓他的脚踝。"本森喊道。

他的意思是我们应该头朝前，不顾一切地向那些脚踩钉鞋、横冲直撞的小伙子脚下猛冲过去。有些孩子为了得到他的认可而不得不铤而走险，穆尼尔就是这些"角马"中的一员。有一次，他在离球门线6码远的地方遭到了六七个小屁孩儿的伏击。他虽然放慢了速度，但仍在砥砺前行。"土豆"约翰逊仰面朝天地滑到了他的身下，奋力伸出手去拽他那条短裤的下摆。"土豆"显然没有控制好角度，一把抓住了穆尼尔的下体，穆尼尔顿时痛得大喊大叫。本森仍苦苦哀求他继续向球门线挺进。无奈“土豆”就是不松手，穆尼尔瞬间面如死灰，发出了一种我们从未听到过的声音，由尖声哀号转为一阵低沉的、咯咯作响的呻吟。最终，他还是拼命地冲向了底线并触底得分。而不肯放手的“土豆”就这样躺着被他一路拖到了终点。穆尼尔说他感觉要吐了，本森拍着他的背说：“你很快就会好起来的。加油啊，小伙子。”

体育课上是禁止穿内裤和背心的。本森认为男孩只有在洗完澡之后才可以穿上整洁干爽的内衣裤。要是被他看出谁的短裤下面隐约有“Y”字形的轮廓，或是有背心的肩带跑出来，他就会把这个违规者叫到跟前，要求他立刻脱掉内裤和背心。这就意味着，在春寒料峭的二月早晨，我们只能穿着轻薄的尼龙短裤和上衣，哆哆嗦嗦地在户外上体育课，浑身的皮肤被冻得青一块紫一块的。刺骨的寒风顺着赤裸的双腿和空空的裤管刺溜刺溜地往上蹿，你立马就能感觉到生殖器的周围一阵发紧。

下课后回到更衣室，冲澡也是一道强制的程序。有些人只是把毛巾围在腰上，快速地从喷淋下跑过，企图蒙混过关。一旦本森揭穿了他们的诡计，这些人就要在众人的围观和窃笑声中重新洗一次澡。当天晚些时候，也许要等到下午的两节数学课结束以后，下腹部才会感觉到一阵难以形容的下坠感。于是，你下意识地抓一把自己的裤裆，发现那两颗“球”终于又回到“袋子”里了，先是一边，然后是另一边。

当外公的情绪不稳定时，他的行动就会变得疯狂而急躁，外婆常被吓得不知所措。有一回，她甚至从家里逃了出去，走过好几条街到外公的姐姐莉齐家，她知道在那里还能遇上外公的另一个姐姐艾琳（这对姐妹几乎形影不离）。考虑到外公不仅是自己的丈夫，也是她们的兄弟，外婆希望能得到她们的帮助。没想到这竟成了日后一家人老死不相往来的开始。事情的起因是姐妹俩不肯相信外婆所说的一切：她们的兄弟怎么可能成天骂骂咧咧、大吵大闹呢？这女人一定是在做梦。没错，自从他的脑袋挨了那一下之后就有点不正常，但他一直是个温顺随和的年轻人，这些故事全是她捏造的。当听到外婆说为了自身的安全，她可能会搬出去住时，姐妹俩立刻板起脸来责备她说："你怎么能在这种时候，在你丈夫最需要你的时候离开他呢？"

外婆只好回到家中，尽她所能地料理好一切，并且一做就是50年。

音乐课本应该是少有的能够融洽师生关系的课，毕竟大多数孩子还是喜欢音乐的。但不幸的是，我们的音乐老师克朗普顿先生却是个自命不凡的家伙。他和大多数老师一样，完全无法与孩子相处。他那一头短短的卷发配上修长的四肢，活脱脱就是一个真人版的"玩具兵"。在一堂课上，他想找个人站在全班面前演示呼吸技巧，以便向我们展示如何正确地发声，于是不厌其烦地问了一遍又一遍，到最后就连他自己也觉得有点可笑，于是似笑非笑地把身子往椅子深处挪了挪，目光扫视着全班。

"来吧，主动上来一个同学。"

全班一动不动。

"就一个，别害羞嘛。"

他又问了一遍。然而此时，我们已经被问得有点不耐烦了。要知道，对于我们这一班即将毕业的"老油条"来说，这种上课方式未免太幼稚。他用手背把眼镜往上推了推，又松了松衬衫的领口，班里的气氛立刻变得紧张起来。

"你们这些人是怎么回事？为何不试一试呢？"

至于后来珍妮·亨斯托克是否自告奋勇地要做这个示范，我既没有听见，也没有看见，因为随后班里就爆发了一场激烈的争吵。当时，珍妮应该是举手示意或小声嘟囔了一句："老师，我来吧。"但几乎与此同时，大卫·罗奇也冒出了一句无礼的评论。于是，克朗普顿上前教训他，匆忙之中撞翻了一张桌子。原来，罗奇是在小声骂珍妮"傻帽儿"。克朗普顿把他从椅子上拖了起来，几乎是抓起罗奇的双脚将他扛到了教室前面。罗奇动弹不得，只能一个劲儿地用掌根去推克朗普顿的肩膀。

"傻帽儿？你说她是傻帽儿，现在谁是傻帽儿？嘿，罗奇，你看看现在谁才是傻帽儿？"

此刻的"玩具兵"被一团怒火点燃了。罗奇终于被放了下来，但仍摇摇晃晃地在克朗普顿面前努力让自己站稳。罗奇骨瘦如柴，似乎轻轻一拳就能在他的胸口留下青一块紫一块的印记。克朗普顿一把抓住他，一边使劲摇晃、一边不停地问道："非要逼我这么干你才肯配合，是吗？"

他最终还是放弃了。他一把将罗奇推开，然后低头看了看自己的手，眉头迅速皱了起来，就像是突然发现自己的手上沾满了屎。他嫌弃地把手放在灯芯绒裤子上擦了擦，说道："滚出去，罗奇。别让我再看见你。"

直到今天，每当我谈到自己的学生时代，妈妈总忍不住为自己辩解："我们并不知道你小时候这么不开心，你当时看起来挺好的。"

是啊，孩子哪里懂什么好坏。我以为每个人的学生时代都差不多，都跟手心里有一只长满疙瘩的癞蛤蟆一样恶心。只有在成年以后，通过与他人接触和了解，我们才能正确地看待自己的童年和学生时代。当时的我并不知道有些孩子——当然是"别人家的孩子"会真心喜欢去上学。因为他们学校里的老师从不嫌弃学生，同学也都勤奋努力，所以他们不仅喜欢上学，还能在学校里学到知识。同样地，我也没有注意到我的学校竟是如此简陋，不仅没有像样的教学设施，就连那台录像机或一盒钢笔被盗了，我们这些学生也要沦为被怀疑的对象。我特别羡慕别人能拥有快乐而充实的学生时代，以及他们身上那种被快乐的童年所赋予的平和性格。

好在我并没有白白浪费这段经历，而是从中学会了如何在充满敌意的环境里生存、如何隐藏自己的锋芒，以及如何讨好那帮愤怒的、自甘堕落的孩子，以免遭受他们的欺负。我甚至怀疑自己独立的性格也是在这期间被锻造出来的。学校里没有老师或同学能为你传道授业和解惑，一切全靠自学。假如我从小生活在一个人人看书、推荐书和评书的环境里，那么书籍就会因为随处可见、随手可得而变得稀松平常、无甚特别了。可事实恰恰相反，因此书籍在我的生命中扮演了至关重要的角色，不仅强化了我作为局外人的身份，帮助我渡过了无数难关，也塑造了我独立自强的人格。

妈妈出生时，家里正值“内忧外患”。就在她出生的前几周，德国空军开始对曼彻斯特狂轰滥炸。仅仅一个周末的工夫，全市就有684人死亡、多达2000人受伤。与此同时，外公和疾病之间的战争也在家里如火如荼地进行着。因此，妈妈小时候常常在睡前祷告：“求您让我爸爸好起来，并且让我们家有朝一日能有一个小花园。”

多年以后，一位曾经的老师在看过我写的一本书后主动联系了我，我们在罗奇代尔的一家酒吧里见了面。他问我过去对母校有何看法。我们当时已经喝了不少酒，于是我全然不顾外交辞令，直截了当地对他吐露了心声：在学校的那几年，我简直像在监狱里生活一般，度日如年。

“想想看，我们当年是怎么熬过来的，”他说，“我们大多数人都是刚接受完教师培训就直接被派到罗奇代尔这个鸟不拉屎的破地方，管理一群不服管教的叛逆少年。大部分上了年纪的老师都是在别处找不着工作才混进学校里的，根本就不适合当老师。这就怪不得我们刚来几周便对这份工作不抱任何幻想了。”

他的这番申诉也不无道理。由此可见，当年无论是学生还是教师都同为教育制度的受害者，但这并不能成为大多数教师发泄怨气、消极怠工，甚至欺侮学生的借口。

“我在你眼里又是什么样子的呢？”他接着问道。

“不像某些人那么糟糕。”我回答道。这已经是我能给出的最体面的回答了。我之所以这么说，是为了不想让自己和昔日的同窗失望，尽管我并不知道在那个漆黑的夜晚，当雨点敲打着“飞马”酒吧的窗户时，我的老同学们都身在何方。

那位老师离开之后，我又独自小酌了两杯。当下，我感觉记忆在慢慢地褪色，仿佛过去的种种都不曾发生一般。昔日的学校早已不复存在，先前的老师和同学也都天各一方，当年的孩子如今都有了自己的孩子，有的没准儿连孙子都有了，还有几位已经去世了。时间都去哪儿了？难道那些过去的岁月还在另一个时空里堆积着，等待着被重启并再次进入人们的视野？或许，我们应该和过去妥协，承认过去的存在，并且告诫自己要继续前行，忘掉过去，活在当下。一番思索过后，我为自己叫了一辆计程车。

那一晚的聊天使我意识到，这位老师很可能是20世纪60年代成千上万的理想主义者之一，也就是以粗呢外套和英国核裁军运动组织（CND）[1]为代表的那个年代。这一理想导致了许多年轻教师将教育视为促进平等主义和改变世界的一种手段。

如今，身为成年人的我看得出他只比我大几岁，或许相差不过10岁。可当初在学校里，我们却完全是两代人。他说他当年远离家人和朋友，大老远从南安普顿搬来在这里的学校教书。一想到他当年只身来到罗奇代尔，从事这样一份高要求、低回报的工作，我不禁打了个冷颤。

“当时的人就是这么理想主义。我从去赫尔参加教师培训的那一刻开始，就已经做好了背井离乡的准备。”他说。

史料并没有记载巴里·海因斯[2]的小说《男孩与鹰》（*A Kestrel for a Knave*）是如何在20世纪70年代初被列入学校教学大纲的，但它的确产生了极为深远的影响，为那个年代的年轻教师和青少年架起了一座沟通的桥梁。我的生活也因此发生了改变。书中的主人公比利·卡斯珀代表了那些出生于贫穷破碎家庭的孩子。在那个年代，人人身边都有一个“卡斯珀”，他们既是一群半大的孩子，也是一群无人看管的野鸽子。家里和学校从来不是他们的避风港，他们只能穿着10先令一件的破风衣和肥大

---

1 全称为“Campaign for Nuclear Disarmament”，即“英国核裁军运动组织”，是英国一个倡导单方面进行核裁军的反核运动组织。——译者注

2 英国著名作家，20世纪50年代英国文学界“愤怒的青年”群体中的一员。——译者注

的裤子，孤独地玩耍，跌跌撞撞地成长。以现代人的角度和如今的生活水平来看，“卡斯珀”可能更像是夸张的文学创作，但在过去那个年代，他不仅真实存在，而且无处不在。

有好几个晚上，外婆都来到妈妈的床边，轻轻地摇着她的被子将她叫醒。一见妈妈睁眼，外婆立即将食指放在妈妈的嘴唇上，示意她保持安静。

“快去，把拖鞋穿上。咱们得走了。”

她们蹑手蹑脚地穿过房间，走下楼梯，走出前门。她们是想趁外公一阵爆发后睡着的这段时间，赶紧从家里搬出去。

上学那会儿，我所在的班级里就有四个“卡斯珀”。他们全都来自“破碎的”家庭，穿着别人穿过的旧衣服，永远不知道下一顿饭是否有着落。他们成天躲避坏人的欺负，却又常惹得邻居或家人生气。他们是一群“影子男孩”，平时总是不远不近地跟在我们身后，却又从不肯跟我们一起玩。他们经常独自在路边玩耍，有时也会到化工厂附近的河边，或是公路与铁路之间那片油乎乎的灌木丛里去玩。这群孩子中以杰拉尔德·斯旺森最为典型。我们经常邀请他跟我们一起玩，可每次都像在驯服一只野猫，由于他不信任我们，所以一直跟我们保持距离。他总是哈欠连天，有时还在课堂上睡着，即使是用手臂枕着脑袋，也能睡得很香。有一年暑假，我们发现他蜷缩在运河边的一块草垫子上睡觉。他的脸看起来脏兮兮的，像是刚哭过的样子。

"斯旺森。"

他睁开双眼，使劲眨了两下，疑惑地打量着我们。

"你怎么啦？我们又不会揍你。"

"滚开。"斯旺森一边喊着，一边头也不回地跑开了。

可下一秒，他就拔腿跑了。他飞快地跑过灌木丛，很快就跑上了纤道。

比利·卡斯珀朝天比画出了一个桀骜不驯的V字形手势。这个画面经久不衰，至今仍被印在大大小小的海报上、马克杯上，甚至是冰箱贴上。对一个人来说，具有反抗精神固然重要，但更重要的是充满激情。比利没有接受过良好的教育，也得不到家人和朋友的支持，但是通过与凯斯的接触，从发现它到喂养它、训练它，直至最后爱上了这只猛禽，他在自己身上发掘了一种激情，一种大多数人一生都无法拥有的激情。文中最关键的一幕就是卡斯珀在老师法辛先生的鼓励下，向同学们讲述了一个关于自己的真实故事。"跟他讲讲你的鹰。"班上的一个孩子起哄道。一开始，卡斯珀只是单调地回答着老师的问题，但很快他便建立起了信心，开始兴致勃勃地讲述他训练（而不是驯服）这只红隼的过程。他回忆起这只鸟的第一次飞行，说道："它像一颗炸弹似的朝我飞过来，离地面大约一米高，就像一道闪电，头一动也不动，你完全听不到它拍打翅膀的声音。它一声不响地飞过来，然后'啪'的一声径直落在我的手套上。它紧紧抓住我，向我讨肉吃。"大家听得全神贯注，他们突然发现眼前这个孩子已经变得坚强而稳重，由一个自卑的小无赖变成了一个自信的小王子。可见生活并不是毫无希望的，比利找到了属于自己的那份希望，从此他的生命里便多了一份沉着与信念。

从更大的层面来看，这部出版于1968年的小说真实地反映了当时英国北部地区人民的生活，同时也实现了海因斯一直以来的创作意图。他说过："一提到英国文学，读者能想到的都是一些发生在几百年前的故事。我反而想通过阅读来了解我身处的这个世界，这个人人都要靠工作求得生存的世界。"

20世纪六七十年代，英国北部的偏远地区一如他在书中所描绘的那般荒凉，我曾生活在那里。那些在过去形成的社区产业，如煤炭业、钢铁业和纺织业，那时都每况愈下。这种衰败的景象也由外至内地向人们的心里渗透，使他们对生活失去了信心。更糟糕的是，在这群最贫苦的百姓当中，一种所谓的"本位"意识正在悄然形成，他们从小就被灌输了要认命的思想。这种自我价值的缺失严重困扰着我们这一代出身工薪阶层的孩子，许多人因此屡遭挫败，虚度一生，甚至英年早逝。杰拉尔德·斯旺森才20岁出头就卧轨自杀了。在调查他的死因时，警察当众宣读了一张他留给妈妈的纸条，当地的一家报纸——《罗奇代尔观察家报》（*Rochdale Observer*）随后也对其进行了报道。他在遗书中说自己"受够了长期失业的折磨，感觉自己无法像其他人那样正常生活"。像他这样的受害者绝不在少数。保罗·麦克马洪在吸入大量毒胶之后，被他的好友弗朗西斯·哈珀活活踩死了。在幻觉的作用下，弗朗西斯坚信保罗身上着火了，而自己这么做只是为了帮他灭火。西蒙·汉弗莱斯从市中心公寓的阳台上跳了下去。其余的大多数人也只能凑合着干一些零工。他们原本打算先应付几周，等有了更好的机会就换一份工作，结果一等就是大半辈子，或者中途就被裁员了。

在读完小说《男孩与鹰》之后，我们的英文老师塞尔伍德先生布置了一篇作文，要求我们将书里的校长格莱斯先生与查尔斯·狄更斯的小说《尼古拉斯·尼克贝》(*Nicholas Nickleby*)中那位冷酷无情的沃克福德·斯奎尔斯进行一番比较。斯奎尔斯毫无疑问是文学史上最令人憎恶的角色之一，他经营着一所名叫“杜斯波会堂”的寄宿学校。在这所位于约克郡的寄宿学校里，“一张张本应是漂亮可爱的小脸蛋，却因长期的痛苦而变得眉头紧锁、郁郁寡欢。孩子们眼中的光芒早已熄灭，童年的美好也荡然无存。”如此说来，我的母校还不算太差。

海因斯这部小说的背景就设在南约克郡的霍伊兰公地，而他本人正是在这里长大的。当年他通过了适龄升学考试，顺利考入了位于谢菲尔德的埃克尔斯菲尔德中学。然而，这个消息却令他倍感困惑，因为他和小伙伴不得不因为一场考试而分道扬镳。他在后来的《艺术人生》[1]（*This Artistic Life*）里写道：“仅

1　2009年出版的，由本书作者马克·霍金森委托出版并亲自编辑的一本文选，收录了作家巴里·海因斯一些早期未发表的作品。——译者注

仅因为我10岁那年于一个早晨坐下来参加了一场考试，并且比我的同伴们多答对了几道数学题，这似乎不能成为我高人一等的理由。”他说假如自己当年上的是中等技校，现在很可能是一名“水管工或电工”了。相反，他毕业后成了拉夫堡学院[1]的一名体育教师。在一个闲来无事的周日下午，他向朋友借了一本乔治·奥威尔的《动物农场》，主要是因为这本书很薄，不会占用他太多时间。当时21岁的海因斯发现自己生平第一次体验到了阅读的乐趣。接着，他又转向了欧内斯特·海明威的作品。他再次被这种简洁有力的文风所打动，就像他当初欣赏奥威尔的作品一样。于是，他意识到文学并不一定要与华丽的辞藻或夸张的情节画等号。

于是，他在霍伊兰公地的柯克巴尔克男子中等技校担任体育老师和英文老师期间，提笔撰写了小说《男孩与鹰》的初稿。后来，这部小说在意大利的厄尔巴岛完成——当时他正在那里度假，度假的经费来自英国广播公司的一笔奖学金。据他的学生透露，海因斯在任教期间时常大声朗读H.E.托德写的童话故事——鲍比·布鲁斯特系列丛书。在整个20世纪五六十年代，海因斯走遍了英国的学校和图书馆，拿腔拿调地朗读着自己笔下的童话故事，那些关于会说话的家用物品（其中大多为勺子）的故事在他的演绎下显得更加荒谬了。海因斯当然知道朗读这些愚蠢的故事（比如“布鲁斯特喜欢沙丁鱼三明治”）会遭到学

1　拉夫堡大学（Loughborough University）的前身。——译者注

生的控诉，“然而，有趣的事情发生了”，整个班级在他的朗读声中陷入了一种热情而温暖的氛围。在一次电台节目的采访中，海因斯被问到从教生涯里最重要的是什么，他的回答是“其乐无穷。学生个个都很有趣、很幽默，和他们在一起是一种享受。我觉得在南约克郡的学校里永远有‘开采’不完的幽默”。

可惜，在罗奇代尔的学校里，幽默的矿藏却十分贫瘠。当时家家户户都有巨蟒剧团演出的磁带或唱片，大家对那些关于死鹦鹉和异装伐木工的幽默短剧早已耳熟能详。有些孩子甚至能把它们一字不落地背下来。这种节目就像独奏会，初听时觉得惊艳，当听到第九遍、第十遍时，它就变得犹如钻进耳朵里的一只黄蜂。

有一次，班上居然出现了一本色情杂志。这本杂志里展示的不是那些在《男人专场》（*Men Only*）或《嘉年华》（*Fiesta*）里常见的噘着小嘴、小露春光的性感女郎，而是一张张类似妇科展览的、令人费解的图片。无论从哪个角度看，你都别想看懂这些照片。于是我们便用它来做恶作剧：每次老师转身在黑板上写字时，就有一名学生将一页肉欲横流的图片高高地举起来。果不其然，这出哑剧在前几次上演时还能引得全班哄堂大笑。学生举起杂志，全班偷笑，老师一脸困惑地回过头，杂志已被快速藏到课桌下面。同样的剧情重复上演，直到下午的最后一堂课时，就只能听到零星的两三声大笑了。

我偶尔也会参与这类无聊的把戏，因为这样有助于维持我在一帮朋友中的形象。有一次，四五个男孩约我一起快速冲过一个双车道的环岛，在灌木丛中杀出一条道来，再仰面滑下泥泞的斜坡。在他们兴奋的尖叫声中，我突然意识到自己很无聊，同时也开始担心这么做会毁了我的衣服（将它们撕成碎片）。还有一次，我加入了一场钢笔大混战，就是不断地把墨水往对方身上甩。有一次是在课堂上，老师在讲台上若无其事地讲着课，我们一帮人则凑在一起，把一个不停傻笑的孩子摔倒在地，撩起他的衬衫，让墨水纵横交错地流满他的肚皮。那时的我大概15岁，明知自己早已过了胡闹的年纪，也清楚各科考试都迫在眉睫。当我再次挥动手里的钢笔时，心里却不停地想着：我到底在做什么?

有时，这些看似无伤大雅的“小幽默”也有它邪恶的一面。比如，当我们发现老师的椅子被换成了储藏室里那把破椅子时，我们心里都很清楚接下来老师会被摔得四脚朝天，而我们也会因此感到羞愧，但是，在班里那些恶霸的淫威下，我们什么也不敢说。另一个恶作剧是悄悄地移动（通常会运用灵活的脚法）那根用来撑开顶部窗户的杆子，这样它就会倒下来砸到某人的头上，运气好的时候还能砸到一位老师。到目前为止，最残忍的一次就是上体育课之前将一个男孩逼到墙角并脱光他的衣服。这还不够，作为最后的羞辱，他又被众人抬起来扔进了女生更衣室。最后，他不得不一丝不挂地跑回家。

外公会被定期送去斯普林菲尔德，那里以前是一家济贫院，后来被改建成一家精神病院。每当学校里的朋友问起外公的下落时，妈妈都说他是因为身体不好而离开一段时间。可那些朋友却不依不饶地说，他们从未听说过有人病得这么重，居然要在医院里住上好几个月。

随着这部小说的知名度越来越高，一部由该小说改编而成的电影《小孩与鹰》也大受观众的好评，它被认为是从工人阶级生活的最前线抛出的一颗满载赤裸裸真相的炸弹。因此，它势必要为那些穷人、失意者，以及从未有过任何机会的人发声。将这部小说和电影推上各大排行榜的正是这种带有倾向性的立场，这种立场就好比足球俱乐部从球迷那里获得的热情支持。例如，我的体育老师本森先生就很可能成为书中那位田径场上的“恶魔”萨格登先生，而我毕业前的那次毫无意义的职业规划会，就类似电影里的“卡斯珀”与青年就业指导官的面谈。我曾因为随手捡起教室地上的一张纸而挨过校长的手杖（他当时正在走廊里巡视，只是看了我一眼，便断定我在上课开小差）。我挨的这顿打与格莱斯先生在书中武断的鞭笞如出一辙（他在书中写道：“你们这一代人从不听话，既没有勇气，也没有骨气，简直一无是处。充其量只能沦为大众媒体的一点素材。”）。

这部小说显然不是为上流社会和特权阶级写的。作家罗伯特·巴特勒也在《1843》杂志［即从《经济学人》（*The Economist*）衍生出的一本集思想、生活方式和文化为一体的全新杂志］的一篇文章里认可了这一点：

我第一次读这部小说是在英格兰南部的一所预备学校[1]里。学校背靠一座宏伟的哥特式大教堂，教堂里那十四座钟的钟声不时地打断人们的日常生活。学校操场上流淌着满是白垩的小溪，操场四周的围墙则是一座主教大宅子的废墟。除了那几个生活中常见的傲慢的家伙和几个墨水瓶，以及众所周知的传奇球星博比·查尔顿和丹尼斯·劳之外，比利在北方工业区的艰苦生活对我来说似乎遥不可及。

巴特勒的立场和世界观则与海因斯在《艺术人生》里所展现的截然不同。海因斯在书里写道："窗外的景色大大激发了我的灵感。什么？他们说，你指的难道是那些可怕的公寓楼、肮脏的工厂和不断冒出来的黑烟吗，还是那些摇摇欲坠的房子和那些不起眼的市政廉租房？是的，没错。我说，因为大多数人都在这样的地方生活和工作。我想不出还有什么比这更重要的了，不是吗？"

1　英文为Preparatory School（简称Prep School），一般特指英国提供小学阶段教育的私立学校。在预备学校就读的学生同公立学校一样，在中学阶段可以选择公立中学或私立中学继续深造。——译者注

第五章　邂逅《麦田里的守望者》

我在学校里常听人无比崇敬地说起一本名叫《黑暗法则》（*Rule of the Night*）的小说，可我始终没有见过这本书。大家仿佛默认只有兄长级别的人才能拥有这本书。它就像一张装在双折页唱片套里的Yes乐队的专辑，或是一件带有很多刺绣的“威格”牌牛仔夹克，是我们这个年纪的孩子可望而不可即的。从他们的只言片语中我大致可以推断出这本书既神秘又艰涩，自带一种“禁书”的气质，而书里写的故事就发生在罗奇代尔，在我长大的那个片区，在书里可以看到我熟悉的大街小巷、上了锁的车库、酒吧、工人俱乐部，还有那片荒地。

在互联网出现之前，想要找到一本绝版的图书简直比登天还难。唯一可行的办法就是走遍所有的二手书店，如果二手书店也没有的话，就只能向店主登记你要找的书，这也不失为一种有效的办法。加之当年的慈善商店并不像今天这么普及，无形中又减少了一些可以寻找的渠道。因此，越是一书难求，像《黑暗法则》这样的书就越受人追捧。

道恩每隔几周就来我家为我妈理发。她们会把茶几和沙发推到一边，在客厅里腾出一小片地方，再从厨房里搬来一把椅子。每当这时，家里的电视就会被关掉一两个小时，好让她们能够一边洗头、理发、吹干，一边不受干扰地尽情聊天。有一天，妈妈漫不经心地告诉我："道恩的爸爸是个作家。"

"作家？什么样的作家？"

"我想他大概是写书的。"

在她看来，家里有一个作家就跟有一个公交车司机或学校看门人一样稀松平常。据我所知，罗奇代尔当时只有一个真正出过书的作家，他就是《黑暗法则》的作者。

"他都写些什么书？"我好奇地问道。

"这我可不知道。"

"那他叫什么名字？"

"她倒是跟我说过，可我现在想不起来了。"

"那么，她本人叫什么名字呢？"

"她就叫'道恩'。"

"我是说，她姓什么？"

"我怎么知道她姓什么。"

的确，我爸妈几乎从不关心别人姓什么。我爸在提起自己认识多年的朋友时永远只记得他们的外号。如果你追问他某个人的名字，他就会不耐烦地跳起来："我才不在乎他叫什么呢，只要他有一份体面的工作，或是按时给我发工资就行了。"他至少认识四个约翰，他们分别是："波兰人"约翰（因为他是波兰人）、"幽灵"约翰（因为每当有重活累活时他就消失）、"沼泽"约翰（因为他是爱尔兰人[1]）和"鸡肉"约翰（因为他每天都吃妻子为他做好的放在特百惠餐盒里的鸡肉三明治）。

"二战"期间，外公曾随部队被派往南方，但是他经常逃回家，理由是家人比军队更需要他。他会把部队定量配给的巧克力存起来，全都带回来给外婆和妈妈吃。他每次逃回来都只能在家待一两天，而后宪兵们就会找上门来。一来二去地，宪兵们都跟他混熟了，一见面就说：

"走吧，约翰。跟我们回去吧。"

临行前他会亲吻一下妈妈的脸颊，又嘱咐外婆不用担心，因为他很快会再回来。出门时，他还不忘向前来抓捕他的人申诉道："你们真不该把一个男人从他的妻儿身边带走。我在部队里能顶什么用呢？不就是一天到晚不停地行军吗？"

有一天，我放学回家，发现电话旁立着一本书，正是特雷弗·霍伊尔的《夜的统治》（*Rule of Night*）。原来，正确的书名

---

1 "Bog"一词原意为"沼泽"，因爱尔兰多沼泽，所以"bog-land"也用作对爱尔兰的戏称。——译者注

是不带定冠词“the”的。书的封面是一枚闪着寒光的刀片，它被夹在肮脏的指缝里，一出手就能给人带去痛苦与伤害。图片上方有一排文字，写道：“肯尼是个野蛮、敏感、变化莫测的狠角色。本书以肯尼的故事为主线，是一部讲述青少年暴力与犯罪，以及他们如何追求刺激，令人难忘的小说。”

我仅用两天时间就把它看完了，真恨不得连晚上睡觉的时间都用来看书。由于本书的主人公肯尼·塞登是一个足球流氓兼光头党，因此当时的图书市场便将它等同于时下流行的青少年低俗小说，然而它的文学价值却远高于此。霍伊尔在一次采访中提到，他亲眼看见一个球迷在一场比赛中被捕，过后便产生了写这本书的想法。

“警察将他的双臂反剪，押着他绕球场走了一周。”他说，“他一路对着人群咆哮，那些人则朝他吐唾沫。面对这丑陋的一幕，我当时就想：‘天哪，这根本是在以暴制暴。’我很想找机会多了解像他这样的人，于是开始和一群光头仔混在一起。”

正如我在学校里听说的那样，这本书是以罗奇代尔为背景的，但它并没有突出这一点。书中描绘的那些场景在英格兰北部随处可见，比如肯尼和他的哥们儿在雨天的路灯下徘徊，他们抽着“玩家6号”香烟，追着一群小阿飞打架，或是找女孩搭讪。而这一切，霍伊尔只是将其作为事实描写，语气里丝毫没有褒贬。

这部由富图拉出版社于1975年出版的小说，实际上是被强行归入了一个由多产作家理查德·艾伦打造的文学类型。这位作家的真名叫詹姆斯·莫法特，他的笔名是由当时的编辑为他选定的。莫法特以每天1万字的速度，用45个笔名写了290部小说。1970年6月，他终于以理查德·艾伦的身份发表了第一部小说《光头党》(*Skinhead*)。此书一经出版，销量就超过了100万册。

我记得曾在一些二手书店里看到这些低俗小说，它们通常破烂不堪，不仅封面严重磨损，书脊也大都变了形，显然是经过了无数人的手。在出版《光头党》之前，新英国图书馆出版社（New English Library，以下简称NEL）在过去的15年里一直处于亏损状态。编辑彼得·海宁说："我们想出版一些关于时事的书。因此，我们会在报纸上寻找灵感，然后快速地将它们（那些新闻故事）改编成书。"当时年近50的莫法特是一个成天抽着烟斗，穿着开襟羊毛衫的计件撰稿人。他向自己的经纪人维克多·布里格斯毛遂自荐，说自己有望成为一个青少年小说作家。"这一想法简直太荒谬了。他就跟葛丽泰·嘉宝一样，这辈子也不可能跟光头党扯上关系。"布里格斯说。据说，莫法特是依靠在一家酒吧里，和伦敦东区一群醉醺醺的光头党聊天来"收集素材"的。他很快就虚构出一个留着锅盖头的精神变态者乔·霍金斯，这个角色就这样一路杀进了他后来接连创作的18部小说里。他仅用6天时间就完成了《光头党》，在其他作品上花的时间与此相差无几。他拒绝对稿件进行修改或编辑，因此他的每一部作品都是一稿定乾坤。

莫法特的书中充斥着种族主义、暴力、帮派斗争和强奸等内容。他说过:“(对我而言)写书是一门生意,是我的谋生之道。我写作就是为了生活。”对年轻读者来说,他们的兴奋则来自对社会阴暗面的窥视和强烈的代入感。光头党文化最初是一种吸收了大量牙买加时尚和音乐元素的多种族文化。莫法特笔下的主人公霍金斯却硬给它贴上了新法西斯主义的标签,使其在20世纪70年代以后的很长一段时间里大行其道。

莫法特的小说全是在德文郡西德茅斯的一间海滨小屋里创作出来的。他靠着版税赚了不少钱,即使是在20世纪80年代销量下滑时,他也坚持每天喝掉一瓶威士忌。除此之外,他还是个烟鬼。1993年,他因为罹患癌症又拒绝治疗而去世,享年71岁。另一位颇受欢迎的“滥用青年主题”的作家彼得·凯夫就住在离莫法特几英里远的托基市。从1971年出版第一本书《逍遥骑士》(*Chopper*)开始,他的写作主题就一直离不开以“地狱天使”[1]为主的摩托车手。此外,他还为软色情杂志《裙短情长》(*Flirt'n Skirt*)撰写过文章。

尽管当时我年纪尚小(可能骨子里还有点虔诚),我却十分抗拒这类书籍。我觉得这类书是在用肮脏的方式亵渎文学,这种做法简直大错特错。我有时会在运河边找到几本被丢弃的色情杂志,矛盾的是,我反而认为这些杂志更健康,至少它们是自成一统的,既没有被冠以探究生命意义之名,也没有试图跻

1　世界上最大的摩托车俱乐部,成立于“二战”后的美国,而后渐渐发展成为国际性的机车俱乐部。——译者注

身于那些伟大而严肃的文学作品之列。后来，我对新兴的足球流氓和硬汉类书籍也产生了类似的抵触情绪。它们源源不断地制造廉价、肮脏的快感，使得一些本不为人所知或本该被唾弃的人物和历史事件都借机重出江湖。

理发师道恩一定是向她的爸爸反馈了我对那部小说的喜爱，因为几个星期后，我家的电话机旁又出现了两本他的书，分别是1972年出版的《奸夫》(*Adulterer*)和1973年出版的《强硬游戏》(*The Hard Game*)。这两本书皆是在《夜的统治》面世之前由NEL公司出版的。两本书的封面都是近乎裸体的女人，并且都配上了不堪入目的宣传标语。

《奸夫》的主人公乔恩·琼斯是一个野心勃勃的无赖，他就职于曼彻斯特的一家广告公司，成天开着一辆敞篷的凯旋雄鹿[1]四处招摇。在当时，如果作品中出现厌女症的描写或许会被看作生动形象、无伤大雅的玩笑。要是放在今天，这样的内容一定会在“后ME TOO”[2]一代中引起轩然大波。大家且看这一段：“我第一次注意到她的脸。她简直是一头丑陋的母牛。”这是琼斯在书中对经常与自己发生性关系的酒吧女招待西尔玛作出的

1　20世纪六七十年代英国的一款经典老车。——译者注

2　指2017年10月哈维·韦恩斯坦的性骚扰丑闻曝光后，社交媒体上广泛讨论和关注的一个口号，意思为“我也是(受害者)”。随着这一话题席卷全球，它的关注点也从对抗性骚扰扩大到了女性维权。——译者注

评价。在一次荒野路边的亲密接触后，他又发表了一通看法："西尔玛坐在那里，像一坨闷闷不乐的面团，仪表盘发出的光反射到她的眼镜上，她的身材平平无奇，看不出任何女性的特征，更像是一个男人的身体。"无独有偶，在他的另一部小说《强硬游戏》里，叙事者凯尔·罗西特，一个硬核色情作家也对女性做出过类似的评价："女人都是冷酷无情的生物。你无法信任她们，因为她们满嘴谎话，且诡计多端。"

近50年后再度阅读这几本书，我从《奸夫》一书中感受到了一份独有的傲慢。霍伊尔塑造了一个完全属于他自己的世界。书中那些气喘吁吁的出租车司机和末路英雄追求的全是肮脏的性爱，他们前脚刚离开家里破旧的地毯，后脚就踏进酒吧，在那里高谈阔论自己一路上征服的对象，直到打烊了才肯罢休。霍伊尔也可以把一篇描述性的散文写得行云流水，他在描写环抱罗奇代尔的荒原时写道："一簇簇干燥耐寒的草紧贴着地面，被风吹得弯曲变了形。在万里无云的天空中，一群鸟儿同样在风中摇曳，远远看去就像几个忽隐忽现的小黑点。它们饥饿地哀鸣着，用一对长焦镜头般的眼睛扫视着地面。"

特雷弗·霍伊尔从这个肮脏、破旧的城市中汲取了灵感和素材，并成了一名作家。我想，也许有一天我也能做到。

妈妈曾经有一个妹妹名叫琳达，她出生于"二战"结束后的第二年。外婆让当时只有6岁的妈妈帮忙给刚出生不久的妹妹洗澡和换衣服。每次在火炉前给妹妹洗完澡，妈妈都喜欢凑上去闻她身上的香气。偏巧这时候，外公的状态跌入了谷底。整个家就像一列脱轨的列车，发动机还在不停旋转着，铁轨和车身被摩擦得火花四溅。外婆只好一边照顾刚出生的小女儿，一边照看外公。

这时，妈妈又染上了百日咳。琳达先是出现流鼻涕的症状，后来也跟着咳嗽起来。外婆说屋里有一股穿堂风，于是她关上了所有的门窗，琳达却依旧咳个不停。她们为她多盖了一条毯子。几天后，她们听到了呼吸困难时发出的“呼呼”声。外公也听见了，他安静地坐在椅子上，眼睛直勾勾地盯着炉火。外婆当时患有乳腺炎，无法正常喂养琳达。琳达日渐消瘦，咳嗽也一直不见好，刚出生两周就夭折了。那天，外婆和妈妈无奈地从医院回来，两周前琳达就是在这家医院出生的。医院到家的距离不过1英里，这段路却成了外婆和妈妈一生中走过的最长的路程。外公愤怒地围着她们团团转，把琳达的死全都怪罪在她们身上。

有一年，学校将一年一度的假期安排在一家基督教徒中心，我和爸妈都没有注意到这一点。学校在宣传册上大做文章，说这是一次充满冒险的假期，只在一段不起眼的脚注里介绍了宗教方面的内容。除此之外，我在学校里没有接触过任何跟宗教有关的事物。也许老师们觉得在威尔士待上一周就能形成一股精神力量，帮助我们渡过难关。这些年来，这家中心一直对外开放，它的网页上有这么一段介绍：“每天晚上，休息室里都会有一个简单的收尾仪式，通常包括一首歌、一段著名的短剧表演、一节《圣经》阅读和一段简短的谈话。”

我至今还保留着那次度假的照片，无论是在卡德尔·伊德里斯山的半山腰上，还是在深蓝色的湖边，大家都纷纷对着镜头龇牙咧嘴，佯装愤怒，身上戴着或高高挥舞着笨重的链子和超大的挂锁，以这种粗野的行为彰显自己“朋克”的身份。另一套流行动作是冲无辜的人发火，嚷嚷着要他们滚开。这种行为已经频繁到令人作呕（正如“透视器”乐队的那首《塑料袋》里唱的，“现在是1977年，我们要疯了”）。我从不参与他们的幼稚行为。肯尼和我分享过一些心得，他虔诚地告诉我，朋克是一种“生存状态”、一种超越他口中那些卡通或塑料朋克所能理解的思想的崛起。它与一个人的穿着和形象无关，而是一种思想上的革命。

他对我说：“朋克是一种独创精神，就是做你所做、想你所想，而不是对老太太动动拳脚或向警察吐吐舌头。你要让它充满自己的意识，并设定自己未来的人生道路。这是一场关于接受与包容的运动，要时刻牢记与三种思想对抗——自满、顺从和循规蹈矩。”

这一切都说明我比其他人更有智慧。当然，我并没有声张。

在这个位于巴茅斯附近的莫达赫河口的基督教徒中心待了几天之后，我们一行人结识了这里的两位领头人安迪和克莱夫。虽然他们比我们大10岁左右，但我们之间并没有什么代沟。他们待人温和、诚恳且性格开朗，在我的生活圈中，这样的人并不多。一听说他们是基督徒，我们便开始绕道去他们的小屋，向他们了解上帝与《圣经》。假期结束前的最后一个晚上，安迪为我们朗读了一首题为《脚印》（*Footprint*）的诗，大意是一个男人梦见自己和上帝一起沿着海滩散步，与此同时，他生活中的一幕幕如同电影一般在空中闪过。他注意到，在生命中那些最悲伤的时刻，沙滩上只有一行脚印。

“他问上帝是否遗弃了他，”安迪说。上帝回答说，他永远不会离开他。他在经受试炼与苦难时看见的那一行脚印，正是上帝背负着他前行时留下的。

就在安迪把书本合上的瞬间，我们听到了一声抽泣，原来是斯蒂芬·基洛在哭。安迪和克莱夫上前安慰他，我们几个也连忙凑了过去。

“他还好吗？”

“他马上就会好的。”克莱夫说。

“你在难过什么，基洛？”杰基问。

“是安迪刚才读的那首诗。”

他惊讶地环顾着那间小屋，仿佛这才反应过来自己身在何处。夜色透过门窗漫了进来，血红色的太阳疲倦地照在河口上。周围的一切都发生了奇妙而美好的变化，在场的所有人都感觉到了。

“那首诗很美，不是吗？”基洛说。

我第一次听到一个孩子说出这样的话。他又忍不住抽泣起来，克莱夫一把抱住了他。我们谁都没有傻笑，也没有嘲讽他，我们回到学校以后，也没有把这件事当成笑柄。那天发生的一切都像是一场梦。

我曾在《罗奇代尔观察家报》上看到一篇启事，于是在一个周五的晚上，我慕名来到了这个基督教青年团体，聚会的地点就设在镇上一座教堂的地下室里。这里的每张桌子上都点着蜡烛，摇曳的烛光照亮了墙上那些描绘圣经故事的蜡笔画。我坐在一群素昧平生的大人与小孩中间，生平第一次放下了矜持，也放下了自我。当晚，我确实有一种“如获新生”的感觉，我能感受到“耶稣与我同行”，这是我在假期里常听安迪和克莱夫说过的一句话。我感受到了一种奇妙的幸福感，这种幸福感是由一些相互冲突的元素形成的——它既能给你活力，又能使你内心平静；既能给你信心，又能让你保持谦卑。这种幸福感既没有副作用，也无须付出任何代价。

拉尔夫是这个团体里最受欢迎的非神职人员。他爱穿牛仔裤和格子衬衫，平时出门总是骑一辆摩托车，脖子上挂着一个大号的皮制十字架。一个星期五的晚上，正当我起身要离开时，他问我是否愿意第二天去他家帮忙贴客厅的墙纸。

“这种活两个人干会轻松得多。”他说。

我并没有将此事告诉爸妈，也没觉得被邀请到一个单身中年男子的家里有什么不妥。我转乘了两辆公交车才到达他家。他笑容满面地为我开了门，衬衫上有几颗扣子没有扣好，露出了里面的白T恤。屋内极其整洁，煤气炉上方的墙上有一幅大挂毯，上面绣着一只鸽子从一个十字架顶上飞过，十字架的下面写着：耶稣是生命。

我们配合得很好。我先把墙纸裁剪成固定的长度，并刷上浆糊，再由他把它们逐一贴到墙上。他的手指小巧灵活，每次要合并两条墙纸的边缘时，都会下意识地把舌头伸出来。他跟我说了许多关于他自己的事。他骑摩托车的“驾龄”已经很长了，还有过酗酒的经历。他一脸严肃地盯着我，一连说了好几次“我过去很爱喝酒”。那天，他脚上穿着一双苏格兰格纹的室内拖鞋。

“你知道是什么改变了我吗？你知道是谁让我意识到自己做错了吗？”他问道。

我摇摇头。

“是上帝，是他亲口对我说的。他拍着我的肩膀对我说：‘你把自己的生活搞成什么样子了？’”

他看着我，继续说道：“你知道我今天为何把你请到这儿来吗？”

他一边说话，一边挥舞着手里的那把刷子，身后就放着那桶浆糊。我忍不住想到，他只要稍稍往后退一步，就会一脚踩进那桶浆糊里，当场表演一出劳莱与哈迪[1]的滑稽戏。他又一次问道：“你想知道为什么吗？”

我耸了耸肩。

1　20世纪三四十年代美国著名滑稽片搭档组合。——译者注

“我请你来是因为我觉得你想谈一谈基督。我指的是严肃深入地探讨。你跟我说过你读了很多书，因此我感觉你对信仰是有追求的。我说的对吗？”

我顿时感觉坐立不安。见我没有立即回答，他的脸上掠过一丝沮丧。

“好吧，一切都取决于你，你想谈的任何时候都可以找我。我会随时恭候。”

他说这句话仿佛是在给自己打气，有那么一会儿，我们一句话都没有说。我觉得自己让他失望了。

外婆想把琳达安葬在自己几年前去世的爸爸身边，外公却坚决不肯让自己的女儿与妻子的娘家人葬在一起。由于他拒绝在那些表格上签字，外婆不得不独自料理琳达的后事。最终，琳达被葬在一个穷人的公墓里，那口小小的棺材被埋进土里，四周躺着的全是陌生人。

我兴高采烈地参加各种集会、青年团体和家庭聚会，但每到一处都要被追问是否已找到合适的教会，这个问题着实困扰着教友们。在一次聚会上，我盘腿坐在地上（我们当时围坐成一圈），自我感觉很好，因为我刚在倾盆大雨中赶上了一辆公交车，并顺利地找到了这所偏僻的房子。一个穿着牛仔衬衫、胡子修剪得整整齐齐的小伙子叫着我的名字，问我是否还没找到教会。

“还没呢。”我故作轻松地说，希望他能感觉到我不想谈这件事。

“说真的，这件事不能再拖了。”

我微笑着说：“这样挺好的。”

“我不确定一个从不去教堂的人还算不算是一个基督徒。”

那一刻，我突然很想家。我的脑子里响起了爸爸的声音：这太不正常了，这不是我这个年龄的男孩该做的事。那个留着胡子的家伙勉强挤出一丝不自然的微笑，改用一种较为温和的态度劝我。

“老实说，在教会里的感觉棒极了。每个去教堂的人都能感觉到与上帝同在。这就好比去朋友家串门是件很酷的事，去教堂就相当于去上帝家串门。只有在那里，你才能感受到他最强烈的爱。”

当他说到“酷”字的时候，我环顾了一下四周，想看看有没有人注意到这个字从他的嘴里说出来有多别扭，结果无人回应。于是我又想，为什么基督徒这么热衷于穿格子衬衫和牛仔衬衫，单调得就像在穿制服。

最终，我去了离家最近的一座教堂做礼拜。几个退休的老人坐在前排的长椅上，当时太阳还升得不够高，阳光无法从窗户照射进来，教堂里显得有些阴冷。我独自一人坐在中殿中间的一排长椅上，有一两个老太太转过身来冲我笑了笑。牧师的声音回荡在空旷的教堂里，我几乎听不清他在说什么。他的语调几乎一成不变，身体也一动不动。那天唱的几首赞美诗，它们的编号早已被展示在讲坛一边的木框里。当歌声响起时，我只听到一阵沉闷的低吟，完全听不出任何旋律。

礼拜结束后，那位牧师快速站了起来，身穿一袭飘逸的长袍，一阵风似的穿过过道来欢迎我。

“你好，”他说，“我好像从没见过你。”

“是的，我是第一次来。”

“你们一家刚搬来这个社区吗？”

我注意到一些老太太停下了脚步，伸长了脖子想要听个究竟。这种关注令我十分尴尬。

“不，我们已经在这儿住了有一阵子了。”

他还想接着问，但我的半个身子已经转了过去。他见我在两排长椅间来回转身，便向我举手示意道：“希望我们很快就能再见。”

那天下午，我乘公交车去城市的另一头参加一个青年团体。我向他们描述了那家教会的情况，告诉他们那里是多么的寒冷和凄凉。他们说我应该去他们的教会，他们的教会很“现代”，唱歌都用吉他伴奏，牧师的布道也“别具特色”。他们的描述同样无法引起我的兴趣。

我的信仰在不到一年的时间里就消失殆尽了，就像在夏天里晒黑的皮肤过了一个冬天就恢复了原色。我不再参加任何教会团体，也不再查阅我的《圣经》。我不想再看到有人从布吉他盒里取出一把原声吉他，也不想再听到铃鼓的声音。我受够了那些叮当作响的咖啡杯、没完没了的集体洗碗，以及通过查看日记来安排下一次聚会。我想远离之前认识的那些教友，他们乐观开放的生活态度和永远明亮的眼睛已开始让我感觉做作，我决定不再相信他们。

爸妈很可能已经注意到我逐渐减退的热情，然而他们选择闭口不提，或许他们认为只有这样我才不会退回到老路上，再次回到上帝的怀抱。但凡我提出什么尴尬的问题，他们就会像从前那样揶揄我："去问你那本该死的《圣经》吧。"又或者，每当我做了什么"大逆不道"的事，比如不整理自己的房间，他们就会冲我嚷嚷："你们教徒的生活作风应该很严谨才对啊。"

我短暂的基督徒生涯倒是留下了一个奇怪的后遗症，就是我再也无法接受别人在书里夹纸。我对书签并没什么意见，唯独见不得那些杂七杂八的纸，即使它们是被用来标记书页的，我也会立刻联想到那群基督教友。一想到他们谨小慎微的样子和过分修饰的喜悦，我就来气，而最令我生气的是他们习惯在《圣经》里夹满各种传单，以便能快速地查找经文。

我的生命里除了有巴里·海因斯和朋克摇滚之外，如今又多了一位新"朋友"——杰罗姆·大卫·塞林格。那是一个星期六的上午，大概晌午时分，我漫步在罗奇代尔市中心那几个我经常出没的地方——先去圣雷莫喝一杯泡沫丰富的咖啡，再到布拉德利唱片行查看降价的好货，接着去W.H.史密斯[1]细读几本音乐报刊，最后去乐器行欣赏里面的电吉他。我通常会跳过那家卖香水和鸡眼膏的博姿[2]（Boots），直奔市场上的唱片摊。我以前从未留意到博姿里面居然还卖书[3]。

只见过道的中间孤零零地摆着一个书架，书架上只有少得可怜的几本书，最多不超过25本，因此每一本都被封面朝外摆着。在一格长方形的架子上汇集了五颜六色、风格各异的文字、图形和印刷字体，不仔细看还以为是一幅令人眼花缭乱的条形展示画。几秒钟后，一个独特的封面闯入了我的视线，同时抓住了我的心。这本书的封面极其简洁，在一片铁灰色的背景下，书名和作者名都显得有些偏小。在一整排千方百计地喊着“买我吧，买我吧”的封面当中，这本书显得格外淡定从容。于是，塞林格的这本《麦田里的守望者》（*Catcher in The Rye*）就这样逃离了书架，来到了我的手中。

联想到这本书如今的名气与地位，以及日后我与它的作者

1 英国常见的连锁便利店，主营报纸杂志和流行书刊，同时也兼卖零食。——译者注

2 英国享有盛名的百年健康美容药妆店。——译者注

3 1899年至1966年，博姿公司在其460家药店里推出了一个“图书爱好者专区”，订阅用户超过了100万人。该公司还以“佩勒姆文库”的名义重新出版了一系列经典书籍，该系列是以位于诺丁汉佩勒姆街的博姿旗舰店命名的。

塞林格之间的缘分[1]，这一切简直不可思议。但在那一刻，我对他和这本书的确一无所知。我好奇地读完了第一页，我敢说，从那以后，再也没有一本书对我产生过同样的影响。开篇的那几段文字读起来就像是一封专门写给我的信，我不由得屏住了呼吸。快速翻看了几页之后，我又惊叹于一本小说竟然可以通篇用如此真实和个性化的语言书写。一开始，我还不确定口袋里的钱是否够用。看过几页之后，我当场决定，就算没钱，我也要把这本书偷回去。我咬着牙从口袋里掏出1.25英镑交给了收银台。第二天上午10点左右，我就一口气把它读完了，并且一厢情愿地将霍尔顿·考尔菲德视为最好的朋友。套用塞林格的话来说就是，我了解去年圣诞节前后，就在他彻底崩溃之前，发生在他身上所有疯狂的事情。

在没有互联网的年代，我无法进行任何研究，当然也不可能从那些老师或目中无人的图书管理员那里获得启发。这就意味着我既不知晓这本书的恶名（全美国的学校对它进行的审查或颁布的禁令已达30多起，每一次的罪名都不一样，其中包括：宣扬共产主义思想、伤风败俗、言语粗俗、亵渎神灵、内容邪恶且涉及淫乱、异装癖、婚前性行为、酗酒和行动消极等），也不了解它的受欢迎程度（全球每年销售量高达25万册，

1　作者于2010年委托出版并亲自编辑了《塞林格传》（*J.D. Salinger: A Life Raised High*），又与他人一起制作并主持了一档名为“J.D.塞林格：英国制造”的广播节目，该节目于2016年2月在BBC电台第四频道播出。

相当于平均每天售出685册）。同时，我对这本书的作者也知之甚少。后来我才知道，这本书出版于1951年，那一年，塞林格31岁。他花了10年的时间创作这本书，却在成名之后的1953年隐居到新罕布什尔州的康沃尔（一个仅989人的小镇），并且在那里度过了他的余生。他常常独自去温莎餐厅吃饭，或是打电话到平原杂货店购物。

外公过去常在一些报纸、信封以及屋里能找到的任何纸片上乱涂乱画，他总是不厌其烦地在每张纸上密密麻麻地写满自己的名字。这些字迹就像是一张晴雨表，每当病情加重时，他的字迹就会变得更加密集和参差不齐。他每次发作时都会喃喃自语，并且对一些小事吹毛求疵，比如他会不停地数钱，查看账单和保险单。他会焦躁不安地把家具挪来挪去，仿佛身体里有一团篝火正燃烧得噼啪作响。他有时也会把自己完全封闭起来，就像把一场雷雨吞进了肚子里，任由它在体内风雨大作，几乎要由里到外将他撑爆。

直到琳达去世6年后，外婆又生下了一个健康的儿子彼得，外公和这个家才总算有了片刻安宁。

我以为我是唯一的，或者为数不多发现并爱上这本书的人之一，殊不知自己仅仅通过阅读一本书就已经与全球数百万人结成了大联盟。阅读的体验是孤独的、支离破碎的，每个人都有自己的体验，并且大多数阅读爱好者都自认为是创始者、局外人和思想自由的人。但这一次，我却和大多数读者一样，不仅深深地爱上了霍尔顿·考尔菲德，还把他想象成我的亲兄弟，尽管这么做就等于屈从于一种在所有青年及成年人当中风靡一时的文化修辞。毕竟这一现象对于这样的一部小说来讲实在很难避免。正如霍尔顿在书中所说的："真正有意思的是这样一种书，你读完后，很希望写这本书的作家是你极要好的朋友，你只要高兴，随时都能给他打电话。"

现代社会对霍尔顿重新进行了评价，常常把他描绘成一个极度以自我为中心、焦虑、满腹牢骚的富家子弟。在文化修正主义的议程中，他被认为太过男性化、白人化、特权化、美国化，以及太过异性恋。而且，更重要的是，他公然歧视女性，比如只用头发的颜色指代女性，或者使用"美女"或"妓女"等字眼对女性进行分类。塞林格把霍尔顿这个16岁的男孩放在一个他熟悉的圈子里（男性、白人、异性恋、生活富足），对此，他根本无须道歉。许多来自20世纪40年代的社会习俗在现代语境中必然会格格不入，而阅读的目的之一就是通过了解过去来更好地理解和诠释现在，以及了解我们是如何一步步走到今天的。

许多读者，尤其是那些评论家，在人到中年时又重新审视了一遍霍尔顿，结果纷纷像抛弃宗教信仰似的抛弃了他。对他们来说，霍尔顿代表了一种他们年轻时所拥有的世界观和人情观，而那时的他们尚未意识到他的自负、自恋、罪恶和虚伪——虽然这些对他的诽谤对于其他大部分人来说无疑是一把利刃。他们认为，只有通过否认对霍尔顿的喜爱，才算摆脱了过去，才会变得更优秀、更文雅，而不再被一个终日徘徊于酒吧与中央公园之间，满脑子都是毫无价值的东西的孩子，以及他身上那种错综复杂的神经质所牵绊和迷惑。

虽然我每年都会重温一遍这本书，但我对它的喜爱却有增无减。这么多年过去了，霍尔顿对生活的渴望依然刺痛着我。每个人的童年与成年之间并非泾渭分明，这在很大程度上是为了解释和原谅自己从小到大所犯的错误和闯下的祸。无论大事小事，都能被一句“我当时还是个孩子”所原谅。生命本身就是一个连续的统一体，每个人的过去、现在和将来都是相互联系、相互统一的整体。因此，我们当年在霍尔顿身上找到的共鸣，也会作为这个整体的一部分，跟随我们走完一生，只不过有些人害怕承认这一点。生活本就充满了焦虑，我们不仅会哭泣、会烦恼、会顾影自怜，也会自我怀疑。实际上，我们与过去的区别仅仅在于变得更善于掩饰和进一步伪造出一个成年版的自己。塞林格创造了霍尔顿这一永恒的角色几乎可以说是一大善举，是为一代又一代的读者献上的一份厚礼。当我们老去的时候，霍尔顿却依然年轻，他依旧是书里那个彷徨的少年，提醒着我们这是一个歪歪扭扭、神秘莫测的世界，而对付这个世界最好的办法就是永远像霍尔顿那样年轻而敏锐、笃定而脆弱、真实而不完美。

最重要的是，《麦田里的守望者》是一部杰出的文学作品。塞林格完全以主人公的口吻来写作，几乎像是用一台录音机把他的独白不加修饰地录下来。许多人认为以口述的风格写作一定相对简单，实际上，无论是维持语言的节奏与活力，还是保持全文的一致性与真实性，都是极为困难的。只有最优秀的作家才能掌握好这个分寸，即便如此，也还需要经过大量的删减与打磨。因此，这本书耗时好几年才完成，一点儿也不奇怪。

经过那天在博姿的第一次接触，以及后来的无数次重温，《麦田里的守望者》使我相信自己也可以成为一名作家。事实证明，我被这种独白式的写作方式欺骗了。这种方式看似简单，以至于我以为自己也能效仿塞林格，拿我生活中的方言去媲美他的那些“混账”（“我们进了一个混账电影院”）、“要命”（“那玩意儿总是锈得要命”），和“什么的”（“我可不想跟她在电话里长谈什么的”）。在阅读塞林格的小说时，由于他并不丰富的词汇和缺乏细致的描写，使我暂时觉得从小在一个没有读书氛围的家庭里长大也没什么大不了。当你能做到像他那样用最朴素的语言记录自己的生活和思想时，所有的文字、见解和文学手法就显得多余了。多年来，我（和成千上万的其他人）一直尝试着去模仿他，最终发现《麦田里的守望者》用事实印证了爱因斯坦的那句格言：天才的定义就是化繁为简。

我又在接下来的几个星期里读遍了塞林格的其他几本书——《木匠们，把房梁升高》（*Raise High the Roof Beam, Carpenters*）、《西摩小传》（*Seymour, An Introduction*）、《弗兰尼和卓埃》（*Franny and Zooey*），还有《为埃斯米而作》（*For Esmé – with*

Love and Squalor）。

我的那本《弗兰尼和卓埃》是在曼彻斯特的文具店（Paperchase）里买的，这是一家专门出售海报、徽章、小册子、小说和政治书籍的商店。在20世纪70年代似乎有很多这样的商店，那里通常没有暖气，工作人员不仅态度很差，还可以带狗上班，放任那些狗在你的脚边嗅来嗅去。那天，我是和克雷格·拉德克利夫一起去的。他和我在同一所学校上学，平时几乎不怎么说话，即使开口说话，也是小声地一个词一个词地往外蹦，从不说完整的句子，而且通常是在赞美“创世纪”和“犹大圣徒”这两支乐队。当时正值隆冬腊月，户外天寒地冻，当我们在市中心下车时，街道上几乎空无一人，我们仿佛置身于一部科幻电影之中。

“有点儿怪。”克雷格说。

不一会儿就下起了雪。我们逛了几家唱片行和书店，又各自在皮卡迪利花园对面的餐厅吃了一份烤土豆配奶酪和豆子。当我们回到车站时，却被告知由于天气恶劣，所有的公交车都停运了。克雷格问这是什么意思，售票亭里的女人说她也不确定，但在接到“进一步通知”之前，没有一辆车能到罗奇代尔。我们只好开始步行，雪在我们脚下被碾成了泥。我们那天都穿了一双深红色的马丁靴，步调一致、肩并肩地在雪地里走着。我把那本《弗兰尼和卓埃》装在一个塑料袋里，而他的粗呢外套口袋里则是一个牛皮纸袋，里面装着两枚胸章（图案分别是激流乐队和彩虹乐队）。

“千辛万苦就为了买一本书和几枚徽章。”我感叹道。

“这就是我们的生活。”他似乎话里有话。我们很快便陷入了沉默，想要一路与他聊天基本是不可能了。

我和妈妈住在外公家里时目睹了外公的一次病情发作。他先是把餐盘高高地举起来，再重重地摔到地上，碎片顿时飞溅到屋里的各个角落。外婆大声制止他，他却完全听不见。接着，他又打开放刀叉的抽屉，用力把里面的东西拨弄得哗啦作响。他恶狠狠地对厨房里的一切下手，恨不得把厨房拆了。从他强壮、紧张的身体里散发出了一种既威严又可怕的气场。我想只要他愿意，完全可以把整个屋顶掀下来并扔到一边。在这期间，我一点儿也不担心自己的安危。我知道他永远不会伤害我，至少他不会有意为之。

有人把警察叫来了。这一次，他来不及像从前那样把自己关在屋里，再用木板或是从门框和床头卸下来的几块木料把门从里面钉死。好事的邻居把公寓门口围得水泄不通。只见两辆警车开了过来，一群警察从车上下来，飞快地跑上楼。我和妈妈站在楼梯口，看着他们试图用肩膀强行把门撞开，那扇门却纹丝未动。

“门可能没锁。”邻居麦卡沃伊太太喊道。

于是他们按下把手，轻而易举地走了进去。

我惊喜地在罗奇代尔集市的一个二手书摊上淘到了《木匠

们，把房梁升高》《西摩小传》和《为埃斯米而作》三本书。它们被紧挨着摆在一起，八成是被这位摊主一口气买下的。这个书摊上卖的大多是言情小说、西部小说和惊险小说。当时人们习惯在旧书摊上淘一些便宜的书，看完了再以更低的价格卖回给摊主，因此摊位上总有不少装着书的纸袋子被递来递去。我在那堆闲书中发现了一个不起眼的小纸箱，它其中一边的封盖被立了起来，上面写着“机智”两个字。我问当时在身边的史蒂夫·克肖：“你看见那上面写什么了吗？”

“是‘机智’吗？我不太明白。”

“就是机智！”我答道。

他摇了摇头。我当时就觉得这是我听过的最有趣的一类书（直到现在我也仍然这么认为），于是开心得合不拢嘴。

“这有什么好笑的。”克肖说。

我恨不得马上拿出塞林格这几本书来读，无奈之前已经说好了逛完市场就去克肖家里玩。他刚从学校一个高年级的孩子那里买到了“黑色安息日”乐队的第一张专辑，想邀我一起去听。“黑色安息日”是朋克运动掀起之后，为数不多的几支还有人喜欢的英国早期摇滚乐队之一（另外三支乐队分别是：鹰风、摩托头和AC/DC）。在他家，克肖问我有没有尝试过甩头。他说，这种感觉太爽了，就像喝醉了一样。于是，我们开始跟着音乐的节奏一前一后地甩着头，但中途不得不停下来几分钟，因为他妈妈敲门进来递给我们一人一盘烤牛肉三明治。我们继续摇头晃脑，虽然动作幅度比之前小了些，但依旧很投入，只有在教堂钟声和雷声响起时才舍得停下来喘一口气，顺便啃一口三明治。随着音乐节奏的加快，克肖连眼镜都甩了出去。当吉他声和鼓声响起时，我们彻底疯狂了。突然，音乐戛然而止，取而代之的是一阵响亮的刮擦声。克肖坐直了身子，眼睛四下寻找着。

“这他妈怎么回事？”

我们一头雾水地环顾着四周，终于追踪到那个刺耳的声音是从唱片机里发出的。只见唱片机的盖子敞开着，半边烤牛肉三明治不知什么时候落在了唱片上，把唱臂卡住了，导致它反反复复地举起又落下。而剩下的半边三明治还在克肖的手里。他顿时哈哈大笑起来，嘴里说道：“天啊，我还以为我们把恶魔招来了呢。”

我想要集齐所有塞林格的书，如此杰出的作家，有谁不想拥有他更多的作品呢？令我惊讶的是，并不是所有人都跟我一样会去调查一个作家成名前的旧作，许多人只是用一些最著名或最受欢迎的作家作品来装点自己的书架。伟大的作品与读者之间的交流是如此的有力，它必然会吸引读者去延续这样的交流，即使我们并不能保证在他别的作品中也能获得同样强烈的满足感，或者这种交流只是时有时无，并非在每一部作品里都能找到。

对一切事物的追求是我拥有这么多藏书的重要原因。事实上，这种做法在很多时候是徒劳无益的。不得不说，许多优秀的作品都只是一些作家写作生涯里的昙花一现。有时，它们就像是作家灵光乍现的一个产物。过后，就算他日复一日地敲击键盘，直至把键盘敲碎，也只能守株待兔，空舞着一张想象中的捕蝶网，等待灵感的再次光临。

的确，很少有作家能自始至终保持出色的写作水平和广泛的写作题材，即便是塞林格也会受到自身的文学主张和兴趣的局限（每个作家在创作时都跳不出自身的局限，因为他/她的写作特征早已在思想转化成文字的过程中不知不觉地形成了）。尽管承认以上事实，我们仍可以通过收集一个作家的所有作品，使他的整体写作特征更加清晰地浮现。更有趣的是，读者还可以通过纵观所有作品来勾勒出一个作家的成长历程，看看年龄上的成熟是能为他的作品增色，还是反倒阻碍了他的进步。而阻碍他进步的原因可能是日益增强的自我意识，或者更糟的是，他越发地愤世嫉俗了。作家与不断变化的年龄视角之间永远是一个平行故事，读者只有跟随生命的时钟去阅读他的每一本书，才能将这个故事读懂。

塞林格是少数几个强烈要求并且有权对自己作品的呈现严格把控的作家之一。虽然只是为了反映他发自内心的信念，即文字和故事无需过多装饰，但他的观点的确成就了一种微妙的排版设计，无论有意无意，它都成了作者本人的一个招牌。但事情并非一成不变，初版的《麦田里的守望者》是以一匹活灵活现的橘红色木马做封面的（虽然画得不是很好），这一设计是为了呼应小说倒数第二章的一个关键场景，即霍尔顿的妹妹菲比在中央公园里骑旋转木马——只不过书里的那匹“看上去很旧的木马”是棕色的。这一版的第一和第二次印刷，封面就换成了一张塞林格本人的照片。到了第三次印刷时，他坚持把照片也去掉了，只剩下空无一物的灰色背景。

新美国图书馆出版社购得了这本小说的平装本出版权。该出版社专门推广一些已出版过的书籍，不仅经营模式与英国的企鹅出版社类似，还与其有过短暂的合作。迫于该出版社联合创始人维克多·韦布赖特的压力，塞林格一开始同意将霍尔顿的形象印到封面上，但必须以一个特定的画面来呈现，具体要求是霍尔顿冒雨坐在一张公园长椅上的背影。这个任务被正式交给了詹姆斯·阿瓦蒂，他凭借丰富多彩且富有表现力的画作装点过数百本书的封面。几次会面过后，阿瓦蒂仍一筹莫展。直到最后，他终于忍不住质问塞林格：“你到底想要什么？你究竟想不想把书卖出去？我们这些人才懂得怎么把书卖出去，所以管他呢，你就放手让我们去做吧！”

在1953年的那一版中，阿瓦蒂描绘了一个身穿大衣、手提行李箱、头戴一顶帽檐朝后的棒球帽的霍尔顿形象，并且在一旁配文道：这本与众不同的书可能会让你震惊、逗你大笑，也可能会令你心碎，但你永远不会忘了它。塞林格抱怨说：“赋予霍尔顿一个具体的形象本身就不合适，因为书中并没有详细描述过他的相貌特征。”可是从书里的确可以看出他又高又瘦且“经常理平头”。这张带有人物形象的封面在接下来的近11年时间里经过了27次重印，直到塞林格说他“厌烦”它了，才把它撤换下来。这套封面的原画是一幅木板油画，长22英寸，宽18.5英寸。在2010年10月的一场拍卖会上它以未公开的价格售出，据说价格约为3万美元，而阿瓦蒂其他原创画作的通常售价仅为这幅画的1/4左右。

接着，塞林格又把目标对准了封面简介。他之前已经同意了《弗兰尼和卓埃》一版的简介，并且授意出版社在那行文案下面加上“作者推荐”这几个字。不久后他又改变了主意，在后来的版本中把它删掉了。

作为文学界的一大勇士，塞林格本身就是一个矛盾体。他代表的究竟是虚荣，还是纯粹的艺术眼光？假如他的书卖得不好，他是会坚持自己的立场，还是会向读者的需求妥协？如果他是这个时代的作家，人们又会如何看待他，会把他视为一个自我中心主义者，还是一个令人耳目一新的自我决定倡导者？当然，这在很大程度上取决于他的声望。出版商对作者的态度，无论是纵容还是偏狭，在任何时候都明显受其作品销量的影响。

《麦田里的守望者》的最大优势就在于它给人一种特别亲民的感觉。正因为如此，作者故意将自己隐藏起来的矛盾行为才会被视为对职业操守的公然背叛。读者想不通为何身为“朋友”的他要这么做？许多人推测是塞林格经历过战争的缘故，一定是那些可怕的经历使他从一个男孩（霍尔顿·考尔菲德被认为是他的另一个自我）变成了这个与之大不相同的男人（塞林格本人）。就连霍尔顿身上的一切，包括他对这个世界的爱与希望（即使他看上去总是一副玩世不恭的样子），也全被这一冲突及其后果所掩盖。如此看来，用小说里传达的信息评判塞林格的隐居行为，这种做法多少有失公允。

或许正是这部小说开启了我和书籍的缘分，邂逅《麦田里的守望者》的那个周末使我拥有了全新的生活和全新的自己。“快乐”一词已不足以形容这本书以及其他书所能带给我的感受。一如从前那样（当我还是个基督徒的时候），我在书里找到了宁静，只要有书相伴，我的世界就变得安静无比。同时，我也会受到书中人物、场景，以及情绪的鼓舞与激发。而要实现这一切，我只需坐在一把椅子上，远离喧嚣、驱除杂念，不必和任何人说话，也不必考虑别人对自己的看法或期望，尽情享受阅读所带来的平静。

第六章　曲折的阅读经历

我的阅读之路绝非坦途。在我们家，读书常常会遭到非议。我爸认为读读写写就跟缝缝补补或玩投球[1]一样，主要是女性的消遣。现如今几乎人人都会打字，当时却很少有人能熟练地使用安德伍德打字机。我爸并不知道这个世上还有像欧内斯特·海明威、诺曼·梅勒或杰克·伦敦这样的男人，他们既可以豪迈地抽烟喝酒，也可以毫不留情地敲打键盘、教训情敌，以及在酒吧里与人斗殴。他也不晓得，即便是以伤感浪漫著称的大诗人约翰·济慈，偶尔也喜欢跟人打架（济慈在进步派学者克拉克创办的恩菲尔德学校读书时，就曾以和高年级男孩打

1　一种英式篮球，又称为投球或无板篮球，是一种发源于篮球的团队球类运动，一般被视为以女性为主的运动项目。——译者注

架闻名）。

我爸连一个作家也不认识，更不可能了解他们的事迹。他认识的人全是体力劳动者，他们靠自己的双手修车、盖房子，或是在车床上累死累活地加工东西。他们早早就结婚了，婚后也时常结伴去运动或喝酒。他们下班后并不急于回到妻子身边，而是选择到大街上、公园里或酒吧里去享受那份“孤独”。

当然，他并不是世上唯一持这种观点的爸爸，有人甚至表现得更为极端。日本作家、诗人三岛由纪夫因为担心爸爸撕毁他的手稿，只能等爸爸睡着后才偷偷地写作。为了治一治儿子身上的“娇气”，这位爸爸甚至不惜将年幼的三岛抱到一列飞驰而过的高速列车旁，想要以此培养他坚定的信念。而我爸采取的“强制手段”无非是走进我的房间，对着我吞吞吐吐地说几句尴尬而又生硬的话。他那些话会一辈子被晾在那儿，根本无人理睬。

“你怎么不出去？”他问道。

“我在看书。”我回答。

“你不觉得该歇一歇，别老是看书了吗？”

这时我会突然安静下来，不知该如何作答。

“像你这么大的孩子老是一个人在家待着，这很不正常。”

对我爸妈来说，做一个正常的人比什么都重要，就像珍妮特·温特森在她的回忆录《我要快乐，不要正常》（*Why Be Happy When You Could Be Normal?*）里提到的那样，她的妈妈也同样“视正常为最高准则”。与我爸妈不同的是，这位专横的温特森夫人（珍妮特在书中这么称呼她）至少和书籍有点关系，尽管这种关系匪夷所思。她曾给年幼的珍妮特读《简·爱》（*Jane Eyre*），后来又曾让女儿去阿克林顿图书馆为她借来几部凶杀悬疑小说，并且要求作者最好是雷蒙德·钱德勒和埃勒里·奎恩。可轮到珍妮特阅读时，这位妈妈反倒禁止她读小说，只准她读一些历史书，尤其是那些王公贵族的历史。当珍妮特十几岁时，温特森夫人有一次被自己勇敢尖刻的女儿问及对小说的态度，她是这么回答的："看书的问题就在于你在看之前永远不知道书里写了些什么，可等你知道了，一切又太晚了。"

我把脸埋进妈妈的大衣里，不忍心看外公被那些人带走。第二天我们又去看望他，这才得知他前一天下午被锁在警局的牢房里。他既没有穿鞋也没有穿袜子，脸上脏兮兮的，其中一只眼睛周围有一圈浓浓的黑眼圈，像极了漫画书里画的熊猫眼。他一边给我们开门，一边大声咒骂那些混蛋警察。他领着我们穿过散落了一地碎盘子和碎报纸的客厅。趁妈妈在收拾东西的时候，他偷偷从裤袋里摸出一把剪刀塞给我。

"给你，"他低声说，"如果警察要抓你，你就用这个对付他。"

在破旧不堪的罗奇代尔市中心，人们并不会对一个叛逆的文艺青年或清高的书呆子投来赞赏的目光，他们反而会想：别自以为是了，你以为你是谁啊？爸妈担心我再这样下去会被那帮坏孩子欺负。他们不断动摇我的信心，以为这么做是在帮助我，甚至能够拯救我。他们认定了一个更为宽泛的阶级准则，就是只有中产阶级的孩子才配拥有自尊与自信，他们从小就被鼓励要出人头地，要懂得自我肯定和欣赏。而工人阶级的孩子则被教导要卑躬屈膝、唯命是从，要把天赋或个性视为虚荣，而不是荣誉。这其中还有一种反智主义在起作用，大概是父母害怕你变聪明以后就会离开他们，从此把他们抛诸脑后。在他们眼里，书籍就是通往另一种生活的指示牌。

还有一次，爸爸假装不经意地走进我的房间，用一种在我看来极其笨拙的方式暗示我对书籍过分热爱可能会将我变成同性恋（听到这里我不禁倒吸了一口气），或者至少会让我孤独终老。

“如果你成天待在家里看书，就永远也别想找到女朋友。”他说，“除非你根本不想找女朋友。”

他们这么做是为了我好，过他们所谓正常的生活要容易得多，至少可以比那些离经叛道的孩子让父母少伤很多脑筋。但他们的这些忠告实在没必要，因为我在其他各个方面都符合一个传统好儿子的标准。我交友广泛，是学校足球队和板球队的成员，我卧室的墙上挂着黛比·哈里的照片。

我害怕与人正面交锋，尤其是我爸，他的反对通常具有很强的杀伤力。我经常想不明白，他怎么能这么随随便便地向我们投掷“精神手榴弹”。他从不看书，也没有咨询过所谓的专业人士，朋友当中也没有智者能为他指点迷津。因此，他一贯想到什么就说什么，从不考虑后果。这或许就是他对为人父母的理解，他坚信自己是在向我传授最纯粹的处世之道。但他经常将自己的想法强加在我的想法之上，就像在用一块滚烫的烙铁灼烧我最自然、最本能的感受，让我变得迷茫和不自信。为了讨大人的欢心，我一度变成了他希望我成为的样子。可想而知，那段日子里有多少事是我自己说了算的，又有多少是按照他的意愿办的。但我始终确定，无论他们如何打击我的自信或压抑我的本性，我绝不会放弃阅读，也绝不会停止写作。总之，我的生命里不能没有书。

我妈对于书的嫌弃完全是出于本能，她的理由简直比我爸的还要冲动和离谱。她认为图书馆和二手书店里的书都很脏，是细菌的温床。很久以前，她听说某地有一个孩子因为一本书染上了水痘，又或者不是水痘，是脓疱病。她认为，即使那些细菌没有引起淋巴结肿大或脱皮，读书也会害我变成“半瞎”，14岁那年我被验光师诊断出近视。这一晴天霹雳犹如《圣经》预言一般在罗奇代尔市奥尔德姆路的一家叫斯蒂芬·霍尔特的眼镜店里实现了，我几乎闻到了一股地狱之火的硫磺味。

在此之前，我曾告诉妈妈，我借伊恩·西利的眼镜戴了几分钟，就感觉眼前一亮，像是进入了一个焕然一新的世界。

她说：“你想要一副眼镜是因为你身边的朋友都在配眼镜。”

“不是的，妈妈。我想配眼镜是因为我的眼睛看不太清楚。”

“谁让你一直看那些该死的书。”

“我就喜欢看书。”

“那就去配呗。”她抱着双臂说道。

她告诉我今后其他孩子肯定会喊我“四眼儿”。

她原本打算带我去验光师那里证明我不需要戴眼镜。那天，她在等候室里和一位女士攀谈起来。妈妈说话一向很唐突，不熟悉她的人常常不知该如何接她的话。

“他说他想要配一副眼镜。”她指着我说，“他所有的朋友都戴眼镜。如今就流行这个，对吧？”

那位女士点了点头。几秒钟后，那位女士问我为什么要配眼镜。

“因为我上课时看不清黑板上的字。”

“把眼睛眯起来看会不会好一些？”

我说会。

“你可能真的近视了。”她说。

“他才不是近视呢。”妈妈嘀咕道，“他只是在跟大家闹着玩。”

不一会儿，那位女士8岁大的儿子被验光师带进了等候室。只见他戴了一副眼镜，一双眼睛明显被两片厚厚的镜片放大了。那位女士前脚刚牵着儿子的手一同离开，我妈后脚就靠过来一本正经地对我说：“她刚才那么说纯粹是因为嫉妒。”

果不其然，在验光时，除了最开始的那几个字母外我一个也看不清。我仔细辨认了两三行，余下的模糊一片就全靠猜了。妈妈也拉过一把椅子跟我并肩坐着。我能感觉到她全程都在摇头，还能听到她的鞋底在地板上来回摩擦的声音。趁着验光师接待其他顾客的工夫，妈妈再也沉不住气了，立刻质问我在开什么玩笑。

“这么大的字你看不清吗？它们一个个都和你的脑袋一样大。”

验完光后，验光师确认了我需要配戴眼镜的事实，但我妈还是不相信。验光师只得解释说，很多孩子在青少年时期都有这种情况。她噘起嘴勉强点了点头，这表示验光师爱怎么说就怎么说，我骗得了验光师，却骗不了她。回家后我们大吵了一架。我问她，如果换作是她看不清东西，还要被怀疑是在撒谎，她会作何感想？我告诉她，戴着一副眼镜我也很不自在，这件事绝非我所愿，然而我不会因此停止阅读，因为我太爱看书了。于是妈妈哭了起来，这是她茅塞顿开之后的惯常表现。我明白她这么做都是为我好，即使手段有些笨拙，她所做的一切也都是出于对我的爱。她立马又开始打趣道："看来你这辈子都要戴着它了。"

我和外婆正在厨房里烤面包，这时候门铃响了。那段时间外公正在医院接受一种据说叫"电疗法"的治疗。外婆去开门，我听到她在大厅里说话。随后，一个穿着时髦夹克和裤子的男人出现在厨房门口，那条裤子的裤脚还是翻边设计的。他摘下了帽子，外婆请他在一张小桌子旁坐下，我就在一旁专心致志地将柠檬酪一勺一勺地舀进糕点盒里。

"它们看起来真不错。"他说，"这是专门给你外公回来吃的吗？"

"没错，我和外婆想吃的话也可以先尝一点儿。"

"这位是亚瑟先生，"外婆介绍道，"他是你外公的朋友，他和你外公都在城里的公司工作。"

我过去常看见外公将一件黄褐色的仓管员工作服披在椅背

上。他的工作是从卡车上把东西卸下来，再把一个个包裹送到商店的各个部门。

“医院那边有什么消息吗，伊夫琳？”亚瑟问道。

“他刚做完第一次治疗。”

外婆请他喝杯茶，烧水壶很快就响了起来。外婆问他们上班时有没有念叨起外公。

“没有你家约翰的帮忙，大家干起活来都不一样。”

他努力控制着不让脸上的笑容消失，眼神显得空洞而悲伤。他看了看桌子，掸掉散落在桌上的一层面粉。他发现我注意到他表情的变化，于是朝我眨了眨眼。

我如饥似渴地看书，常常不到一个星期就能看完一部小说。我似乎靠着本能就能领会到一本书的美学价值。那些花里胡哨的封面全都入不了我的眼，我宁可选择一些封面低调的书来读。我从不在乎封底的那些名人推荐，那些夸赞这本书多么好、多么引人入胜，甚至能改变读者一生的宣传常常会令我退缩（除非推荐人是塞林格，然而他也不屑于此），因为我更在乎自己的看法。

我对书上的作者照片也不感兴趣，即使它们被印在护封的勒口上，做成一副犹抱琵琶半遮面的样子。我有一个作家朋友，几乎每一本他的书上都印着同一张照片。照片上的他愁眉不展、紧抿双唇，站在一堵砖墙前。不难看出他这副表情想要表达的意思：“亲爱的读者，请不要期待看到一个其乐融融的暖心故事。我会通过这本书来攻击你内心的敏感处，或者至少激起你的愤怒，让你产生自我怀疑，甚至模糊你的道德观念。”从某种意义上说，放一张这样的照片在书里还是有作用的，至少能让一些朋友也学他那样在大冬天的下午背着一台不错的相机出门去拍照（从照片的背景中可以看到雪）。当一个作者把照片登在封面上时，你就大可不必花时间试读这本书了。因为你完全可以通过这张照片来判断自己是否会喜欢他的作品，这种方法屡试不爽。大多数读者都有自知之明，如果他们不认为自己足够聪明且善于观察，能够胜过那些平庸、绝望和努力的人，就绝对不会买下这本书。他们会仔细观察那张照片，考虑要不要信任你，要不要跟你志同道合。一旦发现照片上的作者面带讥讽、长着一对斗鸡眼或是一脸假笑，他们就会毫不犹豫地放弃这本书，而去看下一本。[1]

我们每个人都有自己的喜好清单。我怀疑自己的3500册藏书里应该也不乏一些奇奇怪怪的作者照片，比如系着红色印花头巾的，头戴牛仔帽、贝雷帽或一副墨镜的，把夹克领子竖起来的，假装晒得很健康的，戴着一副夸张眼镜的，噘着嘴的，抛媚眼的，系领巾的，戴着扯耳垂的大耳环的，以及浓妆艳抹的男男女女。

我偶尔也会被一两个作家的照片吸引去买书，但仅此而已，

1　如果这本书的包装上印有我的照片，希望不会有冒犯之意。实话实说，我提供给出版商的是一张最近在一家咖啡馆里用手机拍摄的生活照。

更多的时候，带有作者照片的书都令我退避三舍。我想这大概因为我们总忍不住去想象藏在他们眼睛里的东西是否能真实反映他们的写作水平和写作主题。最重要的是，我们一直在追求作家及其作品的表里如一。雷蒙德·卡佛留给读者的印象永远是他故事里男主人公的样子：朴素的发型，一副爽快利落的神情，就像一位辛勤工作了一天的中年大叔。他或许刚把一辆卡车停好，或许刚和三五好友在一家安静的酒吧里喝了一杯，酒吧里的员工不仅知道他的名字还了解他爱喝什么酒。我匆匆翻阅了乔治·奥威尔和D.H.劳伦斯的旧作，因为它们的封面设计和作者照片着实吸引了我。他们的书都有独特的招牌，从包装上就能看出小说的内容，照片里的两位作家看上去温和自信，举止端庄，颇具大作家的风范。劳伦斯蓄着大胡子，头发中分，在这张黑白照片中显得英俊潇洒，温文尔雅。这一点却与他浮躁不安、优柔寡断的作品内容大相径庭。奥威尔在照片里似笑非笑，仿佛在提醒读者，无论他的书里写了些什么（大致都在吐槽社会的不公、人们的失望，以及单调乏味的苦差事），我们仍然可以偶尔偷着乐。他最大的嗜好莫过于我们在许多文章里看到的那样：喝浓茶（且一定要用带茶碟的杯子喝）、抽浓烟、喝啤酒、吃鱼干和小饼干，这几样东西想必不能同时享用吧。

许多好书都苦于没有好的封面。华兹华斯出版社在对陀思妥耶夫斯基的经典小说再版发行时，使用的“拇指画”人物形象简直堪称一大败笔。安吉拉·卡特的书也败在了一大堆古怪的封面上，原本优秀的作品就这样被不公平地染上了瑕疵。弗吉尼亚·伍尔夫的书也曾遭受几次这样的羞辱，最明显的一次是在20世纪50年代中期，为其操刀的是哈韦斯特出版社；而另一次则是在20世纪90年代，还是前文提到的那家华兹华斯出版社，他们居然用媚俗的装饰派艺术来出版伍尔夫的书。对一本书来说，封面就是它的相貌。人们总爱以貌取人，对书本也不例外，对于封面的最佳反应莫过于一见钟情。我曾多次遇到这种情况，在看到封面的一刹那就毫不犹豫地对自己说："一定要买下这本书。就现在，一分钟也不能等。快告诉我去哪里付款。"而最差的反应则是犹豫不决，尴尬地把书一遍又一遍地从书架上取下来又放回去。爱书之人都有过这种体会：莫名的不安，拿不定主意，在怀疑与确定之间反复切换，甚至会多次弃书而去又不舍地返回。我就无意中演过这样的戏码，因此我很好奇自己的奇怪举动是否被商店的保安怀疑过，或是被监控的摄像头跟拍过。一个稀里糊涂的书呆子做出这种试探性的行为实在很难不被误判为鬼鬼祟祟的商店扒手。在这种节骨眼上，你最好仔细阅读一下书的推介，即使多看两三遍也无可厚非，因为它能帮你缓解紧张的局面，以便轻松地做出决定。

有趣的是，新书推介的出现还有明确的时间记载。1907年，在美国书商协会的宴会上，"新书推介"一词首次被用在了书本的护封上。当时，幽默作家兼诗人弗兰克·吉利特·伯吉斯（你一定听过他的一首诗："我从未见过紫色的牛，也从来不想见到，但我敢肯定的是，毕竟，见到总比当一头牛好。"）正在宣传他的新书《你是个陈腐的人吗？》(*Are you a Bromide？*)。“溴化物”(Bromide)一词被赋予了新的含义，指的是那些“不苟言笑、呆板、说话乏味”的人。为了更好地宣传这本书，他们专门为参会的美国市场营销协会(AMA)成员限量印制了500个特殊封套，上面是一个头发蓬松女人的半身像，只见她把右手做喇叭状放在嘴边，仿佛正在招呼一辆计程车。伯吉斯在介绍这幅画时写道：“这位贝琳达·布勒小姐正在‘大肆宣扬(blurbing)’。”一百多年后的今天，该书的宣传文案(即推介文)读起来仍是那么的犀利有趣。

> 啧啧！这难道不是一本90马力6缸的畅销书吗？说一件不该在电话里“八卦”的事情吧，我们严重认为这个叫伯吉斯的人已经把亨利·詹姆斯锁进了煤仓里。这本书里的某些东西会令你蠢蠢欲动，想要爬过30英里茂密的热带丛林，在某人的脖子上狠狠地咬一口。

此后，几乎每本书的封面上都少不了新书推介。

尽管新书推介是吸引读者的第一个环节，但通常在一本书的制作过程中，它却是继书名和封面之后的最后一个环节。大多数作者都很难对自己新书的内容一言以蔽之，这个问题常令他们头疼。这毕竟是他们花了几百天时间，呕心沥血写出的几千句话。他们更愿意相信一本书的精髓在于它的字里行间，就像加进汤里的盐，虽然已无迹可寻，却无形中增加了这碗汤的风味。事实上，他们很不愿意用千篇一律、不加修饰的措辞把自己的书概括成三言两语。这种方法未免太流于低俗，甚至有点儿强买强卖。我这么说并不是要贬低新书推介的重要性。毕竟所有作家都需要读者，而一篇拙劣的推介文就像出门约会前忘了洗脸，将显著降低恋爱的成功率。有时也可以通过一个好友或另一个作家来获得最佳的补救办法，他们会在作品中找到作者本人遗漏的东西，或是用更简洁的方式将它提炼出来。

一般来说，大多数推介都是由一堆空洞的形容词堆砌而成的。在我伸手可及的书架上就能找到一长串这类枯燥乏味的词汇。事实上它们很可能是由电脑自动生成的，重复率才会如此之高。以下是一些常见于新书推介的形容词，为了公平起见，我将它们按声母顺序进行了排列：备受推崇的、必不可少的、畅销的、出色的、大胆的、大获全胜的、癫狂的、发人深省的、非常有趣的、非凡的、丰富的、讽刺的、鼓舞人心的、很有成就的、轰动性的、滑稽的、诙谐的、极好的、尖锐的、惊人的、具有开创性的、扣人心弦的、苦乐参半的、快节奏的、了不起的、令人爱不释手的、令人惊叹的、令人难忘的、令人心碎的、令人愉快的、令人振奋的、令人震惊的、令人瞩目的、冒险的、迷人的、妙趣横生的、难以忘怀的、启发人心的、热烈的、深刻的、史诗般的、辛酸的、引人入胜的、影响深远的、勇敢的、有力的，以及直言不讳的等。这些形容词充其量起到了一个代码的作用，用一套大家默认的代号，为读者提供大致的内容参考。

幽默是一种非常主观的体验，因此我对那些被形容为“风趣至极”“令人捧腹大笑”“令人哄堂大笑”或“笑料十足”的书都持谨慎的态度。面对这些书，我最多只能高兴地笑一笑。在这些评价当中，跟“眼睛”相关的词被提到的频率极高，比如“作者有一双敏锐的、善于捕捉细节的慧眼”“作者的眼光极好”，或者“故事情节非常引人入胜，令人大开眼界”等。还有一些表达也颇受新书宣传的青睐，比如“对某某的赞颂”“对某事的沉思”，以及“对某事的写照”。还有些书的推介会过多地运用“艰难跋涉”或“心路历程”等修辞来强调作者的写作过程。试问有哪一本书不是作者的某种心路历程呢?

亚瑟说:“你外公很重视你和妹妹。”

“我知道。”我说。

外婆坐了下来。

她问亚瑟:“你见过原先在医院工作的那几个小伙子吗? ”

亚瑟曾和外公一起在医院当护工。外公和当时一起工作的几个人成为好朋友，看得出他们过去常常互相关照。

“我现在还不时能见到扬。你知道，就是那个波兰小伙子。”

“约翰过去提到过一个叫‘扬’的，但我从没见过他。”

“约翰跟你说过医院里那个女患者的事吗，就是那个头长在这里的女人? ”他一边说着，一边张开手指，把手拉到脸的正前方约15厘米处。

“他的确偶尔会提到她。”

“嗯，扬的工作就是照顾这个女人。他必须按时给她送吃的进去。他们把她安排在角落里的一间病房中，以防其他患者被她的样子吓到。可是扬说他干不了这个活，他受不了看到这样的患者。约翰说他愿意替他干。于是他每天都端着一盘食物进去，对她关怀备至。当时癌症已经影响到她的视力，约翰常常会多逗留一两分钟，向她描述窗外的景色，比如天气是否晴朗，或是谁从病房外经过。”

外婆递给他一杯茶。就在外婆轻轻地将杯柄转向他时，他打了个寒颤，仿佛感觉到一股风从门廊上方吹了进来。他迅速把目光移开，面朝墙壁，几乎把整张脸都藏了起来。

“你还好吗？”外婆关切地问道。

一开始，我在阅读时只关注作品本身，对出版书籍的出版社和作者的背景知之甚少。可在短短的几周内，我就对一家出版质量一贯很优秀的出版社建立起了绝对的信任，它就是企鹅出版社。不知不觉中，它竟成了我阅读品位和收藏喜好的一个基准。我对企鹅出版社的忠诚已经到了只要在一本书的扉页上（通常会出现在左下角）找到那个椭圆形轮廓的小企鹅图形，就不计较其封面设计水平的高低。

这个著名的标志是由当时公司里的一个新人，年仅21岁的爱德华·杨绘制的。为了完成公司下达的自相矛盾的指令，设计出一款“既庄重又随性”的商标，他被派往位于摄政公园的伦敦动物园，在那里对着企鹅画了一整天素描，直到画出了符合这一要求的图案。回到办公室后，他吐槽说：“天哪，那些鸟可真臭。”杨还为这一标识设计了一整套颜色编码：橙色代表小说、绿色代表犯罪纪实类作品、红色代表戏剧、深蓝色代表传记、紫色代表散文随笔、灰色代表国际事务、樱桃色代表旅行与冒险、黄色代表杂书（通常包括填字游戏、娱乐消遣或幽默故事）。

究其根本，企鹅出版社背后的传奇是由该集团的董事长兼首席执行官艾伦·莱恩成功书写的。1935年，莱恩在埃克塞特圣大卫火车站的一个站台上发现自己连一本合适的书都买不到，这件看似平凡的小事让他看到了大众市场对袖珍版平装书（或称“口袋书”）的需求。据说他当时刚结束对阿加莎·克里斯蒂的拜访，正在从德文郡返回伦敦的路上。火车站能买到的为数不多的几本书全都是又重又贵的大部头，所以他一本也没看上，但这段轶事的真实性还有待考证。他的朋友声称他虽然热爱出版事业，却不怎么读书。不过，他倒是懂得如何利用一个好故事去俘获媒体的兴趣。若是当年有摄影师要求他一手拿书、一手牵着一只活企鹅，或是穿上他最好的大衣坐在室内的椅子上拍宣传照，他肯定能卖出更多好书。

相比那段火车站的轶事，莱恩更可能是因为注意到了伯恩哈德·陶奇尼茨，这家总部位于德国莱比锡的公司因再版了一套名为《英美作家合集》（*Collection of British and American Authors*）的英文平装书而大获成功。而另一家德国出版商信天翁（莱恩当初选择“企鹅”这一名字也是受了它的影响）则将这一模式继续发扬光大，出版了一系列标准尺寸、统一排版、封面无图案的书，并根据主题对其进行了颜色编码——这一做法后来也被企鹅所采用。

图书行业最初并不看好企鹅的商业模式。每本书6便士的发行价（相当于一包10支装香烟的价格）仅能带来相当微薄的利润。每本书必须卖出1.7万册才能勉强保本，这个数字对于一些通常只能卖出几千册的图书来说简直是天方夜谭。艾伦·莱恩却始终不服气，他坚称自己相信会有大量的读者愿意以低价阅读充满智慧的好书。

企鹅出版社出版的前10本书就包括阿加莎·克里斯蒂的《斯泰尔斯庄园奇案》（*The Mysterious Affair at Styles*）、欧内斯特·海明威的《永别了，武器》（*A Farewell to Arms*），以及多萝西·塞耶斯的《贝罗那俱乐部的不快事件》（*The Unpleasantness at the Bellona Club*）。自从伍尔沃斯[1]订购了6.35万册书在其600家英国门店销售，公司就开始源源不断地获得一些支持。1935年7月30日星期二，企鹅出版社的新书发行后仅4天时间就卖出超过15万册。4个月后，公司就售出了百万册。作家们普遍表示支持（尽管每本书的版税收入要比出版精装书少得多），因为这一做法为他们增加了数以千计的读者。J.B.普里斯特利称企鹅出版社是“物美价廉的完美奇迹”。就连《纽约时报》也不得不承认，阅读企鹅丛书已经成为“一种社会新风尚”。尽管如此，整

---

1 英国最大的家庭日用品和娱乐商品连锁超市集团，1909年创办于利物浦。——译者注

个出版业仍然不相信这一奇迹。乔纳森·凯普称莱恩是“那个用一只红色企鹅就把我们这一行的规矩全都搅乱的混蛋”。莱恩则提醒他企鹅出版社拥有正规的再版许可权，否则也不可能成功。“我清楚得很。”凯普回答道，“但我和其他人一样都认为你一定会破产，所以要在你破产之前拿走我应得的400英镑。”

截至1961年，企鹅出版社已售出2.5亿册图书。该公司当年在证券交易所上市时，一天之内就收到满满26邮袋的股民申请。企鹅出版社的书已然成为文化结构的一部分，它们和红色的邮筒、黑色的出租车、酒吧和周日的烤肉大餐一样，都属于典型的英国文化。它们的书同时也代表了一种独特的个人气质，简洁而有力的品牌标识大大提高了这些书的辨识度。无论是将它拿在手上，还是让它从外套口袋里露出来，都能令你瞬间变成一个“读书人”，此处的“读书人”只有褒义而没有贬义。

我对这段历史虽一无所知，但从它自信简洁的包装就可见一斑。就在我流连于一个又一个作家的作品，并不停地搜寻他们的旧作时，我也梦想着有一天能成为企鹅出版社的签约作家，想象着自己的作品以如此坚定的方式被包装出版会是怎样的一种感觉。企鹅的书总能给人一种坚不可摧的感觉，仿佛能在某种程度上让作者适应每一天都在走向死亡的事实，或者至少让去往另一个世界的过程变得不那么决绝。假如能够拥有一本写着你名字的书，书里饱含你的思想与感受（即使是通过书里的角色来表达），在橙色企鹅图标的映衬下熠熠生辉，这样的一本书岂不比刻在墓碑上的寥寥几行字更能代表你美好的一生？

我每周都会去翻看一下那箱标记为“机智”的二手书，那位摊主很快便认识我了。摊主是个中年男子，名叫雷蒙德（从没有人叫过他“雷”，这在几乎人人都有外号或名字缩写的小镇上极为罕见）。他有一头黑色的卷发，脸上的肤色接近罐装咸牛肉的颜色。于是他开始专门为我找书。

“我有好东西要给你。”他说，“我看过这本书改编的电影，但我敢打赌这本书写得和电影一样好。”

他拿出一本皮卡多公司出版的肯·凯西的《飞越疯人院》（*One Flew Over the Cuckoo's Nest*），封面是杰克·尼克尔森扮演的兰德尔·麦克墨菲顶着一头乱蓬蓬的头发眯着眼睛笑。买下它之后，我问他是如何猜到我想要这本书的。

“你喜欢与众不同的东西，不是吗？就是那种不附庸风雅的东西。这个世上只有你和另外两个人向我询问过类似的书。”

我问他我的同党都有谁。

“我不知道该不该说……”他欲言又止，但我看得出他其实很想说。

“那就算了。”我显然是在欲擒故纵。

“嗯，他们当中有一个叫伊恩的家伙，长得很奇怪，手脚都很大。他总是穿着一件脏兮兮的雨衣，浑身上下没有一处是干净的。他总喜欢看些国外的书，就是那个叫什么来着？像陀思桑德夫斯基[1]这一类的。他买的书大概有这么厚。”

1　此处是角色的口误，意指俄国作家陀思妥耶夫斯基。——译者注

他夸张地伸出双臂，既像在拉手风琴，也像在把一条长面包的两端往中间挤。

“我不骗你，那些书都太厚了。难怪他的眼镜片厚得跟啤酒瓶底似的。我尽量帮他找来他要的书，就是那些俄国人写的。哦，还有一个西班牙名字，他问了我好几次，叫什么马里奥·瓦西丝·拉格[1]。然后，有一天，他像一条蛇似的溜到摊位的一边，对我小声地说话。起初我一个字也听不见，于是就让他大点儿声，后来总算听出他是在问我有没有带蓝色的东西。”

“什么是带蓝色的东西？”

“就是色情书。肯定有人告诉他我偷偷在摊位下面藏了几本，那是专门给一些特殊顾客留的。好家伙，从那以后他就没消停过。他每个礼拜都来，一来就想把他的脏手伸进我放杂志的箱子里。自打他迷上了这些性感尤物，就很快放弃了那些重得跟砖头似的外国书。他在这些杂志上可花了不少钱呢。”

我又向他询问“机智”系列的另一个主顾。

“嗯，我记得他叫‘卡尔’，还是‘卡卡尔’，因为他说话结巴。说起来他也是个怪人，但怪得有点可爱。这么说吧，你觉得卡尔很正常，他自己也开玩笑说他很正常，但他经常会说些什么或做些什么，让你忍不住想到——等等，这到底是怎么回事？我听说他过去在学校里教书，但我怎么也看不出来。”

1　此处是角色的口误，意指西班牙作家、诗人马里奥·巴尔加斯·略萨。——译者注

“他一般都买什么书？”

“你知道那群唱着‘冲破障碍到达另一边’的小子吧，他是其中一个家伙的超级粉丝。”

“是吉姆·莫里森[1]吗？”

“正是他。我从一个小伙子那里买了一套关于他的专辑，卡尔一下子就把它们全都抢走了，那套专辑里除了有他写过的诗外，还有关于他那个乐队的几本书。”

“‘大门’乐队吗？”

“没错。”他大声说道，就好像我说出了一支有史以来最不知名的乐队，“该死的，看来你懂得还挺多。”

乐队传记和吉姆·莫里森的诗集听起来都不算太“机智”，于是我又问他卡尔还买了些什么书。

“我记不太清了。再说了，他买的那些书我当真也看不懂。只要有一本迪克·弗朗西斯[2]或鲁斯·伦德尔[3]的小说就够我开心的了。”

“你刚才不是说这位卡尔人不错，就是有点怪吗？”

我们两个聊得越来越起劲了。

“哦，可不是嘛。比方说，上个星期他来问我有没有厕所的钥匙，可那个厕所是专供我们这些摊主用的私人厕所。我说你

---

1 美国创作歌手和诗人，著名摇滚乐队“The Doors”（“大门”乐队）的主唱。——译者注

2 英国著名冠军级骑师及犯罪小说作家。——译者注

3 英国家喻户晓的犯罪心理小说作家，被誉为“犯罪小说女王”。——译者注

应该上完厕所再出门，他说不行，因为家里的厕所坏了。我问他怎么回事，他居然面不改色、平心静气地告诉我厕所堵了，因为里面有几只死猫，那语气就像在说蓄水池需要修理或者其中一根管子出了问题，眼睛都不眨一下。原来是因为他家的猫生了太多小猫，他嫌吵，就把它们全都关进马桶里了。”

我无言以对，只好做了个奇怪的表情。

“他跟我说这件事的时候我也是这种感觉。说句实话，我觉得他有点精神崩溃，应该报告给社会服务机构或是专门干这行的人，我可管不了那些闲事，你说是吧？我跟你说，他的房子里肯定堆满了书，没准儿还乱得一塌糊涂。我记得他给我留了一份清单，上面写着他让我帮他留意的东西。”

说着，他把一份清单从那个金属钱箱里捞了出来，这份清单被写在一张貌似账单的东西背面，上面还别着一个夹子。

“你想要看就拿去吧。”他说，“那上面的东西我大多连听都没听过，更别提帮他找了。”

卡尔在这份清单的最开始写道：“任何出自下列作者或关于下列内容的书。”接着就是一大串作家的姓名和主题：约瑟夫·普约尔[1]、马戏团、斯派克·米利根[2]、劳莱与哈迪、UFO，尤其是关于绑架、阿莱斯特·克劳利[3]、第二次世界大战、肯尼

1　法国著名表演艺术家。——译者注

2　英国喜剧作家。——译者注

3　英国神秘学者，20世纪最著名的通灵者之一。——译者注

斯·安格[1]、埃里希·冯·丹尼肯[2]、詹姆斯·里奥·赫林罕[3]、垮掉的一代（the Beats）——特别是赫伯特·亨克[4]、吉姆·莫里森和大门乐队、沼泽谋杀案[5]、列夫·托尔斯泰、黛安·迪·普里玛[6]、托尼·汉考克[7]、昌都战役、儒勒·凡尔纳、民用飞机、大卫·利恩[8]、雷·布拉德伯里[9]、托马斯·德·昆西[10]，还有塞林格。

于是，我就和以上两位哥们儿成了同类：一个是可能当过老师，饱受折磨的精神病患者兼小猫杀手卡尔；另一个是爱读陀思妥耶夫斯基，近期却痴迷于色情杂志，深度近视的邋遢鬼伊恩。

“约翰的病总也不见好，这样的生活简直糟透了，不是吗，伊芙？”亚瑟说道，“我总忍不住想起他在医院里发生的那些事。我们知道他上周身体不太好，有点应付不来手头的工作，其中一个老板却还在抱怨有一盒东西没有贴标签。其实那就是

1　美国先锋派电影创作家。——译者注

2　瑞士籍电视记者兼作家。——译者注

3　美国著名演员、编剧。——译者注

4　美国演员，1987年参演电影《垮掉的一代：一个美国人的梦》。——译者注

5　发生在1963年7月—1965年10月的英国曼彻斯特，受害者是年龄10—15岁的5个孩子。——译者注

6　美国诗人、艺术家，“垮掉的一代”的重要见证者。——译者注

7　英国喜剧演员。——译者注

8　英国导演、编剧、制片人。——译者注

9　美国大师级科幻作家。——译者注

10　英国著名散文家和批评家，英国浪漫主义文学代表之一。——译者注

个玩笑，但约翰却很生气，我们怎么劝他都不听，对我们全都视而不见。”

“他一发作起来就是这个样子。”

“我一直觉得自己当时应该做点儿什么，比如劝他请病假休息一两天。那样的话，接下来的这些事就不会发生了。”

“他发病的时候我们谁也帮不了他。”

“我很抱歉。我不该在这种时候说这些令你更加难过的话。”

外婆说没关系，她会告诉外公亚瑟来家里看过他并且十分关心他的病情。亚瑟把一纸袋水果交给外婆，拜托她下次去医院探望时转交给外公。

在进城的公交车上，我注意到市郊有一家我以前从未见过的书店。这家小店在一排排出租车和几间封着门板的店铺之间显得很不起眼，店门口的人行道上，几张薯条包装纸和几个被丢弃的饮料罐被风吹得像疯狗似的互相追逐。

我特意提前几站下车。我对这一带很熟悉，因为这附近有一家我最喜欢的二手货商店，店名叫“亚历山大”。我在那家店门口逗留过很多次，每次都把脸贴在窗户的铁丝网上，盯着里面那一件件闪闪发亮的东西看个没完。它们之所以闪闪发亮，完全得益于那一圈一年四季都亮着的圣诞树小彩灯，就好像圣诞节从来没有离开过这个星球。这家小店被各种商品塞得满满当当，非得用苍蝇的复眼才能看清里面的每一件物品。它们都是一些能让生活更热闹、更明亮和更快乐的东西，有架子鼓、吉他、斯笛洛风电子琴、自行车、熔岩灯、足球游戏、成堆的杂志、飞机模型、各种旗帜、口琴、钓鱼竿、麦克风、唱片、斯诺克球杆、乒乓球台、扩音器、明信片，还有电唱机。

一进门的油毯下面是一个能探测脚步声并触发警报的装置，这个装置的动静太大了，每次都把店里的东西震得直晃。不熟悉的顾客往往会被吓得捂住耳朵，拼命查看自己身上是否有枪伤。老亚历克斯一听到警报就立刻从后面钻了出来，问道："有事吗？"

他总是轻蔑地看着每一个人，仿佛他们做了什么可怕的事情，比如往他的信箱里塞了狗屎。他的皮肤发黄，大概是长时间照射圣诞小彩灯的缘故。他的脸色苍白，表情僵硬，仿佛能一口咬掉自己的嘴唇，就因为这张嘴多年前不争气地泄露了一个秘密。我顺道拐了进来，随手翻阅着收藏茶叶卡的小册子（我的老毛病又犯了）。这时候，一个女人领着她10岁左右的儿子走了进来，见她手里拎着一把电吉他，亚历克斯忙问她有何需要。

"这该死的东西根本不能用。"

她说她的丈夫特意将电热水壶的导线改装了一下，用来把电吉他连接到墙上的插座上，结果什么声音也听不到。听她这么一说，亚历克斯气得直咬牙。

"你以为不用功放就能把声音放出来吗？"

女人又怪他之前卖吉他的时候为何不提功放的事，说他这么做太不地道。

亚历克斯说："随便一个人都知道电吉他要接上功放才能用，那音量能把你直接震到天上去。"

亚历克斯坚决不肯退款。那个女人临走前还放了句狠话，说她回头再来就要带上她的丈夫来教训他。

"亲爱的，就算带上半条街的人也随你的便。"

她走后，我向亚历克斯打听了离他这儿不远的那家书店。

他说："这家店已经开好几年了。"

"我以前怎么没发现？"

"可能是因为它一直封着门板吧。我猜他主要是在书展上卖书，这家店纯粹是用来存放东西的，只在需要的时候才开门。店主是个古怪的家伙。"

我十分好奇这位店主究竟有多古怪，居然能被全市数一数二的怪人给出这样的一番评价。答案很快就揭晓了。

我走到书店的前门，透过窗子往里看。店里黑漆漆的，几乎什么也看不见，根本无法确定里面是否在营业。我推门走了进去，顿时感觉一股霉味扑鼻而来。屋内的四壁是一排排存放二手书的书架，我的正前方有一个由几张桌子拼成的展示台，上面摆着一摞一摞的书。我本能地探过身去，将那些书逐一拿起来翻看。

"你在找什么？"

循声望去，只见一个身形瘦弱的男子坐在一张铺着垫子的木椅上。他看上去40岁左右，穿着一件翻领针织套头衫外加一件开襟毛衫。此刻，他正透过一副眼镜看着我。

“我也不确定。”我说。

“你身上带钱了吗？”

“带了。”

“嗯，这还差不多。”

他从椅子上站起来，走到我的身后，越过我的肩膀看我究竟在找什么。我每看完一摞书，他就用手去拍拍它们，将它们重新码放整齐。我紧张得满头大汗，汗水顺着腋窝直往下淌。他重重地叹了一口气。我真想拔腿就跑，下决心再也不去那家店了，但我又很想留下来，直面他这种无声的威胁。终于，他从我的身后走开了，走到这一桌子书的另一头，面对我站着。经过了漫长的一两分钟，他终于忍不住开口说话了：“这堆书里没有你要的东西？”

我随手拿起一本荷马的《伊利亚特》(*The Iliad*)。

“可能有。”我说。

他接着说道：“告诉我你要找的作家，我也许能帮上忙。”

这句话听上去像是在考验我，我根本来不及思考，情急之下只能将手伸进口袋里，掏出卡尔的那张清单，直接递给了他。

“你有这些东西吗？”我问。

他瞬间皱起了眉头。

“这份清单是你列的吗？”

“是的。”我撒了个谎。

“别犯傻了。阿莱斯特·克劳利？托马斯·德·昆西？这又是什么？这儿可没人读托尔斯泰，尤其是像你这种12岁的孩子。”

我告诉他我已经满15岁，快要16岁了。

“嗯，你看起来不像。”

我一边跟他说话，一边继续筛选那堆书。接着，我又翻出了一本索福克勒斯[1]的《安提戈涅》(*Antigone*)。这本书对目前的情况丝毫没有帮助。

“你在哪所学校上学？”他问道。

我如实告诉了他。

“既然是这样，我十分怀疑你会去研究索福克勒斯。”他说。

他哈哈大笑起来，笑得肩膀也跟着不停地抖动，仿佛自己刚说了一句人类史上最好笑的混账话。我突然意识到自己正在用霍尔顿·考尔菲德的方式处理这段痛苦的经历，也就是把这一切都写在我的脑海里。于是，我抛开所有社交礼节——他根本不配接受我的礼貌——就像被一只大手拎起来似的默默转过身去，大步走出了书店。我猜想他已经做好了我摔门而去的思想准备，因此为了激怒他，我选择轻轻地把门带上，权当给他一个教训。

外公接受过好几次电休克治疗。他曾开玩笑说，他们一给他“接上电源”(他们确实这么做了)，全曼彻斯特的路灯就都变暗了。他说这种治疗使他头痛欲裂，而且一连几天都能闻到一股烧焦的味道。他会不自觉地在公寓里转来转去，四处确认

1 古希腊三大悲剧作家之一。——译者注

外婆是否忘了关燃气，还是有什么东西着火了。

我很快就搬空了雷蒙德摊位上那个写着“机智”的箱子，又留意到他新进了一批不同风格作者写的书，比如吉恩·普莱迪、艾伦·亨特、杰克·希金斯、里德小姐和斯文·哈塞尔。于是，我在一个星期六向他发出了挑战。

“这几本书不应该放在这里。”

“我知道。”他说，“但它们总得有地方去吧。”

他这个人有点难以捉摸，时而非常友好，时而又对你爱搭不理。他动不动就把话题转到性上，于是我给他起了个绰号“流氓德”（我只在脑子里这么叫他，反正我的朋友他一个也不认识）。有一回，他郑重其事地跟我分享了他的妓院之行，或者用他的话说，叫“逛欢场”。那天，他在妓院里跟人起了争执，原因是他正在抱怨那个女孩放得不够开，突然冒出来一个“黑鬼”，威胁说要“把他给灭了”。还有一次，他问我是否想看看他那箱“特色货”（就是那箱色情杂志），当我说“不用了，谢谢”时，他又阴阳怪气地说道：“就算再聪明的小伙子也得时不时疏通一下‘管道’。”这个中年男人和我这个花季少年之间的对话已经越来越不对劲。

外婆在外公的事情上永远都无法当机立断，因为他的病和一般的疾病不太一样。他身上既没有斑点或肿块，发病时也不会发烧或恶心，就算再大的膏药也没法将他整个人敷上。因此，她凡事只能靠直觉。可是，每当外公的脾气上来，或是举止变得怪异时，她就又开始左右为难。前一秒还觉得最好是报警，下一秒又觉得应该叫救护车，也许还可以向邻居求助或是赶紧去看医生。若是她跑出去求助，没人看管的外公又可能会伤到自己，他以前就不小心被碎玻璃割伤过。因此，最好是静观其变。他很快就会消停下来，当然也可能会变得更糟，到时候外婆又该怪自己没有当机立断了。

既然学校对我们并不抱什么期望，我们在学习上也就没什么压力，平时几乎没有作业，考试前也无需准备，因此我可以自由地让自己完全沉浸在书里。我至今仍记得那些无所事事，却又因为与某一本书的高度共情而经历了书里极度矛盾的日子。在圣诞节假期一个寒冷的日子里，我阅读了阿尔贝·加缪的《局外人》(*The Outsider*)。那天我恰好感冒了，一整天都穿着睡衣。我感觉自己正过着一种平行的生活：一半的我坐在阿尔及尔离海滩不远的街道旁，品着塞莱斯特餐厅里的浓咖啡；而另一半的我则在被雪覆盖的罗奇代尔无聊地发着低烧。加缪对那里的人和物都进行了极为细致的描写，包括那些无花果树、被晚霞染红的天空、在烟草店外面的椅子上坐着的老人、附近海滩沿途的风光，以及海水如何懒洋洋地在沙滩上掀起长长的波浪。这些描写不仅体现了地域特色，还有更深层的东西作用在那些简短而尖刻的句子里，以及日常生活表达的节奏中，直到它成功地将读者催眠。我很享受这种由一本书引发的思维状态的改变，这样的书已经超越了单纯的故事或人物，化为一种内在的东西，进入了读者的生命。

几个月后，我又读了更多的书，这时的罗奇代尔已冰雪消融，取而代之的是强烈而明媚的阳光。我发现自己正在读杰罗姆·K.杰罗姆的《三怪客泛舟记》（*Three Men in a Boat*）。这本书出现的时机刚刚好，如果说加缪的书适合冬天读，那么夏天读这本书就再合适不过了。此时，我又借着这部小说回到了一个世纪以前，头戴一顶硬草帽，身穿一件条纹夹克，慵懒地漂在泰晤士河上，从金斯敦漂到牛津，再从牛津漂回来，船上有我的三个伙伴：哈里斯、乔治和“杰”（也就是杰罗姆），当然还少不了那只名叫“元帅”的狗。我记得自己当时坐在爸妈家后花园的一张躺椅上，一只手握着书，另一只手不停地扯着身边那几缕多汁的草。当我顺利读完了这部矫揉造作又笑话一箩筐的小说，书里的情景仿佛都悄无声息地变成了泛黄的照片。我甚至开始幻想是否可以驾着小船沿罗奇代尔的运河顺流而下，以及在哪儿才能买到船上那三位伙伴的最爱——菠萝罐头。

一天晚上，我们都睡下了，突然听见有人在敲门。不一会儿就听见楼梯下面传来外婆的声音。她从公寓一路赶了过来，薄薄的睡衣外面只穿了件雨衣。她说外公把碗柜里的东西全都搬出来堆在了前厅，看样子是打算把它们连同家里的所有东西一起烧掉。

“再这样下去，他非得把整条街都烧了不可。”外婆叹了口气道。

我想下楼去看个究竟，妈妈说她也很为难，若是打电话报警，警察就会把他带走。在牢房里待上一晚或许能让他恢复清醒，但他回家后很可能会更加愤怒。如果他奋力抵抗（他从不乖乖就范），就会被直接送去精神病院。于是妈妈劝说外婆，她们必须立刻打电话给医生，尽管那会儿已是凌晨。妈妈拿起电话正要打，外婆走上前对她说些什么，却被她挥手制止了。外婆只好看着我，无奈地摇了摇头。我想她一定是有什么重要的话想说。妈妈先是为吵醒医生道歉，而后又解释打电话是为了她的爸爸约翰·达菲的事，并强调情况十分紧急。

我从“流氓德”那里买的最后几本书中，有一本是和《三怪客泛舟记》差不多同一时期写的喜剧小说。那本书的书名吸引了我，而另一个原因就是其中一位作者的教名是威登[1]。我很喜欢乔治·格罗史密斯和威登·格罗史密斯兄弟写的这本《小人物日记》（*The Diary of a Nobody*），但并没有过多地思考对它的看法。这本书讲述了一个关于体面与不幸的故事，故事的主人公查尔斯·普特尔和他“亲爱的妻子”卡丽住在一处名叫“劳瑞屋”的“六居室（还不算地下室）外加一个早餐室的小楼”里。

虽然我能在一些书本中找到一丝与生活的联系，比如《男

1　他的真名是威廉·威登·格罗史密斯，“威登”是他的妈妈埃米琳娘家的姓。

孩与鹰》，但我并没有强烈的欲望想要通过它去了解自己，或将自己的环境对号入座。同样地，我也没有不顾一切地想要逃离现实，追寻幻想。当时的我基本上不懂什么是阶级，我只能单纯地通过在集市上或商店里看到的那些书来理解文学，因此我一度以为文学就是一群上流社会的人在描写他们的生活，而这些故事通常都年代久远。后来，当我读了更多的书时，才从另一群作家笔下知道了阶级的真相，他们是《雾都孤儿》（*Oliver Twist*）的作者查尔斯·狄更斯、《玛丽·巴顿》（*Mary Barton*）的作者伊丽莎白·盖斯凯尔、《雅戈之子》（*A Child of the Jago*）的作者亚瑟·莫里森，以及《穿破裤子的慈善家》（*The Ragged Trousered Philanthropists*）的作者罗伯特·特雷塞尔。这几部小说写于1837年至1914年，这些作者都承认阶级与阶级之间从来都是泾渭分明的，它们中间有一条鲜红而令人刺痛的界限。同时，他们也承认命运与阶级息息相关。莫里森在《雅戈之子》的序言中写道："我在伦敦的肖尔迪奇区偶然发现了一处地方，在那种环境里出生和长大的孩子根本没机会过上体面的生活。那里的人仿佛一出生就注定要走上犯罪的道路。"

我很擅长做白日梦，只要有一本书在手，我就能轻而易举地进入这种状态。无奈现实生活的吵闹声越来越大，有时竟大到我无法充耳不闻。20世纪70年代，随着美苏冷战的加剧，世界末日的警钟即将被敲响。整个国家陷入了严重的经济衰退，三百多万人因此失业。罗奇代尔这种工业小镇已经完全撑不住了。廉价的进口商品使得国内的纺织厂接二连三地倒闭。原先24小时运转的工厂也逐渐减少到一周只工作四天、三天、两天、一天，直至完全停产。

妈妈失去了安装并修理缝纫机的工作，但很快就获得了另一个听起来很了不起的头衔。一夜之间，她就从一个没有经过任何培训、成天待在家里的失业妇女，一跃成为“时尚总监”，这个头衔是由一家总部设在美国新泽西州的名为“莎拉·考文垂”的公司颁给它的“合伙人”的。这份工作的收入全靠佣金，因此妈妈在朋友家里组织了好几场珠宝销售会。宣传册上说她不出十年就能成为富翁，还说这个朴实无华的理想实现起来并不难，那上面是这么说的：“本公司遵循美国式的小城镇微企经营原理，以努力的工作态度、优质的产品和对他人的关怀来令顾客满意。莎拉·考文垂成功的秘诀就在于无论规模大小，都要始终坚持关怀与分享的经营理念。”妈妈和其他几个被雇用的人一样，完全没有销售经验，她们大多是工厂的下岗女工，白天丈夫上班、孩子上学，她们在家里闲得无聊，心里多少有点愧疚，自然就想到了这个为家庭收入做贡献的办法。她们通过自己的朋友圈来拓展业务，在彼此的家中举办各种派对，这么做的结果就是，不出几个月，她们就耗尽了彼此的热情与慷慨。其他红极一时的派对销售品牌还有专做塑料厨具的特百惠和服装品牌皮帕迪，妈妈把它们试了个遍。

一天下午，我放学回家比平时要早，一进门就闻到一股奇怪的味道。

“你怎么回来啦？”妈妈问道。

“我们老师生病了，最后一节课就放我们回家了。”

我穿过客厅来到厨房。只见餐桌上堆了高高的一叠盒子。

“这是什么？”我问道。

“我的新工作。”

“什么工作？”

“别多管闲事了。我原本就没打算让你知道。”

“为什么不让我知道？”

“因为我就知道你会这样说三道四，这就是不想让你知道的原因。”

妈妈正在焊接一根细细的黑色金属线，估计是用于组装某种机器的零部件。她已经做了大概15个，看着也有小小的一堆了。我问她干这个活能赚多少钱。

“这不关你的事。”

我又追着她问了好几次，直到她向我透露每焊接50根就能挣1英镑。

“好吧，你目前已经焊了15根，相当于赚了30便士。焊这15根花了多长时间？”

“将近两个小时。”

“两个小时？这么说你每小时才挣15便士。”

“是的。不过，我一旦熟练了，速度就会加快。”

我说我才不干这么廉价的活呢，她说我就是个被宠坏的小屁孩，完全不懂生活的艰辛，太不懂事了。

第二天就有人来家里收这堆焊好的金属线。妈妈把那几盒东西交给他们，并告诉他们不用再给她派活了。

妈妈在电话里对外公的医生说："他正在家里摔东西。我妈都快被他吓死了。您能帮帮我们吗？"

那位医生一定是在电话里表达了这么晚被打扰的不满。

妈妈连忙道歉："我知道，实在抱歉。"

医生对妈妈说这不属于医疗问题，所以不该打电话给他，而应该去报警。无奈之下，爸妈和外婆只好相互劝慰说外公应该还来不及伤到自己，或者对家里造成一些严重的破坏就累倒睡着了。第二天一早，爸爸特意去了一趟外公家，发现外公已在沙发上睡着了，身边那堆家具被推得东倒西歪。

后来我们才知道，外婆那天晚上是想告诉妈妈外公几周前去看过那位医生，并且毫无来由地指责他与外婆"调情"，还威胁他下一次要带把枪去见他。

毕业前要完成的最后一件事就是接受就业导师斯韦尔斯先生的约谈。他的个子很高，大部分时间都穿格子裤，因此"鲁伯特"[1]这个外号非他莫属。他的办公室里空荡荡的，不仅墙上

---

1 鲁伯特是具有百年历史的英国儿童漫画《小熊鲁伯特》(*Rupert Bear*)里的漫画形象，该形象的特点是总穿红色毛衣和黄色格子裤。——译者注

不见任何海报，就连家具也少得可怜。我坐了几秒后，他合上了正在仔细查看的文件夹，惊讶地看着我，仿佛不知道自己面前何时出现了一个孩子。

“好吧，我能为你做些什么呢？”他一边问道，一边在椅子里不停地变换坐姿。

“我想我已经想好了将来要干什么。”我答道。

“嗯，你倒是和其他人不一样，继续说说你的想法。”

于是，我说自己想成为一名作家。

我主动告诉他：“我最喜欢的科目就是英文。”

“这就好办了。”

他站起身来，打开身后一个文件柜的抽屉，随后递给我两本小册子，一本是关于印刷业的，另一本则是介绍技术类文章写作的。我以前从未听说过这种职业。

他说：“就是编写机器使用手册之类的东西。”

我有点惊讶，他居然注意到了我表情的变化。

“你先看看小册子，看看它是否适合你。我不妨告诉你，要进入新闻业是很难的。我记得我们学校有史以来只有一个名字登上过《罗奇代尔观察家报》。”

我并没有提过“新闻业”三个字，我说的是自己想成为一名作家。

“他叫尼克，尼克什么来着，我待会儿就能想起来。而且不瞒你说，如果我没记错的话，他毕业时已经通过了好几门高中升学考试的课程。”

他把桌上的报纸拿起来扫了一眼。

“你都修了哪几门高中升学考试课程？”

“我读的是中等教育证书课程。”

“听着，如果你是那种不喜欢干脏活的人，你有没有想过当售货员？玛莎百货正在招聘见习经理，这是一家不错的公司，甚至有固定的足疗师每个月上门为员工做足疗，以确保每个员工的脚既健康又好看。”

他说完微微一笑，约谈就这么结束了。

“麻烦叫克雷格·奇塔姆进来，好吗？”

第七章　我的淘书之旅

我们假期里从不出远门，就算出去度假也很少去50英里以外的地方。现如今，只需花一下午的工夫就能到莫克姆、黑潭、绍斯波特或安格尔西岛，这些都是我们过去在暑假常去的地方。在这些地方，我们能度过一段愉快的时光。又或者，如果你早早就出发，带上足够的行李，完全来得及在一天内走遍上述两三个地方，并且天黑前还能赶回家。很难想象我们当时会在那些地方一待就是一周，有时甚至是两周。即便是这样的假期一年也只能盼来一次，还得在8月的日历上用红笔圈出日期，然后天天掰着手指倒计时。出去度假时，我们通常会住在旅行拖车里或者入住当地的廉价宾馆。

1976年的夏天依旧炎热，我们一改往年的习惯，决定去兰开夏郡和北威尔士以外的地方度假，我们最终选择去托基市。南部的天气就是比北部好，而这也从另一个侧面反映了我们家社会地位的提高，因为此后的每一年暑假我们几乎都会去德文郡。我们通常会住在那些有社交俱乐部的房车营地，因为妈妈和爸爸都喜欢一边喝酒、一边欣赏一群人轮流表演的小节目。

在童年结束前的最后几趟家庭旅行中，我感觉每一天都过得差不多。我基本每天上午10点左右就独自出门，去一些书店和唱片店逛逛，然后步行数英里去一些海边的村庄。大海在不远处画出了一道明显的蓝灰色海岸线，只要朝着那个方向，怎么走都不会迷路。

英国的海滨城镇个个都很棒。空气一年四季都是咸的，但是在卖棉花糖和甜甜圈的摊位周围，再咸的空气也会立马变甜。经常有一些上了年纪的夫妻悠闲地坐在路边，小口地喝着塑料杯里的奶茶。海边的商店通常会卖一些在别处买不到的值得收藏的东西。在那家墙上贴着茶巾而不是墙纸的咖啡馆旁边，有一家小店专门把硬币装在一些塑料小钱包里出售。它隔壁那家店里有一个玻璃柜，里面摆满了贝壳和古董手表（也不知道是谁想到的点子，将这两样东西摆在一起）。若是想买明信片或军队纪念品，就得向左拐，然后沿着一条被漆成海蓝色的通道往前走，墙上的手形指示牌会把你带到这家“汤姆叔叔的小屋”。

通道的另一端是一家名为“绳索与锚”的酒吧（海边的酒吧起这个名字再合适不过了）。酒吧外面的停车场上有一间尼森式铁皮屋[1]，屋顶上布满了青苔。铁皮屋的外面停着一辆科顺飞鸟牌自行车，它的前轮辐条上贴着一张字条，上面写着："美国俄亥俄州伊利里亚市制造。这辆大概于1935年生产的自行车是由东德文郡科利福德市的大卫·利奇先生耗费3年半的时间苦心修复的。"后面还加了"非卖品"3个字。铁皮屋的门锁上固定着一块木牌，上面整齐地刻着"鲍勃的古玩店"几个字，下面还画了一串迎风起舞的蒲公英。走进去一看，你会看见细小的尘埃在窗外透进来的一道道光束里闪烁着微光。屋内有旧地图、生锈的工具、狐狸标本、教堂长椅、橡胶管老化的全套啤酒手摇泵、一个人体模型、一块木头和一张桌子，桌上铺满了各色发票及20世纪20年代的演出节目单（大部分都在普利茅斯大剧院上演）。一张被晒得褪色的手写字条被小心地收在一个透明塑料袋里，上面写着："奇闻！ 1941年3月遭纳粹轰炸的剧院居然到现在才倒塌！"

鲍勃（我猜那人应该是他）穿着一件马甲，脸颊上带着乡村酒吧老板特有的红润。他隔着老远向一位顾客喊话，那位顾客拿起一把旧扳手，拼命想吹掉上面斑斑的锈迹。鲍勃的话完全听不出来龙去脉，他看似与这位吹扳手的顾客很熟，熟到可以对他说些没头没脑的话。比如"那就该他遭殃了"，还有"那

1　以19世纪英国设计师尼森命名的"桶形"铁皮建筑，曾在"一战"期间被英国广泛用作军械库，"二战"期间又被用作抵御轻型战机的防空洞，后来也被用作农场建筑或花房。——译者注

条路一直是老样子”，以及听上去最完整的一句——“我看她就是自作自受，谁让她上回那么干。”

依照正常的经济惯例（即利润至上），那些普通的商人是不会把店开在这里的。能把店开在这里的都是一些狂热分子，他们向往海边的生活，并且很享受成天埋在一堆自己收藏的东西里的感觉，卖不卖得出去其实并无所谓。他们会一边听着收音机或恩雅的唱片，一边兴致勃勃地等上好几个小时，有时甚至是一整天，才卖出去一颗鲨鱼眼月光石或是一个蚃螺贝壳。他们会用牛皮纸袋把东西包好，并说道：“请付10便士。”

当外公身体状况好的时候，不仅他自己觉得轻松，就连我们也能跟着享受一段平静幸福的日子。他对外婆很温柔，有时会在脚边铺一张报纸，安静地坐在前厅削土豆皮，削得又快又好，一见外婆走进来，他就故意跟她开玩笑或捉弄她。他会假装吐一口东西出来，然后问外婆：“看见了吗？”

“是什么？”

“凑近点看。”

于是他又把嘴噘了起来。

“这儿，看见了吗？”

“你到底要我看什么？”

“我的嘴巴干得都开始吐羽毛了。”

他会举起一根手指，模仿羽毛飘落到地上的样子，在空中画一道小曲线。外婆笑了起来，原来外公是想让她为他沏杯茶。

“好嘞，亲爱的，一杯好茶，多放点儿糖。这位小伙子多吃几勺糖可得削得更快哦。”

不过，外公的情绪有时说变就变。他会突然穿上大衣，说道：“我要出去。”

“去哪儿？”外婆问道。

“到外面去。”

关上门后，外婆不放心地跑到阳台上，看着他沿楼下的这条街越走越远。她说她不知道外公多久才能回来，也不知道他回来时心情如何。她在房间里急得团团转，仿佛家里的地板热得烫脚，稍微静静地站着就会烧穿她的鞋底。

海滨城镇最吸引我的一点就是那些二手书店，它们通常开在离沿海的街道有三四条街的地方。运气好的话，你会一下子发现两三家。这些书店不仅房间多，还都带有走廊，足够摆放数以百计，甚至千计的图书。在这些昏暗、幽闭的空间里，我感受到了前所未有的快乐。每一次爬上那些摇摇晃晃的楼梯，走过那些破旧的地毯，来到自然历史区，或是那间堆满了风干泛黄，仿佛指尖轻触就会粉身碎骨的旧漫画的房间，我都按捺不住内心的激动。每间书店的后面都有一间由玻璃板搭成的披屋，里面堆放着一些啤酒箱和几个运货用的托盘，通常还会看到一些提醒员工记得把放在外面接雨的水桶拿进来的警示语。店里的打折商品一般会被挪到这里，包括几捆用磨损的绳子捆好的过期杂志，比如《海滨杂志》(*The Strand*)、《家庭笔记》

（*Home Notes*）和《针线活》（*Stitchcraft*），还有一些封面被霉菌腐蚀得破烂不堪的精装书。屋里的霉味有时会重到让人无法呼吸，我不得不先大呼吸几口才敢走进去。我的目标永远是那个代表企鹅出版社的橙色小标签，它在这类书店出现的概率要比在内陆地区的普通书店高得多。短短一小时左右，我就能往返书店的前台无数次——每发现一两本想买的书就先把它们交到前台，免得影响我继续搜寻。

有一年暑假，我第一次真正深刻地体会到阅读的乐趣，这期间令我印象最深的两位作家分别是W.萨默塞特·毛姆和D.H.劳伦斯。一开始，我并不是冲着他们最著名的作品去的，一切全凭我无意中的发现，或是在阅读他们的其他作品时看到类似“最著名的作品有……”或“备受推崇的……作者”的介绍。这就说明我通常会先从一些不太知名的书入手，再进一步读那些更受欢迎的作品。

我看过的第一本劳伦斯的书是小说《逾矩的罪人》（*The Trespasser*）。这是一部关于婚外情的小说，男女主人公分别是西格蒙德和海伦娜。劳伦斯在这个话题上很有发言权，他本人就曾与自己大学时的教授欧内斯·威克利的妻子弗里达·冯·里希特霍芬私奔。劳伦斯在书中毫不吝啬地对大自然进行了描写，为读者构建了一个梦幻般绚烂的世界，比如“这片海像长春花那样蓝”，还有“女人们穿着白色、蓝色、淡紫色的衣服，就像一朵朵番红花”。他成功地把你带进那个世界，让你躺在夏天的玉米地里，心中交织着欲望与绝望。接着，我又在海边的书店里读到了几本劳伦斯比较有名的作品——《儿子与情人》（*Sons and Lovers*）和《恋爱中的女人》（*Women in Love*），又找了几本相对不为人知的书，比如《灌林中的男孩》（*The Boy in the Bush*）和《袋鼠》（*Kangaroo*）。奇怪的是，我没有特意去找《查泰莱夫人的情人》（*Lady Chatterley's Lover*）这本书，想来一定是媒体的大肆吹捧使我退却了热情。事实上，我至今没有读过这本书，尽管每隔几年就会有新的一版由它改编的电视剧播出，我依然无动于衷。

我对毛姆的最初了解来自他的《月亮与六便士》（*The Moon and Sixpence*），这部小说取材自法国后印象派画家保罗·高更的生平。这本书我一连看了好几天，尽管偶尔觉得篇幅冗长（40年后再看，似乎更觉得冗长了），那些重复的情节也难免令人乏味，但它优雅的文体的确令人赏心悦目。毛姆显然意识到了自己的局限性，于是他决意要发挥自己在情节设计、人物塑造以及描写上流社会种种嗜好上的优势。他在生前的最后一篇文章里写道："我知道自己不具备抒情的能力。我的词汇量很少，无论怎么努力扩大词汇量都收效甚微。我也没什么比喻的天赋，几乎想不出什么有创意的、别出心裁的类比。"那位尖锐的美国文学评论家埃德蒙·威尔逊曾如此评价毛姆的作品："下笔全是陈词滥调，让人不禁惊叹这位作家竟能将所有这些陈词滥调组合起来，并且始终无法以自己的方式将它们改头换面。"在看完《月亮与六便士》之后，我又拜读了他的另一部巨著《人生的枷锁》（*Of Human Bondage*）[虽然这一书名取自斯宾诺莎的《伦理学》（*Spinoza's Ethics*）中的一小节，但它的确很能引起读者的共鸣]。

那时，我对毛姆的生平一无所知。要了解他的生平，就必须去追踪那个贯穿他最优秀作品中的灵魂，以及那个在年老时因巨大的财富与声望而膨胀的自大狂（他在费拉角奢华的莫雷斯克别墅里足足雇了13个训练有素的仆人）。他虽出身权贵，但父母早在他10岁前就先后去世了，以至于一生中他都把妈妈的照片放在床边。后来，他被在惠特斯特布尔当牧师的伯父亨利·麦克唐纳·毛姆收养，但毛姆对他并没有多少感情。由于身材矮小，说话口吃，毛姆在学校里经常被大孩子欺凌。

在成为作家和剧作家之前，他曾接受5年的医学生培训，这段经历也为他后来的《人生的枷锁》提供了可靠的素材。他在他的写作生活随笔《总结》（*The Summing Up*）中写道："我亲眼见过人们是怎么死的。我看到他们如何忍受痛苦，也看到了他们眼中的希望、恐惧和解脱。"尽管他与制药业巨头亨利·威尔卡姆的前妻茜瑞·威尔卡姆有过一段13年的婚姻（大部分时间是不幸的），他后来却声称自己有"3/4的同性恋倾向"。毛姆与同性伴侣杰拉尔德·哈克斯顿保持了长达30年的关系。他与这位放荡不羁的美国人是在第一次世界大战期间在法国红十字急救团服役时认识的。他在《总结》中写道："我最爱的人很少或根本不在乎我，而面对那些爱我的人时，我却倍感尴尬。为了不伤害他们的感情，我经常表现出一种不带任何情感的激情。"

仅1908年一年，34岁的毛姆就有4部戏剧同时在伦敦西区上演，如此高的曝光率和受欢迎程度是其他剧作家闻所未闻的。然而财富、名誉和媒体的吹捧并没能消除他童年时留下的痛苦与愤怒。他常常表现得很恶毒，对外界充满了敌意，对这个世界和世界上的人通通感到失望。认识他的人都说，他的脸上永远带着倦容，眼神里充满疲惫和孤独，嘴角永远向下耷拉着。他的一生完全对应了萧伯纳的戏剧《人与超人》（*Man and Superman*）里的著名格言："人生有两大悲剧，一种是万念俱灰，另一种则是踌躇满志。"毛姆的救赎体现在他的自我意识上，他在大部分作品中渗透了善良和自我中心的问题，就像在为自己的人生寻求补救的办法。

在那次去德文郡西德茅斯的假期中，我四处寻找毛姆的几本比较晦涩的书，书名是《客厅里的绅士》（*The Gentleman in the Parlour*）或《在中国屏风上》（*On a Chinese Screen*），也可能是他的另一部短篇小说集。到那儿的第一天我就一口气买了6本书，差点儿花光了我好不容易攒下的一大笔钱。除了毛姆和劳伦斯的书各两本外，我还买了玛格丽特·德拉布尔的《夏天的鸟笼》（*A Summer Bird-Cage*）和埃德娜·奥布赖恩（Edna O'Brien）的《八月是个邪恶的月份》（*August is a Wicked Month*）（又是一个不错的书名）。这6本书加上汽车后备厢里那两大购物袋里的25本书，这个假期我一共有31本书可看。不难看出，我期待过一个阴雨绵绵的暑假。

假期里最幸福的事莫过于车外倾盆大雨，车内有31本书相伴。妈妈看见这几袋书时的反应是“你的假日阅读任务也太重了”。我嘴上没说什么，心里却很恼火。我很反感“假日阅读”这种说法，因为它大大贬低了阅读的意义，将阅读视为假期里微不足道的一部分，就跟乘船出海和打一场高尔夫球没什么两样。事实上对我来说，假期的意义就在于阅读，我的假期计划就是在家以外的不同环境里读书。我可能会在公园里的一棵树下看书，也可能会在林子深处的某一个地方，或是坐在田边。如果天气转好，也可以到沙滩上坐坐，或者干脆在旅行车外面支一张躺椅躺着看。有时，我好像能理解爸妈为何会为我这个年方十五却活得像个小老头的儿子发愁。

外公会定期带我去看望住在几条街以外的莉齐姑婆和她的丈夫莱特。他们家的餐厅配备了一个硕大的深色餐具柜和一排笨重的橱柜，家里四处点缀着小精灵雕像和苏格兰狗小摆件，另外还有几尊温斯顿·丘吉尔的半身像。客厅的壁炉边有一个高高的带玻璃门的陈列柜，里面摆着一排排他们度假带回来的玩偶。每回去他们家我都感觉像走进了一个诡异的、蛛网密布的博物馆，那些雕像和玩偶睁着一双双黑色的小眼睛监视着我们的一举一动。我紧紧攥住外公的衣角，生怕那些东西会突然活过来并且跳出来抓我。

这个假期的计划绝大部分是关于毛姆和劳伦斯的，因为我想尽可能深入地探索他们的作品。为了更好地了解毛姆，我特意带了弗雷德里克·拉斐尔的那本《萨默塞特·毛姆和他的世界》(*Somerset Maugham and his World*)。这位作家在他漫长的职业生涯中为好莱坞写过无数剧本，其中就包括《远离尘嚣》(*Far from the Madding Crowd*)和30年后的《大开眼戒》(*Eyes Wide Shut*)。在这本1976年出版的传记首页上，作者一开篇就告诉我们，毛姆出生在英国驻巴黎大使馆，那一年是普鲁士军队包围巴黎的3年后。拉斐尔在这一段里用了一个非常奇怪的类比：普鲁士人从莱茵河上杀了回来，掳走了阿尔萨斯和洛林，但巴黎却很快恢复了元气，就像一个刚遭蹂躏的美丽女子。

在饱餐过毛姆与劳伦斯的文学盛宴后，其他的书通通只能当作零食了，因为你只能从中获得一些短暂的心灵滋养。然而，面对一本崭新的、充满潜力的、令人耳目一新的书，我又着实难以抗拒，于是我开始读《夏天的鸟笼》。当看到莎拉在和写了4部小说的作家斯蒂芬·哈利法克斯闲聊自己从巴黎回来为姐姐路易斯的婚礼当伴娘，并夸赞路易斯“美得不可方物”时，我立刻就爱上了这本书谈话式的写作风格。这本书出版于1963年，那一年24岁的德拉布尔刚从剑桥大学毕业。我猜想她那时已开始尝试写作，虽然不清楚这条路会通向哪里，却不顾一切地走了下去，并最终找到了出路。她完美地运用了第一人称的叙事方式，不断地对生活进行颠覆，毕竟谁也不知道明天会是什么样子。她在《读者文摘》(*Reader's Digest*)中的一篇文章里致谢了那几位对自己写作生涯有影响的作家，她写道：“大学期间，安格斯·威尔逊、索尔·贝娄以及J.D.塞林格纷纷用他们的作品向我表明了仍然可以写有关现代社会的小说。”

既然已经放弃了原定的阅读计划，并且在《夏天的鸟笼》上花了整整一天的时间，我索性就看起了《八月是个邪恶的月份》。在这部由另一位女性作家发表于20世纪60年代中期的小说中，作者同样在试图突破女性世界的边界，但它比《夏天的鸟笼》更具怀疑态度，写作手法也更狡黠，这或许是因为奥布赖恩比德拉布尔大了将近10岁的缘故。

那几个购物袋里还有好几本令我爱不释手的书，我坐在床上，将它们像表盘上的数字一样围成了一圈。这些书同样出自一些女性作家之手，她们是简·里斯、弗吉尼亚·伍尔夫、穆丽尔·斯帕克、莫妮卡·狄更斯、玛丽·麦卡锡、琼·狄迪恩、玛丽·雪莱、夏洛蒂·勃朗特和多丽丝·莱辛。在过去，我几乎不对作者的性别、种族和国籍进行区分，但凡我认为一本书的封面很吸引人，内容看起来也有趣，我就会毫不犹豫地把它买下来，不带任何别的企图，之后再根据自己的喜好评价这些作品，那些被看得多的书，就是我认为写得很好又有趣的作品。

我记得曾在一个主题书展上拿起维拉戈出版社出版的几本书，据介绍，“这是一家面向全世界出版女性作家作品的国际出版社”。这些书在我手中停留不超过几秒就被放下了，原因就在于它们糟糕的封面，封面上通常有一个女人愁眉苦脸地望向窗外，偶尔也会换个花样，比如。一个愁眉苦脸的女人坐在椅子上望向窗外，或者一个愁眉苦脸的女人在昏暗的夜色中扛着一堆干草，再或者一幅模糊不清的花朵或水果静物图。这些封面包裹着的很可能是一些很优秀的书，其中一两本的书名就非常吸引人的眼球，比如西尔维亚 · 汤森德 · 沃纳的《财富先生的蛆虫》(*Mr. Fortune's Maggot*) 和F. 丁尼生 · 杰西的《西洋镜上的别针》(*A Pin to the Peepshow*)。无奈这些封面使读者对它们的印象大打折扣，尤其是与那只闪着金光的小企鹅比起来。

我整个夏天都在找工作，先是去了罗奇代尔市区的就业中心，在吵吵嚷嚷的人群中穿梭，闻着他们身上散发的（发馊的）汗臭味、（刚抽完还未散去的）烟味和（隔了一夜的）酒味。我的目光突然被一则广告所吸引——“图书仓库兼职招聘”，于是我揉了揉眼睛，就像电影里的演员想要表达一种难以置信的表情或是切换到下一个情节一样，我忍不住又盯着它看了起来。图书仓库？在罗奇代尔吗？在这个连一家有名有姓、专门卖书的书店都没有的小镇上，在那些我熟悉的街道、加工厂和烤肉店之间，居然隐藏着一个满是图书的仓库！我决定去一探究竟，当下就预约了工作面试。

这家公司名叫“沃尔特 · 希普父子图书批发”，听上去妥妥地带有狄更斯作品的味道[1]。这家公司开在市中心大街上一栋面

1 暗指该公司的创办人与狄更斯著名小说《大卫 · 科波菲尔》里的反面人物尤赖亚 · 希普同姓。——译者注

朝小巷的建筑里，建筑外墙的红砖早已被工厂的浓烟熏成了黑色，窗外是成堆的垃圾和倒塌的厕所，附近游荡着一些行尸走肉般的人，街的对面就是缉毒队和收容所。就在我快要到达公司门口时，我骑车经过了两个在学校里认识的男孩，只见他们将薯片袋子固定在脸上，贪婪地吸着里面的强力胶。他们会不时地停下来争吵，但无论怎么努力，都只能口齿不清地咕哝和大叫，连一个完整的音节都发不出来。

赖特的块头比外公小了许多，他双腿微曲，仿佛背上永远扛着什么重物。他穿着厚厚的格子呢西装，一到夏天，他就脱去外套，露出手臂上的一圈弹性金属环，看起来像是箍了一条表带，他说这东西能方便他把袖子挽起来。他的脖子中间有一道伤疤，说话时声音很沙哑。外公说他的喉咙有问题，为了避免情况越来越严重，他让医生把他的喉头摘除了（后来我才知道他患的是喉癌）。

我能看出外公的焦虑，但当他和赖特在一起时，这种焦虑就消失了。他们俩常在厨房里的一张小桌子旁喝茶，我也能沾光喝到一杯柠檬汽水。赖特会不时地为我加满饮料，再递给我一块饼干，莉齐则通常一个人守在前屋的火炉旁。

我把自行车用一把挂锁锁在屋外生锈的排水管上，推开一扇木质的大门走了进去。屋内有一股独特的潮湿气味，这股潮湿的雾气来自分布在书的迷宫里的几个液化气炉。所谓的面试只不过是走个流程，罗奇代尔应该没几个人像我这样浑身散发着与书为伴的魅力。我立马就被安排了工作，从此每周工作三天，直到暑期结束。我每天早上要先向领班比尔报到，他通常会紧贴着壁炉边站着，撩起他的灰色薄外套，使炉火能够快速温暖他的背部，尽管当时已是5月，天气却还是很冷。比尔个头矮小，身体结实，60岁上下，头顶秃得只剩脖子上方一圈花白的头发。他吃早餐时可以一只眼睛盯着鸡蛋，另一只眼睛盯着培根，你永远不知道他看向哪里，以至于他每回跟我说话我都反应不过来。

“抱歉，比尔。”

“你今早没有把魂带来吗？”他故意以极慢的速度，一字一句地问道。

我的工作任务之一就是给本组的四五个同事泡茶。上班第一天，就在我把茶泡好送到各位的手中后，比尔就把我喊住了：“听我说，小伙子。”

“你应该不是个毛手毛脚的人吧？”

“不是的，比尔。”

“那好，我希望你不要弄乱这些杯子，明白吗？”

“放心吧，不会的。”

“这里曾经发生一起严重的事故，事故的原因就和杯子有关。”

“怎么回事？”

“有人差点被弄瞎一只眼睛，事情就是这样。”

大约10年前，一个叫菲尔的年轻人喝完茶后顺势做了一个要把茶渣泼到另一个人脸上的动作，就在这时，茶杯的手柄断了，杯子脱手飞了出去，狠狠地砸在一个公司代表的眼睛上方，导致他的脸上缝了好几针，并且好几天不能来上班。

“所以，”比尔说道，“工作时一不小心就会出事，就像这样。”

他又问了我一个问题：“你认得自己的狗吗？”

“我不太明白您的意思。”

“你认不认得自己的狗？”

我求助地看向其他人，却得不到任何提示。

“比如，你分得清它们的颜色吗？”比尔继续问道。

“略知一二吧。”我连蒙带猜地回答。

“那可不行，你得多了解这方面的知识。你看，我喜欢赤毛的塞特，那边的托尼则中意金色的拉布拉多，而我们大家都不喜欢牛头梗。”

我这才反应过来他指的是茶的颜色和浓度。

“牛头梗不是有很多种颜色吗？”我立刻接茬道。

“或许是吧，看把你聪明的。我指的是那种颜色煞白的，看起来像还没发育完全就被生下来的牛头梗。你要是胆敢给我泡一杯那样的茶，我二话不说就把它倒进水槽里。”

虽然我成天与满满一仓库的书为伴，但这些书却都不是我的菜。这家公司的销售对象是兰开夏郡以及周边地区的集市书摊。仓库里的书就数低俗的西部小说的销路最广，在打包了一箱又一箱的这类小说之后，其中几本的封面早已牢牢地印在我的脑海里，它们是J.T.埃德森的《魔鬼与骡子火车》（*Ole Devil and the Mule Train*）和《坏家伙》（*Bad Hombre*），以及路易斯·拉摩的《野马人》（*Mustang Man*）和《来自斯基伯林的男人》（*The Man from Skibbereen*）。女性读者爱看的书则偏向历史爱情小说。这些书的封面实在难分伯仲，大体都是一男一女穿着维多利亚时代的华服，一脸害相思病的表情。其他的书籍包括儿童拼图杂志和涂色书，还有一份名为《滑稽半小时》（*Funny Half Hour*）的奇特出版物，它以漫画的形式讲述了各种职业的人不幸被捉奸的故事，通常涉及医生、勤杂工、牧师和脱衣舞娘等，有时这四类人还会同时出现在一个故事里。

比尔工作起来很努力，成天沉迷于手中的一根绳子、一堆书和一把斯坦利木工刀。他对仓库里的每一本书和每一个档案盒的位置都了如指掌。他十分精通公司的业务，清楚地记得每一批货物到达的时间和每一通业务代表打来的电话，甚至不看表就能说出一天当中的任何一个时间点。他常常觉得那些作者的名字很可笑，每次轮到他打包西部小说时，他的反应都如出一辙。“你觉得他们的父母会给他们起这么花哨的名字吗？他们是不是傻？”

每一本书从他那飘忽不定的视线里经过，他都会大喊一声“胡扯”。最典型的一次莫过于：“冈恩·哈利迪，胡扯！埃尔莫·凯尔顿，胡扯！戴尔·范·埃夫里，胡扯！吉恩·加里，胡扯！托德汉特·巴拉德，加倍胡扯！”

一天下午，我正准备下班，比尔把我叫到跟前。

“你今天干得不错，小伙子。”他对我说。

"谢谢。"

"你想带一两本书回去看吗？"

我意识到这是他对我的奖励，也是一种表示感谢的方式。

"不用了，比尔。"

"我还以为你很爱看书呢。"他有点不解地歪着头说道。因为就在前两天，他还看见我午休时捧着一本约翰·厄普代克的《兔子，跑吧》(*Rabbit, Run*) 津津有味地看着。

"你该不会是那种自命不凡的人吧？这些书对你来说不够好吗？"

"那倒不是。"我只能撒谎。

"听着，小子，你可别小瞧这些该死的书，有了这些专门讲枪手到镇上胡乱开枪的小说，我们才能混口饭吃。因为人们，那些普通人，就爱看这些东西。靠着从这些人身上赚来的钱，出版商才能出版一些有深度和有意义的东西，就是那些作家冥思苦想出来的'肚脐眼儿'。我才不学别的家伙叫什么'小说'，在我这儿它们就叫'肚脐'[1]，就是'肚脐眼儿'的另一种叫法，你懂吧？我想你喜欢的是那些东西，没错吧？"

我还在思索该如何回答，他又开始往下说，激动得鼻孔都放大了。

"这些书就是一堆马粪。"

希拉是其中一位销售代表。她30来岁，身材苗条，很有魅

1 "肚脐"的英语是"navel"，与"小说"的"novel"只差一个字母。——译者注

力，并有一头红色的长卷发。比尔夸她长得像女演员苏珊娜·约克，是一朵“英伦玫瑰”[1]。

“你真该看看她演的电影《豆蔻春心》(*Loss of Innocence*)[2]，那皮肤光滑得跟瓷器似的。想要失去纯真有什么难的？让她来跟我待上5分钟，我保准帮她解决。不麻烦，一点儿也不麻烦。我要让她如痴如醉，一边尖叫一边求我手下留情。你知道为什么我头发有点秃吗（实际上他的秃顶相当严重），这都是因为我干活的时候把脑袋往枕头上蹭，这才把头发都蹭掉了。希拉简直就是苏珊娜·约克的翻版，显然她更容易接近些。那叫一个漂亮！”

每回希拉顺道来访，她身上的香水味总能让大家情绪高涨。

“你好，希拉，我的爱。”比尔唱道。

面对这种古怪的调情，希拉总是表现得欲拒还迎。于是比尔开心地吹起了口哨，不再骂骂咧咧，就连工作的兴致和效率都跟着提高了。她走后，他想象我们全都被她迷得神魂颠倒。

“那叫一个有女人味。”

比尔甚至警告我说：“千万别跟她套近乎，当心她把你当早餐给吃了。”

公司的大部分库存都在楼下。一楼几乎是废弃的，不仅窗

1　喻指英国人心目中的完美女性。——译者注

2　1961年上映的英国电影，原名意为“失去纯真”，又名《青涩夏日》。——译者注

户破了，地板也是东一块西一块的。鸽子飞过屋檐，几片松动的石板瓦下面不知不觉已形成了若干个小土堆。一天，希拉刚离开不久，我上楼去上厕所，比尔就等在楼梯下面，当我经过他身边时，他假装把我的双手反铐在脑后。

“嘿，你还不打算收手是吗？不准对我们希拉抱有任何荒唐的想法。”

外公只要休假超过几天，C&A公司就会很担心。尽管外婆每次都亲自去公司帮他请病假，公司里的人还是想亲眼看看情况究竟有多严重。有一次，他们来访时正好碰上外公发病。那天，衣着光鲜的一男一女来到外婆家楼下，此时的外公正在阳台上把手里的盘子和装饰品一件件往空中抛。

“你们到底想干吗？”外公朝楼下喊道。

“我们想找约翰·达菲。”

“你们找他干什么？”

“我们是C&A公司的。”

“他不住这儿，他和一个漂亮姑娘私奔了。”

外婆跑到阳台边上想看看他到底在跟谁说话，但是无论她怎么喊，楼下的人都听不见，因为那些陶器砸到地上的动静太大，有的还险些砸到楼下的那两位职员。一定是那位住在一楼的女邻居告诉了他们，刚才冲他们嚷嚷的就是他们要找的约翰·达菲，二人一下就明白了，拔腿就往回走，一边走还一边担心自己的后背会不会被砸到。这时，外婆大声喊道：“需要我下楼吗？”

那个女人停下脚步，大声说他们已经掌握了所有情况，并表示非常感谢。

我没有告诉任何人我想成为作家。一旦我说出口，他们就一定会认为我在自欺欺人，用罗奇代尔当地的话来讲就是“被灌了迷魂汤”。在那个年代，大多数家庭都把子女一辈子安安稳稳视为一种首要的责任。任何自我感觉良好的迹象都会招来一群人，包括父母、祖父母、七大姑八大姨、左邻右舍，甚至路人，他们会使尽浑身解数来调教你，让你无论如何都要脚踏实地。即便是现在，你到这一带来问起某人，你听到的最高评价仍是此人努力、脚踏实地。

我决定先当一名记者，我认为这将为我的写作事业打下基础。我告诉自己，这一职业可以锻炼我的写作能力，确保我能按时交稿，并且与一些编辑建立联系。除此之外，我还能获得丰富的生活经验，更要紧的是，当下次再有人不厌其烦地问我毕业后打算干什么时，我就能给出一个令人满意的答复。

起初，我爸希望我加入家族企业（主要成员包括他和一两个分包商），但他很快就意识到我对体力劳动并不感兴趣。小时候随他一起去工作时，他经常半开玩笑地（也可能是认真地）评价我就像“双断路器”一样既复杂又不好使。几年前，叔叔彼得曾在我爸的手下当学徒。他说：“每回被你爸一通臭骂过后，我出门时连门都不用开，因为我觉得自己已经渺小到可以直接从门缝里钻出去。”我爸年轻的时候也有过类似的经历，因此他坚信只有先将一个人打倒，才能使他振作起来。那个年头，这样的事层出不穷，这或许是军队生活和战争岁月留下的遗产。

当我爸接受了自己的货车上永远不可能打上“霍金森父子”这一招牌的事实时，爸妈也就没有别的职业规划可为我提供了，但我妈仍希望我将来的工作要穿西装打领带，留一个像样的发型。他们还是习惯听从别人的建议，于是，当我告诉我妈就业导师说我不太可能成为一名记者，也许更适合从事零售管理工作时，她的反应是：“嗯，还是他们懂得多。”事实证明，他们错了。

全国新闻工作者培训委员会与工会和报业公司之间一直有合作关系，会定期为新闻业培养和输送青年人才。想要参加为期一年的全日制课程，就必须先通过5门中学普通水平课程考试和2门高级水平课程考试。此外，报名者还必须通过职业测试，并接受资深记者团的面试。我虽然没有参加普通水平课程考试，但我有5门中等教育考试证书，且都取得了最高分，这就相当于（以低分）通过了普通水平课程考试。早在学校分班时，我就不被看好具备读高中考大学的潜力，于是我压根就没有机会踏入学校那栋预制板教学楼。听说进入那栋楼的学生早上可以看报纸，午休时可以听音乐，地位尊贵得很。作为一个中等教育毕业生，上大学这件事根本就不在我的考虑之内。

我了解到附近有一所私立中学允许在一个学年内修完高级水平考试课程，而不用像常规要求的那样需要修满两个学年。这些课程吸引了一大批想要快速重修一两门考试不合格课程的学生前来报名。我选择了历史和社会学。我当时并不了解社会学的名声，不知道它既能使人变得激进，又常被误解为一门简单好过的课程。刚开课不久，就有人半开玩笑地对我说，要通过社会学考试就如同把一张纸巾整齐地撕成两半那样难。

第一堂课的内容是介绍什么是社会学，给我们上课的罗伯·戴维斯先生让我们管他叫“罗伯”。他35岁左右，是个身材矮胖的家伙，这么说吧，绕着他走一圈也要花上一小段时间。他说在任何情况下，我们都不能称他为“戴维斯先生”，永远只能叫他“罗伯”，不是“罗伯特”，当然也不是“鲍勃”或“鲍比”，而是“罗伯”。教室里大约有14名重修的学生外加一个我，我们全都点了点头。

“你们知道为什么要叫我‘罗伯’而不是‘戴维斯先生’吗？”

我们摇了摇头。

“因为我是你们的讲师，而不是老师，这就是原因。”他厉声说道。

他该不会是说了句脏话吧？虽然很令人震惊，但至少表明了他的自我意识，加上他的咬字不是很清晰，听起来倒也挺有趣。我们当时并不知道，这只是接下来一长串戏剧性大爆发的开始，而他的目的就在于使我们震惊，并且引起我们的反感。

他非常笼统地（正如他多次强调的那样）回答了什么是社会学这个问题，接着又开始大口地吃起了三明治，即使残渣碎屑掉了一地也丝毫不影响他的胃口与速度。那天他穿了一件长及膝盖的宽松衬衫，衬衫外面套了一件磨损严重的灯心绒夹克。之后，他给每个人发了几张问卷，上面的问题包括："你爸爸是干什么工作的？""你认为自己是富人还是穷人？""你的父母还在一起生活吗？"及"你认为人的本性是好还是坏？"他说这么做是为了尽可能快速、深入地了解每一个人。我们认真地填写了问卷，然而这件事从此便没了下文，甚至连提都没有再提过。

我妈去给外公开门时，我正专心地玩着玩具车，在餐桌旁看杂志的外婆突然"腾"地一下站起来，扭头就往楼上跑。两天前，她又一次为了自身的安全选择离家出走。我妈早已习惯了他们隔三岔五就上门来闹一次。外公有时表现得很懊悔，有时却暴跳如雷。他怎么也想不通外婆为何要狠心抛弃他，不再为他泡茶和打扫房间。这究竟是怎么一回事？他每一次都激动地想要当面找外婆问个清楚，可这一次，他却异常镇定。

"你好，亲爱的。"他对我妈说，"我有个坏消息。"

他们穿过大厅来到前屋。

"是关于你妈妈的。她死了，她今天早上被车撞了。"

"不可能。"

"是真的。"

“不可能。”

我妈不知道是否该告诉他自己为何如此确信外婆还活着，可是外公仍坚持这一说法。

“亲爱的，你这么骗自己是没有用的。她死了，事情就是这样。”

她再也装不下去了。

“爸爸，她就在楼上，在我这儿。她是为了躲你才来的。”

“是吗？”

外公看上去很震惊，仿佛觉得外婆不是没死，而是死而复生。我妈走出房间，冲楼上大声喊道：“妈妈，你下来让爸爸看看你还活着，好吗？”

外婆骂骂咧咧地走了下来。

“你为什么告诉他我在这儿？”

“因为他以为你已经死了。”

外公总算松了一口气，放心地将后背靠在椅子上。

“都怪那些警察，伊芙琳。他们今早上门来跟我说，发现你死在了大街上，他们说你被车压扁了。他们就是一群该死的骗子。”

于是，他们夫妻二人再一次双双把家还。

每回上课，戴维斯都让我们把课桌围成U形。我注意到坐在我对面的是一个穿着褪色牛仔裤和帆布鞋的金发男孩，他的脸颊像棉花糖一样红润。吃午饭时，我见他独自一人坐在食堂的餐桌旁，便对他产生了一种莫名的好感。我这辈子很少有这种感觉，仿佛一下子就被他吸引住了。

“我可以坐在这儿吗？”我问道。

“当然。”

他说他叫皮特。我们聊起了音乐，他喜欢的乐队恰好我也喜欢。我注意到他正在吃一个几乎没有配料的比萨饼。

“这饼看起来有点儿乏味。”我说。

“我特意点了不加肉的。”

“为什么？”

“因为我是一个素食主义者。”

他是我遇到的第一位素食者，我好奇地问了他许多问题，比如他吃素多久了，不吃肉的话他都吃些什么。他说他每天骑自行车上学，全程大约6英里。我们虽然坐在一起，谈话的内容却一直是由我主导的。我总感觉他有点心不在焉，也许他的思绪早已飞回了家，也可能在想着回家路上要如何风驰电掣，经过那一排排房屋，穿过那拥挤的车流。他说他家里有一张乒乓球桌。大约一周后，我们约好了一起打一场球。

他家的房子位于城市的边缘，与其称为房子，不如说是一栋大厦，我见过的类似这样的建筑只有博物馆或医院的手术室。单单一个主楼梯间就有一个卧室那么宽敞，光线透过一扇很大的拱形窗户照射进来，照得整个楼梯间微微泛着红光。室内的天花板很高，全都装了华丽的吊顶。房门一律采用深色的厚重木料。靠墙摆着一列书架，四周挂满了油画，画的内容有扭曲的面孔、裂开的昆虫、路边的乌鸦，还有雨天里划破天空的电线杆。我惊讶地发现，在这样一栋房子里居然处处可见家庭生活的痕迹，比如一台电视机、一个传统的厨房，还有咖啡桌上随手放着的一团毛线和几根棒针。这些东西无疑为这偌大的空间增加了不少人气。在后来的几次拜访中，我又注意到不少细节，比如阁楼上的灰尘、天花板上的裂缝、几块潮湿的印记，以及阁楼上那扇破旧的窗子。这些细节仿佛告诉我房子的主人因拿不定主意而放弃了装修，又或者这家人已不再像过去那么有钱了。

我和皮特渐渐成了朋友，我不确定他是否注意到了，但是在有些人眼里，我们的确很合得来。我们的身高和体重都差不多，只不过他更瘦一些，这得益于他平时的跑步和骑车。他比较白，我比较黑。我们对衣服的品位也很相似。我的话比较多，他总是认真倾听。他似乎有一点难以亲近，而我作为少数几个得以近距离接触他的人之一，难免会有一种被认可的满足感，觉得自己多少有些与众不同。我们来自不同的社会阶层。暑假里，我们一家人只能待在黑潭的一辆旅行拖车里，而他们一家人则住在湖区的一顶度假帐篷里，不仅能够遍访当地的博物馆，在穿越山林时还有专人为他们做向导。他在一个安静的环境里长大，一家人要么看书，要么在阁楼上作画，比如那幅裸体男子怀抱几只巨型飞蛾的油画就十分引人注目。

在那段时间里，我恰好读到了威廉·沃顿的《鸟人》(*Birdy*)。我在这个故事里看到了我和皮特的友谊。我就像书中的艾尔·哥伦贝托一样开朗健谈，对生活充满了渴望；而皮特就如同鸟人一样内向而充满幻想，甚至有些脱离现实生活。

书中反复出现的一个场景是艾尔去医院探访鸟人，试图把他连哄带劝地从自我中解救出来，带着他一起去追求真正的幸福。在接下来的几年里，我也时常在皮特的生活中扮演类似的角色。

我习惯比上课时间提前5分钟到教室。在我课桌的一角永远堆着几本书，有马克斯·韦伯和塔尔科特·帕森斯的社会学教科书，中间还夹着一本乔治·奥威尔的《巴黎伦敦落魄记》（*Down and Out in Paris and London*），那是我在公交车上的读物。戴维斯歪着头查看这几本书的书脊。

“乔治·奥威尔！”他喊道，“别告诉我你是他的粉丝。”

我说是的，并且非常喜欢他的作品。

“G.K.切斯特顿[1]是怎么说的来着？”他说，“英国人就喜欢有才华的平庸之辈。说的就是我们的乔治，或者像他的父母一样叫他‘埃里克’。他就是个道貌岸然的混蛋，别跟我提他所谓的写作的基本规则[2]。那说的都是些什么呀？他凭什么反对使用隐喻和长句？他为什么要把每件事都写得跟购物清单一样？简直无聊至极！”

---

1 英国作家、文学评论家，被誉为“悖论王子”。——译者注

2 乔治·奥威尔在1946年出版的《政治与英语》中提出了英文写作的“六条基本规则”，其中包括“绝不要使用在印刷物里经常看到的隐喻、明喻和其他修辞方法”。——译者注

好在其他人也开始陆续走进教室，戴维斯的注意力被分散了。他开始用自己的方式跟每个人点头打招呼，顺便将他们都奚落一番，比如“你该理发了”“这件开衫很有问题”，或者“今天怎么垂头丧气的”。

与戴维斯和科恩姐妹之间的紧张关系比起来，我刚才经历的针对奥威尔的短暂争执根本不值一提。丽贝卡·科恩和莎拉·科恩是一对几乎一模一样的双胞胎姐妹，她们的爸爸是眼科医生，为了充分体现对爸爸的敬意，她们各自戴了一副镜片超厚的眼镜。姐妹俩都很聪明，且非常善于表达。不仅如此，她们长得也很好看，每当戴维斯取笑她们时，我都隐隐能听出一丝性暗示。我敢保证那绝对是他的一厢情愿。

有一次，他正在发表一通充满亵渎的言论，简直巴不得我们当场就发动一场革命。就在这时，他的话被打断了。

“你可以这样说话吗？这难道不违反规定吗？”丽贝卡问道。

“什么规定？”

“学校的规定。”

“规定就是被用来打破的。”

丽贝卡摇了摇头，说道：“你成天只知道对我们说教，这么做是不行的。你应该教我们社会学，而不是这些。”

她居然还骂了句粗话，好样的！她的一句粗话抵得上戴维斯的二十句，那威力就相当于在戴维斯抛出手榴弹之后直接给他投去一颗原子弹。请继续，再给他来点儿狠的。她果然做到了，而且赢得很漂亮。

“我并不介意你想干什么，但你说的那些东西也太老套了。这些陈词滥调让人感觉你还活在20世纪60年代。这些话没有任何意义，全是老生常谈。我们在座的年纪都比你小至少15岁，可这些话我们早就听过了。”

她的话说到一半时，戴维斯突然笑了起来。他问她的“小脾气”是否闹够了。

“不，还有一件事。”她说，“为什么你只在学校里向我们灌输这些思想，却不敢去现实世界中大声疾呼？是因为我们更容易被随意摆布吗？”

“科恩小姐，看来你把我当成敌人了。”他说，“而我显然不是该死的敌人。真正的敌人就在你们周围，你们却看不见。自打你们一出生，他们就一直在用潜移默化的方式对付你们。”

一天下午，我向外公说起自己拿不定主意要干什么，是整理收集的邮票呢，还是帮爸爸清理车库。

“果断一点。一个人不可能同时出现在两个地方。”他说。

这当然是一个再浅显不过的道理，但在当时，这句话却对9岁左右的我产生了极大的影响。外公很善于将一些真理说得简单明了，且毫不感情用事，比如“既来之，则安之”。我不知道目前为止我都在想些什么，但听完外公的话，我感觉世界突然缩小到只剩一条单行道，那就是我一次只能做一件事。当然，一个人可以有很多方法让自己分身，可以让自己每时每刻都想去哪儿就去哪儿。这种想法只可意会不可言传，一旦说出来就显得有点儿傻了。

从那以后，书籍就成了我过另一种生活的工具，同步了我想要过的各种不同的人生。只要一打开书，我就能到世界上任何一个地方，接触到形形色色的人。所以，从某种意义上讲，我任何时刻都能同时出现在多个地方。

回到刚才科恩说的“这些话我们早就听过了”，这些话并不是人尽皆知的，我就没有听过。事实上，我从未遇到过像罗伯·戴维斯这样的人，他为人聪明、有魅力，说话直截了当、咄咄逼人、自信满满。我们家从没有人用如此规范的语言和武断的方式讨论过政治或表达过观点。相反，他们会说一些令人捉摸不透的套话，比如“到时候就知道了”或者“他会得到他该得到的东西”，又或者在大多数情况下，他们会完全转移话题，让我“别打破砂锅问到底”，或者干脆打发我“去书里找答案”。每星期听戴维斯讲课的那几个小时都像在欣赏话剧表演，或是聆听牧师传道。

戴维斯讲课的主题大致有以下几点：世界掌握在少数拥有银行的家族组成的垄断集团手中，对他们来说，资本主义就是不停地积累财富，并保证让财富得以自我延续。而宗教就是一个骗局，正如他经常引用卡尔·马克思的那句话：“宗教是被压迫生灵的叹息，是无情世界的感情，正像它是没有精神的制度一样。宗教是人民的鸦片。”如果一个家庭会对孩子产生压迫，不适合孩子生长，那么这个孩子就应该由全社会共同抚养。财产即盗窃[1]。警察是中上层阶级的私有军队。一夫一妻制和婚姻制度是一种建构，是促进社会控制的一种手段；而性则是一种可以随意表达的本能。教育是国家用来向民众灌输顺从思想的工具。犯罪是资本主义制度的自然产物，也是毒瘤。而资本主义制度是为精英阶级的利益服务的，其做法就是对抗下层阶级。战争是由帝国主义列强之间争夺资源和市场引起的。

我彻底被淹没在这堆劈头盖脸砸下来的信息里，不得不挣扎着探出脑袋来透一透气。我知道自己一定会被这些话所动摇，从此一切都将变得不一样了。戴维斯的坦率与好斗彻底击碎了生活这出大戏的顶棚，露出了上面的一根根细绳，以及操纵这些细绳的大手。最重要的是，当我得知有一股无形的力量在影响和左右我们的生活时，我感到无比的失望。有那一刻起，我看清了这个世界不过是一场瓜分。一旦了解了这一沉重的事实，我的心情就再也轻松不起来了。

我被这种不堪重负、心神不宁的感觉折磨了好几个月，甚至长达一年。那段时间需要消化的东西实在是太多了，除了要理解戴维斯和他所揭示的这个世界的运行方式，还要承受全国300万人失业所带来的影响。玛格丽特·撒切尔一上台就大肆剥

---

1 该观点出自法国政论家、经济学家、无政府主义奠基人之一皮埃尔·约瑟夫·蒲鲁东于1840年发表的《什么是财产？或关于法和权力的原理的研究》一书。——译者注

夺穷人、工人阶级、北方民众，以及所有反对她的人的公民权。她明确地被戴维斯视为“敌人”，并一时间成了贪得无厌和顽固不化的象征。随着福克兰群岛冲突的升级，她又成了一个无情的战争贩子。她那一脸傲慢的微笑，那一头被发胶固定的头发，以及她故作沙哑的声音，在我的七大姑八大姨里，乃至整条街都找不出一个长相和声音与她相似的女人。她就像一个在实验室里被组装起来的假人，只不过科学家忘了在她身上安装两种至关重要的人类元素，就是同情与谦逊。

核战争的威胁无处不在，“核爆炸是由氢弹或原子弹等武器引起的”。[1]据说很快，发生在广岛和长崎的那一幕——包括那些蘑菇云和挂满铁丝网的尸体——也会降临到我们所在的城市。“它们虽然像普通的爆炸，但威力要大出好几倍。”一时间，全国上下到处都在游行，人们佩戴起反核武器的徽章，这一题材的电影和纪录片也层出不穷。“它们会产生巨大的热量和冲击波，还会形成致命的尘埃云。”那段日子里，我时常在烦躁不安中醒来，街上传来关汽车门的声音都会被我想象成导弹坠落的余波。当你听到那长达4分钟的警报时，就要立刻采取自我保护措施，并做好求生的准备。多储备一些罐头食品，尽量待在室内，或者躲到桌子下面。“在乡村地区的风险与在城市里的几乎一样大。”我不禁担心我们很快就会沦落到要从死人手上摘下戒指，并且不停地安慰那些被吓得目瞪口呆的女人，就像在纪录

1　摘自内政部用来警告即将发生的核攻击的小册子。

片《战争游戏》[1]（*The War Game*）里看到的那样。过后，即使我们活了下来（可能性简直微乎其微），也不得不在很长的一段时间里不断地埋葬一些死胎和受核辐射影响的畸形儿。面对这样的未来，长大对我们来说已完全没有意义。世界是如此的冷酷无情，它只会让你灰心丧气，每个人都像生活在塑料袋里一样憋得难受。当我和皮特谈起这些的时候，他表示完全理解。

"你也不必过分担心。"他说，"尽量保持正确的方式看待。有时我会感觉身体不适，像是有什么东西压在了胸口或脑袋上，难受得很。在室内时感觉就更糟了。每当这时我就必须出去干点什么，就算是去花园里摆弄那些花花草草也比闷在室内强。"

戴维斯用一把链锯撕裂了所有人的信仰，让每个人都对原来的执迷不悟感到痛苦不堪。科恩姐妹架起的那道防守也没能挡住他的进攻。有时他的思维速度、知识深度和精确的表达的确能蛊惑人心。全班同学在他的煽动下变得精神紧张、四肢麻痹，就像被巫医下了魔咒一般。我们不禁开始好奇，为何这样一个由氪星石和炸药包组成的新人类会甘心窝在如此破旧的北部小镇教高中社会学？

一日，我们正在餐厅吃午餐，莎拉·科恩告诉我："他的生活简直一团糟。"

她一边说着，一边玩着套头衫的袖子，先把它扯得老长，

1　1966年上映的纪念广岛、长崎原子弹悲剧发生20周年的纪录片。——译者注

再把袖口那几根松了的线紧紧地缠绕在手指上。

“你指的是什么？”

她说戴维斯的爸爸曾是陆军少校或上尉，总之大小是个官。他从来没有真正关心过自己的孩子，对待他们就像对待自己手下的兵。他要求孩子们必须把鞋子擦到能照见自己的影子。几个孩子一不听话就会挨打，所以戴维斯才会如此强烈地反对权威。

“你是怎么知道的？”我问道。

“我爸爸有个接待员和戴维斯是校友。”

我从未关心过戴维斯在学校以外的生活，其实那才是他人生的重要组成部分。比如，他晚上一般会干什么、会去哪里？在那之前，我一度认为像他这样充满魅力的叛逆者是孑然一身、遗世独立的，根本无须像我们这些凡人那样借助家人、爱人、朋友和栖身之地来寻求安慰。他的身世彻底改变了我的想法。我生平第一次意识到，想要看清一个人，就要绕到他的身后去了解他的过去。过去我总以为一个聪明人就连愤怒也是正当的，因为他们生长在一个充满不公的环境里。殊不知这些人也可能来自一个不正常的家庭，或者多年前经历过一些不愉快的事件。

外公最喜欢沿着两条公路间的一片荒草坡散步，那里可以通往几座铁路拱桥。沿路可以看见不少被丢弃的生锈的自行车、婴儿车，甚至是小汽车。树的枝桠上缠着几张不知从哪儿飘来的报纸。沟壑纵横的泥地上到处可见浅浅的黑色小水坑，坑里积攒的雨水早就被机油染成了黑色。外公把这片地称为“印第安地区”，他时常差遣我往前走几步去寻找躲在高高的草丛里的“印第安人”。

“找到了吗？”他喊道。

“还没有。”

“别泄气，任何地方都不要放过。”

我们有时会意外地发现一些旧漫画，于是干脆就坐在一个箱子或一张破沙发上看起来。那些书经过了好几轮雨水的冲刷又在阳光下被晒干，感觉特别易碎，翻看时必须非常小心才能保证每一页都完好无损。

后来，我们又有幸在电视上见到了罗伯·戴维斯，从那以后，他在我们心目中的形象就一落千丈。其实出现在电视上的并不是戴维斯本人，而是在一部改编自马尔科姆·布拉德伯里[1]的小说《历史人》（*The History Man*）的影片中，由安东尼·舍尔扮演的霍华德·柯克。这位激进的大学社会学系讲师与生活中的罗伯·戴维斯简直如出一辙。可以说，除了身材矮胖和没有那撮马蹄形的小胡子之外，戴维斯就是柯克。

这一角色被塑造得惟妙惟肖，以至于我们第二天就迫不及待地在他俩身上寻找共同之处，仿佛只有这样才能证明自己不是在做梦。柯克是一所虚构的沃特摩斯大学社会学系的讲师。

1　英国著名的小说家、批评家和学者，曾是伊恩·麦克尤恩和石黑一雄等知名作家的写作老师。——译者注他恃强凌弱，玩弄权术，一边鼓吹自由主义，一边对学生进行教化。他爱自己胜过一切，甚至利用手中的权力来诱骗女学生，处处以是否接受性解放来衡量她们的思想自由与时尚程度，这么做无非为了满足他的私欲。

在剧中，柯克的对手是一个近乎喜剧性的人物——乔治·卡莫迪。他是一个真诚、待人有礼貌、穿西装打领带的学生，发型时尚，风度翩翩。然而，柯克却将他描述为一个“新纳粹主义者”。卡莫迪称呼柯克为“先生”，他却咬紧牙关、怒目相对地告诉他：“我不是什么先生，我不需要你的尊敬。”在一场关于“冲突与共识”的理论研讨会上，科克不断地刺激卡莫迪，而其他学生为了博取科克的认可，对他的每一句讽刺都尽力配合，发出笑声。最后，卡莫迪适时地喊出了一句“只要不与柯克博士发生冲突，建立一个冲突论模型也无妨”，这出闹剧才得以收场。同样的场景在戴维斯和科恩姐妹之间也上演过无数次，我们立马通过柯克这一角色看出了戴维斯一贯的武断、傲慢和自恋。

在后来的几次课上，戴维斯对我们的影响明显有所减弱，至于社会是如何构成的，这一问题的答案只有一个。在了解了真相之后，人们便只能选择接受了。与柯克不同的是，戴维斯至少有机会自嘲。几个月后，他又变回了一个有血有肉的普通人。

这些年来，我了解到许多人都是在刚要迈入成年的关键时期遇到他们人生中的“戴维斯”或“柯克”。这些人大多是成长于20世纪60年代的极具号召力的青年，他们错误地相信了理想主义与希望，并逐渐从希望幻灭转向了愤怒。他们中的许多人后来都跻身于学术界，并且开始利用社会学这一广泛学科，将自己的观点融合到专业当中。在《历史人》这部小说里，柯克就被描述为一个恶名昭著、图谋不轨的人物，这一形象进一步巩固了人们对“左派教师”的固有印象，甚至影响了政府对大学制定的一些政策。作为一门研究型学科，社会学因此受到了极大的打击，以至于后来的几代学者都持续遭到了毁谤与中伤。

第八章　志同道合的朋友

我偶然结识了一群志趣相投的朋友，他们大多在上高中，和我一样深受朋克文化的影响，对世界的看法也是一天一个样，今天还严重地愤世嫉俗，明天就被希望冲昏了头脑。我们这群初出茅庐的小子每回出去都只敢躲在酒吧的里间，怂恿我们当中看起来最成熟的那位朋友，用他那低沉的嗓音去酒吧老板那里骗得一些酒喝。这一招在奥尔德姆路上的那家林肯酒馆里最容易得手。这家酒馆开在离市区大约1英里的地方，是一家比较低级的酒吧，通常只有五六个顾客，还都是些上了年纪的老头儿，他们零零散散地坐在自己最喜欢的座位上，面前的桌子全都被啤酒泡得黏糊糊的。

记得我们头一回去那家酒馆，正准备离开时，老板厄尼突然走了进来。他一眼就发现了我们。

"听着，小伙子们，我不介意你们来我这儿喝酒，可一旦有人开始瞎胡闹，你们就得全都滚出去，明白吗？我这里向来很安静，从来不许客人吵闹。"

一天晚上，我别着一枚"果酱"乐队的徽章去了那家酒馆。

"'果酱'乐队，真厉害。"一个男人隔着两张桌子对我说道。他穿着一件傻里傻气的夹克，肩膀和头发上落满了水泥灰。

我告诉他，我对这支乐队的前两张专辑并不感兴趣，却很喜欢《现代社会的便利》[1]（*All Mod Cons*）以及之后的每一张专辑。我们聊了大概有两个小时。他认真地听着，不时与我交换一些对书籍、音乐和文化的看法，我们从鲍勃·马利[2]聊到"悸动的软骨"[3]，又从电影《橡皮头》（*Eraserhead*）[4]聊到亨利·米勒，一直聊到酒吧打烊了还意犹未尽。就在大家准备离开时，他走到我们的桌前发出了以下感慨。

"我们这代人的好日子算是到头了。我今年32岁了，早就过了那个年纪，接下来就靠你们这群自信的年轻人接棒了。朋克就是你们的发令枪——砰！振作起来，去为自己的生命做点儿什么，去做一些自己喜欢的事情，即使不那么喜欢，至少也

1　对果酱乐队来说具有里程碑意义的一张专辑，专辑的全名为"All Modern Conveniences"，代表着该乐队与"摩登派复兴运动"（Mod Revival）的联系。——译者注

2　牙买加唱作歌手，雷鬼乐的鼻祖。——译者注

3　英国著名的工业实验乐队，成立于1975年。——译者注

4　大卫·林奇执导的电影，于1977年3月19日在美国上映。——译者注

要有所作为。”

有时候，待在罗奇代尔也不见得是件坏事。

有一回，我和外公散步到了一个建筑工地。一个高大的黑人男子放下了手中的铲子。

“约翰，你好吗？”他喊道。

他曾和外公一起在铁路上工作。

“这个小家伙是谁？”他指着我问道。当时我大概6岁。

他弯下腰，伸出一只手来与我握手。他并没有握得很紧，而且手心很干爽。我注意到他手掌的肤色比身体其他部位的肤色要浅一些。我握了握他的手，随即后退了一步。他们聊了几分钟，我无聊地踢着人行道上的石头。一辆冰淇淋车就停在几英尺外的路边。

“你想吃吗？”外公的朋友问道。

酒吧打烊后，我们会去一些印度餐馆，最常去的是开在德雷克街上的那家“科依诺尔”。

通常在喝完最后一杯酒时就会有人提议：“我们去吃咖喱好吗？”

“好哇。”

走下人行道没几步就到了这家餐厅。在繁忙的周六晚上，我们就像下到一艘靠岸的桨帆船的划桨区，这里从早到晚都有酒水供应，大家已经开怀畅饮了一整天，此刻正在人群里四处乱转，寻找着他们的朋友和随手脱下的衣物，或者礼貌地询问服务员厕所在哪里。整个餐厅里只有一两个顾客在专心用餐。如果不是因为酒后的反应有点迟钝，你一定会被这一幕吓到。但生活就该劳逸结合、张弛有度，此时此刻，这种耳边充斥着各种叫喊声，甚至歌声的混乱场面也不失为一种美好。一天晚上，每当有人从门口进来时，店里的一群女人就拍着桌子大声唱道“食槽里又来了几只猪”，用的居然是“砌起迷墙的一块砖”的旋律。接着，她们又套用了那句“我们不需要……”[1]把店里的菜名唱了个遍，包括鸡肉丹萨克、咖喱羊肉和马萨拉虾，甚至连服务生也跟着哈哈大笑，拿着从厨房借来的大勺指挥着她们唱歌。

我以前从未吃过印度菜，这次被它的奢华程度惊呆了——华丽的餐具，带有刺绣的餐巾，满满一盘搭配了丽塔沙拉、洋葱、酸奶和酸辣酱的塔利菜，印度萨莫萨炸三角，外加热气腾腾的米饭。总之，店内充满了各种全新的味道和独特的风情。在令人昏昏欲睡的铃铛声、凄凉的西塔琴声，以及手鼓和长笛的伴奏声中，我好奇地盯着墙上的帘子、亮晶晶的大象饰品和那群舞娘看个不停。我喜欢他们的用餐礼仪。服务生会先将几个加热过的餐盘擦拭干净并摆在餐桌上，然后用一个双层的木制手推车将食物送上来，细心地向顾客介绍每一道菜的菜名，

1　以上两句歌词均出自著名摇滚乐队Pink Floyd的歌曲*Another Brick in the Wall*，这是一首反对僵化的教育制度和校园虐待的歌曲。——译者注

并将它们放在一个条状的加热器上，透过加热器的格栅可以看到下面点着几支蜡烛。饭后的水果是几小片橙子，最后还有散发着柠檬香气、烫手的热毛巾供你擦手。

学习那两门高级水平课程丝毫没有影响我读书的进度。这期间我又有了新的发现，其中就包括格雷厄姆·格林[1]、杜鲁门·卡波特[2]、卡森·麦卡勒斯[3]、伯纳德·马拉默德[4]、奥斯卡·王尔德[5]和阿娜伊斯·宁[6]。与此同时，我几乎每晚都用磁带录下BBC电台第一频道由约翰·皮尔主持的一档音乐节目。此时的朋克音乐已经进化成一股新的浪潮，尽管名字换了一个又一个，从“后朋克”到“另类摇滚”，再到“学院摇滚”（尤其是在美国），后来又被称为“独立音乐”。皮尔在节目里播放的都是些要么很简单，要么乐器声震耳欲聋的唱片。有的歌曲人声大大盖过了乐曲声，有的则根本分不清和声与唱段，全都混在了一起。生活中的各种东西都被人们拿来当乐器（有时就连灭火器

1　英国作家、编剧、文学评论家。一生获得21次诺贝尔文学奖提名，被誉为诺贝尔文学奖的无冕之王。——译者注

2　美国作家，代表作有中篇小说《蒂凡尼的早餐》。——译者注

3　20世纪美国最重要的作家之一，代表作有《心是孤独的猎手》。——译者注

4　美国小说家，大部分作品用怜悯而扭曲的幽默语言描绘美国犹太人及他们对美好生活的追求。——译者注

5　19世纪英国最伟大的作家与艺术家之一，唯美主义代表人物，19世纪80年代美学运动的主力和90年代颓废派运动的先驱。——译者注

6　法裔古巴作家。——译者注

和啤酒托盘都不放过），大家想怎么玩就怎么玩，把好好的琴倒过来弹，扯掉上面的琴弦，甚至将它们点燃，把贝斯琴弦用在普通吉他上，把小军鼓用力往墙上砸。这些歌曲都是创作者为了自己想象中永远不可能被拍成电影的故事而创作的原声配乐。走到哪里都能遇见自称“小镇大卫·鲍伊”[1]的神秘而充满活力的音乐人。只不过就连大卫·鲍伊本人也和其他20世纪70年代初期，甚至更早一些的音乐人一样被贴上了“当权者”和“旧浪潮”的标签。这种不敬的行为在当时极受推崇，要标新立异就必须踢翻那些旧雕像。

当年流行歌曲的歌词与主题也都不拘一格，就连一些对我个人来说很有意义的作家和艺术家也被他们写进了歌里，并且广为传唱。热爱“引经据典”的乐队一时间层出不穷，只要一想到这些乐队和他们的影响力，我就觉得自己在“理智主义”面前不过是一介凡夫。“治疗”乐队有一首歌叫《杀死一个阿拉伯人》（*Killing an Arab*），一看就知道它改编自小说《局外人》里的一个关键场景。该乐队还有一首歌叫《夏洛特时光》（*Charlotte Sometimes*），歌名直接照搬了佩内洛普·法默于1969年发表的以一棵神奇雪松为主题的小说。“堕落”乐队的名字就直接取自加缪的同名小说。“快乐分裂”乐队的名字则是从犹太作家耶希勒·法伊纳[2]的中篇小说《玩偶之屋》（*House of Dolls*）里得到

1　英国著名摇滚歌手、演员。——译者注

2　波兰犹太裔作家卡罗尔·塞廷斯基的原名。——译者注

的启发，这本书讲述了作家本人在奥斯维辛集中营的生活。“加沙的盲人”乐队也是以赫胥黎的同名小说命名的。科罗娃唱片公司（也就是“回声与兔人”乐队和“声音”乐队签约的唱片公司）的名字借鉴了小说《发条橙》（*A Clockwork Orange*）里的一家酒吧，小说的主人公亚历克斯及其团伙经常到这家酒吧去喝一种掺了药的特殊“牛奶”。盖瑞·纽曼[1]本人就是菲利普·K.迪克[2]、威廉·巴勒斯[3]和J.G.巴拉德[4]的忠实读者。德沃的杰拉尔德·卡萨莱在读了托马斯·品钦[5]的小说《万有引力之虹》（*Gravity's Rainbow*）后，写下了歌曲“*Whip It*”。约瑟夫·K的名字来自卡夫卡的小说《审判》（*The Trial*）与《城堡》（*The Castle*）。那个年代似乎每个人都在贪婪地从音乐、文学和电影中汲取精神力量，而这一切把我们带到了一个特别的地方。

当外公的朋友在冰淇淋车旁等候时，我默默地从背后看着他。他的裤管卷到脚踝以上了，袜子的末端露出了一小截黝黑的沾满白土的小腿，他递给我一个蛋筒冰淇淋。由于顶着大太阳散步，我热得口干舌燥，手里的冰淇淋看起来十分诱人。

“我不想吃上面的覆盆子。”

---

1 英国电子音乐先锋。——译者注

2 美国科幻小说作家。——译者注

3 美国小说家、散文家、社会评论家以及说故事表演者。——译者注

4 一位出生于上海租界的英国著名作家。——译者注

5 美国后现代主义文学代表作家。——译者注

“那就绕开它，去舔其余部分。”外公说。

他们千方百计地哄我，可我就是不肯吃。最后，外公的朋友只好把它扔了，那个冰淇淋的头被按在了工地外围的铁丝网旁。当我们离开的时候，我回头看了一眼那个冰淇淋，只见它上面沾满了碎石和砂砾，正在化成一摊脏兮兮的白色液体，融入周围的土壤里。我们继续往前走，外公先是沉默了一会儿，而后便开始一刻不停地数落我，中途都不肯停下来喘口气。他说，尽管他的朋友和我们肤色不同，但这并不重要，我应该接受他的好意，把那个冰淇淋吃掉。我绝不可以再这么任性了。我怎么这么不在乎别人的感受？这位朋友的家里也有几个可爱的孩子，他本可以把钱省下来花在自家孩子身上，他的钱可不是多到可以乱花的。那一刻，我真想跑回工地去哭着向他道歉。可外公说：“事已至此，道歉也没什么用了。”为了不让自己哭出来，我的胸口憋得隐隐作痛。

我们开始用90分钟的磁带自制混音带。皮特对此事尤为上心，大家公认他选的曲子是最酷的。他是我们当中第一个发现“快转眼”乐队的，这是一支罕见的人人都喜欢的乐队。我的混音带里一定少不了“驽钝”乐队的歌，想当年我还是在肯尼的推荐下买了他们的唱片。在所有由朋克衍生出的乐队中，只有“驽钝”乐队始终坚持最初的原创精神。他们一直在用疯狂的咆哮发出对生命的呐喊。他们公开宣称自己是无政府主义者，他们大声地控诉一切食肉者、法西斯主义的支持者、自由主义者、厌恶女性的人、无宗教信仰的人、偏执狂、资本家、媒体，以及“冲击”乐队：

> 他们说我们是垃圾；
> 我们的名字是“驽钝”，不是“冲击”；
> 他们可以不稀罕自己的朋克身份；
> 因为他们出卖的正是他们自己。[1]

“驽钝”乐队成员身穿黑色的衣服，看上去既像一支军队，又像一群传教士。他们开着一辆快要散架的面包车穿越整个英国，在一些童子军小屋和破旧的酒吧里演出。在那里，他们唱着歌，为各种不公与压迫大声疾呼。每场演出过后都会有一群饱受惊吓的孩子走在家乡的路上，不仅耳朵被震得暂时失去了听力，整个人都被“世界就是这样运转的”这句歌词震慑住了。

更重要的是，“驽钝”乐队显然为我的广泛阅读和探索提供了一个重要补充。他们是一股宝贵的知识力量，他们的价值观和人生哲学统统来自20世纪60年代的反主流文化，内容涵盖了存在主义、垮掉的一代的诗人伍迪·格思里[2]、超现实主义、法国文学、集体生活和园艺等。我也因此深受启发。

---

1 歌词摘自“驽钝”乐队的《白人朋克的希望》(*White Punks on Hope*)。

2 美国民歌手、作曲家，所创作的歌曲已成为美国民歌遗产的一部分。——译者注我在亚历山大的二手店里买了一把吉他，和大卫·约翰逊组成了一个名为“下等人”的组合。这个名词取自斯文·哈塞尔的一本小说，为了表示团结与反抗，我们立志要与社会底层的人民站在一起。我们只花不到两周的时间，就用一台爱华立体声卡式录音机在大卫父母家的车库里现场录制并“发行”了一张专辑磁带（录制的效果完全取决于机器的好坏），尽管我那把吉他没能发挥任何作用，甚至无法把音调准，最终只能发出一些“精心修饰过的噪声”。

这张专辑的大多数歌曲都与核末日有关，比如《地球上的最后一个人》《中子弹》和《坟墓》。那年夏天，从伦敦的布里克斯顿区开始，英国大部分城镇都暴发了不同程度的骚乱。我们立马就录了一首《布里克斯顿骚乱》来支持那群暴动者，尽管这首歌很短，只有20秒左右。

布里克斯顿骚乱
是警察挑起的，
布里克斯顿骚乱
把警察乐坏了，
布里克斯顿骚乱
你以为消失了！
布里克斯顿骚乱
把英国点燃了！

我依然很迷“驽钝”乐队，买下了他们所有的唱片，唱片的封套一律是单色调的，全部由一系列相互关联的深色超现实主义画像拼贴出来的海报折叠而成。除此之外，我还研究他们的歌词，甚至还去现场听他们的演唱会。他们的歌几乎一一对应了那段时间发生的一些“意外”，比如满街的横幅和成千上万台电视里天天播放着的碰撞试验假人、行进中的军队、大屠杀受害者、“沼泽杀人狂”迈拉·辛德雷和伊恩·布雷迪的照片[1]，不可避免地还有核弹爆炸的画面，一切的一切都显示出一种末日到来前的凄凉。皮特始终无法确定自己对“驽钝”乐队的态度，尽管我们在音乐上的品位一直都很相似。

“有几首歌我的确挺喜欢，尤其是那几首带点雷鬼风格的，但我也只能听一阵子。”他说，“他们的歌里有些情绪给得太多了。”

“太多了？”

“他们一直都很悲观。”

“可你明明就很喜欢‘快乐分裂’！”

“‘快乐分裂’的歌有一种欢快的气氛。比如那首《爱会将我们分离》（*Love Will Tear Us Apart*）就是一首很棒的流行歌曲。”他说，“50年后，人们肯定还会在广播里听到这首歌。”

“驽钝”乐队从来没有传统意义上的粉丝，因为拥有粉丝就意味着要接受他们的崇拜，这显然违背了他们的一条重要口

1　前文提到过的发生在1963年7月至1965年10月的英国曼彻斯特沼泽谋杀案的凶手。——译者注

号——相信自己，不信权威。他们有很多口号。一天晚上，我在和我妈聊天时向她解释了家庭是一种倒退的、不合时宜的制度，总有一天会被推翻。

“我根本不知道你在说什么。”她说。

我试图解释给她听。

“你刚才说是谁天天往你的脑子里塞这些东西的？”

“嗯，一小部分影响来自我喜欢的这支乐队和学校里的讲师。”

她微微一笑。

“你笑什么？”

“这些人都太闲了，成天净想些没用的东西。我倒是希望自己每天做完家务还能有时间想一些不切实际的馊主意。”

“这可不是什么馊主意。”

“这就是馊主意。”她不屑一顾地说，“这些人肯定哪里不太对劲。”

在高级水平课程考试前的最后几周，我在外公家的一个小房间里复习。这个房间原本是用来放梯子、旧油漆罐、吸尘器和刷子等杂物的，说起来和哈利·波特在小惠金区女贞路的那个房间颇有几分相似，只能勉强摆下一套桌椅。我每天都在这个没有窗户的房间里待上好几个小时，不停地用笔记考试的内容。所有人，包括我的朋友和家人都不厌其烦地告诉我没必要这么拼命。可这一切都是我自愿的，甚至我很享受这种悬梁刺股的感觉。

小时候，我偶尔会住在外公家，晚上睡觉时就在外公外婆的房间里搭一张行军床。外公睡前会跟我讲一些他们那栋楼里邻居们的故事，比如：隔了两层楼下面的斯莫利夫妇共有11个孩子（据最近一次统计）；对门的惠特菲尔德太太少说也有90岁了，她一个人养了大约30只鹦鹉。这种感觉就像生活在一本四格连环画里，楼上楼下每天都在发生着一些小故事。

我从复习中抽出一天时间参加全国新闻工作者培训委员会的笔试和面试。笔试的材料是一份关于铁路平交道口事故的事实清单，要求我们不仅要将它写成一篇新闻，还要找准一个“角度”（比如这是火车司机退休前开的最后一趟车），以展示自己如何对这1000多字的素材进行整理，并将它提炼成一篇400字的生动有趣的文章。

我自信笔试部分完成得很好，可以十拿九稳地进入下午由3名资深记者主考的面试。我将一切都计划好了，非常肯定自己会被问到关于当地报纸的一些情况，这毕竟是一场专门为当地报纸输送实习记者设置的考试。我对《罗奇代尔观察家报》了如指掌，我曾经像对待历年考试真题一样，将它仔仔细细地研究了一番。可以说我对这份报纸已经无所不知，就连该报的员工把每周专栏《耳边的一句悄悄话》戏称为“啤酒里的一坨屎”，我都知道得一清二楚。我准备了一篇针对该报纸的评论，预备花15分钟的时间概述要如何对它进行整改。

正式地打过招呼后，考官们就开始询问我，作为一个罗奇代尔当地人，你会如何评价格蕾西·菲尔德[1]和西里尔·史密斯，后者是镇上很有势力的自由党议员，死后还被指责患有恋童癖。

“先来说说这位前人——格蕾西。”其中一位考官问道。

“我对她了解得并不多。”我说，“不过，我们倒是一直在给家里的叶兰浇水。”

这个回答很高明，尤其是对一个年仅16岁的人来说，因为格蕾西最著名的歌就是那首《世界上最大的叶兰》（*The Biggest Aspidistra in the World*）。在场的所有人都笑了起来；这个问题根本难不倒我。他们又问我的高级水平课程考试准备得怎么样，于是我提到了外公家的那个小房间。

“所以，你一直在一间储藏室里学习吗？”

“是的，没错。”

这种为理想献身的精神一定给他们留下了深刻的印象，他们一定会想，这是一个多么棒的小伙子啊！我就知道会这样，就让我按计划一步步地完成考试吧。

“《罗奇代尔观察家报》是你们当地的报纸，对吧？”

“是的。”

这个期盼已久的问题终于被问到了，我对《罗奇代尔观察家报》的一番阐述简直能牵动当地报业的未来。

“你平时看不看这份报纸？”

“不看。”

1　出生于罗奇代尔的著名演员和歌手。——译者注

我正等着他们理所当然地追问：“你为何不看？”这个问题将成为我职业生涯的起点。可惜，一切并不如我所愿，他们只是换一种方式重复了一遍刚才的问题：“你居然不看当地的报纸？”

任何神志清醒的人都能听出这是个反问句，而不是疑问句。不幸的是，除了“为何不看当地的报纸”这个问题之外，我没有做任何其他的准备。于是，我没有按事先准备的那样告诉他们我为何不看这份报纸，而是愚蠢地、自寻死路地把事情引向了无可挽回的地步。

“不看。”我再次斩钉截铁地回答。

评委团里开始有人窃窃私语，在这最为关键的几秒里，我本可以主动说出我事先准备好的那番论述。可直到最后，我都始终保持轻蔑（且无脑）的姿态，一个字也没说。就在普雷斯顿理工学院人文系的一张塑料椅上，坐着一个半大的小伙子，他如此渴望通过成为一名新闻记者而最终走上成为作家的道路；他心无旁骛，一心只想着在一年内完成高级水平课程考试，为此他宁愿窝在一间没有窗户的小房间里复习，并且拒绝接受任何其他工作，即使那份工作的福利好到能免费提供修脚服务。

有一点必须说明，在这样的场合说自己不读当地的报纸，就相当于一个见习汽车修理工分不清汽车的引擎盖和后备厢，或者一个吊顶学徒工表现出恐高的症状。

考试结束后，我一头钻进爸爸的车里，他迫不及待地问道：

“感觉怎么样，儿子？”

“不太好。”

两天后（说明这是一个经过两天深思熟虑得出的结果），我收到了一封信，上面遗憾地通知我，我的申请没有成功，但是只要我通过了高级水平课程考试（我很快就通过了），就有望参加次年一月在谢菲尔德举办的为期一年的培训课程。我想每个被拒绝的人看到这句话时心里都会好受些吧。

生活仍在继续，我谈了人生的第一段恋爱。我仍然拥有看不完的书，还拥有一支自己的乐队。我们很快就录制了第二张专辑，这是一张长达90分钟的磁带专辑，AB两面各录了一首很长的曲子，分别是《工厂工人》和《异化》。要论谁最了解这两个主题，当然非我们莫属，我们可是世界级的共情者。我们把电视、收音机和吸尘器全部打开作为背景音，再拔掉电吉他的电源，随意弹拨出未经调谐的曲调，希望以此重现周围工厂刺耳的嘈杂声（这里的工厂指的是在经济萧条时期当地仅存的那几家工厂）。大卫对着录音机咆哮，尽情地发泄着不满。我们把两台录音机摆在一起来回翻录，很快就制作出20份拷贝专辑，并依次对它们进行编号。

“粗糙的音质反而增加了后工业时代的真实性。”我得意地说道。

“这正是我想说的。”大卫附和道。

皮特买了两盒磁带，一盒留给自己，另一盒送给弟弟。向朋友收钱的感觉很奇怪，可是他一再坚持，我们也只好接受了。

我们开始重视歌曲的制作，有时就算是短短的一个小节，我们也要来回弹好几遍。弹奏这些节奏大多只用两三根弦，而不是常规的六根弦。那些从伯特·威登的吉他教材《一日一弹》（*Play in a Day*）里学到的传统演奏法已经被这个时代淘汰，热情和独创性才是唯一的准则，我们甚至嘲笑那些花时间去学习正规演奏的人，就连说出“正规”二字都要假装恶心得受不了。

“当你精通一件乐器时，也就成了传统的奴隶。”

“对极了，”我表示同意，“精通也是一种病。”

我们创办了一本以我们的乐队名命名的乐迷杂志，用的是学校的复印机。学校里有一个“社区讲师”，他的工作是让学校融入当地的民众，也就是那些妈妈和幼儿、养老金领取者团体、慈善机构，以及我们这群兜售非暴力反抗的青少年们。这位讲师名叫比尔·希利，留着浓密的胡子，衣柜里永远不缺格子马甲和灯心绒裤子。“我说，小伙子们，”他审查完我们的第一期杂志后说道，“不是我想对你们指手画脚，像个独裁者一样处处控制你们，只是一篇文章里面出现那么多脏话，肯定会被投诉的。你们能不能把这些脏话删减一下？”

在核阴霾笼罩下的冬天，我们急需一台合成器来为音乐增添幽灵般的氛围，这个玩法曾经风靡一时。我们还达成了一个共识，就是绝不修音。

“通过修音就能看出你是谁，甚至能够看出你如何生活。”大卫说。

这句话让我想起了一个人——我隔壁的邻居特里。他比我们大几岁，在一家工程公司上班。我隔着墙就能听到他在玩一台合成器，于是我们找上门去诚恳地告诉他，社会政治哲学和音乐一样重要。总之就是要修身养性，赞美自己，消除自我，有所作为，善于表达，当然还要对抗资本主义（这段话总结得太好了，特里完全可以摘录下来）。特里一边听着一边点头，双手不停地摆弄着卷烟纸和烟丝。当听到大卫提到“项目”一词时，特里马上举手表示赞同。

“我喜欢项目这个词。你们明白我在说什么吧？杜绝冷漠，这就是罗奇代尔小镇目前所需要的。音乐不应该只是一门艺术。人人都可以做自己的音乐，关键是如何利用它。”

他用指关节重重地敲了一下自己的额头。

我告诉外公我很怕鬼，外公说我要提防的是活人，活人要比死人可怕得多。睡前，他会给我讲天上的星星和几大行星的故事，以及潮汐是由月球的吸引力造成的，直到我渐渐进入梦乡。外公说：“从高空往下看，你我都是尘埃，渺小得简直可以忽略不计。”

12月中旬的一天，我和特里、大卫相约在镇上的展翼鹰酒吧见面。特里早早地就来了，他笑容满面地坐在吧台边，挥舞着手里的啤酒杯跟我们打招呼。前几轮酒喝得有点太快了，那感觉就跟喝水差不多。此时，酒吧里的人渐渐多了起来。女孩们一路傻笑着走进来，同时也带进来一股浓烈到令人反胃的香水味。她们会事先点好沁扎诺酒和柠檬水，再迅速抢占座位，把包往脚边一扔，下一秒就开始吞云吐雾。小伙子们也一拨接着一拨地涌进来，他们会在其中一个人的带领下，传递着沉甸甸的酒杯，然后一起仰头大口把它喝掉。他们似乎完全不怕冷，身上只有一件薄薄的白衬衫，而且扣子居然是解开的，袖子也高高地卷起来。

“瞧瞧这群蠢货，”特里兴奋地说道，“这里就像一个牲口交易市场。”

我们整晚都在嘲笑周围的人，并且想象着他们会收藏哪些唱片和书籍。

“在这群人身上哪里看得到个性、表达和诗意？他们看起来全都一个样。”

特里故意学了一声羊叫。喝完四品脱后，大卫建议说：“我们去俱乐部看看吧，那里保准有更多笑话可看。”

我们成群结队地走在夜幕中，天空不知何时下起了雪。街上到处都是愤怒的人，每个人都在大喊大叫，出租车为了避开他们只好不停地急转弯。俱乐部门口的不远处停着一辆卖汉堡的小货车，有两三个人在一旁等待，那个瘦骨嶙峋的摊主正从一大桶热水中取出冒着热气的洋葱放在松饼上。他的那副眼镜一看就是国民医疗服务体系资助的。一对夫妻摇摇晃晃地从我们面前走过，他俩几乎走不动路，只能互相搀扶着往前挪步子。俱乐部的外面已经排起了长队，保镖们个个都微笑着甩开了肩膀。我们一致决定放弃排队。

“我们去吃点烤肉串吧。”大卫再次建议道。

我们停下来吃了点东西，吃完便选择抄近道回家，只是走这条路必须穿过阿什菲尔德山谷的那片廉租房。我们很快就发现自己被盯上了，有一帮人一直不紧不慢地跟着我们，距离我们不到200米。我们虽然没有商量，但各自都下意识地决定不加快速度，而是继续慢慢地往前走，好让他们追上并超过我们。他们终于走到了我们前面，一切似乎都挺好。他们向前走了几步后，突然停了下来。这下我们才看清对方大约有15人，全都是光头党。只听人群里一声令下，他们全部向我们冲了过来。我们朝积雪覆盖的河岸上跑去，至于能否逃过这一劫，很大程度上取决于我们脚上穿的鞋。我拼了命地跑，比时间跑得还快。我只记得自己上一秒还在这条小路上，下一秒已经在60米开外的坡顶上往下看了。我看到大卫就像在滚筒烘干机里似的一次又一次地滑倒。有那么一瞬间，他的鞋底终于不再打滑，眼看就要躲过这场追赶了，但不知从哪儿冒出来一只大手，一把扯住了他的帽子，他立马就向后倒在了雪地上。那群人围了上来，你一脚我一脚地踹他。慌乱中，我发现特里也不见了踪影，找了大概一两秒，才发现路边躺着一个人，此时已蜷成了一团，原来他还没来得及跑就被他们追上了。眼下还有一两个人在踢他，估计很快他们就会加入围殴大卫的队伍。

我头也不回地朝着几百米外的家里跑去。到了楼下一看，我们家已经一片漆黑，但楼下特里家的灯还亮着。他爸爸开了门，我把事情的来龙去脉告诉了他。他先是报了警，然后一边快速地穿上鞋子和外套，一边告诫我说："遇到这种情况，你就应该躲到附近的灌木丛里，然后悄悄地跟在这帮混蛋后面，看他们接下来要去哪里。"

我急得说不出话来，心想，如果他动作再快点，我们没准还能赶回去把那几个家伙逮个正着。几分钟后，大卫回来了，他的身后是特里。他们俩全都被打得鼻青脸肿，浑身上下青一块紫一块的。根据他俩的回忆，大卫当时半死不活地躺在草地上，捂着肚子直呻吟。特里则庆幸自己当天穿了一件厚外套，才不至于被踢成重伤。

"我把外套拉上来护住脑袋，然后就随他们踢去了。"他面无表情地说道，"好在他们并没有踢太久。"

警察来了之后很快就开着车去寻找那群攻击我们的人。不一会儿，他们又回来了，说是那帮家伙他们一个也没找着，还要求我们第二天上午去警察局做个笔录。尽管我们一夜没有合眼，第二天还是按要求来到了警察局。我们被带到一个警官的办公桌前。

"你们有没有做什么刺激到他们的事？"那位警官问道。

"没有。"

"你们没有大声喊叫或大吵大闹吗？"

"我们当时正走在回家的路上。"

“当你们发现身后有一群人时，难道就没有想过要走快一点吗？”

“没有。”

我注意到这位警官几乎没有做任何记录。这时，大卫忍不住提醒他：“你并没有把我们说的话记下来。”

“我记了。”他辩解道。

“你没有。”

“我现在只是简单地记一下，过后再把它做成详细的笔录。”

离开之前，那位警官又过来向我们保证他会“把最新的调查进展一一向我们汇报”。

“他们不会再有任何进展了。”大卫一边说着，一边和我们一起走下警察局的楼梯。我们不得不边走边停，等着特里一步一步地赶上来。他被一个混蛋从后面用力踩了一脚，以至于他每走一步都疼得龇牙咧嘴。

警方果然没有再与我们联系。这样的处理方法大致可以解释为：作为年轻人，我们理应了解夜晚出行的危险，因此这次的经历纯属“共同过失”。既然坏人得不到应有的惩罚，我们就只能用乐队的方式宣泄愤怒与不满。我们把排练地点挪到市区最繁忙的主干道上，就在工人俱乐部楼上的一个房间里。我们把大部分排练的内容都录了下来，以便晚上沿运河岸边走回家时可以边走边听。夜幕降临，我们在周围树木的掩映下，朝着附近灯光闪烁的居民区走去，一边走着，一边惊叹这些被录下来的歌曲竟如此好听。在接下来的排练中，我们写下了《我在阿什菲尔德山谷被踢爆了头》（*Ashfield Valley Headkick*），这首歌目前已在YouTube上发布。

你或许会说："这与皮尔在节目里播放的那些东西没什么两样。"

这就是那个年代对音乐的衡量标准，在当时，这个标准高于一切。

第九章　成为一名记者

1981年圣诞夜，我收到了一封信，信上通知我去参加全国新闻工作者培训委员会在谢菲尔德的里士满学院开办的为期一年的培训课程。信上还说我很快就会收到另一封信，为我提供详细的住宿信息。可这封信迟迟未到，直到开学当天的早上才被送达。开学那天，爸爸开车送我去谢菲尔德。我先去学校报到，和同学们简单见了个面，就赶紧跟着爸爸四处寻找住宿的地方。我们跑遍了整个城市，所到之处收到的答复都是耸肩加摇头。城里几乎所有的房子都租出去了，因为大多数新生都是秋季入学，他们都赶在暑假结束前就办理了入住。

直到深夜降临，我们才终于在格利德莱斯山谷的市政住宅区找到一处复式小公寓。我惊讶地发现这里居然还有两间空房。由于天色已晚，加上我们都累坏了，我当场就同意住进那间储藏室，因为房东跟我说另一个房间里“堆满了垃圾”，需要一两天才能清理干净。我的新房东——洛马克斯先生和太太，是一对中年夫妇，丈夫叫约翰，妻子叫琼。爸爸尴尬地在原地徘徊，一个劲地问我感觉如何。我看得出他有些伤感，不放心就这样把我这个刚满17岁的儿子丢在一个人地生疏的城市，和两个陌生人一起待在一所奇奇怪怪的房子里。他起初很反对我成天读读写写，后来却成了我最大的支持者。他走后，我从窗口望向街道，突然意识到自己完全不清楚学校的方位，甚至都不知道要到哪里去坐公交车。

全国新闻工作者培训委员会总是选择一些偏远的地区作为培训地点，哈洛、普雷斯顿、达灵顿和黑斯廷斯这几个地方都被列入其中。里士满学院就坐落在谢菲尔德东部的郊区，周围是一片如迷宫般分布的廉租房。学校离市中心有3英里远，培养出的学生都不是上大学的料。这里的学生大多选择就近入学，攻读的都是美发、文秘、商科、细木工和机械等实用的专业。学校里压根就没有供外地学生活动的地方，开学后没有迎新周，校园里也没有学生酒吧和音乐会的演出场地。学生当中也没有人组织任何社团或联谊会，唯一的课外活动就是一两个人利用午餐时间跑到里士满的酒吧去打台球。学校的这一做法估计是为了强调培训课程的职业化，仿佛是在帮这群外地来的学生提前适应将来的工作。他们的确做到了。

前来参加培训的大多是研究生，有一两个已经25岁上下了，他们在转行干新闻之前先尝试了别的工作。我是这群人当中年纪最小的。与其他人的淡定从容比起来，我有时觉得自己就像他们身边的一条狗，成天汪汪乱叫，既异想天开，又很渴望得到认可。

开学第一周，我们每个人都接受了一次采访。培训方将采访全程用一台小型手提摄像机拍了下来，这种设备我还是头一回见到。事后，我们在一台很大的电视上观看了采访录像。轮到我出镜时，我整个人瘫坐在椅子上，竭力表现出一副漠不关心的样子。当被问到“将来想干什么”时，我微笑着拨开挡在眼前的头发，自信地答道：“成为一名小说家。”采访结束后，我刚要走出教室，讲师就把我叫了过去。

“你应该知道这个课程班面向的不是有抱负的小说家吧？我们面向的是报纸行业的从业者。”

我连忙解释说成为一名作家是我的长远目标，并且向他保证自己非常渴望成为一名记者。我并不是完全在撒谎，我相信这段对话在他的记忆里停留不会超过一天，可它却足足影响了我好几年。原本从记者到作家之间那段看似不长的距离，如今一下子变长了。我承认自己当时太过敏感，不应该在一开始就如此悲观。过后我又细数了几位记者出身的小说家，比如查尔斯·狄更斯、马克·吐温、欧内斯特·海明威、琼·狄迪恩、亨特·戴维斯、苏珊·桑塔格和迈克尔·康纳利。当时英国鼎鼎大名的畅销书作家大卫·诺布斯就曾在位于这所学校几英里外的《谢菲尔德星报》（*Sheffield Star*）担任记者。

我和外公沿着铁路边的一排栅栏散步。走着走着，外公突然停了下来。只见他扯了扯铁丝网，直接把其中一段从地上拔了出来。一团杂草缠住了这段铁丝网的底部，就像几股弹性很强的胶带死死地将它拖住了。外公只好用脚去踹它，直到把那团杂草全都拔掉了为止。

“去吧，从那下面钻过去。”

我弯下身子，迅速穿过了那道缝隙。

“干得好，现在轮到你来帮我把它撩起来。”外公说道。

我咬紧牙关，牢牢地拽住那段铁丝网，双手把它像提裤子似的用力提到胸前。外公一边弯下腰，一边嘱咐我“千万别把这颗老光头砍掉”。我伸手护住外公的头，以确保他不会因为太急于起身而被锋利的铁丝网刮伤。待到整个身子都钻过来后，他站了起来，拍掉手上的尘土和沙砾。

“我们可以到这边来吗，外公？”

“别担心。”

“要是被人发现了怎么办？”

“你就告诉他们你是和约翰 · 达菲一起来的，他过去在这里工作过。”

当我签字同意租住在他们家时，约翰和琼告诉我，他们每天只抽两到三支烟，可实际情况却更像是二三十支烟。家里的烟灰缸永远是满的，烟盒被扔得到处都是，有时被塞进沙发缝里，有时被藏在琼的衣袖里。琼身材肥胖，总喜欢穿她所谓的

“帐篷裙”，这种裙子由棉质的布料做成，通常带有花卉的图案。约翰失业多年，整个人瘦得跟衣架似的，一张大长脸上挂着两道像弹簧一样卷曲的眉毛。除了一件背心和一条褪色的运动裤外，我从没见他穿过别的衣服，我想他大概连睡觉的时候也是这么穿的吧。他们夫妻俩养了一只脏兮兮的小狗，并且毫不讽刺地叫它“公主”。他们家的电视大部分时间都开着，如果电视上出现一个约翰不喜欢的人（通常是保守党的政客），他就会激动地坐到椅子边缘，对着电视上的人破口大骂。

琼有时会对我说：“向你的朋友推荐一下我们的房子吧。你瞧，这里明明还有空房间，至少还能住一两个人。就因为这里离学校有点远，我们很可能会被排在备选名单的最后面，可我们不该就这么被忽略。”

她认为自己的房子被忽略完全是地理因素造成的，而绝不是因为这里的住宿条件过于简陋，或是他们夫妻俩看起来有点怪，也不是因为大多数学生再也不想和陌生的中年人住在一起，因为那样一来就和20世纪60年代的人没什么两样了。住在这里对我来说倒不是什么难事，反正我每个周末都回家。琼总能让我想起我妈或外婆。我总有一种预感，她或约翰身上的一些问题早晚会爆发。把房子租出去就意味着不得不跟别人分享自己的私人空间，这么做完全是迫不得已，因为单靠救济金根本不够维持生活。琼经常跟我说起他们过去的好日子。

她说：“你真该看看约翰过去上班时那意气风发的样子，简直得意得不得了。”

说着说着，她的眼睛就湿润了，我只能劝她别难过。

“谢谢你，亲爱的。人这辈子肯定要努力生活。但是听着，千万不要相信任何人。”

我在约翰家唯一的学生室友名叫尼尔，虽然他只住了短短几天时间。他是在拿到学位以后才选择参加记者培训的，那一年他22岁，对我来说，这个年纪的人应该很懂得人情世故。他住在阁楼上那间带起居室的卧室里，是整栋房子里最大的一间。他喜欢独处，平时都不怎么下楼，仅有的一次露面就发生了灾难性的一幕。那天晚上，琼像往常一样早早就上床睡觉了，前屋只剩我和约翰两个人。他毫无防备地问起我喜欢什么样的女孩。

我说：“我不是特别喜欢瘦女孩。”

“老实交代，”他说，“你肯定喜欢那种肉感的，能让你血脉偾张的姑娘吧。”

我说我喜欢好相处、谈得来的女孩。

“这就是你想找个伴的理由吗？”他嘲笑道，“就算你跟别人去说，别人也照样不信。每个男人都想找那种能让自己充满活力的女人。她越是让你欲罢不能，你就越肯为她卖命，除非她老是跟别的男人眉来眼去，那样的话你非得气疯了不可。所以，我跟琼在一起就是个错误。她的确是个好女人，我并没有嫌弃她的意思，她做得一手好菜，是个合格的伴侣。可说老实话，她不是花园里最漂亮的花，对吧？尤其是这些年她又长胖了不少。一个男人一旦下面闲着的话就很容易胡思乱想，夫妻就是这么开始吵架的，就拿我和她来说吧，大部分时间都在吵些无关紧要的事。”

就在这时，尼尔走了进来。

“我想我该看一会儿电视了。”他说。

他坐在扶手椅上，两条大长腿往地毯上一横，开始和约翰有一搭没一搭地聊起了足球。尼尔说他看过的最有趣的足球赛就是威利·多纳基为苏格兰队踢进一个乌龙球的那场。

尼尔说：“他当时的表现就像故意要把球踢得离守门员远一点，好让他救不了这个球。”

“我记得那个球，”约翰说，“但那不是威利·多纳基踢的。”

“我敢保证那就是他踢的。”

紧接着他俩之间就展开了一场你来我往的口头足球赛，一个一口咬定是威利踢的，另一个又坚决否认。“是他。”“不是他。”“是他。”“不是他。”

直到尼尔改变了进攻方向，说道：“那个球就是他踢的。约翰，拜托你把死脑筋转起来，行不行？”

他得意地笑着，丝毫没有察觉约翰正在怒视着他。一场恶战眼看就要爆发了。

“我绝不允许家里发生这种事，”约翰低沉而有力地说，“你这个小混球居然敢对一家之主出言不逊（其实尼尔的个头一点儿也不小，少说也有1米9左右）。你可以收拾行李走人了，现在，马上！”

“你不是在开玩笑吧？”

“谁跟你开玩笑，我是认真的。你口口声声说威利·多纳基踢进了那个乌龙球，可我知道不是他。”[1]

“约翰，都这么晚了，他能去哪里？”我试着为尼尔求情。

“这我可管不着，他在羞辱我之前就该考虑清楚了。”

说到这里，约翰眼看就要哭出来了，忍了大概一秒钟，他又恶狠狠地说：“而且还当着我那倒霉老婆的面羞辱我！”

“可她早就上楼睡觉去了。”我连忙安慰他。

“楼下这么吵，她难道听不见吗？她耳朵又不聋。”

第二天，我在学校里见到了尼尔。对于一个昨晚只能在基督教青年会凑合一晚的人来说，他显得格外乐观。

“告诉你个好消息，我的问题解决了！”他欢快地说道，“而且是痛痛快快地解决了。”

我纳闷他到底想说什么。

“我昨晚被安排与两个女孩同住，她们俩一个比一个骚。”

我不清楚自己是否该羡慕他。住在约翰家的确很惨，但一想到自己睡在与客厅一墙之隔的储藏室里，除了电视声不绝于耳外，还有房东的咳嗽声、吐痰声、吵架声、“公主”整夜的嚎叫声，以及街上的痞子们互相扔罐头的声音，一股英雄人物的悲壮感便油然而生。这一切都为我这个初露头角的作家提供了

1　1978年5月17日星期三，在苏格兰汉普顿公园举行的一场国际比赛中，威利·多纳奇在对阵威尔士队的第90分钟时为苏格兰队踢进了一个乌龙球。

完美的素材。而且，比起在城市另一头绿树成荫的街道上的一栋半独立的房子里，与两个性感尤物一起在迷人的蜡烛香氛中共度良宵，我的境遇肯定更有利于塑造灵魂。谁知道呢？

外公领着我来到铁路边的一间砖头小屋前，他说过去常和工友一起坐在里面吃三明治，喝着自家带来的装在水壶里的茶。他推了推门，发现门上挂着一把锁，于是他捧起那条铁链，打算撬开那把锁。

“不行，这样是撬不开的。”

他后退了几步，说道：“总之，就是这个地方。”

小屋的门是绿色的，不过早已褪了色。门上的铰链已经完全生锈，棕色的锈迹渗进木头里，看上去就像一朵朵蒲公英。有人在其中一面墙上画了一颗巨大的爱心，并且用斑驳的白漆给它上了色。油漆不断褪色，图案下面的墙砖就像皮肤下的骨头一样依稀可见。爱心的下面是两组名字缩写：J.L.和A.H.。

“你认为这个男孩还爱着这个女孩吗？”外公问道，“我们曾经很好奇谁会傻到去做这样的事。就算不被铁丝网卡住，也可能会被火车撞死。所以我只能说他一定很爱她。不过，我打赌那女孩一周后就会离开他！”

皮特在大学期间第一次产生了自杀的念头，后来他转学去了布里斯托尔，我从他妈妈和兄弟口中得知他“过得不太好”。他刚回家没几天我就去探望他，他妈妈为我开的门，并把我领到了他的房间。那天阳光明媚，我注意到他家的房子在阳光下显得那么的不同，像是整个被托了起来，如海市蜃楼般悬在了空中。皮特穿着一件淡蓝色的牛仔衬衫和一条浅色的牛仔裤，在所有死里逃生的人当中，他绝对是最健康的一个。他说他会好起来的，家里已经为他预约了心理治疗，他手臂内侧的伤口也正在愈合。他给我看那一道道伤疤，它们就像囚犯一刀刀刻在监狱墙上用来计算日子的符号。

“你为什么这么做，皮特？”

“我也不知道。”

环顾四周，我惊讶地发现他的房间里空荡荡的，墙上连一幅画都没有，只有窗台上的一小堆硬币和一个木制的床上用品箱，箱子上放着几件叠好的衣服。

没过多久皮特就辍学回家了。大约一个月后，他开始去一家活动中心当导师。他原本就喜欢待在户外，这份工作对他来说再合适不过了。短短几天，他就结识了劳伦，并迅速地爱上了她。劳伦是他在干石砌墙课上指导的一名美国学生。我们很快又见面了，这一次他显得特别开心，开心到差点就飞起来了。那种感觉就像他浑身挂满了五颜六色的彩灯，一闪一闪地变换着充满个性的颜色。他的动作跟语速都比平常快了许多，他一边说话，一边不停地搓着双手或是把手往牛仔裤上擦，仿佛只有这样才能让自己的体温降下来。我完全没料到他的感情会如此充沛，几乎是喷涌而出。我羡慕他的热诚，但同时也有点担心，因为他明显兴奋过头了。

那一年劳伦16岁，在皮特眼里，她是世界上最漂亮、最聪明的女孩。一周后，我终于见到了她。她身材高挑，长着一双棕色的眼睛，眼神里充满了狂热。那天，她穿了一件松松垮垮、完全走样的套头衫，下摆几乎垂到了膝盖上。她从头到尾没有正视过我的眼睛，也没有向我提任何问题，在回答我的大部分问题时，她只用了“是的”“可以”“恶心”这三个词。那天晚上，我们三个一同去了酒吧。劳伦从未去过英国的酒吧，她没准还是皮特家附近酒吧里出现的第一个美国人。当晚，酒吧里人头攒动，劳伦一时间跟我们走散了。皮特很是担心，不停地从座位上站起来。我看见她正在台球室与几个小青年聊天。当她回到座位上时，那两三个人也跟了过来，见周围的桌子都坐满了，他们索性像排队似的等在一旁。劳伦在皮特身边坐下，二话不说就开始热情地吻他，足足吻了30秒还不松口。在一旁等待的那几位见状都无趣地走开了。

酒吧打烊后，我们一起回到皮特家，正巧遇到他从大学回来过周末的弟弟杰夫，当时他正在厨房里看书。杰夫一下子就被哥哥这位新女友迷住了，拉着她一连问了好几个问题，比如：你喜欢英国吗？新泽西州是什么样子的？你喜欢什么音乐？你要在英国待多久？她认真回答了头几个问题，随后就开始用各种肢体语言敷衍了事，时而点头，时而耸肩，显然对这样的对话不感兴趣。

“你觉得我们这儿的酒吧怎么样？”

她做出一副“我不知道”的表情。

“如果你们想吃东西的话，家里还有一些花生酱。”

她问皮特花生酱在哪儿。

“在橱柜里。”

她从他身边走过，打开柜门，从架子上取下装花生酱的罐子。她拧开盖子，把四个手指全伸进去，挖出满满一手的花生酱。

杰夫一脸笑意地看着她，说道：“呃，请在乎一下别人的感受！”

她瞬间愣住了，双眼直勾勾地盯着杰夫，气得鼻孔都变大了，上唇不自觉地噘了起来。

“开个玩笑而已，别生气嘛。”杰夫恳求道。

她仍然一动也不动。

“我真不是故意的，这就是句玩笑话。”

“去你的！”她尖叫着把手里的罐子往地上一摔，径直走出了厨房。

皮特连忙追了出去。几分钟后，他回到屋里，一个劲儿地说：“你真不该这么说她。美国人不懂我们的幽默。她怎么晓得你是在跟她开玩笑呢？”

培训班的课程排得很紧，每周36节课，共分为4门课程：速记、法律、公共管理和新闻学概述。每隔几周就有一次外出的机会，前提是必须把它写成一个专题。其中一次是去谢菲尔德大学听一位名叫斯坦·巴斯托的作家演讲。作家的名字如雷贯耳，他的作品我却一本也没看过。演讲的最后照例是观众提问环节，他随即被各种深奥的问题狂轰滥炸，却很少有人提到他新近出版的小说《兄弟的故事》(*A Brother's Tale*)。

“我们能回到正轨吗？”他恳求道。

这个请求并没有得到重视。台下是一群二十出头的大学生，清一色条纹围巾加粗呢外套的打扮，个个都顶着一头油腻的头发，不断地用各种问题攻击他（这一幕被我们的讲师形容为“饿狗啃骨头”）。他们想知道他如何看待小说的未来，作家的责任究竟是取悦和安抚读者，还是与读者对峙，以戳破双方目前的共识来促进艺术形式本身的发展。整个过程可谓情绪激动，言辞激烈。我努力想跟上他们的哲学思路，才发现相比之下我们的课程设置是多么的职业化。巴斯托不停地用手指梳理着他那头浓密的白发，一边叹息，一边试图给出令人满意的回答，结果却并不如意。

“你是在敷衍我们，如果你不介意我这么说的话，巴斯托先生。你是在转移话题，而不是回答问题。你根本没有给出任何说明，也没有解决任何问题。”

“既然如此，我很抱歉。”巴斯托一边说着，一边无奈地摇了摇头。

小屋的一侧有两个大油桶，就像是专门为我们的到来准备的。外公把我抱到其中一个油桶上，自己再爬上另一个。一阵微风吹来，掀起了固定在附近一堆货运托盘上的塑料布。外公问我要不要吃糖，他的上衣口袋里永远放着一个小纸袋，里面装着各种牌子的薄荷糖。他喜欢用牙齿把它们咬得嘎嘣作响，这么多年下来，那一口牙齿已被他折腾得千疮百孔，东倒西歪，只剩两排又黄又脏的残根。你若是想看，他就会徒手把其中的一颗牙齿旋到几乎拧断，或者将它拔出一大截再弹回牙龈里。每当有人嫌弃他咀嚼声太大时，他就会不以为然地说：“你面前的这位可是个大忙人，没空等它慢慢融化。他恨不得一口咬下去就能尝到里面的滋味。”

说完，他又继续用力嚼他的薄荷糖，身边的人无一不替他感到牙疼，面对大家的蹙眉他也只是微微一笑。

这时，天下起了雨。我伸出舌头接了几滴雨水，没想到居然有点甜。

“你怕不怕淋雨？”外公问道。

我摇了摇头。几分钟后，太阳又出来了，温暖地照在我们的肩上。阳光驱散了雨水，屋顶上升腾起几柱歪歪扭扭的蒸汽。我感到一股热气迎面袭来，脸上顿时有点刺痛。树丛的对面是一个陡坡，我第一次在那片绿色中发现了一抹绚丽的紫色。整片灌木丛在阳光和雨水的作用下显得五彩斑斓。这一美景自然也逃不过外公的眼睛。

“它们很可爱吧？”

“它们叫什么？”我问。

“它们叫柳兰。”

“它们是花吗？”

“人们常把它当作野草，可它明明就和花园或花店里的那些花一样好看。”

这种花植株高大，比我当时的身高还要高，长长的花茎上缀满了成串的紫色花瓣。

外公说：“铁路沿线到处可见这种花，人们把它当作杂草，因为凡是被火烧过的地方，都会迅速长出大片的柳兰，就算在废墟里也不例外，只要有一丁点土，它们就能存活。”

后来，我又在许多地方看见过这种花。它们开在铁轨边上，开在农舍与一堆堆枕木之间，甚至还从墙缝里钻出来，摇曳在风中，就像在向我们招手。

我还真拿不准该如何评价巴斯托，此人有点自恋，但他的书听起来的确挺有意思。几天后，我买了一本在那场辩论中被谈论最多的书《一夕风流恨事多》(*A Kind of Loving*)，我刚看第一段就被吸引住了。年方二十的男主人公维克·布朗是个健谈又多疑的小伙子，他充满自信，却又受不了别人的质疑。他爱上了同公司的一名打字员——英格丽·罗斯维尔。执着于初恋的道德观在小说开篇便得到了充分的展示，并且引导着整个故事的发展。我十分熟悉作者所使用的方言，比如“家伙”一词指的是男人，年轻女孩则被叫作“娘儿们”或“小妞”，“老太太”成了妈妈的代名词，而“某事或某物”(something)则被写成了“summat”。

这部出版于1960年的小说是巴斯托的处女作。我很快就发现它是一部典型的“厨房水槽现实主义”小说，因为它描写的全是工人阶级（包括失业和未失业的）的生活环境，比如酒吧、后院和街角，当然还包括家家户户的厨房，因为一家人常常聚在那里，在开水壶的鸣叫声中吵架又和好。

在20世纪五六十年代，创意产业注意到了一批来自工薪阶层、受过良好教育的作家正在崛起（他们大多都从文法学校毕业），于是决定资助他们，以使他们顺利进入一个以他们为代表的、巨大但基本尚未开发的市场。这批作家和剧作家纷纷用自己的作品反映战后英国人民支离破碎的生活，他们也因此被笼统地归类为“愤怒的青年”。这群“愤青”大多来自英格兰北部和中部地区，他们看到了以家乡为背景、以儿时的伙伴为人物原型创作出的小说的文学价值。他们充满激情，渴望改变，被称为“愤青”有点儿用词不当，因为他们中的大多数在发表作品时都已三十而立，算不上特别年轻，但是以真实的笔触描绘工人阶级的生活却足以让他们被单方面视为愤怒的代表。并且，与美国的布卢姆茨伯里派[1]或垮掉的一代不同的是，无论是在政治上还是社交上，这几位作家之间都没有任何关联，他们中的大多数甚至不认识彼此。

一天，约翰正在客厅里看电视。隔着墙，我听到了一连串关于马岛战争[2]的新闻报道。不一会儿，他就过来敲着我的门大

1　从1904年至第二次世界大战期间，以英国伦敦布卢姆茨伯里地区为活动中心的艺术家和学者团体。——译者注

2　1982年4月到6月间，英国和阿根廷为争夺马尔维纳斯群岛的主权而爆发的一场战争，又被称为“福克兰群岛战争”或“福克兰海战”。——译者注

声喊道："电视里马上要播放你可能会喜欢的电影，片名叫《愤怒的回顾》(*Look Back in Anger*)。"

我听说过这部电影，它是根据英国剧作家约翰·奥斯本于1956年的名作改编而成的，但我不确定它是不是一部适合与房东一起观看的电影。

"琼……"约翰冲楼下喊道，"来点儿茶块，好吗？顺便再拿点麦乳精上来。"

在看电影的过程中，我体验到了一种难得的幸福感，同时也强烈地意识到自己是快乐的，因此那段时光显得尤为丰富和特别。我知道这是一部值得反复观看的电影。约翰全程很安静，我不确定他是否也像我一样看得热血沸腾。影片的最后，他等不及看完那一长串演职员表便开口问道："说说看，你是怎么理解这部电影的？"

我小心翼翼地不让自己显得过于自大或引起他的反感，因为我毕竟是寄人篱下，不想再上演一出"威利·多纳基闹剧"。但是，在观看了一部如此震撼和精彩的电影后，我居然变得有恃无恐。

"难以置信地好。"

"好在哪里？"他一拍大腿，继续问道。

"剧情的强度，还有语言的运用……"

他立刻打断了我："生活中没有人会这么说话。那个男的刚才说了个什么词来着，'怯什么'？"

"怯懦。这并不重要，电影原本就不需要太真实。它是一种艺术形式，目的是把你带入一个场景，引起你的思考。”

“对于理查德·伯顿，就是吉米·波特的扮演者，你怎么看？”

“他简直是一座人形火山。”

“他到底在发什么疯？”

“这一点其实并不重要。但我想他的愤怒主要是针对传统主义、婚姻、特权以及社会……”

他再次打断我的话：“要我说，他就是个笨蛋。他没有理由对那个姑娘撒气。他不过就是无聊，想找人打架。”

说完，他又低头看回了他的《每日镜报》(*Daily Mirror*)，可能是在查看接下来的节目预告，我们之间的讨论就此结束。

后来，随着录像带的普及，我又反复观看了这部电影，但每次都对吉米·波特的无理取闹感到恼火。这是一种自私的表现，它源于内心的狭隘与挫败感。也许奥斯本的文化使命就是踢开一扇紧闭的大门，把里面搅得天翻地覆。后来，几位相对年轻的作家也同样以生活的艰难与勇气为写作背景，在各自的小说中讲述了一些更为完整和明确的故事。这些小说我大部分都看过。

我们的乐队已扩展为一支四人乐队，于是又把排练地点改到皮特家隔壁的一个谷仓里。皮特家的花园很大，四周种满了杜鹃花，屋外的凉棚一到夏天就爬满了铁线莲和俄罗斯藤。皮特说有一天早上他们醒来时发现花园里躺着一个流浪汉，当他们过去把他叫醒时，他抱歉地说自己误以为这里是公园。

皮特热情地为我们提供茶水和饼干，还让我们随便吃冰箱里的东西。就算在室内，他妈妈也从不介意我们抽烟或喝酒（他爸爸几年前去世了）。

“我们是自由主义者，”他开玩笑地说，“所以怎么做都行！”

一天晚上，我们正在排练，不知道皮特已经从伦敦回来了，他早些时候送劳伦去了伦敦的机场。他妈妈走进谷仓，示意我能否暂停一下。于是，我们停了下来。

“我能和你谈谈吗？”她说。

外公养了一条活蹦乱跳的杂种狗，他为它取名为“小灰”，我们常牵着它到运河岸边散步。纤道的一侧是工厂的围墙，这道围墙大约有1英里长，再往前就是一大片灌木丛。在这片尘土飞扬的灌木丛的另一边，我们邂逅了一群孩子，当时他们正筋疲力尽地坐在一张破床垫上，不远处的地上有一道由门板和空油桶架起来的斜坡。

他们当中有位小不点主动介绍说：“我们刚才一直在练体操。”

他穿着一条短裤和一双肥大的灰色袜子，头发很短，小脸脏兮兮的。外公在一个木箱上坐了下来，问道：“你们是怎么练体操的？”

另一个男孩并没有跟他们坐在一起，而是站在一旁摇晃着手里的一根棍子，说道：“看见那个东西了吗？没错，我们先是找来一个油桶，再把门板架上去做成一个斜坡，然后冲上去，做完动作后再落到床垫上。但是一定要小心那几根戳出来的弹篑呀，它们实在太尖了。”

外公问他能否做一个示范。

“不行，”他一脸严肃地说道，“我太累了。”

刚才那位小不点大声说道：“先生，我来表演给你看。”

他跑到离坡道几米远的地方，开始得意地向观众鞠躬，而后又高举双手，仿佛在接受观众的掌声。

“别臭显摆了。”那群男孩里有人喊道。

他先是做了几个假动作，然后突然开始起跑。小灰被他的动作吓了一跳，一下冲了过去，对着他又叫又跳。小不点吓得连连后退。

“它会咬我的。先生，快抓住它，把它牵走。”

外公把小灰喊了回来，一把抓住它的项圈，把它牢牢地控制在自己的身边。

“没事了，小鬼。”外公说道，“它不会咬你的，它只是太兴奋了。”

小不点再次起跑加速，他小小的身躯稳稳地落在床垫上又被弹了起来。外公大笑着为他鼓掌。他得意地做了个鬼脸，还不忘朝他的小伙伴吐了吐舌头。他走了回来，本想上前摸一摸小灰，走到跟前又定住了，担心地问道：“它乖吗？”

“是的，它可喜欢小孩了。”

“该不会是当点心吃掉的那种喜欢吧！”

小灰上前舔了舔他的手背，他的手背顿时湿了一大片。

“哈哈，我会不会感染什么细菌？”

“它那是在帮你洗手呢。”

其他孩子也围过来抚摸小灰，还不时伸手去挠它的下巴。外公见小灰不再认生，就放手让它去和孩子们玩。孩子们和小灰追逐嬉戏，有时还故意停下来测试小灰的反应速度。他们和小灰玩捡棍子的游戏，小灰有时会被自己绊倒，有时也会因为跑得太快，四脚在满是尘土的地面上打滑。不一会儿它就累得趴下了，伸出舌头大口地喘着粗气。小不点过来与它面对面躺下，伸出手作势要拥抱它。小灰一跃而起，用力地甩着身上的毛，把一身的尘土都溅到小不点的脸上。

“嘿，我可用不着洗澡。”小不点大声喊道。

皮特的妈妈听见他的房间里传出奇怪的动静，就在门外喊他，可他就是不答应。她想进去看看，门却怎么也打不开。我先是试探性地敲了几下门，见他还是没有反应，就试图推门进去。原来他用一堆报纸和书把门缝堵得死死的。我用力把门推开，那堆书在擦得锃亮的木地板表面留下了一道道划痕。我打开灯一看，屋里所有的抽屉都被抽出来扔在了地上，书本和唱片被扔得到处都是。一本杂志被撕成了碎片，旁边是几张同样被撕碎的卡纸。我凑近一看，才发现那是几张机票和一本护照，此刻它们就像暴风雨中散落一地的花瓣。不仅如此，他连自己收藏的磁带都不放过，像在掏动物内脏似的把它们全都抽了出来，丢弃在床头和房间的各个角落。

皮特面朝下躺在床的正中间，我喊着他的名字，听不清他是否在小声地回答我。我走到床边坐下，伸手拍了拍他的肩膀。透过他身上那件柔软的牛仔衬衫，我一下就摸到了他强健有力的肌肉。我劝了他好一会儿，直到他泪流满面地从床上坐起来。他立刻用手掌抹去了脸上的泪水，告诉我他感觉好多了，可以起来打扫房间了，并且向妈妈保证绝不会再发生这样的事，这一切都是与劳伦分开后的压力造成的。我提醒他机票和护照都被撕毁了，以后就更难见到劳伦了。

“我知道。”他镇定地说。

“那你为何还明知故犯？”

他环顾四周，惊讶地望着这一屋子的凌乱，仿佛根本不知道刚才发生了什么，一脸无辜地接受着我们的批评。他说：“我也不知道。”

艾伦·西利托的小说《周六晚上和周日早上》（*Saturday Night and Sunday Morning*）[1]出版于1958年，其尖锐程度与《愤怒的回顾》不相上下，但男主角亚瑟·西顿的愤怒似乎更加合乎情理，至少他明确指出了自己的敌人。他说：“他们（雇主和政府）会把你浑身上下洗劫一空。待他们吸干了你身上的血，你就会被拉去参军，而后被一枪打死在战场上。”西顿并没有打算拉帮结派，他说：“我就是我，不代表其他人。不管别人怎么看我，我都不会变成他们眼中的样子……我就是只愤怒的公山羊，

1　以小说改编的同名电影则被译为《浪子春潮》。——译者注

我想要干翻这个世界。这一点也不奇怪，因为这个世界也总想要把我干翻。”

亚瑟·西顿是文学史上首个成功地将破罐子破摔的气质与性感和悟性结合在一起的人物形象。在那部由西利托本人担任编剧的电影中，这一角色因阿尔伯特·芬尼出色的演技，变得更加地深入人心。从出版到1961年，这本书在英国总共卖出了100多万册，而每卖出一本潘恩出版社出版的平装本，西利托就能获得1便士的版税。

“我曾一度赚了4000英镑，这在当时可是一笔不小的数目。只要能继续写作，我就不在乎钱的问题。”西利托说。

这部小说给我带来了巨大的影响，趁着刚读完的新鲜劲，我像试穿新衣似的体验了一把亚瑟·西顿的生活。每逢周末，我都到一些类似西顿经常光顾的酒吧里去开怀畅饮，从德比酒馆一直喝到罗奇代尔的“快乐织布工”酒吧。在那种烟雾缭绕、拥挤嘈杂的环境中，我突然觉得自己的眼光变高了。我也学西顿的样子摆出了一副好斗、反叛、孤傲的姿态，时刻与外界保持一臂的距离，不让任何人或任何事进入我的世界，眼里只有自己和啤酒。我经常嘴里喝着酒，脑子里却在构思如何让自己与这位名叫亚瑟·西顿的家伙共用一部分身体和脑子，就像把两种人生合二为一。无论是在走路还是在喝酒，我都在脑海中为将来要写的小说打着草稿，但这种情况并没有持续多久。经过三番五次的宿醉，我的身体终于受不了了。朋友们开始发觉我不太对劲，都忍不住询问起我的状况。

那段时间，我并没有把亚瑟·西顿当成学习的榜样（因为他实在不怎么讨人喜欢），对他的一系列模仿只是证明了我对阅读的专注，以及我常常对一些事物过分着迷的天性。我天生就比较害羞，喜怒常常不形于色，因此这种偶尔模仿书中人物的做法的确很符合我的性格。我通常能在不被发觉的情况下将自己变成那些角色，从而有效地把自己带入一个想象中的世界，开启了一段安全而隐秘的自我对话。任何时候，只要我不是把自己想象成某个特定的角色，我就会在脑海里不断地编写自己的小说，比如思考如何以最好的方式描述事件、人物和情感，然后将所有的想法都视觉化，就像用纸笔写下来一般。直到30岁过后的某一天，我突然觉得这么做太幼稚，从此便停止了这种无谓的幻想。一个人一旦开始觉得自己幼稚，就说明他已经彻底向岁月低头了，这是一件多么悲伤的事啊！如今回想起来，我心里仍留有一丝当年的伤感与失落。

在《周六晚上和周日早上》出版一年后，西利托又通过《长跑者的孤独》（*The Loneliness of the Long Distance Runner*）一书再次大获成功。他将这部中篇小说的主人公科林·史密斯塑造成一个怨气十足的反英雄形象。他在小说的第一页就用充满敌意的语气说道："生活处处是算计。"他一直很清楚，生活中人人都在自己与他人之间筑起了一道高墙。这里的"他人"表面上指的是鲁克斯顿教养院的工作人员（史密斯因为闯入一家面包店而被送进了这家教养院），实际则很可能在暗指一切阻挡个人前进的事物，其中就包括警察、学校和国家。西利托总能化平凡为诗意，他形容阳光“像是吐在地上的几口浓痰”，在描写史密斯的一次晨跑时又夸赞他浑身散发着“青草和金银花的味道”。与此同时，教养院的院长在他的笔下却成了一个“半死不活、腐败缠身的坏老头儿”。

而另一位“愤青”约翰·布莱恩，则在身患肺结核期间开启了自己的写作生涯。他在格拉辛顿医院的病房里构思出了《向上爬》（*Room at the Top*）这部小说。格拉辛顿是一家拥有200张病床的疗养院，这里的患者可以呼吸到从约克郡山谷吹来的“有益身心健康”的空气。布莱恩明确表达了自己对这本书的看法：“要想让你的第一部小说具有惊人的独创性根本不需要任何新的技巧，你只需专注描写真实的人物，而不是去迎合那些倡导自由主义与人文主义的权威人士的口味。”[1]

小说《向上爬》中的主人公乔·兰普顿十分不满当时的社会制度，但又不想锋芒毕露。他野心勃勃，伺机拥有“一辆阿斯顿·马丁、三基尼一件的亚麻衬衫和一个经常去里维埃拉晒日光浴的富家千金”。这部小说植根于英国北部的工人阶级，讲述了一个传统的伦理道德故事，探讨了究竟要付出多少代价才能爬上社会顶层，以及能否依靠正直的人品争名夺利等问题。

同时期的另外两部小说同样取材于西约克郡，它们分别是

1　摘自约翰·布莱恩1974年出版的《如何写好一部小说》（*How to Write a Novel*）。

基思·沃特豪斯的《说谎者比利》(*Billy Liar*)和大卫·斯托里的《如此运动生涯》(*This Sporting Life*)。沃特豪斯在汉斯利特的一个市建住宅区长大，这是一个位于利兹的工业区。他的爸爸是一个蔬菜水果商，早在沃特豪斯4岁时就去世了，他曾形容爸爸去世后"家里穷困潦倒、一贫如洗"。他年仅14岁就辍学去了一家殡仪馆当职员，这段经历为《说谎者比利》一书提供了不少素材。小说主人公威廉·费雪是一个19岁的幻想家，他与父母和祖母一同居住在作者虚构的一个无聊的小镇斯特拉霍顿。他每每幻想自己生活在安布罗西亚，一个他想象中的王国。在现实生活中，比利不得不周旋于三个截然不同的女孩——丽塔、芭芭拉和莉兹——之间。小说的结局明显不同于电影版的处理，在最后一幕中，比利买了一张凌晨1点35分开往伦敦的火车票，计划去那里当一名喜剧编剧。他从候车室走到检票口，感觉"胃里仿佛有一个开着的水龙头"。最终，他并没有上车，而是转身回家，如释重负地回到自己想象中的安布罗西亚。

大卫·斯托里出生于韦克菲尔德[1]的一个矿工家庭，他每天坚持写作8个小时，以此"体验工人阶级的生活节奏"。在一次橄榄球联赛的事故发生以后，他萌生了创作《如此运动生涯》这部小说的想法。斯托里本人曾以每周6英镑的薪水签约了利兹

1　英国北部城市。——译者注

联队，还曾在联赛中为A队效力[1]。他曾在采访中说道：

> 我的位置在第二排，旁边站着一位即将退役的球员。有一瞬间，球传到了我的脚下，我意识到一旦把球捡起来，我的脸就会立刻挨踢。就在我犹豫的那几秒，他下意识地把球捡了起来，于是他的脸就被踢了。他满嘴是血地抬起头，全然不知自己的牙齿刚经历了什么，然后转身冲我骂道：你个混蛋！我由此产生了强烈的负罪感，正是这种负罪感促使我提笔写下了这个故事。[2]

在小说中，亚瑟·梅钦就受到了同样的一击。小说开篇就讲述了他四处寻找愿意在下班后为他拔掉六颗烂牙的牙医。《如此运动生涯》曾遭到十几家出版商的拒绝，直到1960年才被朗曼斯格林出版社接受，那一年斯托里26岁。此前，他写过6部小说均未出版，它们都是在从韦克菲尔德开往伦敦的火车上完成的。他曾在伦敦的斯莱德学院[3]学习艺术，之后便开始担任代课教师。

这些“愤青”（或者说“厨房水槽作家”的队伍不断壮大，后来就连希拉·德莱尼和琳妮·里德·班克斯等优秀的女性作家也被包括在内）的作品充斥着大量的对话和强烈的时空感，

---

1 英式橄榄球联盟中主力队的替补队。

2 摘自2004年《卫报》的作家采访专栏。

3 伦敦大学学院斯莱德美术学院的前身。

因此它们便成了电影改编的最理想选择。新一代的英国电影人年龄都不满40岁，他们年纪轻轻就出类拔萃，十分热衷反映书中的现实主义。他们成功吸引了当时最优秀的一批年轻演员，如汤姆·考特尼、阿尔伯特·芬尼、理查德·哈里斯和朱莉·克里斯蒂均成为他们当中的一员。

这一运动中涌现出的几位代表性作家的作品我全都看过，加起来有150本左右。这些书通常讲述的都是作者本人的生活，只是被拙劣地伪装成了虚构作品。简单来说，这些作者写的都是自己的童年、初入职场、逐梦伦敦、结婚生子、感情挫败、不伦之恋和离婚等经历。偶尔也有几部成功的作品，尤其是大卫·斯托里的《萨维尔》(*Saville*)和约翰·布莱恩的《嫉妒的上帝》(*The Jealous God*)，以及斯坦·巴斯托的《亡命之徒与其他故事》(*Desperadoes and Other Stories*)，但很少有作品能拥有早期素材所展现出来的活力。好在那个年代的出版商都会对作家的整个职业生涯做出承诺，而不是只承诺出版他的某几部作品。以上这些作家就有幸生在了这样的好时代。

我十分熟悉这些作品里的场景和人物。然而，我对它们的好感在很大程度上是因为怀旧。同时，这些作品里的主角似乎都可以称作二十几岁的“中年人”——他们既有年轻人的活力与态度，又处处被生活所困，因此显得少年老成。在他们身上，我发现了许多上一代人的特征，比如性沉默、顺从父母、重工业、代际分裂以及狭隘的生活态度。可以说，比起自己的世界，我更加了解我父母那一代人的世界。

第十章　人生第一份工作

学校公共休息室的布告栏上开始张贴各种招聘启事。这些报社的所在地北至阿伯丁，南到普利茅斯，几乎遍布整个英国；而且不管总部设在哪里或开出多低的工资，报社管理者都自信地认为我们一定会接受这份工作。那些想在家门口或附近的城市找工作的人似乎都会被看作自命不凡之人，甚至是在自欺欺人，仿佛人生的第一份工作就必须到远离家乡和亲友的地方去报效国家，比如到《帕克林顿邮报》(*Pocklington Post*)或《法尔茅斯邮报》(*Falmouth Packet*)工作两三年。

我也免不了要随大流，在顺利完成课程后就稀里糊涂地登上了开往卡迪夫的火车。按计划，我会去一家新闻通讯社工作，加入一个团队，负责挖掘各种新闻故事，将它们卖给各家报纸。车程虽将近5个小时，但一转眼就过去了，因为我一路上都在全神贯注地读着约翰·斯坦贝克的《烦恼的冬天》(*The Winter of Our Dissatisfaction*)。因为又发现了一位陌生的作家，我兴奋得有些上头，不断地停下来翻看书后的作品列表，满心期待地看着那一个个激动人心的书名，比如《献给一位未知的神》(*To a God Unknown*)、《人鼠之间》(*Of Miceand Men*)和《愤怒的葡萄》(*The Grapes of Wrath*)。

雨水拍打着车窗，在玻璃窗上汇聚成了一条条小水蛇。列车员过来检票，嘴里说着："请出示您的火车票。"夜幕降临，列车缓缓地驶进卡迪夫中央车站，我的思绪却早已飞到了别处。随着小说故事的进展，我已经跟随主人公伊桑·艾伦·霍利去了纽约州东部的一个海港小镇。伊桑是镇上一家杂货店的店员，他被全国日益腐败的趋势所同化，一步步出卖了自己的良知。

这本书为我提供了几小时绝妙的消遣，让我暂时忘记了疲惫与焦虑。可刚一下车我就开始想家了，我思念我的爸妈、朋友、女友、乐队和书。通讯社的老板是一位和蔼可亲的中年人，他把我和另一位年轻员工杰夫安顿在一处维多利亚式建筑公寓的一楼。这栋高耸的豪宅虽然壮观，却已难掩岁月的痕迹，除了外墙有不少磨损和剥落外，入口处的地毯早已破旧不堪。我们的公寓位于一条短短的走廊尽头，虽然没那么破旧，但它的布局和感觉让我不禁想起林恩·里德·班克斯的小说《陋室红颜》(*The L-Shaped Room*)里主人公的住处，就是那种"富勒姆区废弃的老房子，墙纸全是深棕色的"。犹豫了几天后，我终于想通了，于是下定决心要回家。我先是打电话向学校报备，因为他们要求学员在工作后要保持联系。学校的讲师鼓励我要敢于走出舒适圈，适应新环境是需要时间的，要珍惜眼下这个来之不易的机会。他说，孩子，没有什么事是一蹴而就的。

五天后，我离开了卡迪夫，我坚信这才是明智之举。离开的前一天，我站在窗前望着下面的街道，看着工人们从一排光秃秃的树下经过，快步向市中心走去。我突然发现这是我第一次在大白天看见不下雨的卡迪夫。

我在回家的路上读完了《烦恼的冬天》，尽管这本书本身与卡迪夫以及我到那儿之后发生的事情并无具体关联，但它却串起了我一来一回的整场戏。单看这本书的封面（潘恩版的封面是穿着杂货店工作服的霍利正在检查一把手枪）就足以勾起我的所有回忆——那种思乡之痛、所有的犹豫不决、那些我叫不出名字的街道、那栋不属于我的房子，以及人生地不熟的不适感。最重要的是，一想到我完全有可能在短短几周内就找到一份离家更近的工作，所有这些“挑战”顿时都失去了意义。

为了让外公评价他们跳得好不好，那群男孩开始轮流往垫子上跳，外公则用10分制为他们每个人打分。

“刚才那一跳能得8.5分，甚至有望得9分。”

一个男孩问我是否想试一试，我说我在一旁看着就好，被他这么一问，我感到有点羞愧。小灰和小不点很快就成了好朋友，每次小不点跳完在一旁溜达，小灰都一路跟着他。

“你的狗是不是喜欢我呀？”

“我看它算是找着灵魂伴侣了。”外公说。

“什么是灵魂伴侣？”

“这个嘛，就跟最要好的朋友差不多。你想要一只属于自己的狗吗？”

“当然想。”

“那你想要小灰吗？”

“可他是你的狗啊。”

“我知道，但你们俩看起来很要好。”

“真的吗？我可以养它吗？你发誓？”

其他人都停止了动作，纷纷看了过来。

“如果你真想要，又保证能把它照顾好，我就把它给你。”

“此话当真？”

“千真万确。”

外公把小灰拴在倒扣在地上的那扇门的把手上，然后叮嘱他们：“一定要等到我们走远了才能把它松开，这样一来我们俩的气味就会消失，它就会乖乖和你们待在一起了。”

他们一个个听得目瞪口呆，只有小不点开心得合不拢嘴，一边笑着一边拍了拍小灰的后背。当我们起身准备离开时，小灰大声地叫着，拼了命地想挣脱，直到我们走出半英里了还能听见它的呜咽。当我们走到河岸与公路的交会处时，小灰居然从后面追了上来。它跑得气喘吁吁，却仍兴奋不已，那条一路被拖在身后的牵引绳丝毫没有影响它的速度。

离开卡迪夫两个月后，我得到了一份在《米德尔顿、莫斯顿和布莱克利卫报》担任初级记者的工作。这家报社距离曼彻斯特北部约5英里，我童年的一部分时光曾在那里度过。我每周的工资是81.85镑，略高于在卡迪夫时的每周69.88镑（我一直保存着当年的聘书）。报社的办公地点设在米德尔顿市中心的一条小街上，这里从前是一个汽车展厅。我按响了前台的门铃。

"你好，我从今天开始就在这里工作了。"

于是我被带到了主编办公室，这是一间位于里侧的小隔间，仅用一扇推拉门就与前面的新闻编辑室隔开了。主编起身欢迎我，我差点以为他要向我敬礼。

"你好啊，小子。看来咱俩都长得不太精神，对吧？"[1]

杰克·克罗斯比盯着我看了一会儿，确保我听懂了他说的笑话。他身材高大，长相与演员沃尔特·马修[2]惊人地相似，有着和他一模一样的双下巴和令人猜不透的表情。

"是的。"

"那好，咱们开始吧。在谈话之前，你想知道我的理想抱负是什么吗？"

难道他把我们的角色搞混了？这个问题不是应该由他向我

---

1 英语中有"bright-eyed and bushy-tailed"的说法，字面含义是"双眼明亮，尾巴蓬松"，意指一个人神采焕发；原文故意将两组搭配互换，变为"bright-tailed and bushy-eyed"，表示说话人的自嘲。——译者注

2 美国演员，曾获奥斯卡最佳男主角提名。——译者注

这个见习生发问吗？再说，他看上去少说也50了，没准已经60了。到了这个岁数还要实现什么理想抱负，未免也太迟了吧？

“其实，”他开始说道，“最让我开心的，开心到乐不思蜀的工作是在类似伊尔弗勒科姆[1]的地方安安静静地当一名停车场服务员。你去过那种地方吗？海滨停车场一般都建在悬崖上，旁边有一小段台阶，前来度假的人可以拎着他们的野餐篮沿着台阶到下面的海滩。那里可真美。”

他站了起来，开始装模作样地从一卷停车票中撕下一张递给车主，再假装把收来的钱塞进戴在腰间的一个“腰包”里。

“别忘了我现在可是穿着停车场职员的制服。我会对那些车主说：‘先生，这是找给您的钱。一路开到底，在那辆沃尔沃的后面还有一个空位。愿您一路都有好天气。’你听过拉赫玛尼诺夫[2]或里姆斯基-科萨科夫[3]的曲子吗？（他这会儿又回到了现实，不再对那些想象中的海滨度假者提问了）你真该听听那首《第四钢琴协奏曲》，它会把你带离自己的身体，使你的灵魂与神同在。”

我加入了一个由七名记者、一名副主编和杰克本人组成的团队。办公室里堆满了电话簿和旧报纸，一侧是一排被撞得凹凸不平的绿色金属文件柜，专门用来收藏新闻故事的剪报。室

1　位于英格兰西南部的一个海滨小镇。——译者注

2　20世纪俄罗斯著名古典音乐作曲家、钢琴家、指挥家。——译者注

3　俄国作曲家、音乐教育家。——译者注

内永远烟雾缭绕，大多数职员都是一手握笔、一手拿烟。好几台被敲得咔哒作响的打字机带动着周围的桌子和地板都震动了起来。虽然我还是个见习记者，但工作却丝毫不比别人轻松，大事小事一应俱全。除了负责报道地方法院的审讯和会议外，我还要走访警察局、消防队和救护中心等有望挖掘社会新闻的地方。

“有什么素材可提供吗？”

大多数时候，收到的回复都是“没什么事”，可一旦有事发生，就都是些事关生死的大事。我报道过形形色色的新闻故事，比如年轻的偷车贼连人带车冲向水库壁（详见“三人命丧恐怖撞车事件”）；一位53岁四个孩子的妈妈发现丈夫吊死在自家的阁楼上（详见“上吊‘悬’案”）；菊花协会的干事预测今秋菊花展将吸引众多观众（详见“预祝菊花展盛大成功”）；“纳吉布·哈米德募捐会”筹集资金帮助罹患罕见癌症的6岁男孩纳吉布完成去迪士尼乐园的心愿（详见“美国，我来了！”）；以及圣约瑟夫学校的校长透露几名入侵者对校园造成了大面积破坏，离开前还打开了厕所里所有的水龙头（详见“破坏者肆虐校园”）。

刚开始去地方法院采访时，有一回我在被告席上看到了一位曾经的校友——马克·谢泼德，他在斯崔奇威监狱服刑期间袭击了一名性犯罪者。法庭听取了他的证词，大致是他如何在食堂用一个金属托盘击打受害者的头部，导致对方缝了50针。趁着法官们休庭谈论如何判决的时候，马克示意我过去。于是我走了过去，当时法庭上除了马克和我，就只有一名警官在场。

“在报社工作感觉怎么样？”他问道。

“还行，我上周才开始工作。”

“好样的，伙计。你上学时就很喜欢写作之类的东西，对吧？”

我点了点头。他说话时彬彬有礼，在那短短的几秒钟里，我差点儿忘了他是个反社会者。后来，法庭宣布将他的刑期延长6个月。

杰克似乎有操不完的心。他最大的恐惧来自无法讨那些主管的欢心，他常跟我念叨这件事。每每提到他们，他都在脑子里把他们想象成狄更斯笔下那些一脸阴沉的混蛋，他们通常挺着大肚子，留着络腮胡，在大街上对那些孤儿拳打脚踢。有几次，几位主管从总部过来视察工作，我惊讶地发现他们都很年轻，对每个人都亲切地直呼其名，并且对我们手上的工作表露出极大的兴趣。杰克的另一个没完没了的抱怨则是针对工作的。他说过去比现在好多了，因为过去你有足够的时间对事实进行充分的核查，写报道时也没有篇幅的限制，想写多长就写多长。如今的报纸办得跟贴墙纸似的，见缝就把伦敦那几家公关公司的无聊广告免费往上贴，专门接听一些装腔作势的女孩打来的电话，一个个不是叫潘多拉就是叫亨丽埃塔。食谱专栏和园艺专栏跟新闻压根就不沾边，这类哗众取宠的玩意儿只配出现在杂志上。简直不成体统，他说，当地人买一份咱们的报纸回家读到的全是些乱七八糟的东西，比如隔壁家种出了几棵大向日葵，或者昔日的老师被发现与合作单位的女经理一起被困在公共厕所，两个人的裤子都掉到了脚踝处。

我经常被派去为一些业余剧团写剧评。演出效果通常不怎么样，其中最糟糕的当属那场在莫斯顿的辛普森纪念馆上演的三幕歌舞喜剧《墨西哥万岁》（*Viva Mexico*）。当晚到场的除了我之外，全是60岁以上的老人。观众们坐在楼上那些尘封多年的包厢里，包厢里的每一把椅子都要散架了。不仅台下坐着的全是大龄观众，就连剧本里提到的“年轻英俊的土匪”也是由四个糟老头扮演的。他们的妆容就像被哪个蠢货胡乱画上去的。他们气喘吁吁、咳嗽不止地完成了整套舞蹈动作，这套动作简单到只需慢慢转过身来，把一顶墨西哥宽边帽举过头顶，同时大喊一声“olé”[1]。

幕间休息时，我抽奖赢得了一个奖品：一根缠绕在H形纸板上的保险丝，还是由一位“忠实的老戏迷慷慨捐赠的”。全体老人鼓掌欢呼，仿佛我赢的不是一根保险丝，而是终身免费饮酒的特权。

爸妈每回在客厅里低声商量时，就说明外公的病又发作了。果不其然，他又一次精神崩溃了。他的躁动不安最终只能靠药物缓解。大剂量的镇定剂使他变得头脑混乱，昏昏欲睡，就连说话都懒得开口，他总是轻轻地点几下头，应付了事。不仅如此，他的体型也发生了变化。原先手臂、肩膀和躯干上那些结

1　西班牙语“加油”的意思。——译者注

实的肌肉正慢慢消失，取而代之的是松软无力的赘肉。他就像一个职业拳击手在耗尽所有体力后被一拳打出了局。在他犯糊涂的时候，全家人的脸就会像走马灯似的在他眼前旋转，他每次都要很努力地将那些名字和脸对号入座。

我有时会开玩笑地问他："咱俩是什么关系？"

"我们是兄弟。"

他不仅非常自信，还经常补充道："别再问这种愚蠢的问题了。"

尽管杰克对当地的报刊业大为失望，但我仍觉得自己很幸运，能够在这个当时相对景气的行业里占有一席之地。报纸上每周都刊登着大量的分类广告和商业广告，这些广告全部来自贸易商、房地产经纪人和汽车经销商。然而，大约十年后，这些企业又把目光纷纷投向了互联网。由于报社人手充足，我们每周四还能实实在在地休息一天。因为那一天是报纸印刷日，杰克一般不在办公室里。既然无人监督，我们也就乐得把大部分时间用来喝茶聊天了。

即使杰克提前回来了，他也会欣然融入每周四轻松的氛围当中。他会邀请你去他的办公室，通常是为了给自己一个高谈阔论的机会，聊他最喜欢的那几个话题，比如歌剧、葡萄酒、拉丁语，还有我在上班第一天就发现的古典乐——他认为这些话题有助于体现自己的修养。一天下午，我又被叫进他的办公室，他指了指自己领子上的一个小徽章，上面写着"北方歌剧院"。

"你应该不太懂歌剧吧？"他说，"我和妻子昨晚去看了赫克托·柏辽兹[1]的《贝特丽丝与培尼狄克》(*Béatrice et Bénédict*)[2]，你听说过这部歌剧和这位音乐家吗？”

我说我没有听过。为了不让他花15分钟跟我分享每一个细节，我急忙脱口而出：“这徽章可真不错。”

“那当然。这可是别人亲手为我别上的，而且是一个非常、非常、呃，一个……”

他曾因一些不合时宜、政治不正确的措辞而被教训过几次，所以此刻正在搜肠刮肚，想找一个符合时下使用的词语（当时是1983年）。身为一名报纸编辑，而且还是个时常炫耀自己精通语法的人，这点小事应该难不倒他。他足足挣扎了10秒钟，才总算把那句话说全了：

“一个胸部很有料的女孩。”

有一次，杰克要求我去把当周的报纸“付印”，通俗地说就是监督版面制作的最后一步，以确保每一页的内容和排版都合适，并且及时插入最新的时事新闻。我高兴极了，因为这项工作必须在集团的主力报纸《罗奇代尔观察家报》的办公室里完成。我到那里的时候，校样页已经被摆在房间里的几个展板上。排字工人正在忙着把一篇篇稿件粘上去，他们不时停下来冲我

1　法国作曲家、指挥家、音乐评论家，19世纪上半叶法国音乐最伟大的代表者。——译者注

2　柏辽兹在1860—1862年根据莎士比亚的喜剧《无事生非》写的喜歌剧，也是他生前最后一部作品。——译者注

嚷嚷说某一篇文章比指定的篇幅长了或短了。这时我就要授权他们删掉某句话或某个段落；如果文章需要扩充，就加进一两个无关紧要的词来增加它的行数。每校对完一页，我就要在上面签名，只有这样它们才能被交付印刷。由于这项任务相当重要，我很快就赢得了同事们的尊重。那一年我19岁，我对当时的一切都感到心满意足。有一回，电话一响就被一位排字工人接了起来。电话那头是杰克，一听就知道是找我的。

可那位排字工却说："没听过这个名字。"

杰克立马就反应过来，想要在一间有着三十几个大忙人的办公室里找到我，最好的方法就是动用他极强的描述能力。只见排字工放下电话，冲所有人吼道："这里有个戴眼镜的小伙子吗？"

我和杰克聊过一两次，我说报纸应该吸引更多的年轻人，是时候对现有的读者群体重新定位了。我提出的流行音乐专栏的想法却遭到了冷遇。他盯着手头正在编排的婚姻家庭版面，潦草地画出几处需要插入图片的地方。我趁机使出了最后一招："我会把它做成一个很大的版面。"

他放下笔，若有所思地靠在椅背上，用手里的尺子漫无目的地敲击桌子边缘。看来没有什么比把版面填满更能让他开心了，此举将大大减轻寻找素材的压力，无论是新闻、专题还是照片。事情就这么说定了。

"你能保证每周都提前出稿吗？"

从此，我便拥有了自己的流行音乐专栏。杰克把这一专栏命名为《流行焦点》(*Pop Focus*)，并且在旁边配了一张极落俗套的插图，上面是一个穿着皮夹克的摇滚歌手在弹一把v形吉他。我写信到几家唱片公司申请为他们的专辑写乐评。第一批到手的是一张名为《夜曲》(*Nocturne*)的双唱片专辑，现场收录了“苏克西与女妖”乐队[1]的好几首歌曲。一开始我还不懂规矩，一直认为几星期后就得把这张专辑还回去，直到我确实没有再收到来自唱片公司的电话或邮件，才意识到一旦写了乐评，这张专辑就归我所有了。不得不说，这真是一项不可思议的特权。

“这么说，这些唱片现在全都归你所有了？”皮特问，“这不正是你从小梦寐以求的事情嘛。”

皮特在状态好的时候总能保持一种童真的心态，对所有事都感到心满意足，一点小小的付出就能让他心存感激。我陆陆续续与他分享了所有的新专辑，他的混音磁带数量也渐渐多了起来。

我写信给“原始交换”[2]唱片公司，大约一周后收到了史密斯乐队的单曲《这有什么区别吗？》(*What Difference Does It Make*)。我的电唱机就摆在卧室的五斗橱上，我必须站在那里，把唱片放到唱盘上，播完一遍之后，再把唱臂放回去重播一遍。

1　一支成立于1976年的后朋克乐队，主唱苏克西素有“哥特教母”之称。——译者注

2　一家独立的唱片公司，1976年由Geoff Travis创立于西伦敦，前身是一家坐落在西伦敦的唱片店。——译者注

那天我站了将近两个小时，反复播放这首歌以及它背面的那首《回到老房子》(*Back to the Old House*)。第二天，我买了这支乐队之前的两首单曲《密切配合》(*Hand in Glove*)和《这个迷人的男人》(*This Charming Man*)，对当初竟然错过了这两首歌的发行后悔不已。

我与史密斯乐队，尤其是他们的主唱莫里西有着非常奇妙的缘分。人们在说起自己心目中的偶像时，总感觉他们明明过着与我们相似的生活，却能从中感知到很多东西，并且将这些与艺术毫不沾边的素材塑造成最高级的艺术作品。在我眼里，莫里西大致就是这样的偶像。小时候有一段时间，我住的地方（布莱克利）离他家（斯特雷福德）只有8英里，这一事实令我感到既兴奋又痛苦，也就是说，我们曾经在同一片区域里走过，就像他们在歌中唱到的：

当你心神不宁地，
漫步在你成长的街道上，
我正做着一个糟糕的梦，
它持续了二十年零七个月又二十七天。[1]

莫里西上过一所被他称为“残忍又野蛮”的圣玛丽技术学

1　摘自该乐队1986年发行的专辑《女王已逝》(*The Queen is Dead*)中的“*Never Had No One Ever*”。

校，他曾表示在学校的5年时间里，“教育对我有害无益”。[1]他没等拿到任何证书就离开了学校，直到后来才在斯特雷福德技术学院通过了三门普通水平课程考试，其中一门就是社会学。他称自己为“里屋的伤员”，因为他热衷于把自己关在里屋阅读和写作，然而在他从小长大的工人阶级群体中，这样的行为却被视为“一种疾病”。他说的和唱的全是我的切身体会。

外公偶尔会出现过去那种烦躁不安的症状，于是他总想找机会出门。只要他发现门没锁，就会借机溜出去闲逛。其实他早就分不清那些大街小巷了，只能跌跌撞撞地走进一些小花园，或者穿过公园到那片人迹罕至的林地，搞得警察和家人常常忙到深夜才找到他。我们每回从大老远就能认出他那驼背的身影和走路时拖沓的步态，这些全是长期服药造成的。他一身西装，无论到哪儿都格外显眼。他会爬过茂密的草丛，树枝擦过他的头，在额头上留下几道小伤口。夏天，他常被太阳晒伤，全身的肌肤被晒得又红又痛；到了冬天，他又常常被雨淋得浑身湿透，瑟瑟发抖。

“我看见他了，他就在那儿。”

一旦被我们发现，外公就会乖乖地爬进车里，挨着我和妹妹坐在后座上。他的裤脚上缠满了小树枝、蕨类植物和树叶，

1　摘自莫里西在“耳边说”节目里接受尼基·霍恩的采访时说的话，该节目于1984年7月在BBC第四频道播出。

从袜子一直绕到了脚踝。

“我们都担心死了。你到底去哪儿了？”我妈的语气完全像在问一个正常人，仿佛不自觉地相信他出去一趟之后就恢复了往日的清醒。

莫里西的处境与我不尽相同，因为他有一个盟友——他的妈妈伊丽莎白。他的妈妈生他的时候刚满21岁，他在采访中曾以这个原因来解释他们母子之间的亲密无间。伊丽莎白是一名图书管理员，同时也是一名素食者和动物权利倡导者。与学校里的老师不同，她早在莫里西很小的时候就注意到了他的敏感、创造力和激情，从此便不遗余力地培养他在这些方面的特质。她向儿子推荐了许多作家，从查尔斯·狄更斯到奥斯卡·王尔德，并且常常播放一些相对小众的音乐给他听，从意大利裔美国灵魂歌手蒂米·尤罗，到歌手玛丽安·费斯福、西拉·布莱克和桑迪·肖。她鼓励儿子发展个性、追逐梦想，不拘泥于世俗生活。她把饭菜、纸张、笔记本、小说和一台打字机搬进莫里西的里屋。在各种关于史密斯乐队和莫里西的传记中，作者都曾暗示她之所以过分关注自己的儿子，是因为想弥补她与彼得·莫里西失败的婚姻对儿子造成的影响，他们是在莫里西17岁那年分手的。

20世纪80年代初，循规蹈矩的观念使人不堪重负。失业率高居不下，大家的自我价值感都很低，尤其是年轻人。周围的一切都在告诫他们：孩子，不管条件多差，你都接受吧，能混口饭吃就该谢天谢地了。而就在此时，莫里西出现了，他完全自成一统。这位身材修长、口齿不清的偶像，身穿大号女式衬衫，戴着免费的国民保健眼镜，脖子上挂着念珠，在《流行音乐之巅》（*Top of the Pops*）[1]的节目里高吟低唱，一展歌喉。

史密斯乐队在各方面都堪称完美。他们的音乐囊括了所有风格，时而悲伤、时而亢奋，同时还能朗朗上口。他们的歌词更是诙谐中透着智慧与诗意。歌曲的表达直接易懂，在宣扬自我赋权和自我信念的同时，也唤醒了人们心中许多美好的意象。莫里西支持那些与外界格格不入的年轻人，那些安静而聪明的孩子全都因为他变得自信勇敢了。在他身上丝毫看不到带有浓重工人阶级色彩的沉默与顺从。他敢于表达自己的观点，并且才思敏捷、能言善辩。他时而凶神恶煞，时而又妖艳动人。他闪烁着一双蓝宝石般的眼睛，噘着嘴，露出一个自知能迷倒众生的微笑。他说的每一句话都像来自彩虹的尽头，那么迷人、优雅、妙趣横生，自从一个世纪前奥斯卡·王尔德与马克斯·比尔博姆和雷吉·特纳共饮了一箱啤酒以来，还没有人说得出那样的话。

每当在舞台上或采访中看到莫里西，我总忍不住想，或许我也能成为那样的人。很多人显然与我有同感，这也是史密斯乐队如此受欢迎的原因之一。其实大家不过是在自欺欺人。莫

1　英国BBC电视台在1964年至2006年期间播出的一档现场直播的流行音乐节目。——译者注

里西的才华又何止体现在当一名歌手（无论如何，他都是一名出色的歌手）和作词人上，我们永远也成不了莫里西，主要是因为我们没有足够的勇气忠于自己和相信自己。然而这种自信对他来说，无论是天生的还是由妈妈贝蒂灌输的，都是自然而然、毫不费力的。他对自己的生活有着绝对的主导权，由此也改变了许多人，使他们重拾对自己以及对艺术和文化的信心，并且对唱反调和墨守成规的人进行了猛烈的报复。他让我们看到，有梦想就能赢！

每年的新闻周期很快就成了报社的例行公事，先是“圣诞小精灵（实际上是由当地一所学校的一个孩子，穿上系着翅膀的衣服，被一架小型起重机托起来）为小镇中心亮灯”，然后是“复活节到集市停车场滚彩蛋”，接着是“夏季干旱或暴雨”（每年至少有一名青少年在废弃的池塘或水库里溺水），再就是万圣节派对、市民“篝火之夜”[1]、阵亡将士纪念日[2]，以及反酒驾运动，最后又回到“圣诞小精灵”。

“给你，”杰克说，“赶紧给我写一篇一两百字的文章来配这些照片。”

---

1 每年的 11 月 5 日夜晚，英国人借以庆祝 1605 年炸毁议会大厦的阴谋失败。——译者注

2 英国和其他一些国家为战争中的死难者，尤其为两次世界大战中的阵亡者举行纪念仪式和教堂礼拜仪式的日子，具体日期为最接近 11 月 11 日的星期天。——译者注

他递给我几张黑白照片，上面是一个女孩扮的“圣诞小精灵”站在车载升降机上挥手，那台升降机正缓缓地将她送上阿戴尔中心外面那几根挂满发光的星星、蜡烛、驴子和圣诞老人的灯柱。由于下雨的缘故，照片拍得有些模糊，照片上无论男女老少都穿戴得严严实实。我想着如何才能推掉这项工作，又不敢轻举妄动，于是就在文章的开头引用了一句莫里西的那首《威廉，生活没什么大不了》(*William, It Was Really Nothing*) 里的歌词：“大雨落在单调乏味的小镇上，却浇不灭米德尔顿一年一度点亮圣诞彩灯的兴致。”没想到它竟一字不落地被刊登在了那一期的报纸上。

那段时间几乎人人都变得有点儿“莫里西”。我买了一件花衬衫，又把头发吹成了飞机头。说来也奇怪，这分明是我爸那一代人的发型（看起来的确挺滑稽），如今我却在对镜欣赏，还十分讲究地用百利发乳定型。我有时也会在形象上添加一点伊恩·麦卡洛克（“回声与兔人”乐队的主唱）的元素。那个年代，人人都在模仿莫里西的样子跳迪斯科：膝盖微曲，手臂自然摆动或旋转，或高高举起，好像在指着什么，偶尔用力摆胯，然后带动整个身体快速旋转。以前从没有人这样跳舞，如今却人人都这么跳；它就像一种与生俱来的本领，不是不跳，只是时机未到。

我向来不太会弹吉他，但自从听了约翰尼·玛尔[1]的演奏，我突然对这种乐器有了全新的认知。在乐队排练时，我只会粗

1　史密斯乐队的传奇吉他手，英国歌手、作曲家、演员。——译者注

暴地扫弦，弹出一个基本节奏，却从未想过用弹拨琴弦的方式演奏。玛尔以熟练的指法和高超的技巧弹出了一系列清脆的旋律和节奏，成功打造出史密斯乐队专属的“铿锵声”。我只练习了两次，就决定弃用先前笨拙的封闭和弦[1]和模糊音装置。既然改变了音乐风格，我们的乐队也从此更名为“猴子快跑”。

和许多人不同的是，我不认为史密斯乐队的风格冷酷或自怨自艾。他们的每一首歌——无论传达的信息有多真实残酷，结尾都有回旋的余地或被幽默地化解——皆表达了他们对生活的热爱。我很“喜爱”（这个词很有莫里西的风格）他们对细节的关注，比如在设计唱片封套时分别使用了文艺、电影和流行歌手三组不同风格的肖像，就连对封套上的字体和唱片上的字体都会稍作调整，任何细节都不肯放过。

最重要的是，莫里西的出现使我终于找到了一个和自己品位相似的人。我们读过相同的书，看过相同的电影。他明目张胆地在歌词中加入了大量的诗句或对句。我听过的第一首史密斯乐队的歌是《这有什么区别吗？》（*What Difference Does It Make*），歌名就引用了杰克·凯鲁亚克[2]的小说《达摩流浪者》（*The Dharma Bums*）中主人公雷·史密斯常说的一句话，他还借

1 封闭和弦，吉他演奏的专有名词，只要食指同时按住超过2条以上的弦，就可以被称为封闭和弦。——译者注

2 “垮掉的一代”的重要代表人物之一。——译者注

用了希拉·德莱尼在半自传体故事集《毛驴甜美地唱着歌》里的一句话——“怠工已久的恶魔将有事可做”——作歌词。

莫里西显然有随身携带纸笔的习惯，因为在20世纪80年代初期，电视上很少播放电影，更别说那些可能为他提供素材的电影了，而且录像机也并不普及。当时的录像机不仅贵得离谱，还十分抢手，那些家里有录像机的人一到晚上就用一张创可贴将红色的开关指示灯遮住，以免小偷光临。[1]为了写出像“男孩从储藏室跳出来，谁也不知道他的住处”[歌词出自《这个迷人的男人》(*This Charming Man*)]以及“所有的人，所有的生命，他们也都曾真实地存在着啊”[歌词出自《公墓大门》(*Cemetery Gate*)]这样的歌词，莫里西大概会在深夜或下午三四点钟（非主流电影的放映时间），坐在电影院里一边观看《足迹》(*Sleuth*)和《晚餐的约定》(*The Man Who Came to Dinner*)，一边疯狂地做笔记。

随着名气的增长，他的“剽窃癖”症状也更加明显了。几乎每一首歌里都能找到一两句电影台词或诗句，甚至有时整首歌都借鉴了某部小说或电影的主题。当然，这么做本无可厚非，更何况他还替我们做了这么多的研究，因此我们才能借着史密斯乐队的歌，对这些既深奥又有趣的书籍、电影和戏剧有一番了解。毕竟除了他以外，还有谁能做到这一点呢？谁又能比他更执着、更有激情呢？

1　1982年，仅10%的英国人拥有录像机，直至1985年，这一比例才达到30%。

外公每回出走都感知不到自己究竟走了多远。对他来说，每一步都是第一步。每次被警察送回来后，他都会浑身肌肉僵硬，一连好几天都站不起来。他会抱怨自己浑身上下都疼，却想不起来究竟是什么原因引起的。

有一次，警察把他带回家，说他们是在一栋公寓楼里发现了他，当时他被困在电梯里，其中一条腿上全是瘀伤。

“他那条腿可能被电梯门卡住了。”那位警官对外婆说。

“约翰，是这么一回事吗？”

“你为何这么大惊小怪？”

“因为你的腿受伤了。”

“没有呀。”

“有。”

外公的那条腿的确伤得不轻。

我彻底迷上了莫里西，不仅完全认可他的品位，还听从了他的许多建议。我读过不少他喜爱的文学作品，其中就包括希拉·德莱尼的作品［他大量参考了她的戏剧《蜂蜜的滋味》(*A Taste of Honey*)］。但相比之下，我还是对伊丽莎白·斯玛特[1]、杰克·凯鲁亚克、诺埃尔·考沃德[2]、约翰·贝杰曼[3]、奥斯卡·王尔

1 加拿大诗人和小说家。本书作者后来出版了她的儿子克里斯托弗·巴克的一本书。——译者注

2 英国演员、剧作家、流行音乐作曲家、导演、制片人。——译者注

3 英国桂冠诗人，曾师从T. S. 埃略特。——译者注

德、约翰·济慈、叶芝等众位诗人、作家的作品更为推崇。

他似乎非常熟悉当代女性主义文学，这方面的影响可能来自他的妈妈，更可能来自他的密友、拼贴艺术家林德·斯特林[1]。他曾在多次采访中提到两本写于20世纪70年代中期，专门介绍电影行业女性的书，一本是玛乔丽·罗森的《爆米花维纳斯》（*Popcorn Venus*），另一本是莫莉·哈斯克尔[2]的《从崇敬到强奸：论电影里女性角色的待遇》（*From Reverence to Rape: The Treatment of Women in the Movies*）。这两本书，连同其他同类型的书［比如凯西·米勒和凯特·斯威夫特的《非性别歧视写作手册》（*The Handbook of Nonsexist Writing*）］，都曾被莫里西在《新音乐速递》（*New Musical Express*，NME）[3]的采访中引用过，这样的自我陈述还真是别具一格。他也许认真阅读过这些书，也可能只是随便翻了翻，或者这些书恰好就在他的手边。也许他是在开玩笑，反正他在采访中经常自相矛盾或者开一些无伤大雅的玩笑。但他也极有可能是在塑造自己的形象，一个属于莫里西的公众形象，他希望自己在大众眼中是一个激进、开明、敏感的男孩，可以代表女性高举女性主义大旗。这些书在任何人看来都有一定的阅读难度，整个曼彻斯特读过这几本书的人更是少之又少，而且都是在老师的建议下读的。

1　英国视觉艺术家、歌手、演员，参演过电影《莫里西的重要性》。——译者注

2　美国戏剧评论人、电影评论人、演员。——译者注

3　英国著名流行音乐杂志。——译者注

“结婚礼物”是一支经常出现在我的《流行焦点》专栏里的乐队。虽然该乐队是在利兹成立的（因为每位成员都曾在那里求学），但乐队的主唱兼吉他手大卫·盖奇和另一位吉他手皮特·索洛卡却全都来自米德尔顿。大卫第一次接受我的采访是在他的父母家。他为人和蔼可亲，表面上虽然很随和，但内心绝对是一个目标明确、意志坚定的人。事实上，当时玩乐队的那帮人全都一个样——如果各方面进展顺利，我们最多就是耸耸肩，轻描淡写地把一切归结为“运气还不错”；可一旦发现演出效果和发展势头不理想，内心的恐慌和沮丧便会一发不可收拾。从录制专辑、获得好评，到全球巡演、电台播送，获得这些成就对当时的乐队来说，似乎并没有那么难。通常只需《新音乐速递》上的一篇好乐评，或是上过几次约翰·皮尔的节目，这些乐队就能吸引到一批经纪公司、赞助人、经理人和唱片公司，在短短的几周内开启他们的音乐生涯。这就是我们当年梦寐以求的。

全国新闻工作者培训委员会的讲师们已经明确了我们的职业道路：先在当地的周报工作两三年，再转到日报，应对每周五六个截稿期的更大挑战（日报一般较少在星期天出版）。

我的下一站是《奥尔德姆晚报》（*Oldham Evening Chronicle*）。尽管奥尔德姆离罗奇代尔只有6英里，但我几乎从没去过。我对这个城市的了解大多来自电影版的《一夜风流恨事多》（*A Kind of Loving*），而且几乎所有的场景都笼罩在浓雾当中。由艾伦·贝茨饰演的维克·布朗在奥尔德姆的好几处地方留下了自己的身影——在背靠奥尔德姆山崖的几块园地边，走过曼普斯站铁路岔道附近的那座铁路桥，然后沿着铺满鹅卵石的洛克街狂奔，一路上冷得恨不得把脖子缩进大衣领子里。

虽然这一切都发生在20世纪60年代初，但这个城市和这份报纸一直以来都给人一种单调沉闷的感觉。我很快就发现同事们个个心怀不满，尤其是那几位上了年纪的副主编，他们身上带的“刀”估计和笔一样多，我指的当然是他们的敌意。才开始熟悉工作，我就发现身后站着一个人，因为他的影子落在我的打字机上。他把我一小时前提交的那份稿件扔到我面前，大吼一声：“你到底上没上过学？”

整个新闻编辑室共有两排桌椅，每个工位上此刻都有人在打字，他们全都目睹了这一幕。我问他怎么了。

“怎么了？你连‘餐厅’这个词都不会拼？”

我连忙道歉，然后继续完成手头的那篇文章。后来我才意识到自己不该就这么算了，我应该从椅子上站起来，面对着他说：“很抱歉，我把‘餐厅’这个词拼错了，但是，以后如果我再犯类似的错误，您应该用礼貌的方式告诉我，而不是当着这么多同事的面羞辱我。”然后，我应该走到目睹了这一切的主编面前，问他下次是否会考虑保护我们这些年轻的记者们免受不必要的恶意攻击。在报社工作的这两年，我明白了一个道理：霸凌者只有在被霸凌者默许的情况下才能得逞。我应该学会为自己辩护。

主编终日阴沉着脸，那张脸分分钟就能将你的热情和积极性全部打碎。他喜怒无常的脾气简直成了办公室的“晴雨表”：只要他高兴（这种情况少之又少），我们就可以沐浴在阳光下，一旦他开始闷闷不乐，我们的工作时间就要在雨伞下度过了。我发觉他特别不喜欢我。刚来报社工作不久，我的女朋友就单方面结束了我们长达4年的恋情。原因是她在工作中遇到了一个“她一心只想和他在一起”的人，他们认识不到6个月就结婚了。因为这件事，我一直没睡好。他估计是看出了我的情绪不高，就认为我对工作还不够投入。

史密斯乐队发行了新专辑《女王已逝》，这令我再一次感到莫里西简直是我肚子里的一条蛔虫。《我知道一切都结束了》（*I Know It's Over*）是一首关于分手的歌，《永不熄灭的灯》（*There Is a Light That Never Goes Out*）唱的又是抚平创伤后开始一段新的恋情。而与此同时，我们的“猴子快跑”乐队也迎来了它最辉煌的时刻。我们的单曲《我要公务人员的血》（*I Want the Blood of a Civil Servant*）成了约翰·皮尔电台节目里的常客。我们不仅为BBC电台第三频道录制了一段节目，还在一个疯狂的夜晚去曼彻斯特为“石玫瑰”乐队助演[1]。与此同时，我们还与史密斯乐

1　这场演出的时间为1988年2月26日星期五，地点在曼彻斯特国际俱乐部，票价为3英镑。“石玫瑰”乐队给人一种很强硬的感觉，乐队成员却个个友善且乐于助人，伊恩·布朗还将自己特制的“咽喉药”分给我们乐队得重感冒的主唱吉姆。我们当晚的表演还算稳定（被《声音》杂志评价为“充满激情”），而“石玫瑰”乐队的演出就太令人振奋了。

队建立了一种微妙的联系，在我们自己的厂牌“*Intense Records*”发行的第二支单曲“*Falling Upstairs*”中（此曲已在YouTube上发布）放了一张莫里西的照片（当然是经过他同意的）。也许是我的喜悦太溢于言表，主编对此颇有微词。

外公在跟我讲他过去的故事时经常会提到一些很早以前的老街坊。他最喜欢聊的话题之一就是邻居麦戈兰一家，他们一家常常吵得鸡飞狗跳，动不动就大打出手。

他说：“那家的女人比男人更差劲。玛·麦戈兰会在后门等着帕迪。帕迪的身高虽然只有5英尺，但是如果你挨过他的拳头，你就知道这有多疼了。总之，只要一看见他喝得醉醺醺地回来，她就会气得发疯；屋里的三个孩子哭得厉害，因为帕迪从克拉姆帕萨尔饼干店偷来的饼干已被他们吃得一块也不剩。帕迪把所有的气撒了出来，一把抱起老婆要把她扔进河里，吓得她哭着喊着要报警。第二天一早，这对欢喜冤家又像没事人似的在后院唱歌嬉戏，学那些热恋的情侣隔着一堆待洗的衣服互相飞吻。

“帕迪过去常常和我坐在后院，一边喝茶，一边吹着他的便士哨[1]。他只会两首曲子——《黑棕部队滚出来》（*Come Out, Ye Black and Tans*）[2]和那首他一唱就哭的赞美诗《我看日出》（*I*

1　一种六音孔德玩具哨笛。——译者注

2　著名的爱尔兰反英歌曲。——译者注

Watch the Sunrise），这首曲子常常勾起他对家乡爱尔兰的思念。他就是个怂包，真的，别看有些人看着像硬汉，其实内心脆弱得很。”

我提出的许多关于稿件的想法一一遭到了否决，有时干脆被安排做一些“无用功”，基本上是写一些两三行的短消息。我只能日复一日地数着时间混日子，期盼着周末的到来。一天，我收到了一条内幕消息，这让我重新振作了起来。我听说有个战犯嫌疑人就住在奥尔德姆。我利用业余时间做了些调查，在互联网出现之前，所有工作都必须靠磨破嘴皮和脚皮来完成，比如挨家挨户地上门询问，查阅选举名册和电话号码簿等。费了一番工夫，我终于查到了他的姓名，知道他不是乌克兰人就是立陶宛人。此外，我还知道了他的地址，事实上，他家离报社也就几条街。

不同于其他地区的报纸，《奥尔德姆晚报》习惯把全国新闻作为头条报道，却很少将地方新闻放在第一版。我确信自己即将完成的这篇文章定会改变报社的这一惯例，或者至少能上这一期的头版头条。我向主编简要介绍了情况，他点点头，全程与我没有眼神交流。我问是否可以暂时把我的名字从排班表中去掉（也就是暂时不给我派任务），好让我有一下午的时间搞定这篇文章。他同意了。于是，吃完午饭我就穿上外套，把笔记本和钢笔揣在口袋里，把椅子往桌子底下一推就准备出发了。我之前跟一两个同事说起过这件事，他们此时都看了过来，其中一位冲我竖起了大拇指，称赞我干得漂亮。这一幕正巧被主编看到了，于是他把我叫到跟前。

“别激动得尿了裤子，臭小子。”他说。

我并没有采访那位当事人，而是想方设法根据他的女儿和邻居，以及反法西斯组织“探照灯”里的熟人提供的信息把文章写了出来。最终，我的文章被刊登在第12版上，并且没有署名。这件事使我意识到自己必须离开报社。严重的挫败感和报社里低落的士气让我疲惫不堪，我根本无法集中精力。我不再买书，也不再读书。我特意抽出时间来阅读，可没读几页，工作上的烦心事就又涌上心头，心情瞬间被乌云笼罩。

就在我决定另谋出路的那个星期，主编写了一篇新议会领导人的简介。这篇文章机智诙谐，构思巧妙，行文流畅。他虽然是个令人讨厌的家伙，但的确写得一手好文章。我和另一位年轻记者分享了这一观点。

“这就是报社的问题所在，”他说，“他们这些人都很有才华，或者曾经很有才华，只是他们被困在这里太久了，久到一个个都变得忿忿不平、性情乖僻了。就拿助理编辑老汤姆来说吧，他居然是加里·格兰特[1]的朋友！他几年前在曼彻斯特采访过他，从那以后他们就一直保持着联系。如今成天审校那些关于交通安全员或油锅起火的报道，也难怪他窝火。”

我意识到自己身边就有一群成年版的“说谎者比利”，他们

---

1 英国著名男演员，1970年获得第42届奥斯卡终身成就奖。——译者注

（因为几乎都是男性）既没有登上去往伦敦或奥尔德姆以外任何地方的火车，身后也没有“安布罗西亚”做后盾。

外公每个月至少会问我一次想不想听他读诗，通常都发生在我们出门散步的时候。其实不管我想不想听，他都会自顾自地开始朗诵：

一尊独眼黄色神像坐落于加德满都的北部，
小镇下面有一个小小的大理石十字架；
一个心碎的女人照料着疯狂卡鲁的坟墓，
小镇的一切都在黄色神像的凝视下。

外公可以一口气背出整首诗的十一节四行诗句。

可就在一个小时前，他还问我是不是他的兄弟，并且把年份记成了1958年，这会儿怎么记得住那么多单词呢？

“这位小伙子也是曼彻斯特人，就住在阿德维克绿地海德格罗夫大街那一排房子的其中一间。”

他每次背诵这首诗都会告诉我这件事，但其实我一点儿也不在乎，我只是喜欢听他说话而已。

“这位小伙子是谁？”我明知故问。

“詹姆斯·弥尔顿·海耶斯，他在第一次世界大战中跟随曼彻斯特团作战。他来自普通的家庭，他爸爸是个煤气安装工。他先是为音乐厅的一场演出写了这首诗，后来自己也成了演员。

不过，他真是个十足的傻瓜。”

“为什么这么说？”

“他太谦虚了。他告诉所有人这算不上一首像样的诗，结果大家就都拿这首诗来打趣，也就是所谓的恶搞。他应该保持沉默，装出一副聪明的样子。那些纨绔子弟就是这么干的。”

我和皮特决定一起租房子。如果是在城市里，尤其是大学周边地区，两个同性别的年轻人住在一起简直再正常不过了。可是在罗奇代尔，尤其在那个年代，这一举动备受怀疑。

“两个大男人住在同一所房子里，这算怎么一回事？”一个房东问道。

当时的人对艾滋病极度恐慌，简直谈“艾”色变。因此，尽管外界一再宣传艾滋病极难被感染，但房东还是很担心。

“你们该不会是一对‘同志’吧？”弗雷德·沃斯利问道，他的中介公司可提供全市范围内大约50处租房信息。

我告诉他我们不是他所想的那种关系。说起来怪不好意思的，为了强调自己的男子气概和异性恋身份，我下意识地压低嗓音补充了一句：“绝对不是。”

“我怎么知道你有没有撒谎？”他问道。

我犹豫了一下，考虑是否该叫来当时的女朋友以证明我是直男，还是该由他对我们进行测试。可下一秒我又觉得自己简直傻透了，于是决定不再跟他掰扯这个问题。

“听着，我们两个都有工作，我们付得起房租，就看你有没有房子可租给我们。”

他给了我们所有房子中最脏乱差的一处，理由是其他房子都有租户看上了，就差办手续了。且不说这间房子很小，屋里的墙面还发霉了，窗台也已经腐烂得千疮百孔，有的地方都能插进一根铅笔了。我很快就搬了进去，但皮特却没什么行李可搬，因为他本来就没什么私人物品。一天晚上，我刚把餐盘放下就有许多小虫子爬了上去。我们只好先搬出去一星期，等房子消毒好了再搬进来。

我一回来就决定把这个地方布置得更像一个家。我读过西尔维娅·普拉斯[1]的所有作品，尤其钟爱她的文集《约翰尼·派尼克与梦经》（*Johnny Panic and the Bible of Dreams*）里的一篇题为《剑桥笔记》（*Cambridge Notes*）的散文。像这样一篇字字珠玑的好文章只被收藏在书里显然是不够的，它值得被好好纪念一番，于是我打算把它装裱起来。这是一次空前绝后的尝试，我从没试过将一篇文字作品裱起来（以我的艺术鉴赏力也不可能装裱其他的艺术品）。我先用颜料把一张纸涂成浅蓝色，再仿照安迪·沃霍尔[2]的做法在图片四周贴满普拉斯的照片，最后把那段文字放在图片的正中间。我截取的是从“我最害怕的事莫

1 美国自白派诗人的代表，是继艾米莉·狄金森和伊丽莎白·毕肖普之后最重要的美国女诗人。——译者注

2 被誉为20世纪艺术界最有名的人物之一，是波普艺术的倡导者和领袖，也是对波普艺术影响最大的艺术家。——译者注

过于想象力的枯竭……”到“……在那之前，我必须坚忍克制”这一段。

我把裱好的图片挂在前屋的墙上，旁边贴着皮特最喜爱的电影海报《德克萨斯的巴黎》（*Paris, Texas*）。从那以后，我每一次搬家都会带上这张西尔维娅·普拉斯的拼贴画，并且把它挂在最显眼的位置，好让自己每次经过时都不得不停下脚步，全神贯注地欣赏一番。如此优美的文字是值得被反复细读和学习的，它的每一个词都是不可取代的，都饱含着热烈的情绪和存在的意义。同时，它也是一篇自我总结（当然是那个充满好奇、不断追寻的最好的自己），一份想要继续在这条路上走下去，继续对一切事物保持渴望的请愿书。第一次到访的客人都会好奇这段文字是什么，为什么被挂在这里。我总是对他们说，认真读一读就明白了。

外公家位于科利赫斯特的公寓被拆除了，居民们被分配到曼彻斯特的各个市政住宅区。外婆很担心搬家的事，毕竟他们在这个公寓住了几十年，外公不管多糊涂都记得他的家在摄政街34号。他经常会花一个多小时在报纸、账单或手边的任何东西上练习写自己的名字和这个旧地址。

搬家后，全家人就把帮外公记住新地址的任务交给了我。一天下午，妈妈和外婆出门买东西去了，留我一个人在家陪外公练习。

“外公，这是你现在的地址——金山道。”

“金山道。”他点头附和着。

“让我们写下来吧。”

他一遍又一遍地写着“金山道”。

我按照一字一拍的节奏，反复为他打着节拍，打了大概两个小时，直到他想忘也忘不掉。

“你的新家在哪里，外公？”

“金山道——不是你刚跟我说的嘛。”

“没错，金山道。”

瞧，这一点儿也不难。

不久后，我又去了《哈利法克斯晚报》(*Halifax Evening Courier*)，负责报社在赫布登桥地区的办事处。赫布登桥是奔宁山脉的一个山谷小镇，距离罗奇代尔约12英里。这份新城市里的新工作彻底把我从奥尔德姆的现状中解放了出来。我终于可以大胆地说出自己的想法，并且捍卫自己的权利了。

皮特去美国看过劳伦几次，其中一次还差点自杀了。事情是这样的，他到了那里才发现她想要的是一段开放式的关系。她爱上了家乡的一个诗人，并且坚信皮特要是读了他的诗就会明白自己为何会爱上他。回到英国后，皮特遇到了娜塔莎，一个思想独立的流浪者。娜塔莎与他同龄，至少不会笨到要他和一个诗人共享一个女朋友。他大多数晚上都在娜塔莎那里度过，在我们一起租房的6个月里，他大概只回来睡过20次。不过，有几个晚上还是挺特别的，各路朋友都自带啤酒或葡萄酒上门，唱片机里整晚播放着史密斯乐队的《女王已逝》专辑。在那几个小时里，我们感觉拥有了全世界。

一个工作日的晚上，我们刚喝完茶皮特就问我："你有没有想过有孩子的生活会是什么样子？"

我那年才22岁。

"没有，你呢？"

"我觉得……应该会很好吧。"

我常常想不通他为何要说这些，他究竟是怎么想的？我身边从来没有人想过要生孩子，相比之下，他的想法显得那么的无私和成熟。

每当我们俩在一起时，我都觉得皮特状态很好，很坚强。可接下来发生了一件事，从此以后，一切都变了。那一天，我下班回家，发现皮特在楼上休息。他的房门是关着的，我推开门一看，只见他脸朝下躺在床上，看起来不像在睡觉。地板上有一堆撕碎的"表演者"乐队的演出门票，为了这场演出我们已经兴奋地谈论好几个星期了。

"皮特，快起来吧。我知道你醒着。"

他没有回应。

"求你了，皮特，快回答我。"

这一次，我终于没能像上一次在他的妈妈家那样把他从鬼门关拉回来。我总是一厢情愿地认为自己有能力把他劝回来，这种想法实在太自负了。此时此刻，他的身体就在我身边的床单下躺着，他的人却早已不在这里，而是钻到了房子下面一个深不可测、满是砂石泥土的地方，让人永远够不着。我咒骂为何要让他受这个罪，患上这么一种把人一点一点吞噬掉的病，最后只留一具空壳在床上，并且很快就要被钉进棺材里。我想，要是我们能把这种病像球一样传来传去就好了。那样的话，一旦有人被它拖累得受不了，就可以把它丢给对方。我一边抚摸着他的头发，一边想象着他的微笑。他的笑很有感染力，谁见了都会报以同样的微笑，就算他不在你的身边，只要一想起他的笑脸，你的嘴角也会不自觉地上扬。我又想到他的轻率和烦躁不安。他明明有过一身轻松、毫无负担的时候，可偏偏不是今天。我站起身来，轻轻地把门带上。我当然不会一蹶不振，只是我也不清楚一个人究竟能忍受多久这样的痛苦。

第十一章　写书的乐趣

“结婚礼物”乐队一时间大受欢迎，不仅受邀去录制约翰·皮尔的电台节目，还频频登上各种音乐杂志的封面。我写信向一家专门出版音乐刊物的出版社——文集出版社毛遂自荐写一本关于这支乐队的书。不久后，我收到一封平淡无奇的回信——我们的人生通常就是被这样的小事改变的。该出版社的责任编辑克里斯·查尔斯沃斯（我曾在不下几十本摇滚刊物上见过他的大名）在信中写道：“说来也巧，本周社里开会时正好将‘结婚礼物’列入近期可能会关注的乐队。”他让我提交一篇1000字左右的文章，并且在信末写道：“接下来的事就交给我们吧。”

我按要求提交了稿件，几周后便与出版社签了合同，承诺在4个月内交稿，出版社为此还提前支付我2500镑稿费（出书的稿费通常分三个阶段支付：签约、交稿和正式出版）。我立马辞掉了报社那份周薪大约300镑的工作。我来这家报社才一年多，尽管我很喜欢这份工作，但我从阅读第一本书开始就下定决心要成为一名作家。于是，带着一种随时都可以回来的想法，我几乎毫不犹豫地离开了新闻记者这个岗位。

我一边辅导外公记住新家的地址，一边忙里偷闲地打开了电视。我们把目光锁定在《体育世界》（*World of Sport*）栏目的一场跑马比赛上。

“哪一匹马是咱们的？”外公问道。

“这些全都是。”我说道，心里有种莫名的兴奋。

“别傻了，”他说，“你不能在同一场比赛中支持所有选手。”

“你说得对。”刚才的兴奋被他一句话浇灭了。我停了一两秒，又说道：“外公。”

“干吗？”

“你住在哪儿？”

“金山道。”外公回答。

我每隔四五分钟就问一遍，有点不敢相信自己居然成功地把这个新地址输入他的脑子里。于是，我每回都变着法子问他。

“这是哪里？”我问道。

“你什么意思，什么叫‘这是哪里’？”

“就是这里的地址。”

“金山道。”

我去了一趟楼上的洗手间，经过楼梯转角时，随意往窗外看了一眼。这一看不得了，只见对面墙上的一块路牌上赫然写着“金山路”三个字，我顿时呆若木鸡。一整个下午，我给外公灌输的都是“金山道”，这下可好，一字之差，一切就全得重来。不过我仍心怀侥幸，想着是不是可以不知不觉地把“路”字从外公的记忆里换掉。我垂头丧气地回到客厅，又随口问了一遍：“外公，你家住哪里？”

这一次，我得到的回答却是：“曼彻斯特，科利赫斯特，摄政街34号。”

我亲手解散了“猴子快跑”乐队。身为乐队的主创，我实在不忍心看着自己的乐队四处碰壁。眼看着同行们纷纷取得了成功，我的心一直饱受嫉妒的摧残。我们早期的音乐样带都是由克林特·布恩一手策划的，不仅如此，他还亲自驾车送我们去BBC电台录制节目。可是，在不到一年的时间里，他就自己组建了一支名为“飞毯”的乐队，凭借与我们乐队相似的音乐风格，荣登BBC电台第一频道的日间节目，并很快签约了当时备受推崇的独立音乐厂牌“静音记录”（*Mute Records*）。

各种冷嘲热讽和赤裸裸的敌意也越来越令人厌烦，感觉无论到哪儿都要争个你死我活。在一次演出时，我礼貌地询问工作人员试音之前要把设备存放在哪里，“舞台上啊，不然你还想放在哪里？”主办方不耐烦地回答。每次去给其他乐队当助演，我们都只能沦为被欺负和嘲弄的对象，谁叫我们在别人的地盘上演出呢。在另一场音乐会上，音响师在调试设备时故意往我们的耳返里发送了一段刺耳的线路噪声。这一招威力无穷，不仅当场将我们震得脑袋发晕，直犯恶心，还能让我们的听力在接下来的一两天里无法恢复正常，白白浪费掉一次演出的机会。而且，从文化层面来讲，24岁的我该退出朋克的舞台了。我无法想象一个过了25岁的人还敢称自己是“后朋克青年”，因为怎么看都与这个群体的气质不符。不得不说，是我想错了。事实证明，那些所谓的“规则”统统会随着我们年龄的增长而改变，甚至可以忽略不计。我早该知道这一点。

在我向其他几位成员宣布这一决定的前一天，我独自去荒原上散步。罗奇代尔人习惯把心里的不安与困惑都带到那片荒原上，这一做法的确值得一试。出发时，我感觉浑身疼痛，就像被所有烦恼痛打了一顿，总感觉希望近在咫尺，却又怎么也摸不着。就在为“石玫瑰”乐队助演的几天后，我们在托德莫登一家酒吧的楼上为三十几个兴致索然的人献上了我们的表演。我们付出了所有的努力，包括寄样带，复印关于乐队的新闻报道，拖着设备到处跑，不厌其烦地打电话，可这一切究竟意义何在？散步回来后，我茅塞顿开。我打算把所有的精力用在写作上。

《谢谢，我很高兴》（*Thank Yer, Very Glad*）这本传记真实记录了“结婚礼物”乐队创办以来的所有经历。这本书一经出版就大获好评，于是身在伦敦的克里斯·查尔斯沃斯很快又向我发出了新书的邀约。春日的阳光格外耀眼，到处被染成了金黄色。我坐在苏活广场的长椅上，一群鸽子在我的脚边咕咕地叫着，几棵西班牙栗树早已冒出了新芽，枝头上缀满了一簇簇嫩绿的小点。我比约定的时间早到了一会儿，于是离开广场到街上走了走。我一路经过了在露天咖啡座悠闲地喝着卡布奇诺的人们；也走过几家剧院、餐厅、酒吧、私人会所、寿司店和脱衣舞俱乐部，鼻子里充斥着各种香水、须后水、大蒜和咖啡的味道；还看见不少衣着光鲜的人坐在车里或是骑在摩托车上大声与朋友打招呼，甚至彼此热情地拥抱。人们的生活究竟从何时开始变得如此自由自在？罗奇代尔的百姓对此竟一无所知。

文集出版社的接待区既宽敞又明亮，四面全是玻璃围墙。我坐在一排装有泡沫软垫的椅子上等候，身旁就是一架三角钢琴。不一会儿，一位身材瘦削、拉美裔长相的男人出现在我的面前，他似乎有备而来，一上来便在那架钢琴上弹起了《纽约，纽约》（*New York, New York*）这首曲子。我冲他微微一笑，他也朝我点了点头。那一刻我心想，这次见面会让我终生难忘。

查尔斯沃斯说话时用了好几种不同的口音，这种混合式口音听起来别有一番味道。他从小在约克郡长大，后来去美国待了几年，回国后就一直住在伦敦。他主动上前与我握手，问道："你听说过玛丽安·菲斯福尔吗？"

这个名字在当时几乎无人不晓。尽管如此，他还是滔滔不绝地跟我讲起了她那令人难以置信的人生故事，就好像我在一周内收到了好几个为文化偶像写传记的邀约，而他必须确保我先写玛丽安·菲斯福尔的传记。他一再强调这是一本很严肃的书，会先出版精装本，字数为10万字左右。文集出版社将一改以往的惯例，给我一段相当长的时间（6个月）来完成这本书——实际上，对于一本10万字的书来说，6个月很短，更何况写传记需要搜集大量的资料和广泛地开展调研。可是那一次见面，我从头到尾都感觉到受宠若惊，于是便一口答应了。

以我的年龄和阅历根本无法从个人角度书写玛丽安的故事，我对她的音乐和她所生活的时代并无真正的了解。我很茫然，甚至不知所措，一时间无从下手。这本书的调研工作始于1991年夏末，恰好是互联网开始普及的前一年。我只能把这本书当作一篇超长的新闻报道来写，终日埋头苦干，仔细梳理可联络的电话号码，足迹踏遍诺福克、雷丁、奥尔姆斯柯克、伦敦等地方，但凡和玛丽安扯得上关系的线索，我一律不敢错过。我翻遍了关于20世纪60年代的书，数量不下50本，还悄悄地走访了许多人。我漫步在玛丽安从小到大生活过的街道，与她过去的邻居们攀谈。我把采访对象约到她去过的咖啡馆和酒吧。我与玛丽安的爸爸——格林·菲斯福尔在布拉齐尔学院的操场上愉快地聊天、散步。这是一所位于牛津伊普斯登的综合性社会研究学院。我坐在她过去的中学，圣约瑟夫学校的草坪上，站在雷丁进步剧院的停车场里，想象当时是1960年，13岁的玛丽安随时可能出现在那排女贞树篱和房屋之间，和一群年轻的伙伴走在去剧场彩排的路上。

那段时间，皮特在湖区的一家与世隔绝的青年旅社找了份管理员的工作，我时常去看他。由于长期跑步和骑行的缘故，他看起来气色很好，而且很快就适应了这一新角色。这里唯一的缺点就是离市区太远。晚上只要旅馆一熄灯，四周就会陷入一片黑暗，伸手不见五指。但皮特说他无所谓，因为他并不觉得孤单。他正好可以安静地欣赏自己最喜欢的电影——《德克萨斯的巴黎》(*Roris, Texas*) 和《追讨者》(*Repo Man*)，还有他录制的那几盒磁带。那年冬天，他反复听着“表演者”乐队的专辑《塔卢拉》(*Tallulah*)，偶尔也听一听“快乐星期一”乐队的第一张专辑。

“曼彻斯特开始腾飞了。”他说，“以前在‘木栈道’演出的那些乐队现在都上了《卫报》，而且大受好评。”

几周后的一个星期天的晚上，我爸大声地喊我下楼接电话。电话是皮特的弟弟杰夫打来的，他告诉我一个坏消息，皮特在青年旅舍里企图上吊自杀。那一年他25岁。在自杀之前，他销毁了自己所有的照片、书籍、信件和唱片，看来他除了一死了之，还想把自己存在过的证据全部抹掉，就好像从没来过这个世界一般。

外公成了外婆的跟屁虫，外婆走到哪儿，他就跟到哪儿。他会不远不近地跟在外婆身后，外婆走他就走，外婆停他也停，就连眼睛都要朝同一个方向看。如果外婆去上厕所，他就会坐立不安，急着想知道外婆的下落。他已经无法正常地穿衣打扮，常常会闹一些内衣外穿、鞋子穿反的笑话。于是，外婆每天又多了一项新任务，就是把外公打扮得整洁得体、无可挑剔。她终日陪伴在外公身边，时而温和地教训他两句，比如提醒他袜子要成双成对地穿，左右脚各穿一只。她不要求别的，只要外公看起来像个正常人，她的辛苦付出就算没有白费。

外公开始频繁地出入医院。妈妈和外婆迫切地想知道他得的究竟是什么病，医生却个个闪烁其词。其实，任何一点信息都能让她们振作起来，仿佛只要能说出个所以然来，外公的病就好了一大半。每次入院，医生都给出不同的诊断，有时说他是精神崩溃或中风，有时又说他得的是抑郁症或精神分裂症，还有的医生认为他只是早衰。

外公长期服用大量处方药，身体彻底垮了。那些药本该用水吞服，他却把它们当太妃糖一样嚼着吃。外婆说她尝过一次，很苦。

这本以玛丽安·菲斯福尔的首张单曲命名的传记《潸然泪下》（*As Tears Go By*）是一本无比真诚却又野心勃勃的失败之作。我被这本书严肃的主题和精美的装帧吓到了。这是一本排版雅致的精装书，价格自然不菲。在写这本书之前，我一直在读托马斯·哈代的书，又读了威廉·梅克皮斯·萨克雷的《名利场》（*Vanity Fair*）（这本书我读得很慢，因为实在是太长了）以及勃朗特姐妹的作品。这些作品都或多或少地影响了我的写作风格，这就意味着我在写作时所使用的语气会偏向于一位傲慢的年长绅士，比如哈代或萨克雷，他八成还穿着一件斗篷。与其他作者不同的是，他绝不会用简单的“上楼”两个字，而是把这个动作描述为“蹩脚走进这栋住宅的最顶层”。虽然听上去有点牛头不对马嘴，但至少体现了作者的写作风格。事实上，写作的目的在于展现场景和表达信息，除此之外的一切努力都是画蛇添足。一部好的传记绝不仅仅是一本记录名人一生经历的流水账，而应该对其一生的功过做出犀利的评价，甚至不惜伤及主人公的面子；或者干脆把内容写得搞笑肤浅，重在娱乐；还有一种方式，就是把它写成一部小说，通过细节的刻画和缓慢的节奏，将主人公一生的故事娓娓道来。

我又接二连三收到了一些写书的邀约，这些书的内容更符合文集出版社的传统，通常都取材自现成的音乐报刊杂志，再将其加工成一部全新、独立的作品。写这类书的合同期限通常为2个月，报酬只有一笔稿费，不计版税。这一做法无疑削弱了作者的创作身份，而强化了出版社与作者之间廉价的“雇佣”关系。我以这种方式完成了两本关于美国歌手的书，一本是关于流行歌手“王子”的，另一本写的是著名的布鲁斯·斯普林斯汀。我写这两本书用的都是笔名——约翰·W.达菲，却把自己的真实姓名用在了另外两支我并不感兴趣的乐队上——“皇后”和“纯红”，并且把它们写成了实实在在的新闻报道。直到那时，我才发现自己仍在原地踏步，并没有比一开始接受记者培训时离小说家的梦想更近一步。

爸爸有一个专门用来存放电气设备的小仓库。这座二层楼高的建筑位于商业街后面一条连接着酒吧和工人俱乐部，平时无人经过的小巷子里。我把仓库的二楼改装成用来写作的小书斋。这里又小、又脏、又阴冷，即使把便携式暖炉的火开到最旺也无济于事。外面的巷子里遍地都是垃圾和吸毒用具。每天下午4点左右，相邻的两家印度外卖餐馆就会准时从后门搬出两个空的塑料容器，接着几名员工坐在巷子里剥洋葱，每天都要剥几十个或者上百个，他们一定以为把这个活搬到室外干就能避免泪流满面。从窗户向外看去，经常能看见一些家伙为了躲闪脚底下的碎玻璃或狗屎而打个趔趄。每当看见有人面朝墙伸出一只手臂，我就知道接下来会发生什么了。尽管刚从酒吧出来，而且酒吧的厕所就在他们刚经过的那扇门旁边，这些家伙还是乐意跑到巷子里小便。

有一次，正当我站在窗口往下看时，一个穿着卫衣的小伙子出现了。他鬼鬼祟祟地向四周扫了一眼，从口袋里掏出一罐喷漆，用力摇了起来。他走到一个比法公司（Biffa）（注意此处的拼写）提供的垃圾桶前。这是一家专门从事垃圾处理的公司，该公司所有的垃圾桶上都印有大大的公司名称和标志。我很好奇他会在上面写些什么，是至死不渝的爱情誓言，还是某足球俱乐部的大名？也可能是一句政治口号，或者八成是一幅奇奇怪怪、令人眼花缭乱的涂鸦，就跟这条巷子里的大多数“作品”一样。我通通猜错了，他要传达给这个肮脏小角落的信息是一句骂人的话。

仓库的大门有三道门闩，只需把门闩插上，我立刻就有了安全感。虽然四周像极了垃圾场，这里却难得僻静。这一带几乎无人光顾，除了几个古怪的涂鸦艺术家和醉鬼。放眼望去，只有窗户对面的一堵砖墙和一根几家外卖餐馆共用的巨大的通风管。

大多数时候，我都在为一些流行专栏写评论和新闻，然后同时把稿件发给四五家当地的报纸。即便如此，我的收入还是少得可怜。由此可见，报纸业的前景已不容乐观。还在报社工作时，我就写过一篇又一篇关于公司倒闭和企业裁员的新闻，自己却从没想过报社本身也有面临倒闭的一天。这些报纸大多有着上百年的历史，还有什么可以取代它们，或是降低它们在一个城市的存在感和重要性呢？此时它们的处境与约翰·贝杰曼的诗歌《部长阁下》（*The Hon. Sec*）里描绘的大海、暮色、薄雾和树丛极为相似：

> 他温文尔雅，古道热肠，
> 深受世人爱戴——
> 世间之事，越是习以为常
> 才越叫人难忘。

互联网先是夺走了报纸的广告收入，后来又通过电子设备把社交媒体变成了更有效的新闻传播途径，而且免费。各种社交媒体——如推特（Twitter）、照片墙（Instagram），尤其是脸书（Facebook）——的出现进一步降低了人们对报纸的需求。这样一来，任何自我感觉良好的人都可以创建一份完全为自己服务的“报纸”。学校运动会的短跑冠军们，你们的亲友再也不用花钱买报纸来欣赏你们的大名和照片了，只需把它们发布在社交媒体的主页上，你的光辉形象就能被世人瞻仰。如今我们所看到的大部分事物都是由这群触角敏锐却又未经培训的“记者们”筛选出来的。查尔斯·布考斯基[1]说的一点儿也没错，“这个世界的问题在于聪明之人全都充满怀疑，而愚蠢之人却个个充满自信。”

就在我躲进小书斋埋头写作的这几年，各大报社纷纷裁员、合并，有的甚至没过几年就彻底倒闭了。那些有幸在这个日薄西山的行业里保住工作的人，从此也只能天天对着电脑，在网上搜寻各类新闻故事。这就意味着记者们再也无法享受外出采访的乐趣，从此没有机会在采访对象的金婚纪念仪式上喝茶吃蛋糕，无法亲眼看见令人心碎的审讯和恐怖的车祸现场，无法直面英勇无畏的英雄和鬼鬼祟祟的小偷，无法见证婴儿的猝死和奇迹般的降生。再也没有关于人为火灾和夏季干旱的现场报道，没有议会会议和支票展示会可以参加，也无法分享彩票赢家的喜悦，就连一年一度的“圣诞小精灵”也难得一见。在进入报纸行业的6年里，我学会了如何与人相处，如何与几十位性

1　20世纪美国最有影响力的诗人、小说家之一。加缪称他为美国当代最伟大的作家，《时代周刊》评论他是美国底层社会的桂冠诗人。——译者注

格迥异的同事打交道（报社常常吸纳一些生活中与他人格格不入的人），以及追踪报道离婚案、不伦恋、无家可归、酗酒、精神疾病等各类社会问题，见证了人生百态与悲欢离合。[1]

我经常把一些写作想法传真给几家全国性的报纸，但几乎都是石沉大海。直到有一次，我以一个资深足球迷的身份，凭借多年来对足球的了解（这一点可以追溯到我儿时喜欢收集足球卡片的时候），构思出一篇适合在体育版大幅报道的文章。这一想法发出去不到15分钟，我就收到了《泰晤士报》和《独立报》抛来的橄榄枝。这种情况真是前所未有，我本能地感觉到自己的人生将要迎来第二次改变。

由于《泰晤士报》几分钟后抢先与我取得了联系，我便把这篇文章发给了他们。4天后，这篇文章一字不差地出现在《泰晤士报》最后一版的最上方。我打电话向给我发传真的人表示感谢，他正是该报体育版的副主编基思·布莱克莫尔。不到一个星期，我便以自由撰稿人的身份加入了他的足球赛事报道团队，负责报道英格兰北部地区的所有比赛。

我的文章通常刊登在周一版。周日版的报道更关注比赛的

1　此处让我想起了莫妮卡·狄更斯的小说《轮到我泡茶》（*My Turn to Make the Tea*）。这部小说以20世纪40年代为背景，生动地讲述了一位年轻记者在当地一家报社的种种经历，创作的灵感与素材来自作者本人在希钦市《赫特福德郡快报》（*Hertfordshire Express*）的工作经历。

技术性，比如介绍球员的传球细节和进球得分情况。周一版的文章则需要更加多元的角度和观点，因此我尽量不使用赛事报道的通用措辞，把自己从现场比赛中抽离出来（明明看得十分紧张投入，简直自相矛盾），而是把它视为一种更丰富的体验，任何不寻常或者有趣的事都值得我关注。比如，我会把重点放在人群中发出的助威声，离开球场时无意间听到的一段对话，或者某位球队经理、球员的举止上。

我常听到外公在我家楼梯口找厕所，他会一扇门一扇门地试，直到找到厕所为止。他偶尔会走进我的房间，挨着我坐在床上。

"你在看什么书？"

有一回，我正在看昆汀·克里斯普的小说《裸体公仆》（*The Naked Civil Servant*），而且是初版的精装本，封面是一组作者年轻时和年老时的对比照片。我只给外公看了一眼封面，就赶紧把书合上了。

"这个人看上去不太好。"外公说。

我笑而不语。

"这本书讲的是什么？"

我当时并不懂一个16岁的男孩该如何得体地与自己的外公谈论同性恋的话题。"基佬"一词在当时并不流行，"泡芙"又不够严肃，"酷儿"一词又太过隐晦，"同性恋者"又太正式。而且，如果说得太过委婉（比如"他喜欢和男人待在一起"，或者“他身上有薰衣草的味道”)，他又很可能听不懂。

于是我说：“写的是作者的人生故事。”

“他的人生故事有什么特别的吗？”

我别无选择，只好继续说道：“因为他是一个同性恋者。这本书讲的就是他遇到的各种麻烦，特别是20世纪二三十年代，他在伦敦四处游荡时经常挨打。”

“就算看不惯也没有必要动手啊。”外公说得好像是在劝架。

他四下看了看，几秒后又说道：“我年轻的时候也认识一些‘水果’。他们到处遭受歧视，但我告诉你，他们知道怎么保护自己。”

我感觉到外公的话里有话，至少和我手里的这本书一样精彩。于是我把书合上，安静地听他娓娓道来。

“一个星期六的晚上，我和你外婆正在科利赫斯特酒馆里小坐。两个打扮时髦的年轻人大摇大摆地走了进来，他们一看就不是本地人。达奇当时就坐在吧台边，他是个‘纽伯瑞’[1]，除了平时话有点儿多之外，算是个不错的小伙子。他妈妈在康兰街的市场上有一个摊位，专门卖一些锅碗瓢盆。人人都知道他有点与众不同。这时，其中一位刚进来的小伙子开始不老实了，他把一只手放到达奇的屁股上，扭扭捏捏地上前去勾搭他。酒馆里的一位老顾客实在看不下去，警告说他找错人了，可是那

---

1 “纽伯瑞水果糖”是美尔迪斯公司生产的一款糖果。“水果”(fruit)和“纽伯瑞”(Newberry)这两个词常被用来委婉地指代同性恋者。

个小伙子偏偏不听。达奇坐在那儿一动也不动，屁股牢牢地‘钉’在椅子上。他不得不这样，毕竟从小在那样的环境里成长。那个家伙开始不断地刺激他，甚至跟他推搡了起来。他不耐烦地把目光移开，这是他打人之前的习惯动作。说时迟那时快，他一拳朝那家伙的脑袋中间砸去。这一拳下去，那家伙就彻底出局了，拜拜了。当他的同伴把他拖出去时，酒吧里所有人都欢呼了起来。达奇坐下来继续喝酒聊天，就像什么事都没有发生过一样。”

外公看了一眼五斗橱上面的一排书，那些书一本挨着一本，被紧紧地塞在壁柜的一个单元格里。

“你的书可真多。”他感叹道。

我点了点头。

“我过去也喜欢读书，”他说，语气顿时温柔了起来，“只不过没什么机会读。”

“为什么？”

“我从小和七个姐妹一起长大，我的爸爸成天只会跳脚。”

这是他常说的一句话，“跳脚”指的是令人讨厌，搞得每个人都心烦意乱。

“结了婚以后，就更没有时间了，整天只顾赚钱养家。我只能趁着在火车站上班的时候抽空读一点，不过那样的机会少之又少，因为每天都有干不完的活。”

我从不知道外公居然也爱读书。

“只有读书才能让自己变聪明，”他继续说道，“你可以从书里学到很多知识。”

我问他都学了些什么。

“一些树木的名称和各种各样的动物。你知道在咱们罗奇代尔有个家伙能辨别苔藓的种类吗？我几年前读过关于他的报道。当时我就想，一个人居然能对墙上的苔藓这种再平常不过的东西费尽心思，这多么了不起啊！”

多年前发生的事，他竟然记得一清二楚，我激动得差点把爸妈和外婆都喊出来，一起见证他难得的清醒瞬间。他站起身来，快到门口时又停下了脚步。

“你在看什么书？”他问道，此刻的他显然又糊涂了。

我再次受邀去伦敦讨论一项特殊的项目。基思·布莱克莫尔在报社的接待处微笑着迎接了我，很快就有一些人过来与我握手，对我的文章赞不绝口，就连那些正在忙着打电话的记者也纷纷热情地向我招手。这一幕与我在《奥尔德姆晚报》的待遇形成了鲜明的对比。

一群人正围在一台电视机前观看一场英格兰对阵澳大利亚的板球赛，他们高声叫喊，为英格兰队加油助威。我原以为这里的人都温文尔雅，举止斯文，毕竟《泰晤士报》是一家自1785年1月起就备受欢迎的报社，它记录着全英国人民生活的方方面面。看了不到一会儿，类似“你个大泡芙”这样的喊声就此起彼伏，目标所指是澳大利亚队一位擅长投旋转球的投球手肖恩·沃恩。有人大声建议不许再使用这个侮辱性的词，但立刻就遭到了反对。其中一个人说“他的确很胖”，另一个又说道，“说他胖已经算抬举他了”。这时，电视机前的那群人里传出了一个声音：“不能随便叫人家‘泡芙’，这是恐同的表现。”“我们可没说他是同性恋，我们不过是实事求是地指出他胖得跟热气球似的。这么说总可以吧？”

这次报社给我的任务是跟随巴恩斯利俱乐部一整个赛季，每周写一篇1000字左右的文章刊登在周六版的《泰晤士报》上。在低级别的联赛打了110年球的巴恩斯利俱乐部终于打进了英超联赛，在1997—1998赛季，他们队成了最受观众喜爱的球场输家。这个专栏的名字就叫《顶级人生》，报社给我的指示是“想怎么写就怎么写”，在实行微观管理的现代新闻业里能够获得如此的信任实属罕见。我试图把一个足球俱乐部生活化的一面呈现给大家，好让读者知道每一位成员是如何满怀希望地融入这个集体的，并且时刻为比赛而活。我采访了球队的主力前锋、队长、经理，以及俱乐部主席、牧师、球迷和工作人员。然而，有一个人是我最想采访的，他就是巴恩斯利俱乐部的忠实球迷——作家巴里·海因斯。

他邀请我去他写作的地方见面，那是他在谢菲尔德哈勒姆大学里的一间小办公室。1997年1月，天气潮湿阴沉，人们刚过完圣诞节和新年，生活正在慢慢恢复往日的节奏。我一路上问了好几个学生，他们要么不知道他是否在学校，要么不确定他是否仍在使用那间办公室。等我好不容易找到他时，他正轻轻地来回踱步，神情略显不安。我一脸诧异地看着房间里简单的摆设，墙上只有一张明信片，桌子上放着一支笔和几张纸，仅此而已，没有书本、电脑和电话。地上放着一个很小的水壶，小到只够烧一杯水喝的。

“学生们不知道您是否还在学校。”我解释道。

“我想他们连我是谁都不记得了，这样我反倒清静了。”

在我们的交谈过程中，他频频使用“奇妙”这个词，就像一个刚学会新词的孩子，一有机会就脱口而出。在他看来，许多事都很“奇妙”，比如他以写作为生、巴恩斯利俱乐部的升级，还有选择不去伦敦而是待在谢菲尔德都很奇妙。我们从足球聊到写作。他一边聊天，一边兴致勃勃地欣赏着窗外的几棵树和一大片草地。他还跟我分享了每天往返于这间办公室的情景，比如跟谁点头打招呼或聊上几句，以及他经常好奇别人的生活，想象他们一整天都在做什么，周末都去哪里消遣。我们就这样轻松自在地聊着。聊了大概半个小时，双方都觉得没什么话要说了，可就算相对无言也丝毫不觉得尴尬。我喜欢与这样的人亲近，一生中难得几次对一个人产生这样的好感。离开他的办公室时，我已经确信我们能成为好朋友。

在赛季结束之际，一家出版社收集并整理了我在《泰晤士报》上发表的文章，将它们编成了一本书，书名就叫《顶级人生》，封面还模仿了企鹅出版社出版的约翰·布莱恩的《向上爬》的设计风格。巴里·海因斯为这本书写了序言，虽然简短却很能引起共鸣。在接下来的赛季里，《泰晤士报》再次对我委以重任，要求我每周出一份简报，专门报道一家处境与巴恩斯利正相反的足球俱乐部——曼城足球俱乐部[1]。这支球队当时已被降为联赛的三级球队，这是该队有史以来最差的成绩。紧接着，我又在另一个赛季里写了我从小就热爱的一支球队——罗奇代尔队——的文章。出版社又将我这两个赛季的文章整理成书，分别叫《蓝月亮：与曼城同归于尽》(*Blue Moon: Down Among the Dead Men with Manchester City*) 和《无期徒刑》(*Life Sentence*)。

别看我这些年一直奔波于英格兰北部采访球队和观看比赛，其实大部分时间我都在神游意大利。由于一时冲动，我买了一本阿尔贝托·莫拉维亚的小说《沧桑奇女子》(*The Wayward Wife*)，于是我又逼自己匆匆读完了他的其他作品。我难得这么冲动地不挑剔封面就买下一本书。事实上，我恰恰是被这本书丑到离谱的封面所吸引（企鹅版的封面上胡乱画了一个两眼暴突、双手抱头的女人）。如果说莫拉维亚的书有一个共同点，那就是书中精彩的内容往往都被封面曲解了。他的书多半都用了俗气中带点色情的封面，其余的则过于简单，根本无法与书里的内容相匹配。企鹅版的封面喜欢用一些线条画，效果却不太一致，有时暗藏深度，有时则过于随心所欲。一本书有时会有两到三个不同的书名，比如小说《正午幽灵》(*A Ghostat Noon*)，

1　曼彻斯特足球俱乐部（Manchester City F.C.），简称“曼城”，绰号“蓝月亮”，是一家位于英国曼彻斯特的足球俱乐部。——译者注

它同时也叫《鄙视》(*Contempt*)，译自意大利文，原文书名为“*Il Disprezzo*”。

无论封面或书名如何，莫拉维亚都像一个相见恨晚的好朋友。读者一辈子大概只能遇上两三位这样的作家。纵览我读过的几十部小说，唯有他的作品最痴迷于观察和描写人类行为的细微差别。小说中的人物无意间发表的一句评论或是一丝难以被察觉的微笑或冷笑，都是他深思熟虑后落笔写成的，就连他们坐立行走的姿态和位置都有特殊的意义。他对两性关系特别感兴趣，总在寻找一段关系疏远或破裂的转折点，希望通过描写帮助读者发现一些重要细节，比如急于结束一个吻，或是对对方的话做出过于夸张的反应，如眼睛瞪得太大，这样做反而暴露出兴趣的减弱、爱意的消退和关系的淡漠。他的小说里经常出现这样的场景：在一个海滨小镇的沙滩上或咖啡馆里，海鸥在头顶上盘旋哭泣，人行道上吹来的沙子在城市广场的地上微微闪着光，一个男人或丈夫被对方告知他们之间已没有爱情了。

莫拉维亚生于1907年，一生写了50多本书，包括小说、短篇故事和随笔，作品多到一个书架都放不下。值得提醒的是，在刚读完他作品的前两三天，那种极强的感染力会驱使你在写作和构思自己的作品时效仿他，以至于你会不自觉地写下一些悠长、曲折、结构完美的句子。层层叠叠的从句被一系列分号隔开，每一句都饱含作者的宿命论和恐惧，偶尔也夹杂隐逸的喜悦。在向别人推荐他的作品时，我往往很谨慎，因为我知道他的作品并不具备普遍的吸引力。他的写作枯燥乏味，表达过分严谨，以至于故事节奏缓慢，就像他笔下那些炎热、缓慢，犹如卡布奇诺般黏稠的天气一样令人无精打采。我曾经把一本莫拉维亚的小说借给我的一位朋友，可没过几天他就把书还了回来，说是感觉“太郁闷了”。我承认，他的作品的确既琐碎又沉闷，而且经常被指出缺乏真正的故事情节（尽管他的许多部小说曾被维托里奥·德·西卡、让-吕克·戈达尔和弗朗西斯科·马塞利等著名导演搬上大银幕）。

对于阅读莫拉维亚作品的另一条忠告是，要警惕他从女性视角写的故事。他固然希望这种尝试被认可［这一视角在小说《两个女人》（*Two Women*）中发挥得最好］，但有时却略显笨拙，像是在挑战一项自己并不突出的才能。例如，他的小说集《戈黛娃夫人和其他故事》（*Lady Godiva and Other Stories*）里有一篇题为《强奸》（*Raped*）的短文，就有一种令人难堪的基调，手法也很不成熟。然而，他真正擅长的是对细节的体察和过滤，他往往能识别出那些在生命中一闪而过、难以形容、微小却又至关重要的感觉或特征。通过帮助读者重新认识自己或他人，莫拉维亚为读者奉献出一个作家所能提供的最好礼物——一种不同的看待事物的方式。

在这之后，我又读了另外两位意大利作家的作品——凯撒·帕韦塞和伊塔洛·卡尔维诺。同样地，他们的作品表面上很狭隘，但实际上关注的都是内在的思想和意图，不太注重对情节和戏剧化的处理，也不注重戏剧化的冲突。我一有空就躲在车里看书，好几次都因为看得过于专注而不得不飞奔进球场，险些错过了开球。

外公偶尔会拼命地回忆妻儿的出生年份以及几位姐妹的名字。

他会竖起七根手指说道："她们分别是路易莎、克拉拉、莉齐、卡丽、劳拉、露丝和艾琳。"

他虽然叫得出她们的名字，却不知道她们是否还健在。有一次，我提醒他卡丽已经去世了。

"卡丽死了吗？"他自言自语道，"不可能。"

"你不记得了吗？"

他摇了摇头，脸上露出了悲伤的神色，就像是第一次得知她的死讯。事实上，她已经去世很多年了。

"不过，至少她现在不会再受任何伤害了。"

短短几年间，我就成了两个男孩的爸爸，生活从此发生了翻天覆地的变化。有了孩子以后，这种变化在所难免，但重要的是尽量保持自我，不要变得连自己都认不出来。这就意味着我要继续手头的工作，坚持做自己喜欢的事情，即使做得比以前少，而且经常要为此做出一些让步与妥协。比如，我一手推着婴儿车，一手紧紧牵着3岁的大儿子，照样可以去逛商场，尤其是书店。可惜的是，如今已不能像1954年那会儿以"需要呼吸新鲜空气"为由让孩子待在店门口等候。唯一的办法就是把大儿子揽在身边，再把小儿子抱在手里（这样会大大增加翻书的难度），或是稍微好一点儿的话，用一样东西将他绑在我的身上。

我买书兼带娃的计划竟然在哈查德父女书店遭遇了滑铁卢——店名倒是取得很应景。这家书店位于西约克郡的霍沃斯小镇，是著名的勃朗特三姐妹的故乡。当我们进去时，店里正播放着一首田园风格的曲子，旋律舒缓悠扬，最适合穿着宽松的休闲服听。这张CD（当时多媒体播放器还没开始流行）肯定是店主和女儿们根据各自的喜好，按照你一首我一首的顺序制作成的，因为下一首歌立马就切换成“超凡”乐队[1]的《凶火》（*Firestarter*）。我被一连串杂乱无章的节奏吵得受不了，还没唱到“我是麻烦制造者，无知的煽动者，我嗜恐惧如命，是危险的化身……”，我的小儿子就已经开始连踢带蹬，差点儿就从我背上的襁褓里蹦出来。我一时不知所措，连书都来不及看就仓皇逃了出来。再这么下去可不行，于是我想了一个办法：我不再去逛书店，而是重新选择去图书馆。我上一次去还是为了看“班克罗夫特小人书”。

多年来，报刊上那些统计数据一直很令人沮丧。自2005年以来，图书馆的使用率下降了近1/3[2]。在过去的10年里，共有

1 成立于20世纪90年代初的英国电子乐队，又译为“神童”乐队。——译者注

2 数据来自英国文化、媒体与体育部。

800家图书馆关门大吉，占全英国图书馆总数的1/5[1]。互联网剥夺了图书馆作为“知识与文化门户”[2]的首要地位，只需一台像手机那么小的移动设备就能即时获取世界上藏书最多的图书馆的信息。

据我所知，我的朋友中只有两位经常（或过去经常）去图书馆，大约一个月去一次。这个频率还算可以，毕竟只有5%的英国人能做到每周去一次公共图书馆[3]。其中一位朋友只是去借CD，然后把内容上传到自己手机上的曲库里。最近他在音频流媒体平台订阅了一个节目，所以从此不用再去图书馆了。另一位则是去借书，但他通常只需在网上填写一份表格，再支付微薄的费用，图书馆的工作人员就能为他订到那种专业性极强或很难买到的书，通常是一些20世纪60年代鲜为人知的迷幻摇滚乐队的传记。他把书看完便还了回去，记录显示，多年来他一直是这几本书唯一的借阅者。

我的其他朋友大多都在亚马逊平台上买书，尽管他们声称要支持当地的书店，并且经常为无人光顾的图书馆和陷入困境

1　数据来自英国特许公共财务会计师公会（The Chartered Institute of Public Finance and Accounting, CIPFA）。

2　这一说法来自国际图书馆协会联合会（International Federation of Library Associations, IFLA）和联合国教科文组织（United Nations Educational, Scientific and Cultural Organization, UNESCO）于1994年共同发表的《公共图书馆宣言》（*Public Library Manifesto*）。

3　数据来自国际数据库公司Statista。

的图书业大声疾呼。如今除了极少数坚持原则的人之外，人人都从网上买书。虽然这么做使得亚马逊网站的创始人、首席执行官兼总裁杰夫·贝索斯每分钟都有23万美元的进账[1]，但是大家对此还是难以抗拒。和其他人一样（“大家都这么做”这种说法可以稍稍减轻罪恶感），我在亚马逊平台上买书也是图方便，同时也因为自己并不喜欢在书店里听人插科打诨，而更喜欢一个人安静地点击几个链接，等待着那些书几天后出现在我的邮箱里。

我们当地的图书馆早已把自己定义为“社区中心”。“哈查德事件”过后，我们特地去了一趟图书馆。一进门，孩子们就紧张得抓住我的裤腿不放。图书馆里的每个区域都在进行着各式各样的活动，一边在重现《凯蒂去伦敦》（*Katie Goes to London*）这本书里的情景。在一群尖叫的孩子的簇拥下，一位妈妈扮成大本钟的样子（头上戴着事先画好的纸盒，中间剪个洞让脸露出来），嘴里不停地发出“铛铛铛”的钟声；另一边，一位看起来营养不良的诗人正在连接扩音器和麦克风，他“一二，一二”地调试音量，准备朗诵自己新出的诗集《天空的沟渠悬挂在我头上》（*The Gutters of the Heavens Hang Over Me*）。一个蓬头垢面的身影伏在《战斗报》（*Daily Jang*）上鼾声大作；几台电脑旁聚集了一群青少年，他们正跟着油管上的节目练习说唱，

1 数据来自彭博亿万富翁指数。

是一首嘻哈格兰姆[1]歌曲。我不禁怀疑，那些极力希望图书馆恢复往日模样的人们在写请愿书和四处奔走时，脑海里是否浮现过以上这些生动的画面。

我的几个朋友也和我一样在带孩子的那几年又重返图书馆，他们都不约而同地把图书馆想象成一个有益后代身心健康的育儿场所，去那里顺便还能回忆起自己的童年。这种回归通常是短暂的，因为他们并不是买不起书，尽管他们很赞同培养孩子的社区意识和包容性，却并不想把休息时间都花在一群吵闹的青少年、宿醉未醒的无家可归者，以及大喊大叫的诗人和一个头顶纸盒假扮成大本钟的女人身上。

每月拥有5000万读者的美国在线女性杂志《裙撑》(*Bustle*)（杂志的内容涵盖新闻、政治和娱乐消息，比如"如何把草帽戴得像梅根·马克尔一样美"）做过一个关于图书馆的调查（详见该杂志2017年10月刊）。调查发现，图书馆的主要吸引力在于"它们为无家可归者和得不到充分照顾的人群提供了安全的避难所"。同样，关于这个话题，2016年2月，一位匿名的图书管理员在《卫报》上写道："我已经记不清有多少顾客对我说过'你是一天当中唯一跟我说话的人'。"随后她又列出了图书馆所提供的大量服务与功能：帮忙写简历、为失业者提供电脑、开设计算机课程、为幼儿开设儿歌课程、为青少年提供聚会场所、

1　格兰姆，一种受英国车库摇滚的影响而形成的以机器声为特点的舞曲音乐形式。——译者注

开设艺术课程、举办地毯滚木球活动、举办下午茶舞会、提供一间咖啡馆，以及智力障碍者支持项目。她写道：“也许有一天人们会想起到图书馆是为了看书，就算想不起来也没关系，我们并不介意。”

英国政府为图书馆拨款9.19亿英镑[1]。如果将其分拨和补充给几项逐渐沦为图书馆职能的业务，如社会服务、幼儿游戏班、日托中心、青年俱乐部、公民咨询处等，这笔预算也许能获得更有效的利用。图书馆最好的年华就是当它们还只是图书馆的时候，那时候的图书馆通常在一栋朴素大方的建筑里，里面有回音清脆的石阶、光亮的黄铜扶手，以及一排纪念往届市政官员的牌匾。他们在全世界形成了一个整体，把所有吵闹、不礼貌和不读书的人全都排除在外。过去，图书馆里唯一的声音就是人们的低声细语，使用复印机时投币的咔哒声已然是最大的噪声。而今的图书馆想要为太多人提供太多服务。人们到图书馆来的目的就是看书，这一点当然很重要，否则它还叫图书馆吗?

与此同时，在卡斯尔顿图书馆（我过去经常骑着那辆“兰令”自行车去那里看书），卡内基之友志愿者协会（卡斯尔顿办事处）在图书馆的墙上挂了一张安德鲁·卡内基的照片，以纪念他1905年为建设这所图书馆捐赠了2500英镑。照片里的卡内基先生面若苹果，须如白雪，一双柔和的蓝眼睛慈祥地凝视着

1　参考2017年英国特许公共财务会计师公会（CIPFA）提供的数据。

图书馆里的一切。他应该会感到欣慰，即使原来的那些藏书已不复存在，至少一楼还有一间阅览室和一个当地历史文化遗产中心。从乡村到城市，随处可见的阅览室至少可以给人们一个与书本亲密交流的机会，并时刻提醒我们拥有一个如此安静的公共场所是多么美妙的一件事。无论是塑造灵魂还是修身养性，图书馆都比所谓的“社区中心”强百倍。

我每周都会帮外公刮胡子，他会坐在浴室盥洗盆旁边的椅子上，乖乖抬起下巴。他下巴的皮肤很松软，胡子随意地长出来，有些地方长得又长又细，有些地方则完全不长。他身上散发着汗水和香皂的味道。他的鼻子仍然直挺挺的，只在嘴巴周围出现了一些细小的皱纹。我有时不小心会刮伤他，脸颊顿时渗出一两滴深色、浓稠的血。他丝毫不抱怨，继续直视前方。他很少开口，只是偶尔会满脸不高兴地问道：“还没好吗？”就像是刚睡了一觉又醒来了一般。

为了进一步实现成为小说家的梦想，我着手为自己找了个经纪人，他人脉很广，每时每刻都充满热情和希望。他的长相一看就是个经纪人，戴着一副圆框的名牌眼镜，穿着昂贵的牛仔裤，头发松软飘逸。身上永远有一股怡人的香气，就像在最高级的须后水里泡过一样。我想那些出版商肯定愿意与他合作，哪怕只是为了能定期闻到这股迷人的麝香味。他带我去了科文特花园[1]的一家餐厅，那地方竭力为顾客营造出一种走进塔瓦加泰山区的圆顶帐篷的感觉。我们在靠近里侧的座位上坐下，前面有帷帘和竹帘的遮挡。他和侍者们谈笑风生，假装一本正经地读着菜单。他说他非常喜欢我的小说手稿，并且有信心把它卖出去。

没过多久他就接二连三地被出版社拒绝。当时正流行欧文·威尔士的小说《猜火车》(*Trainspotting*)，于是他经常拿它做参考。

“已经好多年没见过这样正统的工人阶级小说了。”他说。

“它应该更偏向于底层阶级。”我说。

“你知道我指的是什么，就是那种活生生的现实。”

他认为我是在咬文嚼字，甚至以为我在开玩笑，可我只想实事求是。

“威尔士的确很擅长写小说，但他的写作风格和我的不同。”我说。

“他把自己的事业打理得很好。”

他咧嘴一笑，这让我不得不说出一个之前忍了很久的想法。

“你知道他为什么这么受欢迎吗？这本书的读者主要是那些动机不纯的游客。他们一边看书，一边幻想着自己像书里这群瘾君子那样自甘堕落，吸毒成瘾，甚至大便失禁，从而获得一

1　又名科芬花园，坐落于伦敦西区的圣马丁巷与德鲁里巷之间，是伦敦最大的特色商品市场。——译者注

种间接的快感。他们一般是在一个相对舒适和安全的环境里，比如旅馆的客厅和酒吧里，读着这些乱七八糟的事。这件事从道德上看是有问题的，说实话我感觉很不安。”

我看得出他对我使用“大便”这个词感到很生气（估计是觉得我在挖苦他），我隐隐地感觉自己正在尽量温和地切断我们之间的联系，尽管他仍当了我一年左右的经纪人。在那段时间里，他向我传达了一些责任编辑的意见，大多是关于小说人物的修改建议，以及“或许可以再修改一下结尾”之类的话。他们提出的要求我都一一照做，毕竟他们比我更了解市场。

我一连几个月把自己关在后巷的书斋里写作，终于把修改后的小说又一次交给了我的经纪人，可这一次他却认为小说“少了一些亮点并且失去了原有的节奏”。好吧，几个月的工夫全白费了。结束了伦敦的会面，我在回程的火车上跟自己做了约定。如果当时我手里有一把刀，我估计会当场歃血为誓：从今时到永远，我写作时再也不想听从那些委托人的要求和建议了，阿门。我从此要做我想做的事，抛开别人的想法，远离伤害。

既然我已经是《泰晤士报》的专栏作家了，也出版过自己的作品，大家便认为我有资格为一些同行提供帮助。于是，我陆续收到了几封电子邮件，求助的问题五花八门，有问如何写一本书的，也有问如何谈合作的，还有询问我能否帮他们看看手稿和提提建议的。这些问题我根本应付不来。我既没有主动找出版社出过书，自己写的小说还吃了闭门羹，我也想不出自己究竟能为他们提供什么建议与帮助。

一位朋友给我寄来了一份博夫·惠利的手稿，他是“春巴旺巴”乐队[1]的创始人之一。和其他邮件的主人不同的是，博夫很擅长写作。我对这份手稿爱不释手，仿佛自己看的是一本已经正式出版的书。但是，我一边审校这本书，一边本能地预感到它很难找到出版商。可以想象，出版商并不会把它视为一部出色的作品，相反，他们只会看到该乐队日渐低迷的人气，并推测这种主要讲述乐队故事的书一定卖不出去。

我决定成立一家独立的出版公司，专门出版各类我喜欢的书籍。就像那几家我一直很欣赏的唱片公司（Factory、Rough Trade、4AD，还有Mute）一样，我会使用一个通用的标识，这样读者就能一眼认出这些书都来自同一个“家族”——一家非常注重书本的美学和写作质量的出版社，这一想法在很大程度上借鉴了企鹅出版社的模式。我用罗马神话中水果女神的名字“波莫娜”为公司命名。我很喜欢这个词的韵律和发音，而且这几个字母组合在一起，看着就很顺眼。

我向作者开出的条件是，“波莫娜”将承担所有的制作成本，达到收支平衡以后，双方将平分所有的利润。我联系了一家专门负责销售的公司，又找了另一家公司负责仓储和配送。

1　一支来自英国利兹的另类朋克乐队，在长达30年的音乐生涯中，尝试过多种音乐风格，国内的乐迷将他们戏称为“春巴旺巴”和“恰巴王八”。——译者注我又一次被引荐给克里斯蒂安·布雷特，他过去曾在罗奇代尔经营一家吉他店，现在却是一名排字工。他对书本的里里外外都了如指掌，从书本的结构到印制过程，再从纸张的重量、质地和颜色到用墨的浓度，而这一切恰好是我的知识盲区。

我想象着，只需三五本书，整个出版界就会见识到我们“波莫娜”的远见卓识与无限生机，争先恐后地想把我们的名字印在扉页上。而且，要是我自己的作品在此期间没有找到合适的出版商，也可以通过自己的公司出版。

首次亮相，公司就一口气出版了两本书，分别是博夫·惠利的《脚注》（*Footnote*）和再版的特雷弗·霍伊尔的《夜的统治》（使用了与第一版不同的封面和前言）。这两本书很好地定义了公司的出版意向。它们各自传达了作者的自信与态度，两本书摆在一起有一种难以描绘的和谐感。我特别喜欢这种于细微处见品质的感觉。我决定按照自己的形象打造“波莫娜”，使其完全反映我的品位，并且相信这种独特的气质和经营方式定能吸引到更多的关注。我确信一定有其他人在文学、体育、音乐和政治上与我趣味相投。

外公经常翻自己的口袋，他把从口袋里翻出来的东西在面前的咖啡桌上排成一排，就像一个孩子如数家珍般数着一列玩具车。他口袋里的“宝贝”还真不少：一个用破红布盖着的金属眼镜盒；一张1英寸长的长方形贴纸，上面写着他的名字（一看就是从那个眼镜盒上撕下来的）；一副黑框的国民保健眼镜；

一块橡皮；一枚价值14便士的硬币；一张皱巴巴的纸，上面写着他的电话号码和地址；一张糖果纸；一张干洗店的收据，以及一张眼科医院的预约卡。

他反复数着自己的钱。他小心翼翼地把硬币从钱包里掏出来，再整整齐齐地叠放在椅子的扶手上。外婆只允许他带少量零钱在身上，她认为万一哪天外公又瞒着她跑出去，上了一辆公交车，就凭他身上的那点钱也去不了太远的地方。

亨特·戴维斯的《荣耀的游戏》（*The Glory Game*）是首批以体育为主题的优秀书籍之一[弗雷德里克·埃克斯利的《球迷日记》（*A Fan's Notes*）和亚瑟·霍普克拉夫特的《足球人》（*The Football Man*）也毫不逊色]。戴维斯长期为《新政治家》（*New Statesman*）杂志的足球专栏撰稿。我问他是否可以从中选几篇文章汇编成一本书，于是就有了他与“波莫娜”合作的三本书中的第一本——《球迷》（*The Fan*）。另外两本书分别是汇集了上文提到的足球专栏的其他几篇文章的《下半场》（*The Second Half*）和一本书名为《小气鬼》（*Mean With Money*）的文集。这本书里精选了几篇被誉为“虽然故意不给出实用的建议，但是在面对专横冷漠的金融机构时，却展现出良好的幽默感和读者急需的同理心”的文章（摘自该书的新书推介）。

亨特的为人十分有趣。每当我们见面时，无论是在他位于伦敦海格特的家中，还是在位于湖地的乡间别墅——他坚持这么叫，尽管所有人都称那里为湖区，他总是热切而敏捷地不停地催促我：“来吧，赶快。”他会用一些从来没有人问过的问题鞭策我，从走廊到他的卧室兼办公室短短的一路上，他大概能向我提20个这样的问题。

他在洛斯沃特有一个果园，并且用从旧电线杆上拆下来的木料钉了一个瞭望台。当我们大口嚼着本地出产的格林纳普苹果时，我差点儿以为他会提议玩捉迷藏或城堡之王之类的游戏。他很孩子气，同时也很精明，是一个会冲你顽皮地眨眼微笑的机灵鬼。走在去附近一家酒馆的路上，我问他是如何获得披头士乐队的批准，写出第一本，也是仅有的一本披头士传记的。他只用一句话就回答了我：“直接问他们。”如此简单而有力的回答，我决心今后也要学他这么回答。他还给出了另一条锦上添花的建议，就是从工作中获得最大的回报。他指的是改造现有的素材，以适应不同的媒介或书籍。快速浏览一下亨特的作品列表，你就会发现他在自我收获方面做得游刃有余，他会将类似的作品重新利用以适应不同的需求，尤其是那些关于足球和工人阶级的文章。

我在《泰晤士报》的工作范围又增加了写书评和专访稿。2008年，我在小说《周六晚上与周日早上》出版50周年之际，有幸见到了它的作者艾伦·西利托。那一天，我早早就到了他家，索性沿街逛了一圈，回忆一下我在培训学校时第一次读这本书的情景，想当初我是端端正正地坐在房东约翰家那个小房间的床上读完这本书的。采访当天秋高气爽，清晨的阳光把四周棕色的、绿色的树木、树篱和矮树丛照得斑驳陆离。

我看见一张写着业主名字的卡片——“西利托和费恩莱特”[1]——插在门禁对讲机的下面，就随手拍了张照片。那一年西利托刚好80岁。他身穿一件皮马甲和一双擦得锃亮的工装靴，一双眼睛乌黑明亮，炯炯有神。他尽职尽责地向我介绍这部经典小说的再版，但他显然不关心这本书的文学地位、市场销量以及对后人的影响。他很乐意别人拿这部“工人阶级小说”大做文章。但他的初衷仅仅是写作，写书恰恰满足了他的这一愿望。他的书房里至少有50本写有他大名的书，还有一沓待出版的书稿从一台电动打字机上伸了出来，上面写满了密密麻麻的注释。

“你会发自内心地想要写作，这种需求是与生俱来的。”西利托说。

外公一边合计着口袋里的钱，一边嘟囔着：“我口袋里只剩几先令了。你说会不会有人动了我的钱包？”

他常常以为自己住在旅馆里，一直对其他几位“住客”疑神疑鬼。

“你觉得是他干的吗？”

“谁？”

“刚才在这儿跟我说话的那个家伙。难怪他老是一副和和气

1 西利托1959年与美国诗人露丝·费恩莱特结婚，他们的婚姻长达51年。

气的样子。”

“这里只有我们俩，没有别人。”

还有一次，外婆正在擦拭餐具柜上的灰尘。

“另一个姑娘什么时候来接你的班？”外公问道。

“我是伊芙琳。你把我当成谁了？”

“你不是在这儿工作的护工吗？”

“我是你的妻子。”

西利托是个与我意气相投的好伙伴。他问我是否尝试过写作，当我回答“是”的时候，他立刻表示非常感兴趣。那次见面以后，我给他写了一封信，告诉他我很难找到出版商出版自己的小说。短短几天，我就收到了他的明信片，这件事对我来说意义非凡。他在来信中写道：

亲爱的马克，感谢你的来信。出版商从来就不懂得欣赏好文章。事实上，他们讨厌好文章，因为这会威胁到那些让他们赚钱的垃圾。这是目前的环境造成的，因为过去并非如此。我也打算提交一部小说，但是不敢保证能顺利出版。我倒是没什么可抱怨的，因为一直以来都很顺利。对于年轻作家，我也给不出任何建议。我只能再次强调，一定要坚持，再坚持。祝你好运！人生虽无常，却往往能心想事成。

艾伦·西利托于2010年4月去世，享年82岁。

我和巴里·海因斯一直保持联系，不仅时常通信，我还去谢菲尔德拜访过他几次。他告诉我他正在写一个故事，题目叫《斯普林伍德之星》(*Springwood Stars*)。他谈到了自己对美国作家伯纳德·马拉默德的喜爱，这位美国作家经常创作一些魔幻现实主义风格的小说和短篇故事。我猜想他已经把这种影响融入这部新的作品中了。没过多久，他就寄来了《斯普林伍德之星》的手稿。刚收到时，我根本不舍得读它，我想把这份期待的喜悦储存起来，直到忍不住了才打开来看。这就是出版商的特权——能够最先读到新鲜出炉的作品。

我选了一个独自在家的时间阅读这份手稿，那种感觉就像在和它幽会。刚读了不到一个小时，我就泄气了。这本书讲述了20世纪20年代一支乡村足球队准备参加杯赛的故事，看得出巴里想用这个故事来探讨社会的不平等。这本书的情节设计和写作风格与凯瑟琳·库克森的《煤渣小路》(*The Cinder Path*)或《玻璃女儿心》(*Glass Virgin*)十分相似。库克森一生售出了1.25亿册书，是一位擅长描写人物和风景的杰出作家，但她的作品里并没有巴里·海因斯那种血淋淋的现实感。

我想巴里把这份手稿寄给我，一定是希望通过“波莫娜”出版它。我不禁替自己捏了一把汗。他可是鼎鼎大名的巴里·海因斯，那本家喻户晓的小说《男孩与鹰》的作者呀。出版他的新书对于我们这种小型出版社来说将是一次莫大的成功。

但是，除了把故事背景设在约克郡，以及一些模糊的阶级分歧外，无论我怎么努力都很难在《斯普林伍德之星》里看出巴里的风格。我该如何对他开口？我实在不想亲手毁掉这一段刚刚建立起来的友谊。我也太自以为是了吧，居然敢拒绝这么一位受人尊敬的作家。尽管出版社收到的稿件寥寥无几，我还是坚守着最初的承诺，只出版自己非常喜欢的作品。我会因此推翻这一切吗？我为何如此纠结？下定决心之后，我给巴里打了通电话，向他解释说这本书不如他的其他作品那么吸引我。

“你是对的，”他说，“我只是随便写写，就是做了一件自己想做的事，仅此而已。说不定过后就把它扔了，我也说不准。我反复推敲了一段时间，一直拿不定主意。就好像，一件事你想了又想，一会儿觉得‘很好，就这么做’，一会儿又觉得‘简直是一堆垃圾，我到底在想什么？’”

我们一直保持着联系，甚至巴里在没有签署正式合同的情况下，同意由“波莫娜”重新出版他早期的两部小说《煤的价格》(*The Price of Coal*)和《眼神与微笑》(*Looks and Smiles*)。其中，《眼神与微笑》比其他任何书都更浓缩了20世纪80年代早期英国的阴郁。我利用校印的机会重读了一遍这部小说，那感觉就像打开了一个装满黑白老照片的鞋盒子，将这些照片一字摆开，才发现原来想象和真实之间存在着如此巨大的差异。这就是一部作品的真实性。

我经常回想起阅读《斯普林伍德之星》的那个令人扫兴的夜晚。由于我把手稿退回去了，所以无法再次检验阅读的感受，但它给我的感觉是不稳定的，情节线索交代不清楚，人物性格也有些前后矛盾。而且，这部小说过于安静的基调与我所认识的巴里以及他的其他作品格格不入。我有一种感觉，他在下意识地安抚自己，而方法就是逃避现实和沉湎过去。巴里后来死于阿尔茨海默症，回想起来，我们完全可以在这份手稿上看出一些端倪。巴里生病期间，我一直和他保持着联系。我时常去霍伊兰公地看望他和他的妻子埃莉诺，后期还去养老院看他。2016年3月，巴兹（埃莉诺对他的爱称）终于与世长辞，他在妻子埃莉诺的忠诚陪伴下度过了漫长而幸福的一生。

2019年7月，距离巴里去世已有3年，一块纪念他的牌匾被挂在了霍伊兰路78号的墙上。他在小说《男孩与鹰》出版后不久就搬进了这里。牌匾上写着："巴里·海因斯（生于1939年，卒于2016年）曾住在这里，他是《男孩与鹰》等一系列小说的作者，他一生为工人阶级发声。"由此可见，他作为阶级使者的角色已然深入人心。他的兄弟理查德在一个阳光明媚的上午受邀来为这块牌匾揭幕，出席当天揭幕仪式的还有电影版《男孩与鹰》的导演肯·洛奇和制片人托尼·加尼特，以及巴恩斯利市的市长。巴里若知道，一定会高兴地记录下这一幕。

每隔几个星期，我们就会开一次家庭会议，讨论外公是否应该继续住在家里，外公的行为已变得越来越极端。多年来一直神经紧绷的外婆也被他拖累得身体越来越差。每到这时，爸妈就会变得格外理智。

“他有一半的时间不知道自己在哪里，和谁在一起，所以送他去疗养院又有什么关系呢？”

不过，外公偶尔还会“闪回”到过去的状态，比如突然一阵兴奋或冒出一句深刻的话，或者详细地回忆起某件事。他仍然很爱笑，常常讲一些别人听不懂的笑话，然后暗自笑个不停。我虽然不确定他在笑什么，但每回都跟着他一起笑，因为和他一起开怀大笑的感觉简直太棒了。

自从创办了波莫娜出版社，我就经常有机会重温过去。我的排字工朋友克里斯蒂安和我一样喜欢“驽钝”乐队，我们决定出一本他们的歌词集，作为对这支乐队以及他们活跃的年代（1977—1984）最为完美的纪念。我们和乐队的创始人之一佩尼·兰波，以及为他们设计出独特唱片封套的视觉艺术家吉·沃谢一起待在他们的总部——一座位于艾坪森林[1]边缘的摇摇晃晃的房子里。

除此之外，我一直为吉他手兼歌手比尔·纳尔逊着迷，他的音乐在我年轻的记忆中占有重要的一席之地。我是他组过的两支乐队“华丽爵士乐团”（Be-Bop Deluxe）和“红色噪声”（Red Noise）的粉丝，并且经常访问他的网站，看他在上面一丝不苟地记录着生活的点点滴滴。他每天都在家庭录音室里录

1　英格兰东南部的一个古老森林，地处大伦敦东北方和埃塞克斯郡的边界。——译者注

制音乐，同时还要忍受隔三岔五的感冒。他时常去超市购物，也会雇一些技工来修理他位于约克谷那片开阔平原上的房子。他的网络日记既神经质又充满哲理，时而荒唐可笑到令人着迷。见面之后，我们一致认为可以将这些日记成功地编成书的形式，书名就叫《超梦者日记》（*Diary of a Hyperdreamer*），分上、下两册出版。

收到印刷厂寄来的样书时，我对着封面看了许久，不觉回忆起当年拥有“华丽爵士乐团”的专辑《斧头受害者》（*Axe Victim*）时激动的心情。那张唱片是某一年度假时我在德文郡的一家小店里找到的。我仍记得当年是如何躲在自己的世界里，向往着另一个世界。那时我的世界里只有爸妈和那座半独立式的房子，既朴素又平凡；而另一个世界则充满了神秘的想象，有一群遥不可及的人在创作着千变万化的艺术和音乐。比尔·纳尔逊每次都友好而礼貌地接听我的电话，这让我既感动又自豪。他竟然同意由我为他出书，对我来说，这不仅是一种荣誉，更是一次轮回，它连接起我的过去和现在，也让那位热爱音乐的少年成长为昔日偶像的合作伙伴。

第十二章　独立出版人的困惑

我一向不太喜欢诗歌，这可能要归功于我从前的英文老师塞尔伍德先生。在他眼里，世界上只有一位诗人值得关注，那就是威尔弗雷德·欧文。他完全被欧文的作品和生活经历所征服，尤其是那首题为《青春挽歌》（*Anthem for Doomed Youth*）的诗。据他介绍，欧文在第一次世界大战中加入了曼彻斯特团，但他并不喜欢自己的战友，还曾在一封家书里称他们为“面无表情的呆木头”。他后来却变得极为谦逊，不仅重新审视了自己的观点，还对战友们的英勇表示了致敬。他接受了弹震症的治疗后又重返前线，可惜的是，1918年11月，就在签署停战协定的一周前，他在穿越桑布尔瓦兹运河时不幸中弹身亡。

“他就这么死了，就在战争结束的前几天。真是不幸啊！”塞尔伍德先生感叹道，“他才25岁呀。”

他不止一次在课堂上说过这句话，而且每次都两眼通红，泪流满面。

“你没事吧，先生？”

“我没事。”

“可你看上去不太好。”

他要求我们苦读这首《青春挽歌》，直到对每一行诗句都能倒背如流。他在课上从未提到过其他诗人，以至于我在整个学生时代对华兹华斯、济慈、布莱克、拜伦、叶芝，乃至帕姆·艾尔斯和西里尔·弗莱彻一无所知。

我特别讨厌听诗人大声地朗诵诗歌，只要一听到他们深吸一口气准备大声朗读，我就会立刻关掉收音机。如果恰好在某个场合看到一位诗人被临时叫上台去朗读手里的一叠诗稿，我就会装病逃出去，心里想着“快放我出去，这位诗人要放飞自我了”。我对那些自称“诗人”的人总是敬而远之，心想：诗人的门槛也太低了吧，仿佛任何人都能临时给自己安上这么一个称号或身份，就像爱八卦的人称自己是“说客”和“观察家”一样。诗歌是一门最容易入门却又最难以掌握的艺术。在所有的艺术门类中，唯有诗歌可以做到既高不可攀又俗不可耐。

写诗并不像写小说或戏剧那样困难重重，我们都可以成为诗人，不是吗？因为人人都可以憋出一两个句子，再声称它是自己痛苦灵魂的碎片，或是用一个全新的视角观察蜿蜒流淌的河流和直线俯冲的老鹰，然后呼吁大家应该花时间去欣赏生命本来的样子。如果读者看不懂，无法消化那些错综复杂、生搬硬套的讽喻，那就是读者自己的问题了。当然也有需要被肯定的时候，比如我近期就收到的一封来自一本诗刊的约稿邮件，信中善意地概括了他们的用稿标准："本刊倾向于收录能充分发挥语言的可塑性，内容抽象含蓄而不乏暧昧，不过于直白，不追求措辞精准的诗歌。因为这类诗歌更能引发不同角度的解读，从而产生更丰富的意义。"

尽管我不怎么读诗，但还是在海量的藏书中加入了屈指可数的几本诗集，它们在书架上只占了窄窄的一道，加起来也就一块砖的厚度。市面上优秀的诗集本就不多，我的书架上更是寥寥无几，它们往往只收录了某一首或最多三四首著名诗人的诗，如沃尔特·惠特曼、克里斯蒂娜·罗塞蒂、拉迪亚德·吉卜林、罗伯特·弗罗斯特、约翰·济慈、默西诗人、托尼·哈里森、约翰·贝杰曼、帕特里克·菲茨杰拉德、米奇·史密斯、菲利普·拉金和本杰明·泽法尼亚。

当时我们的波莫娜出版社完全没有出版诗集的打算。直到有一天，镇上来了一位未来的桂冠诗人。

"他跟你有点儿像。"报社里的人对我说。

"你指的是哪方面？"我问道。

"简直一模一样，他是北方人，喜欢乐队，会写作……"

"可他比我成功多了。"

"那就是你自己的问题了！"

2008年，我受《泰晤士报》的委托采访了西蒙·阿米蒂奇[1]。他当时正在宣传自己的新书《演出：摇滚明星幻想者的生活与时代》（*Gig: The Life and Times of a Rock-star Fantasist*）。说起来我们还真有那么一点点渊源，不过不是我和他之间，而是在他和一两位主张终身朋克的理想主义者之间，而我恰好与那两位理想主义者在同一家酒吧里喝过酒。对他们来说，西蒙既是一位诗人，也是一个入侵者。原因是，几年前他一副“家燕”乐队成员的打扮，留着波兰船厂工人的发型，从马斯登一路赶来，为我们带来了一个精彩却又不太光彩的故事。

外公又一次失踪了。我们居住的房子原本是开放式的，但多年来，家人们还是习惯性地用一排排小栅栏和针叶树或月桂树来标记院子的边界。

初夏的一个星期天，小区里到处是嗡嗡的割草机声。卧室的窗户敞开着，街道上不时传来孩子们的叫喊声和皮球的弹跳声。我爸坐在后花园的躺椅上，我妈和外婆在一旁种花。我猜外公一定是睡着了，他们才敢把他一个人留在客厅里。我下楼去查看，发现他并没有在客厅。我穿过客厅跑到里屋，对着花园里的爸妈和外婆大喊：“外公在哪儿？”

“他在看电视。”

“他不在客厅里。”

“可能在浴室里吧。”

1　英国第21任桂冠诗人（1963—），当代诗人、作家。——译者注

“我刚才下楼时看了一眼，他不在浴室。”

于是他们全都冲进客厅，急得上蹿下跳，大声指挥着对方干这干那。他们让我再检查一遍所有房间。我发现爸妈卧室的窗户是开着的，于是上前拉开纱窗，从那里远眺小区的街道。我一眼就看见街道尽头有一个身穿大衣和深色衣服的身影，这个季节其他人早已换上了颜色鲜亮的T恤和短裤，那人无疑就是外公。他穿过邻居家的草坪，拨开一排排针叶树，跨过齐膝高的栅栏和灌木丛，沿直线不停地向前走。没有人追上去问他为何擅闯私家花园，也没有人从背后冲他嚷嚷这是私人领地。大家反而都朝他挥手示意，祝他在争取自由的路上一切顺利。我立刻向家人报告我看见他了。

西蒙·阿米蒂奇在成为全职诗人之前曾在罗奇代尔的阿什菲尔德山谷担任缓刑监督官。1992年，他带着一个摄制组又回到了那里。当时所有的租户都迁走了，只有几台推土机正在加紧把这片建成还不到25年的房子夷为平地。他所拍摄的正是BBC第二频道的一档艺术类节目——《胶片上的文字》（*Words on Film*）。在一个潮湿阴冷、寒气刺骨的日子里，阿米蒂奇在节目中朗读了《世外桃源》（*Xanadu*）——一本被他称为“破败的阿什菲尔德山谷的墓志铭”的诗集。在影片中，他跨过那些被撞坏的门窗、破碎的玻璃和废弃的床垫，小心翼翼地走在积雪覆盖的木头平台上。他时而走进那些空荡荡的房间，面对着早已发霉变黑的墙面，透过残破的窗洞向外眺望。

“他在说什么该死的卷心菜？”杰拉尔德问道，他就是上文提到的其中一位朋克理想主义者。

杰拉尔德的头发已日渐稀疏，但还是被他倔强地染成了黄白黑三色。他比1978年还能随音乐蹦跳时的最佳体重胖了有四五十斤。他在紫色上衣的领子上别了几枚小徽章，让人不禁想伸手去按一下，看看是否能穿越回他念念不忘的在“电子马戏团”或“五月花”俱乐部里看过的某场演出。

“我数过了，他整整提了16次卷心菜。该死的16次。怎么回事？他到底来这儿做什么？你们上一次看到他和迈克·哈丁一起骑阿尔萨斯犬是什么时候？”[1]

在场的人都盼着他像往常一样感叹一句“没人记得什么是朋克了”，以结束他的抱怨。我们对这句话早就习以为常，所以经常鹦鹉学舌，几个人齐声喊出来，就像在合唱一首歌的副歌。可这一次，他一改往日的习惯，只是摇了摇头，宣布自己很快就要开始写诗了，说不定过两天就动笔。

“我写的东西准没错。我才不会把‘卷心菜’拿来和‘刑事损害’押韵呢，绝对不会。”

杰拉尔德指的是阿米蒂奇那首《世外桃源》的开头部分。阿米蒂奇在这一小节使用了一种叫作“首语重复”的技巧，连

1　1975年，民谣歌手兼喜剧演员迈克·哈丁有一首名为《罗奇代尔牛仔》（*Rochdale Cowboy*）的歌曾红极一时，歌词里有这样一句话：“每当我骑着阿尔萨斯犬经过时，人们总是嘲笑我。”

续几行诗都以同一组词开头，以形成一种韵律。他故意反复提到“卷心菜的味道”，这一看似荒唐的做法实际上是为了吸引观众或读者的注意，让他们不禁思考：这究竟是什么意思？我当然没有把这层意思告诉杰拉尔德，否则他就会借着酒劲，像一台失控的老虎机似的不停地吵吵嚷嚷，大发牢骚，就算是最破、最无聊的酒吧当晚也会变得热闹非凡。

不论是不是入侵者，西蒙都完美地捕捉到了阿什菲尔德山谷令人心碎的衰败与萧条。《世外桃源》的确是一部了不起的佳作。

我们终于在一家咖啡馆见了面，吃东西时他竟然没有点卷心菜。西蒙与我一拍即合。我们喜欢相同的乐队，比如“变色龙”“卫星天使”，以及“回声与兔人”。他说话前必先思考，而且为人很爽快。我跟他说了出版社的事。

他说：“我手里可能有一些你想要出版的东西。”

一年前，他为第四频道制作了一部名为《未死的士兵》（*The Not Dead*）的纪录片，这是一部根据几位退役士兵的见证创作的短篇诗集。我立刻意识到，西蒙·阿米蒂奇的加入必将大大提升“波莫娜”的名气和威望，为此我不能再对诗歌存有偏见。我们从咖啡馆出来，又一起走向他的车。我有点得意忘形，因为不仅面谈进行得很顺利，还意外地得到了一本书。我虽然对汽车一窍不通，但是当他打开后备厢把包放进去时，我一眼就看出这是辆不错的车。

“好车，”我说，“看来你写诗能赚不少钱吧？”

真是一个既愚蠢又无礼的问题。

“这跟你有什么关系？”他笑了。

《未死的士兵》获得了口碑与销量的双丰收。4年后，我们又出版了西蒙的另一本书——《黑玫瑰》(*Black Roses*)。这本书收录了西蒙以索菲·兰开斯特的口吻写成的一组诗歌。2007年8月，20岁的索菲·兰开斯特在兰开夏郡贝克普的一个公园里被一群年轻人残忍杀害了。我对这个故事再熟悉不过了，之前为了给《观察家》(*Observer*)杂志写一篇文章，我专程去过几次贝克普。后来那篇文章被刊登在纪念这起案件一周年的杂志上。[1]

一本书的制作过程（包括校对、封面选定、联络印刷厂和销售代表等）是无形的，直到它“诞生”的那一刻起才算拥有完整的生命，从此有了自己的色彩、情绪、温度、态度和个性。在出版《黑玫瑰》时我并没有注意到这一点，因为当时我正沉浸在了解这一悲剧的痛苦当中。在我看来，这场惨无人道的杀戮绝不容许有任何艺术的加工。若干年后，BBC电台第四频道重新制作并播出了这本书的朗读版。收听这档节目时我正巧在开车，才听了前两句就不得不把车停在路边。重新感受一遍索菲的故事简直太令人痛苦了，但西蒙庄重的表达方式着实令我

1　“波莫娜”还出版过凯瑟琳·史密斯的《变态、疯子、怪胎：要是他们只会骂人该多好》(*Weirdo. Mosher. Freak: If Only They'd Stopped at Name Calling*)。凯瑟琳是贝克普当地的一名记者，也是第一个了解到索菲·兰卡斯特被袭事件的人。

感动，他把语气、节奏、声调等方方面面都处理得恰到好处。

我妈说：“你跑得快，赶紧在他还没走出小区之前追上他。”

我沿着人行道一蹦一跳地跑着，终于在外公准备越过最后一道栅栏时追上了他。

“外公，外公。”我气喘吁吁地喊道。

“怎么啦？”他问。

“外婆叫你赶紧回家。”

“可我才刚跑出来。”

“她很担心你。”

“告诉她我好着呢。”

我总算是把他劝回了家，一路上人们都向我们投来了善意的微笑。

2019年5月，西蒙被任命为桂冠诗人，朋友和记者们纷纷向我打听他的为人。我告诉他们，他是个尽职尽责的人。他很守约，无论是周日下午在空荡冷清的办公室里为100本书签名，还是某个工作日的晚上在霍姆弗斯的餐厅审核封面设计，他都从不缺席。他在镜头和话筒前总是泰然自若，这很可能得益于他的爸爸和祖父母，他们都在马斯登教区的教会业余歌剧舞台上真诚且投入地表演过。

和许多成功人士一样，他有时会刻意与家人或好友保持一点距离。如果他还用原来的处事方法应对所有人，那么他每次参加完朗诵会就根本别想回家，而且每天还要花好几个小时（多么宝贵的时间）回复那些急需安慰和鼓励的人发来的电子邮件，每一封信都在恳求他点评一些糟糕透顶的诗作。因此，他很讲原则，他会清楚地让所有人知道自己应该接受什么、拒绝什么。有一次，我请他为“波莫娜”出版的巴里·海因斯的小说封面写一段话，他一口回绝了。我以为他至少会说明一下理由（尽管他没有义务这么做），但他没有。他一生所获的赞誉使他越来越从容自信。他才华出众，无论在什么场合都备受关注。因此，他无需侃侃而谈或八卦闲聊，也不用广泛交友或考虑如何让自己更受欢迎，他就是他。

我参加了他在霍姆弗斯电影院举行的50岁生日宴会，他几乎整晚都在跳舞，直到所有人都跳不动了才肯罢休。几年后，当他得知自己被任命为桂冠诗人时，立刻兴奋地与妻子在女儿的蹦床上做了好几个开合跳以示庆祝。还记得多年前那部以他的诗歌改成的同名电影《世外桃源》吗？电影的最后一幕拍摄于罗奇代尔的匈牙利俱乐部，那里一到周六晚上就热闹非凡。他在片中与一群匈牙利人手挽着手围成一圈，愉快地翩翩起舞。在50岁生日那天，他再次露出了25年前那个无拘无束的欢畅笑容，笑容里写满了他对这个世界的不解与热爱。

一位朋友曾建议“波莫娜”重新出版雷·高斯林[1]的《总和》。

1　BBC资深主持人。——译者注

费伯出版社最初于1963年出版了这本书，当时高斯林才23岁。这部大胆的自传体小说属于美国垮掉派写作的典型英国式体现，其中大量的篇幅都用来描写作者内心的困惑和漫无目的的游荡。

> 我之前买过一张去往伦敦的火车票，我自己却不知道。我想先回一趟家，先来杯威士忌，感觉一下从口腔到胃里的灼烧感。再来根香烟，感受一下尼古丁带来的兴奋感。那个穿绿衣服的女人真该好好学一学如何倒啤酒。该死的火车又晚点了。也难怪，最近到处都是雾。我爱你。我爱你。我用手蘸着啤酒在大理石上写着。我花了这么长时间才决定离开这个地方，正是因为我爱你。

高斯林被人熟知的是他在电视上和广播里主持的纪录片，这些纪录片的主题大到讨论离婚、疾病和失业问题，小到介绍一些被遗忘的小镇、花园小矮人收藏者、海滨度假村、拖车旅行者和一些咖啡馆。我和他见过几次面，印象中他从不梳头，手里提着一个塑料购物袋，如新生儿般对周围的一切充满了好奇。他经常会问："这是干吗用的？""那人是谁？""这是什么时候建成的？""那座桥通向哪里？"我们总是步行到最近的一家酒吧，他会点上一杯红酒，然后主动与身边的人或酒吧里的工作人员聊天。

"这里看起来不错。""这地方晚上热闹吗？""你是做什么工作的？"

我们会找一张桌子坐下，放下手中的酒杯，但刚坐下不久，他就又起来四处走动了。他会一脸惊奇地看着墙上的海报或者门口架子上的传单，有时甚至会指着一个他刚才去洗手间时偶遇的人对我们说：“那个家伙来自伊明汉姆，在码头上工作很多年了。伊明汉姆拥有全英国最深的水域。”

他从不用手机，却给了我四个可以联系他的电话号码，其中至少有两个是酒吧的电话。虽然不确定雷的书卖不卖得出去，但结识了包括他在内的几位特立独行者的确为我的出版事业带来了不少惊喜。

外婆不忍心亲自把外公送去养老院，这件事只好由我爸妈来做。回到家后，我妈用纸巾捂着脸哭了整整一晚上，一边哭一边懊恼地抱怨个不停：“他根本分不清自己在哪儿。我们为什么要这样对他？我们全家人应该轮流照顾他。事情不该走到这一步。他并没有伤害任何人。”

生活有时会为你设下埋伏。我前阵子刚读完伊丽莎白·斯玛特的小说《大中央车站我坐下哭泣》（*By Grand Central Station I Sat Down and Wept*）。这本带有强烈自传体风格的小说记录了她对生活艰辛、终日饮酒的诗人乔治·巴克的苦苦追求。她心血来潮地用这篇灵动、跳跃的文字描写了自己如何反复设法抓住这个急于想逃脱的男人。我刚读完这本书没几天，文学杂志

《格兰塔》(*Granta*)[1]就登出了一篇揭露巴克放荡不羁的私生活的封面文章，作者正是克里斯托弗·巴克。他是伊丽莎白和乔治所生的四个孩子中的一个(巴克分别和不同的女性生育过十五个孩子)。

我立刻联系了小巴克，心想：除了我之外应该还有别的出版商向他抛出了橄榄枝，因为他这篇详尽生动的文章实在很适合写成一本书。没想到我竟是唯一联系他的。我在苏活区的一家酒馆里见到了他，他爸爸40年前经常光顾这家酒馆。他告诉我他的主业是摄影师，他为菲利普·拉金、谢默斯·希尼、劳伦斯·德雷尔和诺曼·麦凯格等许多著名诗人拍过肖像照，这些作品都在国家肖像画廊里展出过。

尽管小巴克并没有继承父母的写作天赋，我还是对他的人生故事，以及他对这两位在文学界备受崇拜的人物的深入了解寄予厚望。我不惜花数月时间对他的作品进行修改，在校订的过程中，我一直努力维护他作为作家和个人的诚信，因此作品里难免会有一些表达和情节不太符合现代语境。这本名为《无限的怀抱》(*The Arms of The Infinite*)的书终于面世了，但是，尽管前期做了大量的宣传，包括在《观察家》杂志上登出长达4页的选段，这本书的销量却仍不理想。

在"波莫娜"成立之初，我完全不知道出售海外版权能带

1　一本始于维多利亚时代的文学类杂志，创刊于1889年的剑桥大学，名称取自流经剑桥大学的一条河流。——译者注

来不菲的收入。一天，一位来自慕尼黑的名叫克劳斯·格勒纳的代理商联系了我，他很快就成了我最信赖的合作伙伴。他利用与世界各地出版商的业务往来，为“波莫娜”出售海外版权，并从中获得分成。安大略省的威尔弗里德·劳里埃大学出版社（伊丽莎白·斯玛特的出生地正是渥太华）收到消息后联系了我们，希望能获得《无限的怀抱》在加拿大的版权。虽然对方承诺的预付款并不多，但总可以稍微抵销一些前期的损失。我高兴地把这一消息告诉了小巴克，他似乎挺满意。

在与出版社谈判的过程中，我收到了一封代理小巴克文学事务的经纪人发来的邮件。这类信件多年来我只收到过一两封，大体是声称我没有履行合同的某方面条款，因此必须自动放弃对某书的一切权利，以便他们将它另作委托。一直以来我都有意把合同写得尽量简单，基本只有短短的几页，一方面是为了给作者提供方便，另一方面也想体现公司的亲和力。没想到这一做法竟使那些习惯一板一眼办事的经纪人有机可乘，对我们百般挑剔，甚至借故解约。我在回信中辩解自己并未发现在出版巴克这本书的事情上有何不妥，并且已经竭尽所能去减少损失了。我不仅损失了2000英镑，还赔上了数十个小时的时间。对方是这样回复的：

亲爱的马克：

请不要将你的付出说得如殉道一般壮烈，这些都是你作为出版商必须承担的风险。克里斯托弗给过你很多机会成功地出版他的书，到头来他却一无所获。如今得知你将他名下的作品随意出售，他为自己牺牲的一切感到万分痛心。这毕竟是他与他父母的人生故事。你在未经他允许，甚至没有通知他本人的情况下私自决定出售版权，而事实上他并不赞同这一做法。于是他联系了我，请求我帮他摆脱这个对他非常不利的处境。我已在上一封信中给出了能够满足双方需求的建议，希望你能重新考虑我方的慷慨提议。我想，若是威尔弗里德·劳里埃大学出版社发现贵司在法律上并没有权利将版权授予他们，无论如何他们都不会冒这个险，毕竟这件事对他们来说风险太大了。

最终我只能选择放弃。我对这本书投入了太多心血，继续这么斗下去只能使自己更加沮丧。况且，比起即将到来的另一个打击，这件事充其量只是一场小小的风波。

两天后，外公又失踪了。因为有过前车之鉴，我们一再交待养老院要对他严加看管，可他们还是由着他独自一人从花园溜了出去。我当时正在谢菲尔德的学校接受培训，无法和家人一起去找他。我心急如焚，恨不得抛下一切冲回家去，再当一回眼尖的寻人英雄，大老远就看见他从车库间的小巷里蹒跚着走出来，坐在路边的草地上休息。

多年来我从未停止过对塞林格的迷恋。我时常流连于一些网站，大量搜寻读者对他的作品的新见解。到目前为止，我访问过的最好的网站要数“死去的考尔菲德”，该网站提供的信息相当有深度，而且会定期更新。我联系了网站的主人肯尼斯·斯拉文斯基，问他是否考虑写一部塞林格的传记。我们都知道塞林格非常重视自己的隐私，动不动就把人告上法庭，但是到目前为止还没有人对斯拉文斯基网站上的内容提出过异议，于是我便把沉默当成了默许，打算将这些材料以另一种形式公开。即使这本书只是将斯拉文斯基已经整理好并发布在网站上的内容原文复制，它也会是一本令读者感兴趣的汇编。

斯拉文斯基开始埋头写稿，并且定期发给我最新的稿件。那段时间我们互通了大量的电子邮件，我很喜欢这种交流方式。他很感激我对他作品的喜爱与支持，因此每一封邮件都写得很客气。他和上文的小马克一样，都称不上是天才的作家，但他做事兢兢业业，一步一个脚印地耕耘着。他写文章时有重复累赘和拖沓冗长的小毛病，但这类问题修改起来并不难。他的文笔虽不够好，但细节却一个也不少。而我最欣赏他的一点是，他并没有像前人那样试图模仿塞林格的风格，从而导致写出来的东西不伦不类。斯拉文斯基很有主见，他不辞辛劳，肯花时间，在写作方面越来越得心应手。因为需要不断收集新的素材，他经常请求延迟交稿，短则一个月，长则半年。经过长达6年的反复打磨和数百封电子邮件的沟通，他终于向我递交了一份约18万字的文稿。这个篇幅显然太长了，我甚至不知道这么厚的一本书能否装订得起来。于是，我在不降低其质量和完整性的前提下将这篇稿子删减到大约15万字。

这份手稿几经修改，终于在2009年圣诞节定稿并交到克里斯蒂安·布雷特的手中，由他来做印刷前的排版。以往其他书籍的公关工作大多是在我朋友的帮助下完成的，但我意识到这将是“波莫娜”迄今为止最受关注的一本书，必须不遗余力地将它一炮打响，于是专门聘请了一位知名的公关——尼基·斯通希尔。早在20年前，她就曾为我写的那本玛丽安·费斯福的传记组织过出版宣传活动。2010年1月26日星期二（这个日期很重要），我把这一项目向尼基做了介绍。在我们谈话的最后，她问了我塞林格的年龄，我告诉她几周前他刚过完91岁生日。

“你应该知道我在想什么了吧？”

我说我知道。

我们谈话的第二天，塞林格就在康沃尔的家中安然离世了。我的心情很矛盾。尽管塞林格自1965年6月在《纽约客》上发表了那篇题为《哈普沃兹16，1924》（*Hapworth* 16, 1924）的短篇小说之后就再没出过新作品，但他的离世却使得全世界，包括我的世界都黯然失色。然而，他的离世也使我们即将出版的传记成了全世界最热门的一本书。我给艾伦·杰索普打了电话，他是“罗盘”公司的负责人，这家代理公司长期负责“波莫娜”书籍的销售。我们之前一直定不下来究竟要印多少本《塞林格传》。此时的艾伦热情高涨，他显然是看清了形势，建议初次发售的精装本应为5000册。我问他是否有把握卖出去，他说他有百分之百的把握。我被他的信心征服了，他毕竟比我更了解市场。他办事能力很强，并且一直是“波莫娜”忠实的支持者。为了印制这本书，我花光了自己所有的积蓄——1万多英镑。

媒体对这本传记进行了大量的报道，评论家们也给出了不错的评价，但它的销量却一直上不去。于是克劳斯再次发挥了他的作用，而他这一次的表现依然令人钦佩。他把版权卖到了世界各地，从南美的巴西到中国台湾，以及其他大大小小的国家和地区。每一笔交易都为出版社带来了为数不多的预付款，从400美元到1500美元不等，公司这才一步步扭亏为盈。

就在这时，全球最大的平装书出版商——纽约兰登书屋发来了一封电子邮件，他们非常希望获得这本书在美国的版权。我一遍又一遍地读着那封邮件，随即把这一好消息告诉了斯拉文斯基。我着实为自己和他感到欣慰，毕竟我们都全心全意地为当初的信念付出了努力。他也和我一样难以接受塞林格的去世，但这本书，尤其是即将达成的这笔交易，无疑是给我们共同的偶像以及我们自己最好的交待。我通过电子邮件一步步完成了这笔交易，充分意识到一本优秀的图书遇上合适的出版时间是多么的重要。书里的故事就发生在与我谈判的这家公司的所在地，它的主题几乎渗入美国的每一个角落。然而，这本传记在英国的销量却一直如涓涓细流，看来这里的人只喜欢读塞林格写的书，对他本人却兴趣寥寥。我对此感到无法理解。

外公失踪的第二天晚上，我做了一个梦。梦里的一幕幕犹如从天上掉落的照片，在我眼前不停地翻滚。起初，我梦见外公双手捧着几颗带有斑点的鸟蛋，跌跌撞撞地走着。接着，他躺了下来，把脸伸进一大摊浅浅的水里。这些水进入他的体内，在他的全身流淌，使他无法呼吸。我梦见黑暗降临，可我却看不见平日里夜幕降临时门缝下面透进来的一缕灯光，也看不到远处山坡上不停闪烁的亮光。我的眼前一片漆黑。我感觉自己在上升，毫不费力地缓缓飘浮在空中，既平静又轻松。醒来后，我看了一眼床边的闹钟，才凌晨3点半，于是我翻了个身又睡着了。

一位自称是斯拉文斯基代理人的经纪人给我发来了一封电子邮件，我在几秒之内就从网上了解到她在业内处于数一数二的地位。她所在的公司总部就设在百老汇，离《麦田里的守望者》中的重要场景——中央公园只有几个街区。她使用的策略与另一位代理人不谋而合，都是在取消现有合同效力的前提下，要求我退还所有预付款，以及销售过程中累积的所有款项。由于事关重大，这一次我不再轻言放弃。

整整一个夏天，我收到了无数封电子邮件，不停地被告知要修改那些已完成的海外交易的各种文件。他们甚至要求我提供银行账户的复印件，以证明上面的收入与我在斯拉文斯基的版税声明中所申报的金额是一致的。我本可以坚持自己的立场，拒绝这些无理的要求，但正因为我没有什么可隐瞒的，也想通过这一次机会来表明自己坦诚的态度，我全程都很配合。这件事浪费了我一整个夏天的时间，我表面上配合，心里却忿忿不平。当忙完一天的工作，闩上小仓库的大门时，我偶尔会想到自己居然一直躲在罗奇代尔这条脏乱的巷子里和远在纽约百老汇的精英们进行着如此高水平的较量，这简直令人难以置信。有一次，我忍不住给远在新泽西州的斯拉文斯基打了通电话，愤怒地质问他为何要这么做。我们第一次在电话里听到了彼此的声音。

“你是知道的，代理人一般都这样。”他说。

我说代理人只能遵照委托人的指示办事，因此这件事的责任在他，可他翻来覆去仍是那一套说辞。

《塞林格传》终于有了转机，开始朝好的方向发展。可紧接着，情况又急转直下。合同显示，“波莫娜”将以同样的条件保留电影和电视的改编权，也就是一切收入与作者平分。美国媒体大亨丹尼·斯特朗（他既是作家，又是演员、导演和制片人）对电影的版权很感兴趣。他本人曾在电视剧《吸血鬼猎人巴菲》（*Buffy the Vampire Slayer*）中扮演过重要的角色。出售电影版权的程序一般是先收取一笔较少的预付款，待电影制作完成或公映时再结清余款，而且余款通常都相当可观。

这部名为《麦田里的反叛者》（*Rebel in the Rye*）的电影很快就投入了制作。电影里的几位主演均已落实到位，其中就包括扮演塞林格的尼古拉斯·霍尔特和扮演乌娜·奥尼尔的佐伊·多伊奇，塞林格22岁时曾与16岁的乌娜有过一段短暂的恋情。该电影于2017年1月首映，同年9月在美国上映。一个月后，影片中塞林格的恩师兼杂志编辑惠特·伯内特的扮演者凯文·史派西就遭到了性骚扰和性侵犯的指控，奈飞公司立刻切断了与史派西的所有联系。任何与他有关的作品都受到了牵连，其中包括《麦田里的反叛者》。这部电影只获得了一个很短的亮相便以票房惨败告终，这就意味着“波莫娜”几乎收不到任何余款。

处理与这些作家之间的烂摊子令我心力交瘁，好在这样的情况极少发生。其实出版社最繁重的工作在于每天要处理的大量事务，如合同、项目推进表、ISBN（国际标准书号）、尼尔森和亚马逊等公司需要的元数据、不同分辨率的封面PDF文档、条形码、新书推介、完成网站订单、登录贝宝、联系排版和印刷部门、处理大量的投稿、计算版税和确保图书的宣发工作等，事情多到一口气都说不完。而且，甭管付出多少，得到的经济回报都是最小的，有时甚至颗粒无收。因此，敢冒这个险的向来只有疯子和梦想家。

制作书籍的成本并不太高，一本普通大小和页数的平装小说排版大约需要800美元，而印刷2000本这样的书大概需要2500美元。一本售价10美元的书，零售商可能会要求以50%的折扣进货（亚马逊平台的折扣甚至更多）。代理商和分销商收取的费用约占25%。这样一来，一本售价10美元的书在支付完印刷排版费用后，最终留给出版商和作者的就只剩2.5美元了。坦白说，出版图书的利润简直少得可怜。有一种大胆的做法或许可以增加一点利润，就是在第一轮印刷时多印一些，比如原计划印1000册，可以尝试多印1000册，而多印的这1000册的成本往往只相当于前1000册的30%。如果连多印的这1000册也能全数卖出去，那么收益就很可观了。可惜这些书通常都卖不出去，在仓库里存放一年左右，出版社又要支付一笔仓储和废纸处理的费用，收益不成反为负担。这些都是我的经验之谈（且看后续的说明）。

我在6月的一个潮湿闷热的下午听到了外公去世的消息。那一天阳光明媚，天空蔚蓝，万里无云，我照例从记者培训学校回家过周末。下车之后，我放下肩上的背包，在火车站的电话亭外面排队等候给家里打电话。微风卷起人行道上的灰尘，一张张被丢弃的车票在太阳下晒得发黄易碎。终于轮到我打电话了，爸爸接起了电话。

“儿子，我有一个坏消息要告诉你。”他说，“他们找到你外公时发现他已经死了。他们猜测是因为跌倒时撞伤了脑袋。”

接着，爸爸陷入了沉默。我不明白他在说什么。

“你在听吗，爸爸？”

“我现在很难过，实在说不下去了。”

说完他便挂断了电话，电话里传来冷冰冰的拨号音，叫人听了不免恼火。爸爸和外公平时似乎不怎么亲近，但此时他说话哽咽，声音颤抖，短短几秒钟就让我对他刮目相看，他究竟对我们隐瞒了多少感情。

一家成熟、专业的出版社往往拥有许多部门和一大批专业人士，而一个独立的出版人就必须一人挑起所有担子。我很快就发现，无论是哪个环节出问题，最终都是我的错。如果条形码因被漏掉或是印错了位置，或是错印成其他书的条形码而需要把正确的条形码贴上去，就一定是我的错。如果没能及时向销售代表传递精确的信息，从而影响了订单，那也是我的错。如果《塞林格传》的封底没有文字，也会是我的错。如果我请一位好心的英文老师来校对一本书，而她挑剔的职业病又惹恼了作者，那也是我的错。如果封面设计者因为一段封面简介的字数始终确定不下来而变得暴躁，那一定也是我的错。如果作者不小心收到了双倍版税，那也是我的错（而实际遭受损失的也是我，这种事的确发生过）。如果网站上的内容无法及时更新，是我的错。如果有人订购了一本书，结果等了6周还没收到，那也是我的错。如果一本书出版后没有媒体报道，那一定是我的错。（我曾考虑聘请公关来解决这一问题，但一本书的公关费用就高达7000英镑。于是我对那位公关说，我只需他帮我与记者们牵线搭桥，至于写宣传稿和送书等事情就由我自己来做。他头一次遇到这种情况，于是开口向我要了3500美元，到头来却连一家全国性的媒体都没联系上。）一本书的公关费高达3500英镑，结果却一事无成，那绝对也会是我的错。

一本书的成功与否似乎毫无定数。在“波莫娜”出版的这些书里，只有一两本受到媒体的广泛关注或是碰巧赶上了当时的热点，但即便是这样也才卖出去几百册。亨特·戴维斯的第一本足球类书籍《球迷》印了3000册已销售一空，而接下来那本《下半场》的销量却只有第一本书的1/10。我认识的每个人都表示过对巴里·海因斯的喜爱，但买他书的人却寥寥无几，或许他们只喜欢《男孩与鹰》，对他的其他作品却不闻不问。他有好几本作品都不为人知，比如《未竟的事业》（*Unfinished Business*）、《初见端倪》（*First Signs*）和《埃尔维斯畅游英格兰》（*Elvis Over England*）。而那些关于乐队和歌手的书籍（如“驽钝”乐队、比尔·纳尔逊、斯图尔特·默多克、大卫·盖奇、马克·拉尼根、鲍勃·斯坦利，以及乔·汤普森），则主要是卖给他们原有的粉丝，虽然这有助于提升“波莫娜”的形象，但总感觉我们出售的是周边商品而不是单纯的图书。

我从未给作者施加宣传作品的压力。我一直固执地认为作家都是极度害羞、少言寡语的天才，每顿饭只吃饼干和培根皮，胆小到连自己的影子都害怕，却能够轻而易举地写出一大段优美华丽、熠熠生辉的文字。事实上，我对那些过分满足读者要求的作者反而有些反感。我认为作者只能通过写作与读者进行交流。但必须承认的是，有了作者的帮忙，书籍的销量肯定会有所增加。

或许，一本书的宣传和销量之间并没有什么直接关联，就连一本书为何卖得比另一本书好也没有必然的联系。相对重要的原因可能是买卖过程中的各种不确定因素，比如一个热情的销售代表签下了一笔大订单、一个盲目支持出版社的读者，或者一本书碰巧被书店拿来打折促销（例如，全场体育类书籍买二送一）。这些因素都将使原本的销售数据出现偏差。到目前为止，我们还没有出版过销售量超过3000册的书，这个数字似乎已成了我们的上限，这表明我们并不具备超越这一销售量的机制（无论是营销手段还是出版社的形象）。我很快就接受了这一事实，不得不承认，大型出版社和零售商之间那些看似无形的销售手段是我们永远都无法触及的，对我来说，那简直是另一个世界。

外公的尸体是在一处谷底被发现的。警方说，他很可能在失踪的第一天就已经死了。他们判断他是在坡顶上失足跌倒后撞破了头，然后被惯性带了下去。他们安慰外婆说他走得很快，估计几秒之内就断气了。

我妈和外婆出席了外公的死因调查讯问。外婆担心外公失踪那天的值班护工会因此失业，她说她会小心说话，以免给他带来麻烦。讯问结束后，他们却在庭外看见那位护工和一个同伴有说有笑，这一幕着实激怒了妈妈。

她不停地说着："他根本就不在乎外公的死。"

"波莫娜"最悲伤的时刻要数一辆卡车运来了大约3000本滞销书，其中大部分是塞林格的传记。那段时间，我正饱受腰椎间盘突出的折磨，于是我安排了几个朋友和我一起去小仓库搬书。按理说，那辆卡车应该在下午1点左右到达，我特意交待他们派一辆小一点的卡车以方便开进巷子里，停在仓库的门外。结果路上遇到了堵车，那辆车迟到了整整两个小时，而那时我的朋友都已经回去了，整个仓库就剩我一个人。更离谱的是，来的是一辆大卡车，附近停得下那辆车的地方离仓库少说也有200米。我强忍背部的疼痛，看着那一车高高堆起的书。司机是一个人来的，没人能搭把手，他说他没有任何义务帮忙卸车。我说都怪他迟到了太久，我的助手都下班了。他一时词穷，只好嘟嘟囔囔地解开固定在货架上的书。我们安静地把书一捆一捆地从卡车上搬到仓库里。他一次能拖两三捆，而我却连一捆都拖得很吃力。

“你怎么了？”他问道。

“我刚做完腰椎间盘突出手术。”

“看样子你马上就得做第二次。”

一个小时过后，我们总算是搬完了。我筋疲力尽，背部开始一阵阵地痉挛。我看着这堆该死的滞销书，不禁感到心酸。我到底在折腾什么？这种感觉就像一个人遭受了严厉的惩罚却不知错在哪里。然而这一切还没结束，我还要考虑如何处理这3000本滞销书。

我至今仍在慢慢地处理这些书，只要有机会，它们还是卖得出去的。但目前的情况是，零售市场几乎全被大型出版社占据。我已经把其中一部分卖给了几家专门回收滞销书的公司，但每本书的回收价只有几分钱，再除去运输费，这些书的利润也就所剩无几了。我还把它们作为免费赠书放到“波莫娜”的网站上，但读者必须自付邮费和包装费，可单单这笔费用就比在慈善商店或滞销书店买书还要贵。我甚至尝试过去火车站摆摊赠书，但不一会儿就被一个拿着对讲机的男人赶走了，他告诉我在公共场所摆摊是需要执照的。我说我既没有做什么坏事，也没有违法，可他说我是在“扰乱公共场所的秩序”，他完全可以举报我。

由于最近又增加了2000册库存，我不得不双管齐下，尽快减轻仓库的压力。首先，我极不情愿地忍痛分批扔掉了上百本书（就连写这句话都让我感觉痛苦万分）。我要么把它们塞进家里的可回收垃圾箱里，要么开车把它们运到当地的垃圾处理中心。后者操作起来要很谨慎，因为我一年前刚被逮到过一次。当时我把亨特·戴维斯的《小气鬼》偷偷藏在纸箱里。正当我小心翼翼地把它们倒进废料桶时，一个眼尖的工作人员发现了纸箱里的书。

“那是什么？”那个穿黄色工作服的男人问道。

“是一些不想要的书。”

“可它们全都一模一样。”

我只好点了点头。

“怎么会这样？”他问。

我一声不吭地沉思了大约3秒钟。在这段时间里，我清醒地意识到根本就没有说得过去的理由能让一个人同时拥有好几本一模一样的书，除非他是一个愚蠢、不称职的出版商，常常自不量力地将一本书大量地加印。我正要解释，可还没等我说完，他就打断了我的话：“这么说，你是个卖书的？”

我不知该如何解释自己既是一个卖书的，又并非传统意义上的那种生意人（因为我一分钱也没挣到），才能免去一大笔商家必须支付的回收商品的费用，更何况这些商品已经让我赔了不少钱。那个穿黄色工作服的男人看起来比我高多了（或许是我的错觉）。我的脑子里一片混乱，舌头也打了结。

几名目击者在讯问时说到他们在外公去世前不久曾看见他。他大热天穿着一身西装穿过墓地附近的一片树林，自然容易引起别人的注意。一个市政园丁曾看见他从灌木丛里走出来，以为他在偷鸟蛋，于是大声地把他赶跑了。病理分析报告上写着，头部的撞击不太可能导致外公的死亡，只会令他头晕目眩，但不足以致命。他的真正死因是溺水，而最有可能的死亡时间是他失踪后第二天半夜，也就是我从梦中惊醒的那一刻。

我妈告诉我这一结果时，我顿时感到一种奇怪的欣喜，但同时心里又有点发毛。我几乎梦到了所有的细节，就好像自己早已被选为信使，任务就是传递一个具体而重要的消息——外公在死去的那一刻终于获得了平静。

正当我开口向这位工作人员解释自己的工作性质时，他的注意力又被一个怀里抱着老式玩具车的家伙吸引住了，那位老兄正准备把玩具车放进一个写着“金属”的废料桶里，可它们显然还能卖个好价钱。

“喂，老兄，说你呢。”黄衣服工作人员一边喊住了他，一边大步向他走去。

我连忙把车开走，一路上心里五味杂陈，既高兴自己得以脱身，又莫名其妙地有些伤感。我一方面想到那些呕心沥血才写成的书最终却只能被投进罗奇代尔的废料桶里；另一方面又想到自己居然为了不用花钱就能将多年来投入的心血、资金、热爱和希望通通扔掉而暗自窃喜。这些书还没有被阅读过，有的甚至是原封未动。这么做简直是疯了。

我又用另一种方式为自己减轻了数百本书的负担，就是把不同的书装成一袋，然后把这一袋袋书丢到慈善商店里。这么做有时也免不了担惊受怕，因为我经常不得不把车停在黄线上，或者慢悠悠地在市中心那几条街上兜圈子，等着我侄子快速跑到他在手机上找到的那几家店去送书。好几次我都因为被交通管理员盯上而不得不快速把车开走。这么做既花钱（包括汽油费和付给侄子的小费）又浪费时间，但至少这些书可以被人读到，同时又能为英国民众兽医药房、斯普林希尔临终关怀医院和贝克普教堂的团契会筹到一点钱。目前为止，我们一天最多能送出52袋书。

我偶尔会在红狮酒吧里跟朋友发发牢骚。一般喝到第二杯时，当我吐槽了一大堆关于背叛、贫穷、官僚和失望的故事后（其实全都跟出书有关），我就会振作起来，请大家再喝一杯。如果有人问起我为何这么做（偶尔会有一两个好奇者），我通常是这么解释的：当一批新书刚从印刷厂送来时，你最好一个人安静地在房间里赏读。如果制作过程很顺利，它就一定会给你带来超验的感受。然而，你手中这件美妙的东西一开始也只是一个想法（一个看不见摸不着却又充满希望的想法，仅此而已）。若不是你事无巨细地将这一想法落实为一件成品，这本书就不可能存在。而当你在制作自己写的书时，付出的心血就更多了。

2009年5月，我出版了自己的小说《青春的最后一波疯狂》（*The Last Mad Surge of Youth*）。在过去的两年里，几家主要的出版商差一点就签下了这本书，其中一家甚至表示，只需对结尾稍加修改，立马就可以出版，但我就是不想改。另外，根据以往的经验，让步妥协对我并没有好处，也无法让我更早地实现梦想。这本书从头到尾都由我一人操刀。我可以把它高高举起，像一盏明灯似的把每一个我想要做到的细节都照得仔仔细细、一清二楚，包括文本的大小、纸张的类型、封面的图片和简介，以及每一个单词、句子和段落。这本书获得了评论界的一致好评。《Q》杂志[1]把它选作当年的最佳小说，《泰晤士报》和《卫报》也热情地加以报道。

我回想起当年那位没能帮我卖出第一部小说的经纪人对我说过的话，他说没人拥有想出书就出书的“特权”。我当时一句话也没说，那是因为我不想显得太自负，如今的我已没有了这种担心。其实我很想告诉他，只要对书籍足够热爱和执着，再

1　1986年创办于伦敦的英国老牌音乐杂志。——译者注

加上适当的天赋与培养，你就能拥有这种该死的“特权”。下一个出书的会是谁呢？当然没有人会吝惜自己的天赋，但这个世上永远不乏平庸之辈和人脉甚广的机会主义者。

就在我不停地为“波莫娜”减轻库存压力的同时，我也从未停止过增加我的私人藏书。来访的朋友都说我的房子已经越来越像个图书馆了。事实的确如此：走廊里摆的是政治类书籍；前厅的后墙属于摇滚、流行和娱乐演出类书籍；前厅里离房门最近的那面墙则属于地方史和传记类；前厅的另一面墙摆放的是其他地方放不下的小说；客厅煤气炉旁的角落则属于精装小说；客厅的另一个角落有一个可以兼作书柜的橱柜，里面全是近期新添的书；厨房里放的全是烹饪书；楼梯最上面放的是企鹅出版社的小说；转角的平台则用来放我自己写的书，以及跟我有关联的书和若干本《格兰塔》杂志；主卧里那个巨大的书架是用来存放体育类书籍的；次卧房门左边的那面墙摆的全是精装小说和政治经济类书籍；次卧的另一面墙摆的是幽默故事和超大本的精装小说，因为这个书架比家里的任何一个书架都要深；工作室兼客卧用来存放非企鹅出版社出版的其他平装小说；阁楼上有好几个存放各类图书的密封塑料箱；车库里也有不少杂七杂八的书，全都存放在一个个密封的塑料箱里。家里随处可见一堆堆五花八门的待读书目。

死因调查结果出来后的第二周，外公去世的消息就登上了

《米德尔顿、莫斯顿和布莱克利卫报》，也就是我一年以后去当见习记者的那家报纸。在这篇简短的文章里，外公的名字被改成了乔·达菲，地址也变成了那家住了还不到一天的养老院。虽然这么说也没错，但外婆对此一定很伤心，因为外公去世前的成千上万个日夜都是在外婆的照顾下在家里度过的。

在接下来一周左右的时间里，相隔两户人家的几位来自西印度群岛的太太们上门来看望外婆，并且安慰外婆说她们曾在教堂里为外公祈祷。街对面那位几乎每个周末都要挨男朋友打的年轻女人往门缝里塞了一封慰问信，外婆说："我劝过她很多次，叫她离开那个坏蛋。"住在街角的老哈利说外婆有任何需要他都随叫随到，就算身体不舒服来不了，也会派手下的小伙子来帮忙。

"他们都是一些善良的人啊。"外婆说。

我的外公在68岁那年去世了。

我在不知不觉中收集了3500本书。如果你经常买书，又不舍得扔掉它们，并且幸运地活到了50多岁，要达到这一目标简直易如反掌。除此之外，我还有体育和音乐这两项固定的爱好，因此我有数百本关于这两个方面的书。我对阅读前足球运动员、前板球运动员、前拳击运动员和前摇滚明星的传记乐此不疲，尽管我承认读这些书就像大口吃甜食，肯定不如阅读其他书（比如小说）那么有营养。

我们不妨简单地计算一下，假设我从13岁开始收藏图书，那么在期间的2236个星期里，我平均每周只添了1.5本书，这件事突然就变得不那么夸张了。事实上，我非但不觉得自己夸张，还想不通为何有人连每周为自己添1.5本书这么简单的事都做不到。

我的藏书大都来自二手书店和慈善商店。在过去10年左右的时间里，书籍已经成为一种廉价的通货，它们随处可见。书籍交换是指将书籍“放归大自然”以便让别人去发现的一种做法。例如，当地一座教堂的长凳上放着一个装有数百本书的纸箱，一旁的窗台上摆着一个诚实盒（无人看管时供人们自觉付款的容器）；我家附近的小镇托德莫登有一个公园，公园一旁的芳草地里立着一个装满图书的柜子，人们可以坐在长椅上，在薰衣草或迷迭香的味道中享受阅读的乐趣。他们也可以把书带回家，下次路过时再带别的书来做交换。有600多名网友在小镇的脸书主页上为这一创意点了赞，将近100人给出了正面的评价，但也有个别多虑者射出了现实主义的子弹，比如一位名叫“安娜”的网友就曾评论道：“想法虽好，但托德莫登的一些正人君子也会因此遗憾地发现自己身边生活着一群怎样的混蛋。”

我最近一次开车外出是去北约克郡一个郁郁葱葱的村庄科尔顿，据说那里的人口只有212人。我在经过一个电话亭时发现它已被改造成一个图书交换亭。我对这一趋势一无所知，尽管英国电信自2009年起就一直在推行“电话亭征用”计划，而且目前已有100多个电话亭里摆满了书架和书。这些新改造的图书交换亭遍布大大小小的村庄，每个村庄的名字听上去都像是作家J.K.罗琳在品味伯爵红茶时想出来的，例如康沃尔郡的菲奥克、萨默塞特郡的韦斯特伯里-门迪普和丁德尔、德文郡的希普沃希、格洛斯特的小瑞辛顿，以及剑桥郡的海明福特阿伯茨。

回到科尔顿，我至少进出了5次这样的图书交换亭，拍了不下20张照片。我还是不敢相信眼前的景象。电话亭图书馆，而且是免费的？我只想坐在附近的草地上尽情地反思，思考自己从年少到中年经历了哪些变化。我最后一次使用电话亭就是给我爸打那通电话，然后听到他在电话里告诉我外公去世的消息。而在那之前，大概就是15岁那年学校的迪斯科舞会结束时，我在罗奇代尔镇中心打电话让人来接我回家。我记得每个电话亭的门都很结实，在你使劲推开它之后，还要抵挡住迎面袭来的一股浓浓的尿骚味，努力不让自己吐出来。里面的电话若是完好无损，未遭破坏，那就算幸运的了。总之，我最常在电话里说的一句话就是："妈，你能来接我吗？"

可怜的罗奇代尔。20世纪七八十年代，这里的工厂接连倒闭，整个城镇遭到了毁灭性的打击，处处可见一些工厂的残垣断壁。孩提时的我们就在这片废墟里玩耍，时常假装成士兵在炸弹落下后第一个冲进火场。我们大声喊叫着，稚嫩的声音在废墟里回荡。我们把捡来的纺锤当成一颗颗迫击炮弹，对准那些栖息在破窗户洞里的鸽子一阵投射。

尽管条件差、工资低，这些加工厂在倒闭之前还是为当地的老百姓提供了相应的工作和固定收入。如今的罗奇代尔已然成为后经济衰退时期典型的英国小镇，在新冠病毒的影响下更是沦为英国最贫穷落后的地区之一。镇上到处是遍地垃圾的商业区，外围则是一条拥堵的双线车道。每个人的脸上都写着“泄气”两个字，看得出他们过得又累又担心。每个从你身边经过的人要么咳嗽，要么走路一瘸一拐。以往的周一到周五，商场里几乎看不见年轻力壮的男人，如今却随处可见一些大男人在买5英镑两份的微波炉烤宽面条和大袋的薯片。孩子们一见面或一拿起手机就大喊大叫，一群穿着运动服的小混混大摇大摆地走过街头，无聊地和几只气势汹汹的比特犬斗嘴。

唯有那片山丘和荒原是一成不变的，山上的景色主要由磨石粗砂岩和软泥炭雕凿而成。这里时常有杓鹬光顾，偶尔也有羊群匆匆地跑过。漫步在微气候带来的雨水、阳光和四季不变的风中，你立刻就感觉到不同，就像一头扎进了一个完全不同的思想状态。当你走得脸颊红润、双腿发麻时，不妨在粗糙的草地上坐一会儿，吸一口自己卷的香烟或尝一口蘸着茶水的饼干，别提有多惬意了。夏天里难得遇上凉风习习的好天气，这时候最适合找个地方露营（或许可以选在那丛蕨类植物中），当然最好是带上一本书（无论是托马斯·哈代、劳里·李，还是贝茨的）。就这样，在一处无人经过，不被发现的山间一隅，你可以独享一个短暂而又精致的小假期。

从山顶向下看，随着太阳的落山和暮色的降临，罗奇代尔的街灯在黄昏的天空下忽明忽暗地闪烁着，就像一个巨型煤气灶上的一圈小火苗，此情此景让我想起了几位好友曾向我吐露心声。起初，也就是几年前，他们说他们打算离开这个穷乡僻壤的小镇，并且忘掉这里的一切。他们要到伦敦、曼彻斯特或其他什么地方去过一种更好、更丰盛的生活。后来，他们的语气由向往变成了苦涩。他们故意把罗奇代尔说成是“狗屁戴尔”或“罗奇呆儿”，并且悔恨道：“我几年前就该离开这个鬼地方。”我却从来没有这种冲动，但我有想象力丰富的脑子和一辈子也看不完的书，凭着这两样东西，我就能认识各种人物和走遍世界各地。其实罗奇代尔并没有那么差，每当夜幕完全降临，最好的观赏地点就是白宫酒吧的停车场。站在这条通往哈利法克斯的A58高速公路上向下望去，远处的灯光汇聚成一片流动的金色，就像专程从奔宁山脉舀来泼上去似的。只要你站得足够高远，就看不见那些垃圾、涂鸦、混乱和污秽物。此时此刻，你的眼里只有光。

第二部分

前路漫漫

第十三章 “博学”标签

全球知名的网络代理公司谷歌用它那时刻都在运转的“大脑”估算出现代史阶段（大概在过去的250年里）全球共出版了1.32亿本书。这个数字还在不断增长。据联合国教科文组织统计，全球每年约新增220万本书。

如此庞大的数字意味着就算阅读量再大的读者，他所读的书也不过是沧海一粟。尽管如此，许多人还是无视这些数据，大言不惭地给自己贴上了“博学”的标签，或者让别人往自己的脸上贴金。“博学”这一概念应该上升为一种文化立场，一种由上至下的评判。社会上总有那么一群身份优越、受过高等教育的人，他们高高在上，心怀鬼胎，仗着自己在某方面的权威和伶牙俐齿，硬是以自己的标准定义大众的品位，但凡认同他们观点的人都会被认可为“博学”。

罗伯特·麦克拉姆就是这类人的典型代表。他曾于1979年至1989年担任费伯出版社的编辑部主任，并于1990年至1995年担任该出版社的总编。1996年至2010年，他又去了《观察家报》担任文学编辑。他的爸爸——英帝国高级勋位获得者[1]迈克尔·威廉·麦克拉姆，曾任剑桥大学副校长和伊顿公学校长。还不止这些，罗伯特·麦克拉姆的妈妈克里斯汀·福德是阿瑟·弗雷德里克·布朗洛·福德爵士的女儿，他曾担任拉格比公学的校长，又在BBC担任了7年的董事长。当《卫报》决定为"博学"一词下定义时[2]，罗伯特·麦克拉姆就顺理成章地被请了出来。他亲切地指出，"阅读三类书籍便可以拥有渊博的学识"，它们分别是"希腊和罗马的经典著作"（此处引用了他的原话）、英美传统文学，以及一个被他称为"伟大翻译作品"的门类。在他所列举的45位作家当中，我读过其中15位作家的作品，只有6位是我没听说过的。因此，按照他的定义，我已然达到了1/3的"博学"水平。

麦克拉姆如此慷慨地与大众分享的这份书单显然源自他自己的生活经验。他曾是多塞特郡谢伯恩学校的寄宿生（这所学校建于公元705年，校训是"上帝和我的权利"，Dieu et Mon

1 又称为"英帝国司令勋衔获得者"，是英国授予有特殊功绩的人的奖励。——译者注

2 详情参见2015年8月《卫报》的一篇题为《100部最佳小说：从班扬的圣者到凯里的内德·凯利》的文章。

Droit)。在假期回家时，他可能会发现他的爸爸正在翻阅一本自己与一位剑桥大学的朋友合著的书，也许正是那本《公元68—96年弗拉维王朝历代元首文选：包括革命之年》(*Select Documents of the Principates of the Flavian Emperors: Including the Year of Revolution, A.D. 68–96*)。麦克拉姆的家庭时光里还有另一段精华部分，就是他称为“最深刻的童年记忆”的那段回忆：“剑桥家中那几棵俯瞰花园的山毛榉树上秃鼻乌鸦的叫声。”[1]麦克拉姆的名声如此显赫，以至于《卫报》三番五次地邀请他为一些文学作品提名，其中包括2003年10月出版的“史上最伟大的100部小说”、2015年8月出版的“100部最佳英文小说”，以及2017年12月出炉的一个换汤不换药的榜单“100部史上最佳非虚构作品”。

这就是出版界的规矩。一切事务都由高层决定，再层层落实到个人，从公司的所有者到各级编辑，再从经纪人到实习生，然后交给审稿人和宣传人员，由他们负责对书稿进行筛选（把关）和决定是否发行。出版业主要以伦敦为基地，所以业内的工作人员基本都住在伦敦或伦敦周边各郡。他们都受过大学教育，通常毕业于罗素大学集团[2]的名校，起的名字也都是我从小

1　摘自2017年9月Pan Macmillan网站对他的一段采访。

2　罗素大学集团，成立于1994年，是由英国的24所研究型大学组成的高校联盟。集团因24所院校的校长每年春季固定在英国伦敦罗素广场旁的罗素饭店举行研究经费会议而得名。——译者注

到大在学校里没怎么听过的，比如以字母A开头的就有阿莱格拉、安托瓦内特、奥里莉亚和阿拉贝拉等。他们每个人都自称热爱书籍，并宣称自己的思想很开放，但直觉还是会把他们吸引到与自己背景相符的文学主题、文化背景和人物上。这种情况在创意媒体行业早已司空见惯。

至少有几位出版界的领军人物已经承认了他们所谓的“包容性问题”。英国企鹅兰登书屋在2017年推出了一项“包容性追踪”，目的是“真实反映从当时到2025年的英国社会”。

毕业于牛津大学历史系的企鹅兰登首席执行官汤姆·韦尔登说：“我们决心要出版代表更广泛声音的书籍，以便更全面地反映我们所处的多元化社会。”“当我意识到书籍和出版业并不能真实地反映我们所生活的世界时，我感到很不舒服。我从根本上相信书籍，相信书籍具有塑造文化的力量。而当文化只屈从于一个很小的社会群体时，这件事无论如何都是可悲和错误的。”[1]为了阻止精英主义和任人唯亲，韦尔登在“企鹅兰登”实施了两项关键政策：一是取消招聘人员必须有大学学位的前提条件，二是禁止为员工的工作经历提供个人推荐。

有别于通过姓名就能判断的种族和性别，阶级有时是很难分辨的。或许可以用以下几种简单的方式进行分类：一是根据血统或受教育程度（比如父母的职业和上过的学校），二是根据社交礼仪（比如用dinner、tea还是supper来表达“晚餐”），三

1 分别摘自《书商》（*Bookseller*）杂志2017年6月和11月刊。

是根据吐字发音（比如“class”一词的发音）。作为一个业内人士，韦尔登无疑是推动这一变革的最佳人选。假如抱怨来自其他地方，比如下层阶级，他们就会被指责为又在炮制充满嫉妒、自怜和受害者心态的老汤，是纯粹出于“酸葡萄”心理，是对上层阶级羡慕嫉妒恨罢了。直到近几年，这种反驳几乎成了一种条件反射。它使这个行业免遭批评，以此保住那些自私自利的小团体，从没有人反思过究竟是谁在经营这个珍贵的行业，他们是如何经营的，又是在为谁提供服务。

罗伯特·麦克拉姆固然是一位爱书之人，也是一位颇有建树的作家[1]，但他仍然代表了少数被赋予巨大影响力的人。他和许多生来就享有特权的人一样成了指定的“品位制造者”。而另一位代表人物威尔·赛尔夫则毕业于伊顿公学下属的12所独立学校之一的大学，他的爸爸彼得·约翰·奥特·赛尔夫是伦敦政经学院公共管理学教授，爷爷艾伯特·亨利·赛尔夫爵士则是航空部副主席兼电力委员会主席。

当被要求提供阅读推荐时，这些作家都会尽心尽力地完成这项诱骗任务，用一种半开玩笑、半煽动的方式，真诚地与读者分享阅读的乐趣。不幸的是，这些推荐有时也会弄巧成拙，不仅缩小了读者的文化视野，还在读者中形成一种与作品本意

---

1 麦克拉姆2017年出版了一部关于死亡的专著，《每一次深思：探讨生命、死亡和生命最后的阶段》（*Every Third Thought: On Life, Death and the Endgame*），为读者提供了极好的反思。

背道而驰的共识。更糟糕的是，这些书单和对“博学”的设想都助长了精英主义。《挪威的森林》(*Norwegian Wood*)的作者村上春树对此表示了赞同，他说：“如果你只读别人都在读的书，你的想法也就只能和别人一样了。”哲学家亚瑟·叔本华曾这样嘲笑一部文学经典：“噢，那些平庸之辈从来都如此地相似！他们简直是一个模子刻出来的！他们在相同的情况下想法竟完全一致，无一例外！这就是为什么他们的观点总是如此片面和琐碎。”

麦克拉姆的背景和生活经历是常人无法企及的。大多数人并不具备足够的渴望、耐心以及能力阅读他的推荐作品之一——阿里斯托芬的《鸟》(*The Birds*)。这部喜剧于公元前414年首次上演。在我们这些外行人眼里，故事是从两个中年雅典人——珀斯特泰洛斯和欧厄尔庇得斯——在山坡上相遇时的对话开始的。珀斯特泰洛斯说道：

> 他告诉我们，这两只鸟会带我们去寻找忒柔斯。忒柔斯曾经是人，后来却被变成了戴胜鸟。他分别以1欧宝[1]和3欧宝的价钱把那只寒鸦和乌鸦卖给了我们。但事实证明，他们只会咬人。

有观点认为，正是这些“希腊和罗马的经典著作”孕育了

1　欧宝，一种古希腊银币。——译者注

此后一切文学作品的故事和人物，这一说法虽不无道理，却又往往让人觉得只有受过极好教育的人才真正懂得它们的价值。而我们大多数人都只配在门外好奇什么是欧宝，忒柔斯是谁，以及一只戴胜鸟是怎么变成人类的?

有时候，成为博学之人似乎是一种责任和义务，我奉劝大家要不惜一切地抵制这种想法。因为一旦开始干这份苦差事，把那份书单上的书从头看到尾，从道格拉斯·亚当斯看到乔纳斯·扎博斯基，最终衡量的就不是一个人的智商，而是一丝不苟的工作态度。再说了，谁能把几年前读过的书里的人物、情节和场景像近期刚看过似的记得一清二楚？或许有一两个片段会深深地扎根于你的记忆库，但大多数人回想起来的都是一些最基本的信息，以及阅读时或阅读后留下的感受。想要保住“博学”这一称号就意味着要重读那些书和一些别的书，循环往复，不断更新自己对那些书的记忆。

另外，一支箭也经常射向那些所谓的“博学之人”的良知和信誉，就是就种族和性别而言，他们的阅读面还不够广泛。通过我收藏的男女作家比例便可看清出版界对待性别问题的总体趋势。广义上讲，20世纪及以前的小说和非小说作品中，仅有5%出自女性作家之手；20世纪50年代，该比例已上升至25%；到20世纪70年代，这一比例已达到40%；如今男女作家的比例已基本持平。美国小说家雪莉·杰克逊于2020年将她1953年创作的回忆录《在野蛮人中生活》（*Life Among the Savages*）拍成了传记电影，社会上对女性作家的看法在这部传记中可见一斑。她回忆起自己在登记入院准备生第三个孩子时与医院前台的一段对话：

“职业？”

“作家。”我回答。

“就填‘家庭主妇’吧。”前台说。

“是作家。”我说。

“我已经填了‘家庭主妇’。”前台说。

我在收集作品时从未对作者的种族或肤色有过明确的区分，正因为如此，我的藏书可以再一次较为广泛地反映书籍出版的总体趋势。我的藏书中有超过87%的作者是白人，4.2%的作者将自己定义为黑人，1%的作者称自己是“亚洲人”（也就是来自印度次大陆的人）。这些数据全都来自美国[1]，在英国却无法被准确地获取，尽管我们知道在全英国约有10%的非白人作者，而且受“黑人的命也是命”这一人权运动的影响，这一数字还在不断地增加。

我很高兴自己已成为人们眼中1/3的博学者，这一称号的确很受用。我从未高看过自己，但人们却认为，如果你拥有很多藏书，或是经常为报纸和杂志写书评（就像我一样），那么你就算没读过，也至少听说过那些学者们口口声声推荐的每一位作家。

1　数据来自一个可共享美国政府数据的平台Data USA。

“你居然没听过……我简直不敢相信。”

这种责问通常很有效，我常常会在它的鞭策下对其口中的作者进行一番了解。例如，一天晚上，一位朋友的朋友参加了我们在红狮酒吧的聚会。他是一个乐器制造商，用的全是“偶然发现”的木料。他给我们看了手机里那些乐器的照片，每一件都很有特色。这时，“大象”鲍勃（他是这里的常客，因身材高大而得名）打断了我们的谈话，开始大谈特谈薯片，这是到目前为止他唯一喜欢的话题。酒吧老板前阵子刚从比利时采购了一些薯片，里面加了一种叫“波斯特尔”的奶酪，已经被吃得只剩下最后一盒了。

“你们一定要尝一尝这种薯片，”他说，“这款特殊的奶酪是由修道院的僧侣发明的，它们要经过近两年的陈化。配合土豆一起吃，会吃出一丝肉豆蔻和丁香的味道。”

我们用力点了点头，夸张地表示着对薯片的喜爱。他走开时不小心撞到了一两张桌子（不愧是“大象”鲍勃！）。几秒钟沉默过后，那位乐器制造商抛出了一个常用来填补聊天空档的尴尬问题。

“你们最近都在读什么书？”

这是我最不想被问到的问题，与之并列第一的是“最近都在听什么音乐”。我一听到这样的问题就害怕。我平均每周会发现7支新乐队，再加上前一周发现的5支，而我大概只记得其中2支乐队的名字。至于书本，我究竟应该跟你说说我汽车后备厢里那5本已经被我翻看过的书，是前座上那3本，还是先说说我那该死的一屋子堆得比白蚁丘还要高的书？谢天谢地，他在我们回答之前就先自觉地列出了自己的书单，尽管他把标准改成了他认为的史上最优秀的三位作家。

“如果硬要选的话，”他说（奇怪，明明是他先逼着我们选的），“我会选莱斯·默里、查尔斯·威尔福德和玛格丽特·杜拉斯。[1]”

我注意到我们当中没人听说过这三个名字。接下来要怎么办？我们可以一言不发，暗示着我们知道他们的作品但更喜欢聊别的话题；也可以尽力装出一副了解他们的样子，然后故作兴奋地讨论起他们的作品（比如“我更喜欢默里早期的作品，也就是写作手法还比较稚嫩的时期”），尽管这么做可能会使我们露怯，或者干脆大胆地承认自己从未听说过这三位作家。我一贯倾向于使用最后一种策略，尽管有点动机不纯，甚至有点诡计多端。因为这么做会使提问者自我感觉良好，从而放松警惕，在回答时将自己的个性显露无遗，比如他是真想提供帮助还是自觉高人一等。正如我所料，作为一名作家，又拥有那么多藏书，我果然不让大家失望地成为第一个做出回应的人。于是我沉着冷静地避开了这个问题。

“肉豆蔻和丁香？既然有大虾冷盘和泰国甜辣酱，谁还会想吃这个？”

1　莱斯·默里是澳大利亚诗人，查尔斯·威尔福德是美国犯罪小说家，玛格丽特·杜拉斯是法国小说家。

我也有过与雪莉·杰克逊类似的经历，看来这并非女性作家的专利。每当你告诉别人你是作家时，他们的反应全都如出一辙。他们会死死地盯着你，瞪大一双明察秋毫的眼睛，似乎在说：“你是作家？”有时我真希望他们能痛快地说出：“别吹了，你看上去一点也不像作家！”

显然，真正的作家是不会满大街向路人宣告自己的职业的。他们从不轻易透露自己的身份，只有在某些特定的场合，比如外出寻找一处安静的地方闭关写作时，才会被套出作家的身份。这时候你就算否认也没有用，因为除了作家，谁还会在旅游淡季独自一人躲在偏僻的村舍里，一连四五天在电脑键盘上敲个不停？在上下打量一番之后，那些房东、清洁工或小店的店主便会忍不住问道：“那么，你写的是什么书？”

如果你正巧写的是非虚构类作品，这个问题就不难回答；如果你写的是小说，那就另当别论了。面对这个问题，我的第一反应通常是：我也不知道我写的是什么。我自己也正想通过写作来厘清这个问题。

于是我回答：“一些杂七杂八的东西。”

他们从不接受这样的敷衍。

“具体是什么杂七杂八的东西呢？”

我只好随口编几样东西搪塞过去。他们一边点头，一边继续不服气地瞪着我，不知不觉又回到了最初的话题：“嘿，还敢说自己是作家？”

他们离开之后，我不禁陷入了沉思。他们究竟希望看到一个怎样的作家？在他们心里，作家该是怎样的一种形象？在电影中，男性作家往往是身材高大的中年人，胡子拉碴，不修边幅，无论春夏秋冬都穿着一件灯芯绒或皮质夹克。他们爱听爵士乐，爱喝杜松子酒或威士忌。他们时常一边喃喃自语、揉着额头，一边努力回忆着自己把钥匙或羊毛衫落在哪里了。仿佛除了写作以外，生活中的大小事情他们都处理不了。电影里却从未对女性作家做过类似的刻画，这在很大程度上证实了女作家雪莉·杰克逊在20世纪50年代提出的那个问题。

闭关写作为的就是远离世俗喧嚣，在一个衣食无忧的地方，让自己完全沉浸在写作当中，以便更好地发挥感官的作用。如果写作进展得顺利，就一定要犒赏自己。奖品可以是浏览一本杂志（完成300字的奖励），也可以是下午茶和一块巧克力饼干（完成500字的奖励）。但最好不要打开电视机，因为原本只想偷着看10分钟电影，最后往往会演变成看一个小时或者更久。另一个坏主意就是去附近的酒吧。你会以“酒精能让自己在写作之余更放松”来自圆其说。进去之后，你通常会发现身边是一群身材粗壮、穿着长筒雨靴和涂蜡夹克的家伙。他们说着当地的方言，自穿开裆裤的时候起就彼此熟悉了。你找了个不太舒服的角落坐下来喝一杯。几分钟后，你开始怀疑这些酒鬼是否在议论你，甚至嘲笑你。他们一直在朝这边看，不是吗？你回到自己的小屋，闩上了门，把今晚这段经历的感受一点一滴地渗透到写作当中。于是，一部轻松愉快的小说就这样被写成了痛苦孤立的暗黑系，风格从P.G.沃德豪斯[1]一下子变成了弗朗茨·卡夫卡，而这一切都怪今晚圣布里昂酒馆里那杯泡沫丰富的青草味啤酒和那帮拍《稻草狗》(*Straw Dog*)[2]的群众演员。天气渐渐转冷，你开始后悔当初太抠门。如果一味地省钱，你就免不了要住进一所租金虽然便宜，但破旧不堪、暖气不足、积满灰尘、气氛恐怖的房子。“清净快乐”的日子很快就会被“孤独的神经质”所取代。

你的生活终于有了某种规律。饿了就吃，累了就睡。做饭尽量简单，连着吃一星期的微波炉食品也无妨。餐后立即清洗盘子和杯子，这样有助于放松精神，尤其是把手泡在温暖的肥皂水里。尽管日子过得很慢，但时间却丝毫不等人。傍晚的窗外，夜幕接替了黄昏，虽然只用了短短的一分钟，你却能清楚地看到每一帧画面，这种与大自然融为一体的感觉着实令人振奋。闭关写作时最好不要看别人的书，以免受其他作者的影响而失去了自己的表达，这会使你的作品产生精神分裂的效果，对于一部惊悚小说来讲，这倒不是什么坏事。

在我看书最密集的那段时间，我看起小说来几乎从不间断，一本接着一本，一直持续到二十八九岁。无论到哪儿我都带着

1 英国作家，被认为是20世纪英语世界成就最大的幽默作家。——译者注

2 一部1971年上映的，由萨姆·佩金帕执导，达斯汀·霍夫曼、苏珊·乔治等主演的惊悚片。——译者注

一本书，要么放在上衣口袋里，要么装在大旅行袋的侧袋里；白天放在椅子的扶手上，晚上则放在床边，随时随地想看就看。就像现代人离不开手机一样，书本就是我当年最好的消遣，只要有一本书在手，我就能暂时将自己置身事外。书本几乎成了我的影子，因此我很少感到孤独。就算火车晚点两个小时我也无所谓，我可以在月台上找一张椅子坐下来，或者到车站外那家门口停着一排计程车的咖啡馆里小坐。只要有一本书在手，我就能踏踏实实地远离无聊。除非是遇到疯子，否则没人会去欺负一个手里拿着书的人。我仿佛在用手里的书告诉世人：此人正在平行世界里过着与世无争的幸福生活，不会对任何人造成伤害，也不屑于跟任何人产生分歧进而升级为一场争斗。走吧，这里没什么热闹可看。

后来我一直保持着阅读的习惯，只是生活变得更忙碌、更充实了，尤其是在我们有了孩子以后。在跟孩子们挤在一张沙发上看好几个小时的比夫、奇普、基珀和大黄狗[1]以及《我们一起去猎熊》（*We're Going on a Bear Hunt*）[2]之后，再次拿起小说的兴趣明显地降低了。这时候只需一杯葡萄酒或一罐啤酒，再加上一小时左右的催眠电视，我就能轻而易举地进入梦乡。

第二天醒来又是漫长而繁忙的一天，我不得不像前一天那

1　罗德里克·亨特著，亚历克斯·布里赫塔绘制插图的系列儿童书籍中的卡通人物。

2　1989年出版的由迈克尔·罗森撰写，海伦·奥克森伯里绘图的儿童绘本。

样许下一个依旧无法实现的诺言（再照例自责一遍昨天的软弱）——今晚一定要读书。

大概从那个时候开始，也就是30岁以后，我积累藏书的速度开始远远超过我的阅读能力了。然而，生活往往会“在某个闲来无事的周二下午4点突然袭击你”[1]。尽管我们总想着多一事不如少一事，也总在欺骗自己一切尽在掌握中，却随时都有可能遭遇如痛失亲人、离婚、疾病、伤心、全球瘟疫等重大问题的打击，“啪”的一声，大脑和心脏立刻被痛苦、担心和懊悔压得喘不过气来，根本没有心情阅读。生活中的一些好事同样会影响我们的阅读，比如一段新的恋情、一次冲动的旅行、一个令人兴奋的项目或是一次不可抗拒的自我重塑。

然而，书籍从不介意被冷落，它们会毫无怨言地耐心等候你归来。

1　1997年6月《芝加哥论坛报》（*Chicago Tribune*）上的一篇文章，该文章由专栏作家玛丽·特蕾莎·施米希撰写，后来被巴兹·鲁赫曼改编为热门单曲《每个人都可以涂防晒霜》（*Everybody's Free to Wear Sunscreen*）。

第十四章　新型的阅读方式

在我家的房子里，书籍永远占有一席之地，它们无处不在，家里几乎找不到一处放眼望去看不到一两本或若干本书的地方。任何时候都可以跟随一连串我看一半又放下的书按图索骥般在家里找到我，根据我看完的前六七本书的书名，你大概就能摸清我的个性了。你们可能以为我住的是豪宅，其实不是——一座正常大小的房子照样放得下很多书。

在我家以外的地方想要看到这么多书还真不太容易。大家普遍认为书籍正在为生存而战。在过去的10年里，英国的新书销量（包括纸质书和电子书）下降了1/3。诚然，受《哈利·波特》系列的影响，这些数字并不能完全客观地反映问题，毕竟在前一个10年里，该系列在全球卖出了5亿多册。向伏地魔和阿不思·邓布利多教授致敬。

与读书相比，那些层出不穷的新型娱乐方式显然更热闹、更醒目、更快捷，也更唾手可得。这些娱乐方式同样需要关注和消耗时间。40年前，所谓的“家庭娱乐”也只是看看电视、听听收音机和留声机。现如今，人们可获得的文化养分简直多到几辈子都用不完。只需一台个人电脑、笔记本电脑、手机或平板电脑就能够满足（或尽可能满足）现代生活的一切需求，包括购物、理财、阅读、写作、通信、摄影、设计、记录、配对、学习和性。“声田”[1]（以及其他流媒体服务平台）提供了即时访问世界上大部分数字音乐库的服务。我们可在自家的55英寸宽屏全高清智能LED电视上观看数百个频道的节目。通过奈飞、油管、亚马逊会员视频和苹果TV，我们几乎可以观看到所有电影、流行视频、音乐会或电视节目。这些设备同时也可以用来玩电子游戏。2018年以来，电子游戏行业的收益已经与音乐和电影行业不相上下——据彭博公司介绍，在美国，电子游戏业每年约产生430亿美元的收益，而在全球的收益已达1400亿美元。为何只有书本的收益永远都如此单一和不堪一击呢？

正因为选择繁多，人们开始感到焦虑和不知所措，为了不错过更多更好的东西，他们不敢满足于只享受单一的娱乐形式，而要不停地在网上“冲浪”，从电影到电视，再到播客，再到一

1　一个正版流媒体音乐服务平台，2008年10月在瑞典首都斯德哥尔摩正式上线。——译者注

首乐曲、一本杂志和一本书，不停地循环往复。人们也因此变得越来越挑剔，听歌必先快进到副歌部分，看书也只看“有趣”的部分，其他部分一概跳着看。一旦感觉电影的节奏放慢了，就迫不及待地上网冲浪，或许还会搜索眼下这部电影的相关信息。早在一个多世纪前就有人首次提出了“蚱蜢心态”的警告，就像媒体广告里说的，有些人“凡事都略知一二，却又样样不精通”。“备受赞誉的喜剧演员、作家和公众思想领袖”罗素·布兰德（这段介绍来自他的个人网站）就总结过这个难以描述的问题，他说：“有些事我应该做却没有做，而有些事我明明不该做却做了，我在内心深处意识到了这一点，并且一直在试图纠正它。”

在没有网络之前，我们总在潜意识里相信自己能抽出时间去做任何事，不管是看电影、听音乐还是阅读。因为当时获得信息的途径很少，无非就是信件、聊天和收音机，这很难不使我们产生一种世界不过如此，我们无所不知的错觉。如今，我们每天都能通过推特、电子邮件、脸书和其他各种途径收到成百上千条关于歌曲、电影、报刊文章等的推荐或链接。我们既兴奋又疲惫，因为本能地想要体验这一切，但实际又做不到，于是每天都感觉灰心丧气、怅然若失，恨自己没本事、不争气。我们越是意识到时间有限，一切终将结束，这种失落感就越强烈。在这种压力下，我们必然会觉得紧张。当今社会，人们的眼里已经没有什么是足够好、足够伟大的了。

科学家发现，当我们从一种设备切换到另一种设备时，皮质醇的分泌就会增加，这是一种与大脑的某些部分配合以控制人体的情绪、动机和恐惧的“压力激素”。而此时释放出的肾上腺素可能会导致思想混乱或扰乱正常思维。不断地随机切换注意力还会促使体内产生多巴胺这种神经递质，它会使大脑在失去焦点后需要不断寻求外部刺激来获得补偿，从而形成一个恶性循环。更糟糕的是，人体的前额皮层偏好新鲜事物，因此它的注意力很容易被一切新奇、鲜艳和耀眼的东西所拦截。如果我们一边看电视或在电脑前工作，一边上网、查看电子邮件或发送文字信息，每做一件事都是一次新鲜事物的转换，都在对前额皮层和大脑的寻求补偿区域进行微调，这就导致了内源性阿片类物质（实际效果接近美沙酮）的激增，从而不利于我们专心完成任务。由此可见，这么做并没有使我们收获持续专注地完成一件事所获得的实质性回报，比如阅读一本书，而是在完成了一千件零碎的、糖衣包裹着的任务后获得空洞无力的快感。[1]

印刷图书已经进入与科技正面冲突的阶段。当时就有人预测，书籍将会像传真机、录像机和折叠式地图一样被淘汰。我一直拒绝购买电子阅读器，《柯林斯词典》将其定义为“一种可

---

1 以上信息主要来源于《有组织的思维：在信息过载的时代清晰地思考》（*The Organised Mind: Thinking Straight in the Age of Information Overload*），作者丹尼尔·列维京，2014年出版。

以随身携带，以电子格式下载和阅读文本和书籍的设备”。这种设备于1998年问世，当时的媒体上出现了数百篇关于电子阅读器的报道和文章，大多都声称从此纸质书的封面要被画上一个叉，表示它们彻底完蛋了。

不出所料，塞林格在这件事上又做了一回反对者，他一早就坚持自己的作品必须以印刷版发行。在他死后，他的儿子马修立刻转变了态度，并声称他收到了一位手部残疾、无法翻阅实体书的女读者的来信。他爸爸可不会那么轻易就动摇。莫里斯·桑达克是出版了《野兽国》(*Where the Wild Things Are*)和《小熊》(*Little Bear*)等一系列儿童书籍的作家和插画家，他曾明确地表示：“不用理会他们，这就是我要说的。我讨厌电子书，它们不可能成为书籍的未来。至于我死后是什么样子，我也管不着了。”[1]《华氏451度》(*Fahrenheit* 451)的作者雷·布拉德伯里对此也有同感。他曾在《纽约时报》(*New York Times*)上说：“他们想把我的书放到雅虎上，你知道我怎么跟他们说的吗？我说：‘你们去死吧。你们这些人和互联网一起见鬼去吧。’”

一件新事物，无论以什么名义出现，总有一种特别的吸引力，尤其当它披上了高科技的外衣，外观时尚，线条流畅，既可以拿在手里把玩，又可以轻松地从一只手换到另一只手，然

1 摘自2012年美国午夜新闻和讽刺类节目《科尔伯特报告》(*The Colbert Report*)。

后毫不费力地滑进牛仔裤后面的口袋里。这一设计完全满足了恋物者想要的各种元素。电子书刚一问世，销量就几乎与纸质书持平。它的销量在2012年达到了顶峰，此后便一路下滑，目前仅占图书销量的16%（数据来自尼尔森调研公司），这一切还要归功于亚马逊公司的大力推动，而市场上95%的电子书都出自亚马逊（数据来自亚马逊官网）。有数据显示，许多人曾经对电子书很感兴趣，兴冲冲地买了一台，现在又恢复了看纸质书的习惯，或者两者兼而有之。

除了出国度假时便于携带以外，我看不出电子阅读器较纸质图书有任何改进。假如只是开车去布兰斯科姆或法利，把30本书塞进几个塑料袋里并不是一件难事，而且我经常这么做，可一旦要乘飞机，在越来越不方便托运行李的情况下，要在只有3块砖大小的手提行李箱里塞下30本书根本就不可能。度假时总不能只带两三本书吧？我三两下就能把这几本书看完，根本就无法支撑我度过因为反思而产生各种情绪的一整个星期。解决这一问题的办法就是买一台Kindle（有不少人这么说，而当时正是2011年，人们认为这些电子设备很快就会把纸质书赶尽杀绝）。一位热心的朋友在他的设备上上传了几本我最喜欢的书和一些我还没读过的书。我对这台借来的设备一直持开放态度，不敢有丝毫的怀疑与怠慢。其实，不管以什么方式表达，文学始终是文学，作者们始终是把文字汇集起来并加以排列，以此讲述故事，制造情绪，或传达信息。

在一次飞行途中，我打开了那台Kindle。令我感动的是，它的格式如此忠实地还原了印刷的页面，可惜这样的喜悦并没有持续多久。这些出现在屏幕上的文字让我瞬间回到了工作状态，不由自主地开始寻找一个压根就不存在的键盘，随时准备对眼前的文章进行校对，对一些单词或句子进行删改，再对一些段落进行剪切和粘贴。实事求是地说，如果不考虑需要携带大量书籍的情况，这简直就是一场灾难。在强光的照射下，它的屏幕看上去几乎一片空白。尽管我自作聪明地戴上了太阳镜，却还是看不清上面的文字。我调整了屏幕的亮度，但每提升一次亮度，文字就会从屏幕上消失，出现短暂的白屏。把它带到海滩上，我又担心沙子会钻进去或失手把它掉进水里。最重要的是，它变成了旅行中除了手机、银行卡和护照之外又一件让人放心不下的东西。假期里就该放松身心，摆脱一切烦恼和责任。于是，我把那台Kindle还了回去。谢谢，但它不适合我。

无论面临何种压力和竞争的干扰，图书市场依然与我们同在。这些年它始终在运转，仅2018年，英国就售出了1.91亿本新书（数据来自史丹索特统计软件），创造了近80亿英镑的收入[1]，增加了近20万个就业岗位[2]。书籍之所以能存活下来，原因就在于那些被看成弱点的特质其实都是使它们立于不败之地的

1　数据来自创意产业委员会，一个由创意产业和英国政府联合举办的论坛。

2　数据来自创意产业委员会。

绝对优势。书籍能给人一种安静的、发人深思的愉悦感，是对付普通家庭里一切吵闹与喧嚣的必不可少的解药。只要房间里有一本书，无论是被翻看过的还是和其他书一起被束之高阁的，它都象征着即将到来的休闲时光，一种忙里偷闲的放松感。这种感觉就像在乡间散步，这种纯粹的快乐永远都不会改变——过去如此，上周、去年，甚至当你还是个孩子的时候亦是如此，并且会永远在记忆的深处等待着你的归来。

书本是实实在在的有机体——归根结底它们都是由纸张制成的！书本留给人的感官印象永远不会变，因此它时刻令你感到熟悉和安心。你可以放心地用手指拂过它的封面，去感受它的质地是哑光的还是覆膜的，书名和作者姓名是否是凸印的。如果是精装书，你把它侧着放，它也能直挺挺地立在那儿。平装书则最好捧在手里，小心别伤到它的书脊。把书举到面前，你会发现它墨色的封面散发出和内页不同的味道。翻开一本书，纸张沙沙作响实在令人陶醉。只需一个小时的阅读，你的拇指边就会积攒不少的书页，尽管你知道它并没有什么实质性的效果，但它还是会让你感到有益身心健康，就像是刚进行了一次慢跑或吃了一顿健康的饭菜。

每一次阅读都是在与自身、与作者，以及与书中那个更为广阔的世界进行反复沟通，你会因此确定自己的所见、所闻和所想，不再受其他因素的干扰。书本是诚实的，与电子屏幕及其相关设备不同，书本里没有一双无形的眼睛，也没有蜘蛛网般纵横交错的网络在忙于分享和分析你的个人资料，以便不停地让你消费更多的东西。书本里也没有多到令人眼花缭乱的干扰项，不时会刺激你的大脑神经，迫使你去发电子邮件，查看社交媒体页面，更新杀毒软件，或者重温1998年度假时拍的照片。书本从来不要花招，无论在金钱上还是在情感上，它都表里如一，始终保持着一种形态——纸面上的文字。

在忙完一天的工作和料理完各项家务后，阅读就成了一种近乎超自然的体验。但是，不妨给你一个温馨提示，如果这是一个给自己放的“假”，一种强行安排的快乐，你就很有可能遇到以下风险，就是把阅读变成进入下一个放松阶段（睡眠）之前的过渡。有利于睡眠的条件同样也适用于阅读，比如安静、温暖、独处、舒适的椅子、不饥不渴的状态等，还有最重要的一点——心态平和。我第一次边读书边打瞌睡发生在45岁左右，这标志着我的人生开始进入另一个阶段，就像小时候需要戴眼镜才看得清很小的字体，或者几年前必须小心翼翼地站起来才能避免背部痉挛。

许多人把阅读作为入睡前的序曲，睡前看书固然有助于让自己放松，有些人甚至认为，眼睛在页面上左右移动可以起到自我催眠的作用。一旦把书本和睡眠挂上了钩，你就会在不知不觉中形成一种模式，从此无论在任何时间阅读，你都得努力让自己保持清醒。要解决这个问题就必须打破这种联系，或者至少打乱这种模式。在睡意萌发时，比如眨眼时闭眼时间过长或不自觉地低头，就要立刻站起来伸伸懒腰，或至少换一个坐姿，为自己提神。如果这些做法全都不奏效，也可以在房间里走一圈或喝一杯咖啡，打开一扇窗子，或者在原地慢跑以加快血液循环。因为对于一个健康的成年人来说，正常的睡眠心率在每分钟60次到80次，心率偏高就有碍于睡眠。如果以上做法全都失败了，你自己有的是时间，那就该打盹打盹、该读书读书，同时享受两种不同的乐趣。

另一个问题恰好与之相反，就是在读一本不太值得关注的书时头脑却异常清醒和警觉。你通常多久能读完一本书？这种假设是基于你已经接受了与它共处一室，也就是包括书名、封面、简介、作者照片，以及在书店里就看过的首页内容在内的每一项都已通过了你的检验。无论是朋友推荐，还是参考报纸上的书评，或是一时冲动的购买，这本书都已到你的手上。好读网（亚马逊旗下的一个拥有9000万会员的读书社交网站）的订阅者们说，在所有他们打开或下载的图书中，被完整看完的仅占38%。要坚持看完所有的书岂是一般人能做到的？但是这群人一定都很自律，毕竟他们加入的是一个全球性的读书俱乐部。没准他们平时都只吃蔬菜，即使感冒了也会坚持锻炼。

我的几位朋友居然能忍受读一些非常糟糕的书，对此我感到十分诧异。在做出判断之前，他们起码要反复印证这本书的前50页，甚至是100页。《印象主义者》（*The Impressionist*）和《没有男人的诸神》（*Gods Without Men*）这两本书的作者哈里·孔兹鲁曾经说：

> 我曾经强迫自己看完仅看一半又放弃的书，我认为这对年轻人来说是一种很好的锻炼。可一旦确定了自己的品位，你就会恍然大悟，这辈子所剩的时间也只够阅读有限的几本书了。从此，每读一本坏书都会让你厌恶到想吐。[1]

提出过不少奇怪观点的哲学家亚瑟·叔本华（比如，他认为女人全都“幼稚、轻浮、目光短浅”）对书籍也有着极其鲜明的见解。他曾写道：“人生苦短，不要把时间都浪费在坏书上。只需看几页，就能对一个作家的作品做出初步的判断。坏书犹如毒药，足以伤害心神。”

我完全赞同哈里和亚瑟的观点。我本人一贯根据第一页来判断一本书的好坏。一旦感觉作者写得生硬、不自然、故作高深或自命不凡，我就会毫不犹豫放下它，继续看下一本。因为我知道，且不说喜欢上它，就算试图去理解它，你也会觉得自己正戴着别人的眼镜看世界。如果能顺利读完第一页，无论这是一本需要全价购买的书，还是在火车上随手捡到的书，我多半都会再给它15到20页的机会。这么做似乎有些傲慢，但身为读者，我并不欠作者任何东西，作者反而欠我们读者一个公平的交易，以换取世上最宝贵的商品——时间。况且，每当我劝自己要慷慨仁慈一些，就会发现那些书根本没有做出实质性的

1　摘自2017年3月的《纽约时报》。

改进来否定或驳斥我最初的想法。我有时在看完20页之后仍然无法下结论，于是便决定先放一放再说。我会先把它放下，一心想着再给它一次机会，却又不记得自己把它放在了哪里。直到后来，新买的书一本接着一本地排到了它的前面，又或者我有时会抽出几本书来，把它们由书脊朝外翻成正面朝外地摆着，从此把那本书彻底地抛在了脑后。

我虽然热爱藏书，但还不至于走火入魔。“书痴”与“书狂”虽只有一字之差，却有着天壤之别。藏书癖，俗称藏书狂，是一种精神疾病，其症状包括：对书籍有强烈到无法抗拒的收藏欲望，不论类型、题材或作者，都会反复收藏多本相同的书，随意囤积藏书，使生活区域变得危险和不卫生。如果不治疗，患者就会渐渐地脱离社会，而最令人不安的就是会丧失或缺乏阅读兴趣。

英国圣公会牧师托马斯·弗罗格纳尔·迪布丁大人在他1809年出版的充满讽刺的著作《藏书癖，或称爱书狂》(*Bibliomania; or Book Madness*)中首次提到了这种情况。芝加哥西北大学普利兹克医学院的马克斯·桑德尔博士也对这一疯狂的举动做出了概述[1]：

1　摘自1943年的《刑法和犯罪学》(*Journal of Criminal Law and Criminology*)杂志。

有些人认为收集旧书是一种轻度的精神失常。收藏家则对那些无法体会收藏乐趣的无知者报以遗憾的微笑。哲学家所说的“Ne quid nimis”，意思是“不要走得太远”。然而，在所有的格言中，唯独这句话最难遵循。爱书之人是书的主人，藏书狂人却成了书的奴隶。一个人从爱好藏书发展成严重的藏书癖，就好比一团温暖而友好的小火苗渐渐燃烧成极具毁灭和破坏性的熊熊大火，是一场由不加控制的爱好引发的愈演愈烈的大风暴。到那时，我们面对的就是一种病态的、不可遏制的精神强迫症。

现代医学把藏书癖诊断为强迫症的一种，并提出了两种治疗方式：认知行为疗法和药物治疗。虽然一间塞满图书的房子可能会引来大量的昆虫和老鼠，甚至有火灾隐患，但从本质上讲，它不会危及生命。霍默·科利尔和兰利·科利尔两兄弟的性格都很古怪，20世纪三四十年代，他们在位于纽约哈莱姆区的家中囤积了2500本书和数吨报纸，到每一个房间都必须匍匐穿过几条低矮狭窄的“隧道”。正因为如此，这两兄弟的结局都不太好。[1]

在藏书狂的眼里，书籍在很大程度上跟砖头差不多，尽管

1　兰利死于其中一条“隧道”的坍塌，他的尸体是在一台早期的X光机和一个马颚骨标本的附近被发现的。双目失明的霍默被困于重达120吨的垃圾中，最终因无法发出警报而饿死在家中。

它们在形状、颜色和质地上都略有不同。他们（以男性患者居多）在家中为自己筑起了层层高墙。一般的囤积者会囤积被丢弃的物品，甚至包括垃圾。藏书狂则认为自己囤的是书而非一般的废品，因此算不上违背“正常”的行为。他们的行为与一般藏书家的区别就在于，大多数人藏书的数量是有限的，而且通常是自己读过的或正待阅读的书，所有的书都被整理得井井有条，而藏书狂则是任意地把书塞进每一间房间，直至整个房子都被塞满。

与藏书有关的人群还包括“盗书癖”患者，或称“藏书魔”，指的是有偷书冲动的人，其代表人物就是举世闻名的“书匪”——斯蒂芬·布隆伯格。他曾开着凯迪拉克沿着漫长的公路旅行，途中分别从美国和加拿大的327家图书馆和博物馆盗走了2.36万本书，价值约530万美元。他自称在完成一项使命，具体任务是“解放”那些因政府的密谋而无法对外公开的稀有书籍和资料。他惯用的伎俩就是以大学客座教授的身份（用的是马修·麦古这个假名）向图书馆或博物馆询问是否能一睹某古籍和论文的真容。他每次都特意提到这些书和论文的作者以证明自己的身份。他总穿一件粗花呢夹克，头发凌乱，的确有几分教授的样子，不过工作人员后来回忆说他身上“有点臭”。他曾多次被人识破，但好几次都通过天花板或电梯的通风管道侥幸地逃脱了。1990年3月，这位41岁的偷书贼终于落网了。那堆重达19吨的“布隆伯格藏书”一直被保存在他位于爱荷华州奥塔姆瓦市的家中。美国联邦调查局特工丹尼斯·艾肯说，除非“挖一个50英尺深的混凝土洞”，否则就别想阻止布隆伯格偷书。他被判入狱7年，并处罚金20万美元。出狱后，他重操旧业，又走上了偷书和囤书的老路。

世界上拥有最多个人藏书的是一位名叫约翰·Q.贝纳姆的博士[1]。他在印第安纳州劳伦斯县的阿沃卡拥有一栋两层楼的房子，据说他的藏书多达150多万册。这些书从地板堆到了天花板，不仅遍布房子的各个角落，还占据了车库的大部分空间（这里之前停放着6辆车），就连屋外的空地上也摆满了一堆堆用防水布盖着的书。贝纳姆在山野田间过着安静、与世隔绝的生活，就连当地人对他也不甚了解。平日里他深居简出，常常利用晚上的时间出门去当地的邮局取信。

“20多年前，我见过贝纳姆先生一两次，那时我正在当地的慈善卖书活动上帮忙为藏品定价。”一位阿沃卡居民介绍道，“当时，他和拍卖会的组织者达成了协议，为了收藏这些书，他会在拍卖结束后把所有未售出的书都买回去。他还提到自己是弥赛亚拉比，恐怕我对他的了解也就这么多。我已经有很长一段时间没有他的消息了。”

贝纳姆从不接受任何媒体的采访，甚至不怎么跟朋友和邻居说话。因此，他收藏这么多书的原因至今无人能解。

---

1 《吉尼斯世界纪录》显示，这位收藏者又名约翰·劳伦斯·贝纳姆和约哈南·约翰·劳伦斯·贝纳姆，是一名弥赛亚犹太教拉比，也是一名哲学和神学的双料博士。

意大利作家兼哲学家安伯托·艾柯拥有超过3万册的个人藏书。他说，和其他藏书狂一样，他把自己置于书籍当中是为了提醒自己还有很多知识等待他去获取。这些书籍承载了他所不知道的一切，也承载了他对知识的渴望、好奇与谦逊。

第十五章　收藏癖的治疗

我来看心理医生纯粹是为了做检查，就是想确认一下自己有没有毛病。我分别拜访了一位心理学家和一位人生顾问。我以前也做过类似的咨询，原因是害怕坐飞机。所以相比之下，担心自己的藏书量过大似乎成了一个相对次要的问题。我拜访的心理学家名叫珍妮弗，而那位人生顾问叫丽莎。

她们两位都住在私家庄园的大房子里。詹妮弗让我进门前先把鞋脱了，并且早就为我准备好了拖鞋。她把一头蓬松的头发梳成了一个发髻。在去往“咨询室”（实际上是一间无人使用的卧室）的路上，我经过了一尊金光闪闪的佛像。珍妮弗一直保持着微笑，几乎每眨一下眼都伴随着轻微的点头。她问我是否视书籍如“珍宝”，我回答说，我珍惜的是书籍和阅读的概念，而不是那一本本的书——假如一本书损坏了，我完全可以另买一本（我以前就曾不小心把书掉进马桶和浴缸里）。她听完后又眨了几下眼。大概过了6秒（我一直在计算时间），她才表示对我的回答感到很惊讶。于是她让我接着说。

“我并没有把那些书当成宝贝，”我说道，“它们又不是手工艺品，就是几本书。如果这些书恰好有漂亮的覆膜封面和其他一些元素，那固然很好，但重点还是书里的内容。我对初版和所谓的稀世珍品都不感兴趣，我买书并不是为了投资。说实话，就连那些以收藏做投资的人我也不是很喜欢，我和他们完全不是一路人。”

她又问我每次看见和走进一家书店时心里有何感受，我笑了。那是因为我想到了阿尔弗雷德·爱德华·纽顿说过的一句话。这位美国的藏书家把他在宾夕法尼亚州的大部分庄园全都变成了图书馆。他曾说：“即使无法读书，看见自己辛苦得来的那些书也同样会感到欣喜万分，因为拥有一辈子都读不完的书不亚于无限拓展自己的灵魂。我们珍惜每一本书，即使是尚未读过的。书籍无时无刻不在给人安慰，它们能随时随地让你感到安心。”

我很想把这句话大声地说出来，或者至少转述一下，但又怕对方觉得我在炫耀，搞不好还要重新设定咨询范围。我甚至会被认为是在替自己辩护，在自我保护机制的驱动下四处搜集证据，并且把它们都背下来。

“我会感到一阵兴奋，”我说，“嗯，也许不止一阵，而是两到三阵。一开始，我会因为看见一家书店而兴奋不已，期待着店里会有什么惊喜。这时我会回想起之前感受过的一些兴奋，就像小时候看见书店或在园艺中心、慈善义卖等场合发现有书可买的那种兴奋。因此，这是一种怀旧的兴奋，一份关于兴奋的记忆，大致如此。紧接着兴奋来自我即将进店要去寻找的那几本书。这绝对是一种刺激全身的化学反应。”

“这种感觉与你在书店里找到的书有无具体关联？”

“绝对有。我承认自己在买书的时候的确很挑剔，这与我拥有这么多书的事实似乎有些矛盾。那是因为我总相信自己把书买回去之后就一定会读它，或者至少会试读几页。”

“你目前所拥有的这些书，”她接着问道，“假如我快速看一眼的话，你认为我对你会有什么样的了解？”

“我的藏书种类可不少呢。”

“是吗？”

是吗？其实我自己也不确定。

“有一类书我收藏得不多，就是你们所说的当代小说。”我说。

“你指的是哪一位或哪一类作家？”

于是我开始罗列这些作家的名字。

“比如唐娜·塔特、伊恩·麦克尤恩、石黑一雄和哈尼夫·库雷西。他们的大部分作品我都很喜欢，但事实上，现在看来这些作品也不算太当代的了。我买了萨莉·鲁尼的《聊天记录》（*Conversations with Friends*），还有那本封面很棒的书——艾玛·克莱因的《女孩们》（*The Girls*）。我很想让自己喜欢上这几本书，也努力过了，但还是做不到。说实话，它们让我很恼火。事实上，当下有很多书都让我很反感。”

我很想知道她是否听说过这几本书和这几位作家，是否明白我在说什么。大多数人并不关心文学领域的动态。

“你觉不觉得这跟你一味地念旧有关？你的藏书正好体现了这一点。”

“也不全是。我很想找到能令我喜欢的新作品。没有什么比发现一本杰出的新书更令人振奋了。”

“书籍的来源对你来说困难吗？比如要从哪里获得这些书？”

“任何地方都有我想要的书，一看到它们，我就会开心得不得了。”我停了一会儿，又继续说道，“仔细想想，我现在已经不像过去那么随便了。过去，我从不介意窝在商店潮湿的地下室，对着散落在桌上和地上的一堆堆旧书一看就是好几个小时。那种地方通常都光线不足，偌大的一间仓库只用一根磨损严重的细电线牵着一盏灯，昏暗的灯光在墙上那几张1968年的破海报上留下了斑驳的影子。可是，如今只要一闻到霉味，或是看到墙上有霉点或墙角有盛满毒鼠药的小碟子，我就立刻扭头走。我对想买的书也越来越挑剔。我再也接受不了那些‘狐皮’斑斑，皱皱巴巴，或被晒得又黄又干的书。”

她问我“狐皮”是什么意思。

“就是纸张老化后出现的大大小小的斑点。大概是因为斑点的颜色多为红褐色，与狐狸皮毛的颜色相近，才称它为‘狐皮’吧。”

“原来如此。”她说，“那么，你从书本里得到了什么是其他地方得不到的东西呢？”

这个问题我已经考虑过很多次了，心里早已有了明确的答案。

“听起来有点像在故弄玄虚，但事实就是这样。”我答道，“多年来，我身边出现过许多头脑和反应速度都远胜于我的人。他们不仅幽默，而且记忆力也很好。他们都比我更受欢迎。但是，不管是和他们还是和其他不那么优秀的人在一起，无论受到了积极或消极的影响，我都能保持淡定，我相信这种淡定就来自书本和阅读。”

“你会如何形容这种淡定呢？”

此时的我已进入一种夸夸其谈的状态，或许是门口那尊佛像给了我勇气，又或许是脚上那双柔软精致的拖鞋让我放松了警惕。总之，我继续说道：“外表波澜不惊，内心却充满了忍耐与自信，我想应该还有幸福。如果用一幅画来形容，在我状态最好的时候，尤其是当我读了很多书时，那种感觉就像阳光下斑驳的雏菊，万里晴空中的云朵，或者是波光粼粼的河流——就跟我们常在一些励志书的封面上看到的差不多。再者就是，每当轮到我发言时，我的脑海里就会出现一些条理清晰、简洁犀利的句子，而且往往能脱口而出。这一定也跟读书有关。我没上过什么好学校，因此在我人生最关键的那几年，也就是15岁到22岁，我读了几百部小说，这些书以及我此后读过的每一本书都成了我的老师。”

我希望她能注意到我最后说的这句话，这样一来，我就可以大谈特谈我的人生故事，比如我是如何感觉自己是个古怪的孩子，像一只寄生的布谷鸟似的与家庭格格不入，又是如何被教育体制所辜负，因而错失了一个又一个机会。总之，就是把自己从小到大受过的委屈全都说出来，而且还不忘添油加醋。我发现她看了一眼手表，这才意识到离我们谈话结束只剩几分钟了。于是她开始总结这次谈话的结果。根据珍妮弗的判断，我的行为属于正常的收藏，而不是囤积，这就意味着我“成功避开了那些严重的心理健康问题”。不过话说回来，3500本书这个数量的确不容小觑，于是她用典型的心理学惯用术语建议我时刻监控自己的行为，以确保情况不会失控或是对我生活的其他方面产生负面影响。离开之前，我在门口把拖鞋还给了她。

丽莎把咨询室设在她家花园尽头的凉亭里，四周散发着一种令人愉悦的木榴油和被太阳晒过的木料的香气。她比珍妮弗年轻，大概30岁出头的样子。她的头发又长又直，就像被熨过了一样。她一边做着自我介绍，一边跷起了二郎腿。我注意到她穿着一双黑色的帆布鞋，我自打上学以后就再没见过这款鞋子。她显然已经先入为主地把我当成了囤积狂。她递给我四张塑封卡片，上面印着几句用来证明处理杂物有多重要的至理名言。

“该说的都在卡片上面了。”她说，仿佛关于人生的任何一条建议，无论是离奇古怪的还是真实有效的，只需用一款合适的严肃字体把它印在崭新的白纸上，再用塑料薄膜封起来，就都是不容置疑的。这些所谓的至理名言一看就是从网上抄来的，它们分别是：

> 处理杂物的好处不仅在于拥有一个干净整洁的家，还在于它是一种实践自我关爱的重要方式，因为它能帮助你管理好自己的家庭、生活和私人物品，全方位提升你的幸福感。
>
> ——梅利莎，“简单的狮心生活”网站创始人，一位喜欢喝茶、练瑜伽的年轻居家妈妈

> 杂物会阻碍能量的流动，生成停滞、疲惫和恼怒等负能量。家里的能量一旦流动不起来，你就会有一种推巨石上山的疲惫感，你必须一刻不停地往上推，否则那块石头就会滚下来。做任何事都很费劲，感受不到任何乐趣。当你试图在一堆杂物里寻找某件东西时，你随时有可能挖出许多深埋在里面的情感残渣。你在做深度清洁时一定会发现很多过去不愿面对的事情，比如难过的记忆和破碎的梦想。唯有正视它们，才能创造出更多空间来迎接崭新的生活。
>
> ——设计师、风水大师达娜·克劳达特

> 杂物甚至可能成为你的心理支柱。你会开始纠结是否

需要某件东西来以防万一，一旦没有这件东西，你的生活就会陷入瘫痪。杂物就是以这样的方式助长你的焦虑。一想到要清除它，你就会变得很焦虑。此时，你已经把焦虑的导火索引到了自己的家里！

——凯莉·布朗，一个提倡整理的“80后”乐迷，忙碌的妈妈，偶尔过度思考，喜欢咖啡和巧克力

杂乱的空间会导致焦虑、难堪和家庭压力。一旦你解决了这个问题并学会了扔东西，你的感觉就一定会好起来。

——纽约心理健康专家罗伯特·伦敦博士

“这些说法可靠吗？”我问道。

“人们普遍认为清除杂物有益身心健康。”

“只是普遍认为吗？”

“嗯，想要拿出绝对的实验性证据是非常困难的。”她说。

我曾在网上看到这些整理狂人的照片。他们无一例外都穿着白T恤和紧身牛仔裤，脸上挂着微笑，努力表现出一副健康快乐的样子。实际上，他们看起来糟透了，或者至少有一种身不由己的感觉。他们大多数都在推销自己写的书——一本教你如何丢弃杂物的书。

“我觉得这些人很奇怪，”我说，“我身边从未出现过这样的人。”

“你不赞同他们的观点吗？”

她难道不觉得奇怪吗？没准她的朋友平时都穿白T恤和紧

身牛仔裤，笑起来也都这么不自然。

“我觉得这些人都不太对劲。”我说。

这就是心理治疗的好处。我既然付了钱，他们就有责任认真友好地倾听我说话。因此你会感觉跟他们聊天比跟朋友聊天更释放，倒不是为了减轻我的“症状”，因为我压根就不觉得有困扰。而这么做的缺点就是，你多少会有点忿忿不平，因为治疗的费用高达每分钟1英镑，所以自开始计时的那一刻起，你就会不断地权衡是否值得把时间用来耍小脾气和故意针对他们。

“这群人就像中了邪，”我说，“他们先是虚构出一个东西，然后越想越觉得有道理，如今已经到了走火入魔的地步了。我敢打赌，如果你去深入调查一番，一定会发现他们不仅不健康，还比一般人多了不少心理问题，就算他们把家里清理得一干二净也于事无补。当你自作主张地拿走别人的东西，或是让他觉得拥有太多东西是不正常时，你就是在抹掉他的过去，甚至是在贬低他。其实我们大家都一样，谁也别瞧不起谁。我很喜欢拜访一些家里满是纪念品的人（此时我想到了莉齐姑婆和她的玩偶，以及我在报社工作时采访过的几位神人，其中一位在他的浴缸里建了一个完整的动物园模型），一看到那些波特梅里恩产的陶器、一本本相册或全系列过期的《疯狂》（*Mad*）杂志，我就挪不动步子了。这至少表明一个人很有个性，去过许多地方，每到一处都收集了一些东西，同时也能看出他的家庭关系和社会关系，以及他一生所取得的成就。不过，我说的可不是特雷布斯先生，那完全是两码事。”

“特雷布斯先生又是谁？”她问。

“他是多年前一档电视节目里的一个家伙。那个节目叫《肮脏的生活》（*A Life of Grime*）。他的家里堆满了报纸、盒子和袋子，从地上一直堆到了天花板，几乎把每个房间都塞满了。”

她做完笔记又接着问道：“你不觉得你有一丢丢在替自己辩护吗？”

我讨厌“一丢丢”这个词。

“我承认自己的行为可能被理解为在替自己辩护，但我真不觉得自己有什么可辩护的。我很清楚自己不是一个囤积狂，所以我并没有在否认这一说法。”

“那么，究竟是什么原因使得你开始对拥有3500本书感到担心？你认为最大的问题出在哪里？”

“我应该只是想弄清楚自己为何会有那么多书，而且数量还在不断增加，尽管我知道自己已经没有时间把它们全看一遍了。”

“你会因为想到这一点而感到焦虑或恐慌吗？”

我说我会。

“你考虑过用冥想让自己放松吗？”

“这倒没有。不过几年前我做过一个叫EM的治疗。”

“眼动心身重建法，EMDR（eye movement desensitisation and reprocessing）？”

“没错。我的双眼必须跟随那个女医生的指尖不停地移动。”

“治疗后感觉怎么样？”

“一点儿也不好，我头晕得想吐。”

我感觉她差点就要笑出声来，但还是忍住了。

“如果你不介意的话，我想知道你当年为何接受那个治疗？”

“我当时根本不知道自己正在接受治疗。直到她挥动着手指在我眼前画了好几个‘8’字我才反应过来。我去医院是因为感到压力大，有点被吓到。”

“你目前有伴侣吗？”

我说有。

“你们住在一起吗？”

“是的。”

“在前几次恋爱过程中，你有被遗弃过吗？”

这个问题显得很唐突，但我并不介意。

“你是指被对方甩了吗？”

她点了点头。

“两次。”我答道。

“你当时的反应如何？”

“我当时完全垮了。”

“人们经常会用‘心碎’来形容失恋的感觉。你有伤心到那个程度吗？”

我感到毫无头绪，这件事与我收藏的那些书到底有什么关系？

“是的，我感到极度不安。两次分手都让我感到措手不及。”

“有时人们会说，在那段时间里，他们的意识状态似乎变强了。你也有同感吗？”

我记得自己每次失恋都会对歌词产生强烈的共鸣，就连在开车的时候，中途也要停下来哭个一两次，不，应该说是好几次。于是我实话告诉了她。

“你在阅读的时候也有同样的感觉吗？比如，觉得自己看待事情比以前更通透了，或是更能与书本里的故事产生共鸣了？”

“那倒没有。我几乎吃不下睡不着，整个人坐立不安，根本无法阅读。我无法集中精力做任何事。只要看我读不读书，就能知道我的身体和心情如何。”

“你会担心自己再次被遗弃吗？你收藏了这么多书，是不是因为它们能在你极度悲伤的时候为你提供帮助？”

这个理论简直太有意思了。

“有可能。我绝对相信书本有这个功能，就像其他任何东西一样。”

“有什么功能？”

“情感的分享，因为你会在书里读到别人也在经历着同样的事情。当一本书准确地描绘出一种你认为只有自己才懂的心情时，那种感觉太奇妙了。”

“有多奇妙？”

“就像你在海上看见美丽的日落，这种事一辈子大概只能偶遇那么一两次吧。”

“疫情期间，你被困在家里感觉怎么样？”她又换了个话题。

我想这已经成了心理健康领域的一个标准问题。

“一点儿也不好。”

“为什么？”

“我感觉很孤独。我知道大家都会有这种感觉，但我的孤独感特别强烈。”

“你认为这是什么原因造成的？”

“我可以骂人吗？”

“但说无妨。”

“我觉得政府简直是在胡来。事实上，全世界都在胡来。我无法相信或接受当时发生的一切，简直是歇斯底里，草木皆兵，还要求民众必须无条件地服从。”

“你是否认为生不生病都是你自己的事，别人管不着？”

“我一直都这么认为。我不停地质疑自己，质疑得都有点过分了。突如其来的疫情让我的生活变得很复杂。就像我刚才说的，我感到很孤独，仿佛所有人都疯了，而我却独自清醒，但别人却认为真正疯了的人是我。那段时间，我的几个朋友的确很担心我。”

“你是否认为这件事终究还是跟控制力有关？因为那段时间你完全无能为力，于是对自己极度失望。”

我忽然明白了这段对话的目的。我预感到那个令我讨厌的词马上就要从她嘴里说出来了。

“你是否觉得自己的控制欲太强？”

“几年前我还很讨厌这一说法，现在我已经无所谓了。”我说，“事实上，我还十分引以为傲。这世上的每一件事都被那些不知所以的人搞砸了，因此我巴不得所有人都觉得我是控制狂。”

“你难道不觉得如果自己真想做出一些改变，就一定能做得到，哪怕只是小小的改变？”

“也许吧。”

“你目前的障碍是什么？”

“有两件事。虽然已经过去很久了，但我有点不好意思说。一是我从没接受过演讲的训练，二是我不够自信。可能我天生就不是那块料。”

此时我又有了想要一吐为快的冲动。那些从小与家里格格不入、只能上最差的学校，以及365天都被人当蝼蚁看待的委屈一股脑儿全涌了上来。她立即像烙伤口似的打断了我的话。

“我们实在不该在疫情的话题上纠缠这么久，甚至还扯出了别的问题，这么做只会引发更大范围的偏执。”

这个话题难道不是她自己挑起的吗？！

“好吧。”我只好把话又咽了回去。

关于心理治疗，我其实没什么经验。想象中它应该类似我时常在红狮酒吧里和老友一对一地聊天。不过，偶尔也会聊出一些金句来，它们是那么真实有效，你完全不用理会它们是怎么来的，是从一本介绍新潮生活的手册上捡来的，还是一个霍皮族印第安人在阿拉巴马州的阿拉木其河上一座摇摇欲坠的桥上对一个切罗基人讲的话。丽莎马上就要开始证明自己物超所值了，以下就是她为这次谈话所贡献的金句。

“一方面，你收藏了这么多书并计划要把它们读完，很好地表达了自己对未来的希望和投入。”她说道，“即使你承认自己很可能读不完这些书，你也已经和死亡达成了一种共识，这是我们每个人在生命中的某一刻都必须做的。由于你意识到了这一点，于是心里产生了一种挫败感，这就是你目前所面临的障碍。你必须面对并接受这一障碍。我感觉这种不满一部分是由于不管出于什么原因你都没能完成自己的阅读目标，并且你花了很多时间把自己的想象投射到未来，比如在未来的某个时间和地点，你最终完成了阅读的心愿，读完了自己一直想读的那几本书。同时，我也认为，你在潜意识里把书籍看成一张安全网。每个人心里都有被抛弃的原始恐惧，而你已经真实地遭遇了两次。大多数人都有过类似的经历，痛苦的经历使他们学会了用各种方式保护自己，以免再受到同样的伤害。有时这种保护过了头，就会把所有可能的关系通通拒之门外。他们也可能会为自己设定一个明确的应对机制。我想，你已经隐隐约约地把书籍当成了朋友。你之所以拥有那么多书，部分原因就在于你对这个世界逐渐失去了信任，而你的表现完全正常。你相信，万一再次被抛弃，或是遭遇到自己无法掌控的情况，这些书将成为你坚强的后盾，能够抚平你的伤痛，帮你渡过难关。”

说着，她打开电脑键盘下面一个浅浅的小抽屉。不会又要拿一堆卡片出来吧？我心里直犯嘀咕，拜托，千万不要把我刚对你建立起来的信任削弱了。顺其自然吧。

“你不妨读一读这个。”她果然又递给我两张卡片。

对精神疾病的最佳定义应该是一个人把大部分时间都用来回忆过去和幻想未来，唯独很少活在现实的当下。

——香农·L.奥尔德

如果我们要共同相信一件事情，那就请一起来感受当下的美好吧，也就是通过即时体验来感受万物的存在。可惜许多人的这种感受都被资本主义、宗教信仰、线性思维和战略思考偷走了。我们总在快乐和自由的边缘徘徊，而当我们总感觉离快乐和自由只有一步之遥时，生命也在悄悄地流逝。因为西方的意识形态提倡的是延迟满足，一个人只有在死了以后、退休以后或者性交以后才能获得满足。做任何事都必须先付出后满足。不妨让我来告诉你一件事：这种做法无异于追着自己的尾巴跑。通过即时体验所感受到的存在才是你唯一应该了解的世界，除此之外，一切都是想象和猜测。

——特伦斯·麦克肯纳，民族植物学家、神秘主义者、精神世界探索者、讲师、作家、藏书家以及蝴蝶收藏家

“可以把这张送给我吗？”我问道。

“哪一张？”

“特伦斯·麦克肯纳这张。我以前从未听说过他。”

“他曾经是个大师级的人物。”

“曾经？”

她一定是听出了我语气里的失望。

“他几年前去世了。”

我们俩顿时陷入了沉默，但场面一点儿也不尴尬。她最后说道：“你要用这张卡片做什么？”

“我想把它挂在家里的墙上。”

此时我又想起了多年前裱起来的那段西尔维娅·普拉斯的文章。

“这段话对你有什么特别的意义吗？”

“是的。”

“有何意义呢？”她问。

“大概就如它总结的那样吧。”

她点了点头。

“你此刻在想什么？”

我不知道接下来会发生什么，只感觉一切都变了。我忽然有了一种奇怪的感觉，这种感觉我过去只体验过两次，一次是梦见外公的去世，另一次是参观了马略卡岛的“龙洞”。我不禁回想起当时的情景——沿着小路穿过蜿蜒的洞穴，来到一个巨大的地下溶洞，里面有一汪清澈平静的湖水。我们坐在木制的长椅上，这里俨然是一个天然的大礼堂。忽然，洞里的灯全都暗了下来，眼前一片漆黑。此时，音乐声响起，是阿尔比诺尼的《柔板》（*Adagio*）。湖面上出现了几艘小船，船上人影朦胧，烛光摇曳。周围如此平静，仿佛一切都慢了下来，我几乎感觉不到自己的心跳。在黑暗中，我丝毫不觉得恐慌，反而感觉无限美好。这才是放松身心、放下自我，把自己完全交给黑暗和宁静的最佳方式。

丽莎稍微调整了一下坐姿，像是要打破什么魔咒，唤回失神的我。

“我刚才问你在想什么？”她轻声问道。

“我在想，人一生最大的贡献莫过于留下这么一段能帮助他人的话。这段话说得如此真诚和恳切，我相信每一位读到它的人都会立刻投入行动。”

后记

我爸有一个朋友，他总是一杯接一杯地喝酒，讲起故事来也是一个接着一个。论职业，他是卡车司机，在生活中他却更像是喜剧演员或哲学家。他轻轻松松就能把人逗笑，然后突然来个“急刹车”，道出一个触动人心的真理，众人一下子就被这块滚烫的煤渣烫醒了。一天晚上，一群人聚在皇家橡树酒吧里，他举手示意大家安静一下，然后直视着我，问道：“你今年多大了？”

“22岁。”

“一定要好好享受人生啊，孩子。因为生命不过是弹指一挥间。”

他一边说着，一边配合“弹指”二字打出了一个响指。我似懂非懂地点了点头。在许多人看来，生命就代表着无数个日日夜夜，大家日复一日、年复一年地生活着，日子似乎总也过不完。可自从听了那句话，我便感觉时间过得飞快。随着时间的推移，那声响指也变得越来越响亮。

通过书写自己的人生，我清楚地看见自己的许多故事和大部分“舞台背景”都已被蒙上了时间的尘埃。记忆里的中等学校、中等教育证书、打字机、加工厂、公用电话、儿童钥匙、“愤青”、图书馆、录像带、陶瓷夏尔马、光头党、磁带，以及本地报纸都已退出了历史的舞台。没想到的是，在这股匆匆奔向明日的浪潮中，书籍竟然被完好无损地保存了下来。我敢说（因为我实在太爱它们了），它们可以永存不朽。

每当人们看到或听说我的藏书（其中只有三五本是我自己写的）时，他们常常会问，现如今工人阶级的孩子还会不会像过去那样希望通过阅读和写作来寻找和定义自己？首先，“工人阶级”一词已不怎么出现在我们的词汇表里，因为它经常使人联想起那些模糊生锈的旧时光。当玛格丽特·撒切尔和她的内阁开始不受北方人民的待见时，你就明白了自己应该站在哪一边。当年，她在工人与老板、蓝领与白领、富人与穷人、我们与他们之间画了一条矛盾激烈的分界线。当你漫步在像罗奇代尔这样的小镇，看见一座座高大的厂房完全挡住了阳光，沿街的排屋一间紧挨着一间时，你就知道自己属于哪个阶级了。一群穿着锅炉工工作服的男人在街角商店里排队购买三明治当晚餐。机修工的院子里不时传来看门狗隔着铁栅栏的叫声。空气中长年弥漫着一股铸造厂加热金属时散发出的又甜又刺鼻的味道。一个巨大的储气罐被胡乱安放在紧邻镇中心街道的地方，像极了一个被外星人遗弃的不明飞行物。整个小镇到处彰显着我们的身份——工人阶级。

为了强化这种共同的阶级意识，一种代表工人阶级的文化就此诞生了，其代表作包括当时家喻户晓的电视剧《加冕街》，由约翰·施莱辛格、托尼·加内特、肯·洛奇和迈克·利导演的电影，以及由希拉·德莱尼、阿诺德·威斯克、杰克·罗森塔尔、威利·拉塞尔和吉姆·艾伦等人编写的戏剧。在我成长的岁月里，巴里·海因斯、艾伦·西利托、斯坦·巴斯托等人早已出版了他们最适应都市的作品，却仍在用普通的小说反映着工人阶级的生活。约翰·列侬甚至为工人阶级献上了一首主题曲——《工人阶级的英雄》(*Working Class Hero*)，并且在歌词里告诉我们“要做就要做工人阶级的英雄”。

无论是生活上还是文化上，我都曾经属于这里。我曾在这里获得过认可与启发。渐渐地，一切都变了。工人阶级在不知不觉中被玷污、否定和抛弃，这里不再是一个充满希望的地方。也许是受到美国无阶级化传说的诱惑，我们被灌输了一种不断前进和进步的抱负。美国一直对我们有着过分的操纵。

如果“工人阶级”不再是一种被民众广泛认可的身份，那么它的存在被出版业所忽视也就情有可原了。毕竟整个出版业只有10%的人员是来自国民阅读调查表上的D级和E级——分别代表“非在职人员”和“工人阶级”。公关和营销巨头爱德曼公司的克里斯·麦克鲁登肯定了这一观点，他说：“出版业是一个中上层阶级的行业，其产品迎合了中上层阶级的口味。”这就是为什么很少有来自体力劳动的作家愿意书写他们的生活。但凡事都有例外。一些被认为非主流题材的作品，如女性题材、苦难题材、黑人题材、种族题材、同性恋题材，以及关于威尔士、苏格兰或爱尔兰的作品都能在书架上享有一席之地。然而这类作家通常会在作品里顺带勾勒出一些工人阶级的经历。

我请朋友为我列一份既来自“原工人阶级”（即原来被称为“工人阶级”的社会阶级），作品又不属于以上几类非主流题材的作家名单，结果上面的名字竟少得可怜。事实上，它只能勉强称得上一份名单。不过，至少出版商已经承认有必要转移他们的目光，不再只关注那些以伦敦为中心的中产阶级小说。希望这些“原工人阶级”的小说能够早日被普通人接受，以便这些作者能够自然而然地将他们的故事和人物置于一个相对传统的工人阶级背景里，而不是总像在发表任务宣言或向谁宣战。

也许这些通通都不重要。在刚开始接触阅读和写作时，我完全没有阶级意识。在孩子的眼中，每个人的家庭环境与生活方式几乎都大同小异。我只知道阅读是一种美妙的自然体验，它就像散步和聊天，你可以想做就做，只要你喜欢，便可以一直做下去。

我们这一代人和上一代人一样，生活中时刻充满了无聊。我还记得自己曾终日无所事事地坐在窗前看雨，一直看到华灯初上，夜幕降临。父母通常不在身边，他们要么在别的房间，要么外出工作。虽说可以看电视，但当时的电视只有三个频道，一天中除了傍晚的几个小时，其余时间的节目对孩子都没有吸引力。因此，我有大把的时间可以用来发呆和思考，正是这些发呆和思考最终成就了我的阅读和写作。

如今，我们的孩子却遭到来自四面八方的轰炸。他们不仅从大人那里获得了比以往任何时候都多的关注，还收获了一系列最新、最炫、最有趣的小玩意。在一个炫目嘈杂的环境中，他们很难找到读书的路。尽管我的两个孩子都是在我一手打造的书洞里长大的，但他们和其他孩子却并无两样。才刚十几岁，他们就被五花八门的电子设备所包围。慢慢地，他们开始一步步接近书籍，似乎是在寻求喘息的机会，由于他们的大脑已难以应付频繁的刺激，于是便窥探到这片由一小时的阅读所带来的可供休息的平原与缓坡。

我的创作冲动依然存在，并且永远不会消失。小说无疑是对世界发出的大胆而独特的表达，但除此之外还有很多方法可以用来记录、诠释或追求一种创造性的生活，而且这些方法全都触手可及。举例来说，插画家、设计师、摄影师、音乐家和电影制作人可以随时把电脑和手机作为表达媒介。我侄子在10岁的时候就把他生活中的一天设计成了动画版，并把它上传到“油管”上，而且前前后后只花了几天的时间，然而写一部小说通常需要好几年。现在谁还有时间写小说?

我们这一代人很可能成为最后一代收藏者。我们花了大量的金钱和数千个小时来收藏自己的文化品，如黑胶唱片、磁带、录像带、CD、DVD和书籍，到头来却发现它们全都被看不见摸不着的数字版本所取代。我的孩子们对这些过时的设备和短时效的收藏品（如票据和明信片）没有半点兴趣，他们甚至认为我保留这些东西的行为有点稀奇古怪，这标志着我们两代人的分立。

那天晚上在皇家橡树酒吧，爸爸的酒友虽然机智地点明了光阴似箭的道理，却没有大胆地预测从那时到现在究竟会发生些什么。毕竟没人能预知未来。大部分预测也只能用“可能”“或许”和“大概”来表示。几年前，一位唱片经销商要好心地“施舍”我几百张黑胶唱片（言下之意就是白送给我），我婉言谢绝了。没过多久，他就为这些唱片开出了一个比原先的最高价还要高的价格。他说，世道变了，那帮年轻人又开始买黑胶唱片了。

在英国，平均每3分钟就有一本新书或修订版图书出版，数量多到可以摆满几千栋房子。没人能确切地说出将来为自己打造个人图书馆的那些人，他们的年龄、性别或阶层，也没人知道他们会收藏哪些作者的书。将来的读者可能不会像我那样对巴里·海因斯、伊丽莎白·斯玛特、阿尔贝托·莫拉维亚和J.D.塞林格顶礼膜拜。所以，年轻人啊，那些曾经的文学偶像，那些活在书里的朋友，转眼都会随着时间的流逝而消失。

附 录

藏在书页里的时光

（在我的藏书里找到的物品和笔记）

· 夹在小说《费利西亚的旅行》（*Felicia's Journey*）[1]（威廉·特雷弗著）里的一张画着壁炉的铅笔画

画面上是一个简洁完整的壁炉，上面还标出了它的尺寸。奶油色的布纹纸被整齐地折了起来，纸上印有橡树果和橡树叶。画这张草图的人一定非常敬业。我知道有些技工会把一些方案随手画在一张印度餐馆的菜单上，或是在报纸上大概算出装修厨房的费用。我儿子小时候专门给这些工人和我的一些朋友起了个外号，叫做“油腻汉堡男”。有一天，我闲来无事，便逐个问他们我的那些朋友中有哪些人是“油腻汉堡男”。都说童言无

1 同名改编电影被译为《意外的旅程》。——译者注

忌，通过他们诚实的回答，我才发现原来这个外号竟是一种殊荣，获此殊荣的人全都很“爷们”。于是我忍不住问道：“那我算不算油腻汉堡男？”他们顿时笑得前仰后合。

· 贴在小说集《伯妮斯剪发及其他故事》(*Bernice Bobs Her Hair and Other Stories*)(F.斯科特·菲茨杰拉德著)里的一张藏书票，上面写有埃德娜·斯科菲尔德的名字

藏书票是一种贴在书里的印刷标签，它通常被贴在封面的背页。藏书票也被称为“ex libris”(拉丁文)，意指“属于某人的藏书”，相当于书本主人的一个专用标记。藏书家普遍不赞成使用藏书票：一是因为这些标签的设计都比较俗气，图案与书本的内容往往不一致(以仙女和独角兽的图案居多)；二是因为贴标签时使用的酸性黏合剂会损坏书页。

而其他人，尤其是那些藏书票协会的会员，则把它们奉为艺术品。威廉·霍加斯[1]喜欢用小天使和花环来装饰他的藏书票。奥伯利·比亚兹莱[2]的怪异画作经常被用作藏书票——坐在头顶上的猫、巨大的生殖器以及飘浮在空中的仙女。他曾说：“我只有一个目标，那就是怪诞。若是不怪诞，那我便什么都不是。”

---

1 英国著名画家、版画家、讽刺画家和欧洲连环漫画的先驱。——译者注

2 19世纪末最伟大的英国插画艺术家之一，英国插画艺术家新艺术运动代表人物。——译者注

凡是能证明一本书属于某位著名作家的藏书票都极具收藏价值。鲁德亚德·吉卜林[1]的藏书票上画的是一位高人坐在由印度大象驮着的奢华的轿子里读书。这幅画出自他的爸爸之手。他的爸爸约翰·洛克伍德·吉卜林是一位优秀的画家，他曾为吉卜林的小说《丛林之书》（*The Jungle Book*）画插图。许多作家都有自己专属的藏书票，比如诗人拜伦（一枚盾形纹章，与他传奇的一生相比，这个图案实在令人失望）、查尔斯·狄更斯（一头雄狮）、赫伯特·乔治·威尔斯（夜空中的热气球）、海明威（上方是一间林中小屋，下方是一位正在斗牛的斗牛士，一起构成了海明威笔下的世界）、塞缪尔·佩皮斯[2]（绳索与船锚），以及杰克·伦敦（毫无疑问是一只狼）。

埃德娜·斯科菲尔德的（现在已成了我的）藏书票是一张迷人的钢笔画，近景是花草树木，远景是一片草地和一间农舍。我不禁开始琢磨——还有什么名字比“埃德娜”更能代表某个特定年龄的女性呢？我上网搜索了一番，由于她的姓氏不是很常见，所以我乐观地以为一定不难找。我发现了一封刊登在《布拉德福德电讯报》上的讣告，上面写道：“埃德娜·斯科菲尔德（原姓巴克），于2015年11月24日在基斯利的赫恩克利夫护理中心安详离世。”

我家离基斯利大约20英里。我到过沿途所有的书店和慈善

1　英国作家、诗人，诺贝尔文学奖获得者。——译者注

2　17世纪英国作家和政治家，曾任英国皇家海军部长，是英国现代海军的缔造者。——译者注

商店，不止一次，而是很多次。人们总以为书本可以借着封面这对翅膀飞得又高又远，我却认为大部分书籍，就像大多数人一样，一生只走过短短的几趟旅行。我想，讣告里的这位女士极有可能就是我书里的这位埃德娜·斯科菲尔德。

· 写在小说《布赖顿硬糖》(*Brighton Rock*)(格雷厄姆·格林著)最后一页上的四个单词及其注解

很显然，这本书的前任主人一直很努力地想要读懂这本书。他（她）在书上写道：calcined（烧成灰烬）、ewer（大口的水壶）、ordure（排泄物）、plantain（车前草）。

在书本后面的空白页上记单词不愧是增加词汇量的好办法。顺便提一句，在这四个词当中，我也只认得其中的两个（“车前草”和“排泄物”），大致猜得出“calcined”的意思，对“ewer”一词却闻所未闻。

· 夹在小说《牧师的女儿》(*A Clergyman's Daughter*)(乔治·奥威尔著)里的一张图书馆借阅卡，上面盖了不止一个日期戳

这本书来自谢菲尔德市大都会区教育部赞助的里士满学院图书馆。我不记得那所学校有图书馆，但这本书已经为它的存在提供了不可否认的证据。我一定是刚到新闻培训学校不久就

把这本书带出了图书馆，因为它的最后归还日期是1982年1月22日，而我的培训课程恰好始于这一日期的三周前。

我很欣慰自己年少时曾经如此的热情高涨，才17岁就远离家乡，迷失在一个全新的环境里，不仅人生地不熟，还要学习一项新技能。更难得的是，我显然没有放弃阅读这一爱好。我可不是那种图书馆的惯偷（就连听见有人拿这种事来炫耀，我都会忍不住发火），但我还是很庆幸自己当年没有把这本书还回去，否则我现在就连一件能代表1982年的藏品都没有了。回想起来，那天我跳下公交车，连走带跑地走在学校的操场上，一边唱着乐队的歌（那首《奇怪的城镇》（*Strange Town*）就很应景，不过出于对女友的思念，我还是更喜欢那首《星期一》（*Monday*），尤其是那句“像你这样阳光明媚的女孩，还是值得我一试”），一边感觉自己既年轻又聪明，而当时那本书，也就是这本书，就在我肩上挎着的黑色阿迪达斯的书包里。它虽然起了点皱褶，书脊也已经开裂了，但对于一本有1982年起就跟随我的书来说，这一切都再正常不过了。

· 写在《塔木德智慧箴言录》（*The Wit and Wisdom of the Talmud*）（犹太教拉比鲁文·布尔卡博士著）扉页上的一句题词，对象是达芙妮

“亲爱的达芙妮，希望这本小书能帮你找到问题的答案。摩尔德开。”这句神秘的题词不禁引发我的许多思考：达芙妮和摩

尔德开究竟是谁？他们之间是什么关系？达芙妮在寻找什么答案？她最终找到了吗？根据布尔卡博士的说法，《塔木德》（*The Talmud*）阐述和解释了《圣经》，而《圣经》又赋予了犹太教“形式与特征”。书里的警句格言跨度非常大，从日常浅显的“一个人不该把自家的石头搬去扔在公共的大路上”，到充满哲理的“一个人总要像芦苇秆一样温顺，而不要像雪松那样刚直”，其中还包括一些晦涩难懂，甚至滑稽可笑的说法，例如“即使把棕榈树的心挂在猪的身上，也依旧改变不了它的本性”。

· 夹在短篇小说集《英格兰，我的英格兰》（*England, My England*）（D.H.劳伦斯著）里的一张乔治书店（位于布里斯托尔公园街89号）的书签

书签上的图案是一幅精致的钢笔画，画的正是乔治书店。画里的书店外停着两辆车，可见是清晨时段的街景，因为其他时候这里简直门可罗雀。据介绍，该书店从1847年开始营业，至今已有35万册的销量。书店还提供“重新装订或修理书籍”的服务。

乔治书店曾经在同一条街上开了六家分店，每家分店经营着不同类型的书，俨然形成了一个学村。销售普通书籍的店铺足足有4层楼高，其余几家则包括一家学术书店、一家二手书店、两家艺术书店，以及后来新开的一家电脑书店。事实上，该书店早在1929年就被布莱克威尔书店收购了，但考虑到品牌

效应和公众的强烈支持，仍继续使用“乔治”这一店名。

直到20世纪90年代中期，它才被更名为布莱克威尔连锁书店。该书店于2010年倒闭。一年后，这个地方被名厨杰米·奥利弗接管，成了他经营的多家意大利餐厅之一。可惜这家餐厅也只是昙花一现，在2019年夏天进入了破产管理流程。如今，这座建筑的大部分已被布里斯托尔和巴斯朗姆酒的酒厂所占据。

无论如何，人们关于乔治书店的记忆并没有消失，至少它的名字已随着这些书签像被风吹起的种子一样飘进了许多人的书里，光这些年我就看过不少本。在惊叹这幅画里宏伟建筑的同时，我们不妨感受一下它的广告宣传有多真诚（“我们将认真即时地关注来自世界各地的邮寄订单和咨询”），然后在脑海中想象一座建筑和一条街，这条街上有6家书店，它们有一个共同的名字——乔治书店。

· 写在塞缪尔·贝克特的小说《马龙之死》（*Malone Dies*）里的一句贺词

“祝爸爸生日快乐，爱你的儿子马克，1975年11月。”把书本作为礼物是一个由来已久的传统。只是把这么一部天马行空、探讨疾病与死亡、内容涉及性和暴力的小说作为生日礼物送给自己的爸爸，这么做合适吗？我不禁怀疑这对父子的关系究竟如何。也许他们只是需要一点话题来增进父子之间的感情，于是打算把这本书作为一个引子，以便对书里的存在主义、寓言讽刺、牵强附会的情节设计，以及无聊的心理来一番围炉畅谈。

· 我在伊迪丝 · 西特韦尔[1]的自传《照顾》(*Taken Care of*)里找到的两张诗人照片：一张大幅照片被从报纸上剪下来贴在了首页上；另一张只有邮票大小，被夹在了书里

伊迪丝 · 西特维尔女爵，用她自己的话说，是一个沿袭了“奇特而古老的传统”的“复古派”人士。大概是为了分散人们对她独特长相的注意力，她的造型一贯很前卫，比如奇形怪状的头饰、硕大的宝石戒指、奢华的围巾，以及像黄铜马饰那么大的胸针。在伊迪丝小的时候，她的爸爸，前保守党议员乔治 · 西特维尔爵士就曾劝她戴上鼻托，以修正鼻形和大小。

因此，她的照片常常被一群爱做剪报的读者当成特殊猎物。就比如我眼前这张几乎和真人一般大小的照片，如刺刀般锋利的眼神，高高的额头，眉毛像是被画上去的，鼻子又窄又长（看来鼻托并没起什么作用）。在她双眼的怒视下，所有人都成了配角。那张小一点的照片拍的几乎是同一个场景，但由于被裁成了近景照，看起来就像是贴着镜头拍的。

这位女爵所带来的视觉冲击还是值得忍受的，因为除去照片之外，她的文章充满了犀利的调侃，每一篇都能与她那些超大的宝石相媲美。虽然读者更熟悉她的诗歌，但这部尖酸有趣的自传

---

1 英国知名奇幻女诗人。——译者注

绝对称得上同时代作品里最好的一部。可惜这部自传是在她1964年12月去世的一周后才被送去印刷的，她生前已来不及亲自校对。书中在提到劳伦斯时写道："他看起来就像一个立在毒蘑菇石雕上的石膏侏儒。"然而在描写作家兼画家珀西·温德姆·刘易斯时，她却很矛盾："他必须扮演不同的角色，以便给自己留下深刻的印象，如果可能的话，也能给他人留下深刻的印象。"

· 写在小说《发条橙》(*A Clockwork Orange*)(安东尼·伯吉斯著)扉页上的几行手写文字

我实在不理解那些用小说代替笔记本的人。也许是表达这段话的欲望已强烈到忍无可忍，必须当即写下来。这段话是这么写的："我身上的衣服，我睡觉的时间，我拥有的朋友，我手头的工作，我阅读的书籍，我聆听的音乐，何以打发我的休闲时光？"这可能是一节自由诗、一份清单，也可能是模仿"特写头像"乐队写下的一段歌词。

· 在小说《黛西·米勒》(*Daisy Miller*)(亨利·詹姆斯著)的扉页上写着："尼尔·英格利斯，购于1979年9月25日。于1979年11月20日读完。"

我在谢菲尔德时曾与尼尔·英格利斯同住，他就是"威利·多纳基事件"中的那个"尼尔"(详见第九章)。他来自英格兰东北部，并为此十分自豪，他平时喜欢喝一点小酒。虽然我们不能对一个骄傲且爱喝酒的东北部人士的文学品位持有偏见，但这本书的主题的确不适合尼尔。这部小说讲述了一个任性迷人的年轻女子（黛西·米勒）被一个受过教育但内心孤独的上流人士（弗雷德里克·温特伯恩）所追求的故事。尼尔一定是把这本书借给了我，而我显然又忘了还回去。他分别记下了购书和读书的日期，这一做法非常值得赞赏，就像上文出现的一边阅读一边把不熟悉的单词记下来的方法一样。他只花不到8周的时间就读完了《黛西·米勒》，尽管这是一部精致小巧，长度只有88页的小说。

· 盖在《保持青春与活力的藏地秘方》(*Tibetan Secrets of Youth and Vitality*)(彼得·凯尔德著）扉页上的署名印章

大多数人都有在自己的书上写名字的习惯。克里斯托弗·帕迪则不仅要在上面写上自己的大名，还要把它制作成一个特殊的、有点像图书馆用来登记借阅日期的那种印章。上面写道："此书属于克里斯托弗·帕迪。请及时归还，以便让更多人从中受益。"也许克里斯托弗正经营着一个独立的励志图书馆，因此他的请求不无道理：只有迅速看完并归还此书，才能确保其他人同样受到具有2500年历史的藏族仪式（基本上是一种延缓衰老的练习方式）的启发。然而，如果这是一种限制朋友借阅时间的策略，甚至让他们打消了借阅的念头，那么它就彻底违背了这本书的精神。

· 夹在小说《沧桑奇女子》(*The Wayward Wife*)(阿尔贝托·莫拉维亚著)里的一张保险合作社的书签兼明信片

从图案设计和字体来看，这张明信片来自20世纪60年代末或70年代初，上面列出了8种保险计划，其中包括火灾和住宅综合险、抵押贷款保障险和年轻男性储蓄险。一旦填写好，这张卡片就会被寄到位于曼彻斯特米勒街4号的合作社。

卡片上的图案是一幅合作社大厦的线条画，从外公外婆当时住的位于1英里外科利赫斯特的公寓就能一眼望见这栋大楼。他们为曼彻斯特有这样一座"摩天大楼"而感到自豪，外公甚至经常去现场查看它的工程进度。当年这栋大厦花了4年的时间才建成。一位承包商告诉外公，这栋大厦是按照美国一栋办公大楼的样子建造的。他说的没错，建于1958年的芝加哥内陆钢铁大厦就是它的蓝本。外公一直坚称合作社大厦是全欧洲最高的建筑，高达387英尺。这一说法并不准确，但是在1962年建成后的近一年中，它一直是全英国最高的建筑。如今，仅曼彻斯特一地就有7座比它更高的建筑，而全国最高的碎片大厦[1]高度几乎是它的3倍。

1 又被称为"摘星塔"，位于伦敦泰晤士河南岸，于2012年7月5日正式揭幕，高达1017英尺(约309.6米)，是全欧洲第二高的建筑，仅次于莫斯科的水星城。——译者注

到手已久但近期刚读完的书

（在购买时非常想读的一些书，无奈买回来后就被湮没在书海里，直到最近才如饥似渴地读完）

- 《爱丽丝·托克拉斯自传》（*The Autobiography of Alice B. Toklas*），格特鲁德·斯泰因著

当朋友向你推荐一些书或主动借书给你时，你总会感到忧心忡忡。我很少做这样的事，因为我不希望对方把阅读当成义务，尽管我屡次发现自己并不怎么把这些书当一回事。

一位朋友的朋友曾经热情地向我推荐了这本书，以至于每当我想起这本书时，就会不自觉地想到他，尽管这件事已过去近40年。书籍时常在生活中扮演“备忘录”的角色，它能帮你回忆起某个人、某个地方或某件事。

封底的作者照片绝对是一个高能预警。照片上的格特鲁德一副得理不饶人的表情，这可能要归功于她的刘海儿。那排刘

海儿就像来自情敌的报复，或是被一双戴着隔热手套的手一刀剪出来的。据推测，这本书表面上讲的是20世纪之初巴黎的沙龙生活以及她身边的一群附庸风雅之人，实际上却是以她的伴侣，也就是书名上的爱丽丝·托克拉斯的笔触来讲述斯泰因本人的经历。

斯泰因在文中承认自己“语法错误连篇”，这么做可能是想为这篇急需逗号、引号和大写字母来拯救的文章求得读者的表扬和认可。在其他被企鹅出版社封为“现代经典”的书里，应该找不出比下面这句话更凌乱的表达了——“关于当时发生了什么，以及在那之前发生了什么从而导致发生的这一切，我实在难以尽述，但现在，我必须描述一下我来到这里时的所见所闻。”

若是斯泰因能忘掉自我，不那么自恋，应该可以写出更好的作品，尤其是当我看到她在这本书的末尾生动活泼地描写了欧内斯特·海明威。40年的确是一个漫长的等待，但阅读海明威出现之前的那200页文字也同样需要投入大量的精力和毅力。

· 《禅与摩托车维修艺术》（*Zen and the Art of Motorcycle Maintenance*），罗伯特·皮尔西格著

作为半个瑞典人的后裔（他的妈妈是瑞典人），罗伯特·皮尔西格曾独自领导一场文化运动，目的是让“kulturbärare”（文化载体）一词在国际上通用。这个瑞典单词的意思是推动文化发展的观念或人，这也是皮尔西格对自己这本畅销书的定位。

他从不把这本书说成经典（尽管许多学者不同意），但他承认这本书的出版选对了时机（1974年），那时反主流文化的时代已经过去，而后在里根总统上台的那几年（1981—1989），整个社会又转为物质主义人格化的天下，许多人，尤其是年轻人，都在寻找正确的道德方向。

《禅与摩托车维修艺术》一书表面上讲的是一段长达一个月，从明尼苏达州到加利福尼亚州的摩托车公路旅行。故事中，皮尔西格带着他11岁的儿子克里斯，同好友萨瑟兰夫妇（才坚持了9天就调头回家了）一起骑摩托车跨越美国大陆。在威廉莫罗公司慧眼识珠签下这本书以前，皮尔西格先后收到过不下122次的退稿。但该公司的高级编辑詹姆斯·兰迪斯仍一度担心这本书会让公司和皮尔西格颗粒无收。新书出版后，皮尔西格担心会再次引发年轻时困扰自己多年的精神疾病，因此几乎没怎么参与宣传。即便如此，这部小说还是大受欢迎，仅第一个月就卖出了5万册，一年内销量就达到了100万册。

皮尔西格在10岁时智商就已高达170，同龄人中只有1%的人能达到这一水平。因此，他的作品也满载超高的智商，而这部小说，无论是披上哲学、精神还是奇幻历险的外衣，都是他连贯的机械性思维与微弱的情感智慧之间的战场。正是这场较量成就了这本书以及其他一切附带的效应。当他把表面文章写得越来越顺手时，那些关于摩托车引擎的工作原理和他们走过的各条路线的描述就显得冗长乏味了。他情绪化的一面偶尔也会占上风，此时的文字便多了几分阳光与温暖，尤其是当他在向克里斯表达父爱的时候。即使在这种亲情满满的时刻，他也难逃内心的挣扎。虽然他知道一个爸爸应该做什么，却还是忍不住做了一大堆分析和审查，最终错过了情感交流的好时机，孩子非但不明白他讲的道理，还感到失望至极。

《禅与摩托车维修艺术》出版50年来，其影响之大、普及之广，着实令人费解。或许只要把苏格拉底、柏拉图、荷马史诗里的英雄、戈尔迪之结[1]、黑格尔和《伊利亚特》全都搅在一起，再加进一段杰克·凯鲁亚克[2]式的公路之旅，就足以让人相信这是一条人生之路，更是一个正确的选择。

· 《撒旦诗篇》(*The Satanic Verses*)，萨尔曼·拉什迪著

萨尔曼·拉什迪是一位才华横溢的作家，这一点毋庸置疑。他的想象力如天空一般无边无际，文字在他的指挥下翩翩起舞。但是在这本引发无数争议的书里，他却成了一个让魔术圈蒙羞的魔术师。他不惜用自己的天赋来炫耀和迷惑众人，让他们相信只有与他一样聪明的人才能打开这扇难懂的、令人眼花缭乱的文学之门，理解全文的意义，或至少承认它是有意义的。

1　来自古希腊神话故事，按照神谕，能解开此结者可成为亚细亚国王，后来此结被亚历山大大帝解开。——译者注

2　美国作家、美国“垮掉的一代”的代表人物。他的主要作品有自传体小说《在路上》《达摩流浪者》等。——译者注

1988年，这部小说获得了英国及爱尔兰图书协会颁发的“惠特布莱德年度最佳小说奖”和英国最高文学奖布克奖的提名。这一结果实在令人沮丧，它代表着精英阶层向文学界的凡夫俗子给出了强有力的一击。问题是，究竟有没有人真正读懂了这本书?

· 《沃尔夫 · 索伦特》(*Wolf Solent*)，约翰 · 考伯 · 波伊斯著

该书的封面是画家斯坦利 · 斯宾塞笔下的一座会发光的小花园。小说与散文在这本书里结合得恰到好处，作者并没有把过多的笔墨用在描写花花草草以及从自然界中提取的隐喻上。小说的主人公沃尔夫 · 索伦特是一名34岁的历史教师，他从伦敦搬到多塞特郡的拉姆斯加德定居，这是一个以谢尔本为原型的虚构小镇。19世纪80年代，作者波伊斯就是在谢尔本长大的。接下来，作者便展开了对遗忘已久的英格兰乡村生活美妙而丰富的回忆。波伊斯文笔绚丽，虽然偶尔显得过于华丽，但从来不失勇敢与感性，即使与劳伦斯或托马斯 · 哈代相比也毫不逊色。波伊斯是一个很懂爱的人，他在文中写道：“他（索伦特）发现和克里斯蒂说话就像在自言自语或放声思考。他回忆起他们初次见面时，自己是如何被两人之间那种轻松自然、无拘无束的交流所打动的。”

这本书很长，足足有614页，主要因为波伊斯不想放过任何一种情绪，并且以丰富的细节来描述他笔下人物生活中的点点滴滴。书中含有大量的对话，大多是有趣的闲聊和八卦。顺

便提一下，封面上那幅斯宾塞创作于1936年的画作《库克姆的贝尔罗普草地》(*Bellrope Meadow, Cookham*)，恰好就来自罗奇代尔美术馆的永久馆藏。

- 《半轮黄日》(*Half of a Yellow Sun*)，奇玛曼达·恩戈兹·阿迪契著

只有最勇敢的作家才敢以重大事件为背景进行创作，比如战争、饥荒和自然灾害。他们面临的挑战是，要在同一个故事中把小事件和庞大的叙事背景处理得一样引人入胜和经得起推敲。阿迪契差一点就做到了，但由于她在作品中频繁穿梭于不同的时期，调动了太多的角色，终究被自己的野心所拖累。故事的主要焦点是1967年至1970年的尼日利亚内战，以及它给不同群体带来的影响，无论是研究伊博–乌克乌艺术的英国作家理查德·丘吉尔，还是可爱的乡村男孩乌格乌，都在这场冲突中被无情地引向了暴力。这部小说为她赢得了2007年的橘子小说奖，并且被认为是一部既有文学志向又可能受大众欢迎的主流典范(尽管主题令人痛心)。

- 《华氏451度》(*Farenbrit 451*)，雷·布拉德伯里著

很少有书籍能获得美国前总统的表彰。巴拉克·奥巴马就曾对《华氏451度》大加赞许，甚至在布拉德伯里的葬礼上亲

致悼词:“他的叙事才华重塑了我们的文化，拓宽了我们的世界。”

布拉德伯里在一台租来的打字机上仅用9天时间就完成了这本书，单凭这一点就足以解释这本书的优势与弱点——它的优势在于惊心动魄，活力满满，不时闪现出一些卓越的洞见；它的弱点则是把故事写成了一锅情节复杂的大杂烩。读者在经过多次（约占3/4篇幅）反转之后，难免会对作品失去信心和信任。

这部出版于1953年的小说是布拉德伯里探索麦卡锡主义所激起的异化感和极权主义主题的一种手段。在一个苍白的未来世界里，消防员的职责不是灭火，而是搜出并烧毁所有书籍以及用来存放书籍的场所。故事的主人公盖伊·蒙塔格在文中有一次顿悟，他说:“我第一次意识到每一本书的背后都是一个人，一个把它们构思出来，并且花大把时间写出来的人。”蒙塔格遇到了前英文教授费伯，他们之间的对话构成了整本书的主要推动力。这些对话主要通过一台可以发射信号的耳机进行。不仅如此，文中对平板电视和自动取款机的描述也足见布拉德伯里的先见之明。

布拉德伯里探讨的许多问题，比如分裂的社会、信息过载所导致的全民冷漠、过分自恋，以及无视历史忠告等，在今天仍会引起与过去相同的，甚至更多的共鸣。在大量零碎的、杂乱无章的情节中，偶尔也能捞到几颗珠玑，比如“上等资质的作家经常触探生命，中等资质的作家对它轻描淡写，等而下之的则是强暴它后，任它招惹蚊蝇”。

· 《纠正》(*The Correction*)，乔纳森·弗兰岑著[1]

喜欢猜测作家性格的读者绝不在少数，他们会想：他或她是怎样的一个人？我会想成为他们的朋友吗？弗兰岑只是口出几句狂言（大部分来自他发表在《卫报》上的文章《小说家的10条规则》(*10 Rules for Novelists*)，比如"必须先付出爱，才能做到冷酷无情"），就立刻被广大读者认定为过于迷恋自己倒影的自恋狂。

《纠正》中的每一个人物都深受悲观厌世和自命清高的折磨，这种情绪在兰伯特家族的几代人身上都有体现。他们自高自大的荒诞形象被描绘得淋漓尽致，以至于读者几乎无法把他们和作者本人分开，并且把弗兰岑也想象成一个不折不扣的——正如那些美国人所言——"吹牛大王"(《剑桥词典》把这个词定义为"一个喜欢把自己说得很重要的人")。这对他来说很不公平，因为他完全有可能把人物塑造得与自己完全相反，现实生活中的他并没有类似缺陷。或者，他也可能只是比一般人更能理解那些乏味之人，从而精确地表达出他们的情绪，因为他无论在广播还是在电视节目里都显得十分平易近人。

《纠正》一书不仅获得了无数奖项，还很畅销。因此，弗兰岑经常同赫尔曼·梅尔维尔、马克·吐温、威廉·福克纳、F.斯

1　美国著名小说家、随笔作家。以抨击现代传媒、书写普通民众著称，作品具有强烈的时代性。——译者注

科特·菲茨杰拉德和科马克·麦卡锡等文学巨人一起被列为伟大的美国小说家。他下笔很自信，并非所有的伟大作家都能做到这一点。即使在较为吃力的开篇部分，读者也能感受到他的胸有成竹。他不急不躁，游刃有余，对让读者体会到他创作时的想法很有自信。例如，他在描写卡罗琳为丈夫加里（也就是兰伯特家族那位嗜酒成性、郁郁寡欢的银行家儿子）准备早餐时写道："肉桂吐司和香肠，外加一碗撒了几颗葡萄干的麦片，那些葡萄干正好拼凑出一张滑稽可笑、嘴角向下的脸。"这种层次的细节处理在整个故事中发挥了极好的作用，若是处理不当，就会变成细节泛滥，不仅会使故事陷入不切实际的幻想，还会严重影响叙事节奏，读者也就无法欣赏到这部长达600多页却始终节奏明快的小说了。

· 《傲慢与偏见》(*Pride and Prejudice*)，简·奥斯汀著

说实话，我真的尽力了。我一直很想挑战奥斯汀只吸引女性读者的主流观点，也很渴望体验一番摄政时期的舞厅和会客厅，这些地方从来不曾进入我的想象。基于以上理由，我义不容辞地拿起了这本书。

很多小说都给人一种娓娓道来的感觉，往往不出几分钟就能让你身临其境地感受故事里的一切，全然忘记时空的距离。奥斯汀的世界（19世纪初期）充斥着各种势利小人、流言蜚语、机会主义者和利己主义者，这些特点本可以增加小说的趣味性

和吸引力，可是在这本书里却感受不到它的存在，全文充满了浮夸和不合逻辑的闲谈，故事毫无悬念，进展缓慢。主角伊丽莎白·班纳特和达西先生之间谨慎持重的求爱方式的确有几分魅力，甚至还牵扯出一个感人的道德故事。除此之外，小说的大部分内容都乏善可陈。

待读书目

我对“待读书目”一词的出现有点后知后觉，或许那会儿我还在忙着买书。渐渐地，我开始不停地听到这个词。我先是不懂装懂，直到有一天实在忍不住了，才鼓起勇气向一个不太会嘲笑我的人请教。

英语的词汇量在全球的语言中是数一数二的，仅常用的单词就有约20万个。然而，这种把书买回来却又放着不看的现象却被一个日语单词很好地诠释了。这个单词就是“積ん読（tsun-doku）”，它巧妙地把表示“将物品堆放起来”的“積んで置く（tsunde-oku）”和表示“读书”的“読書（dokusho）”结合起来，意思是“以堆放起来的方式读书”，简直再贴切不过了。据说这个民间俗语早在19世纪就出现了。

家里到处可见高低不等的待读书堆，但凡能抽出一点时间，我就能一口气读完其中的10本。作家的待读书目与普通读者又有不同，因为有些书可能会被用于写书评或做调查。以下内容就是按照每一堆书整齐摆放或东倒西歪的顺序简单罗列的。

1号书堆——客厅的茶几上

· 《坚守》(*Playing for Keeps*)，亚历克 · 斯图尔特著

那天，在风景宜人的兰开夏小镇克里瑟罗，我去了好几家书店，惊喜地发现了大约25本关于体育的精装书，其中大部分是以板球为主题，每一本都完好无损。这些书显然是某人的珍藏，大多是体育明星的自传，如马库斯 · 特雷斯科西克、凯文 · 皮特森、肖恩 · 沃恩、马特 · 普赖尔、里基 · 庞廷、安德鲁 · 施特劳斯，以及前英格兰板球队队长兼门将亚历克 · 斯图尔特。我当时兴奋不已，恨不得把它们全部买下来。

选好一堆书后，我来到前台询问价格。“25”那位负责收银的女士回答。如果是新书的话，它们每一本的价格都在20镑左右，买下我面前这20本书少说也得花400镑，而现在却只需25镑，简直太划算了。我在心里盘算着，一时顾不得脸上的表情，只听那位收银员提高嗓门道：“亲爱的，每本25便士已经是最低价了。”原来每本才25便士啊！当时电台里的一档老歌金曲节目正在播放麦当娜的《流行》(*Vogue*)，我差点就兴奋得在店

里跳起了舞。可下一秒我又感到一阵心酸，确切地说是两阵：一是为某人失去如此丰富的藏品而难过（最好是去世后留下的），二是替慈善机构（尤其是英国防止虐待动物协会）和这家店的经营者感到可惜。我把这20本精装书分别塞进两个几乎要被撑破的塑料袋里，虽说付了5镑，但总感觉跟做贼似的，或者至少是不太道德。我本想以双倍的价钱买下这些书，于是拼命在口袋里找10镑的钞票，结果摸了半天只找到一张5镑的。碍于身后排队的人已越来越多，我只好匆匆递过那张5镑的钞票，惭愧地走了出去。

· 《死亡大都会的风景》（*Landscapes of the Metropolis of Death*），奥托·多夫·库尔卡著

我买这本书完全因为它醒目的封面——一幅20世纪70年代经典画面的单色拼贴画。设计师吉姆·斯托达特的大名以一行小字印在了条形码的下方。我特意找到他的网站，给他发了一封电子邮件以表示对他伟大作品的赞赏。我认为这么做很重要，天才就需要多鼓励。

· 《感觉如何——多灾多难的音乐人生》（*How Does It Feel？A Life of Musical Misadventures*），马克·克莫德著

我不记得这本书是怎么来的，也不确定它到底属不属于我，

因为总有些朋友认为我很爱看书，每次来访时都非要留几本书给我。这么做虽然很贴心，但也着实是在把我的阅读任务往极限的方向推，甚至已超过极限，进入我招架不住的阶段。我和马克·克莫德一样热爱这支来自谢菲尔德的冰冷、小众却又不乏新意的后朋克乐队“通信卫星天使”，但我不确定自己能否坚持看完一整本书。此外，我对出版业大力支持其他领域的名人出书也颇有看法，这些人包括喜剧演员、电视节目主持人、音乐家、电台节目主持人、影评人等。要我说，外行人就不要和真正的作家抢饭碗了。

· 《孤芳自赏》(*All Dressed Up and Nowhere to Go*)，马尔科姆·布拉德伯里著

这是一本1982年首次出版的包装精美的文集（封面很酷，字体简洁有力）。可惜不温不火的封面宣传（“他使人们重新相信了笑的力量”）令它始终无法从那堆书的底层脱颖而出。

· 《我不是玩乐队的》(*I'm Not with the Band*)，西尔维亚·帕特森著

音乐记者的回忆录一直是我收藏的主要类别。我常在《新音乐速递》杂志和其他一些地方读到帕特森的作品，不出意外的话，这本书一定会真实有趣、发自肺腑——这大概是音乐记

者最喜欢用的一个词了。

· 《巴勒斯坦的种族清洗》(*The Ethnic Cleansing of Palestine*)，伊兰·帕佩著

这本书是我的小儿子在大学期间向我推荐的。当时我被他的一番热情所点燃，立刻就订购了这本书。我其实很想读它，奈何它被放在一堆书名看起来更浮夸、更吸引人，当然也没那么令人痛心的书里。这本书还为自己设置了一个障碍，就是印刷字体太小。我想不通出版社为何要这么做，难道是为了节省用纸？因此，这本书只适合在晴天阅读，否则就要配备一盏“安格普”台灯。

· 《遁入虚空：2016—2017年“珊瑚”乐队巡演日记》(*Into the Void, on Tour with The Coral, 2016—2017*)，尼克·鲍尔著

这本书是一家音乐杂志寄来的，目的是让我写一篇关于它的书评。我一直把它放在手边，偶尔会拿出来翻一翻。鲍尔用一种懒散拖沓的方式写作，大有“垮掉一代”的风格，而且从不对作品进行雕琢，总是实事求是，毫无隐瞒。这句话自然也被我写进了书评。

2号书堆——客厅的转角茶几上

- 《罗素作品精选》(*Bertrand Russell's Best*)，伯特兰·罗素著

罗素的文风与乔治·奥威尔相差无几，他们都惯用一种结构鲜明的方式来写作，即使再冗长复杂的理论也能被他们直截了当地展开。然而，罗素比奥威尔更具活力与智慧，他的特长在这部探讨人生六大话题的短文集里发挥得淋漓尽致，这六个话题分别是：心理、宗教、两性关系、教育、政治和伦理。

- 《英国最伟大的教堂》(*Greatest Churches and Cathedrals of Great Britain*)，苏·多布森著

我计划在来生，也可能是今生，遍访英国的每一座大教堂，在那些高耸入云、直通天堂的尖顶下感受自己的渺小和微不足道。我会在一个阴雨绵绵、天色暗淡的入冬时节开始阅读这本书，然后对那些教堂里独有的词汇啧啧称奇，比如免戒室、唱诗班、穹顶枝肋、耳堂、拱肩等。

- 《四季颂歌》(*The Seasons, a Celebration of the English Year*)，尼克·格鲁姆著

我通常对单一主题的书比较感兴趣，我很想看看一个作家

是如何随心所欲地对一个主题进行深刻阐述，并且搜肠刮肚地用一些素材和想象力来令一本长达几百页的书从头到尾都不乏味（这本书刚好400页）的。试读了一两次之后，我失望地发现这本书基本上是一本诗歌和其他作品的汇编，虽然信息量很大，却避开了写作的难点——既没有表达个人观点，也没有对英国的土地、田野、树篱和天空发挥无边无际的想象力。

· 《难以言表》（*Beyond Words*），约翰·汉弗莱斯著

汉弗莱斯在《佩纳斯时报》（*Penarth Times*）和《西部邮报》（*Western Mail*）工作期间的作品风格在这本书里依然清晰可见。他的书经常出现在滞销书店，只需半品脱啤酒的价钱就能买到，这一处境与我40年前认识的一位新闻讲师的经历颇为相似。我已经准备好听他分享有趣的轶事以及苦乐参半的反思，顺便学习一下他如何遣词造句。

· 《穆林加印象》（*Images of Mullingar*），鲁思·伊林沃思著

一位朋友主动提出要为我绘制族谱，我在惊喜的同时也给了他不少鼓励。不出我所料，我的父母双方几代人都在城市里艰苦度日，女性大多是侍女和女仆，男性则大多是自行车修理工或劳工。唯一值得注意的是，我的曾曾祖父母是1850年从爱尔兰韦斯特米斯郡的穆林加搬来曼彻斯特的，我妈妈娘家姓

“达菲”[1]的原因终于找到了。为了纪念我对爱尔兰的全新认识，女友特意买了这本书作为圣诞礼物。这本书的封面是一张拍摄于1958年的照片，照片上是4位戴着眼镜的“演讲修女”[2]，每一位的头上都裹着桌布般大小的修女头巾。

· 《撒旦之子，上帝之子》(*Child of Satan, Child of God*)，苏珊·阿特金斯著

很少有人会拒绝一本关于“一个迷人的年轻女子拼命寻求幸福”的书，尤其是“酒精、毒品和滥交都无法满足她，她只好不停地追寻”。苏珊·阿特金斯所指的“追寻”对象正是当年的末世邪教领袖查尔斯·曼森[3]，此人后来成了连杀9人的杀人犯。我通常会避开这类哗众取宠的书籍，但是在面对这本书时我屈服了，原因是受到电视纪录片《曼森邪教内幕：那些遗失的录影带》(*Inside the Manson Cult: the Lost Tapes*)的影响。

---

1 “Duffy”一词来自凯尔特语，也是爱尔兰常见的姓氏。——译者注

2 1776年，纳诺·纳格尔在爱尔兰科克创立了演讲修女会，专门为穷人提供教育。应纽芬兰主教迈克尔·弗莱明的请求，4位修女于1833年9月来到圣约翰，并于同年10月开办了她们的第一所学校。——译者注

3 美国类公社组织“曼森家族”的领导人、连环杀手。——译者注

· 《荒原之旅》(*The Moor, a Journey into the English Wilderness*),威廉 · 阿特金斯著

离我住的地方大约3英里就是一片荒原,这里冬天咯吱作响、泥炭遍地,夏天干燥无比、荆棘丛生。我与荒原一直有着不解之缘,不仅时常在荒原上漫步,还会不时地魂牵梦绕。就连我最喜欢的一本书——格林 · 休斯的《磨石砂砾》——也与荒原有关。格林经常在卡尔德代尔的荒原上漫步,他会不时停下脚步来记录那些一闪而过的想法和词句,也会垫着帆布书包躺在粗糙的草地上。我与格林见过几次面,他为人热情、思维敏捷,无论说话做事都全情投入、聚精会神,而且非常乐于分享自己的故事。

只需翻看几页阿特金斯的书就能跟随他走遍英国各地的荒原。他的书不仅让人回想起一些寓言故事和民间传说,还真实准确地描绘出各种小径和树林,为你省去了一切长途跋涉与艰辛。难怪探险类书籍会成为出版业蓬勃发展的一个新领域。

· 《被遗忘的死者》(*The Forgotten Dead*),肯 · 斯莫尔著

1944年4月,有750多名美军战死在离德文郡和多塞特郡海岸几英里远的海上。这是一个鲜为人知的真实事件。因为当时在场的每个人都发誓要严守秘密,以免挫伤士气。他们当年参加的是一场代号为“老虎”的演习,目的是为诺曼底登陆做

准备。部队从德文郡的斯拉普顿海滩出发，结果却演变成一场灾难性的错误——他们在遭受德国敌船的炮击之前居然先遭遇了友军的火力攻击。我在为一篇文章做调研时曾听说这场灾难，于是特意去瞻仰了那辆由肯·斯莫尔从海里救起的谢尔曼坦克。

· 《英国足球》(*Englischer Fussball*)，拉斐尔·霍尼格斯坦著

对我来说，购买体育类书籍就像从超市的收银台往购物车里扔一包口香糖，或是在加油时顺便买一罐柠檬或圣诞树形状的车内空气清新剂那样简单顺手。这本书的封面推荐写的是“一个德国人对我国这项优秀运动的看法”。

3号书堆——洗手间里

· 《眨眼游戏》(*The Winker*)，安德鲁·马丁著

我本人是“北区”的粉丝，这是马丁在《新政治家周刊》(*New Statesman*)上撰写了好几年的专栏，内容机智风趣。他的电视节目也很好看，通常与铁路和旅行有关。我有幸见过他两次。他的性格几乎和他的作品一样幽默谦逊、活泼热情。不过，这部《眨眼游戏》让我很纠结，我对他的另一部小说《比尔顿》(*Bilton*)也有同感。我想他大概不了解自己最擅长什么，就像

我们大多数人一样。假如我是他的编辑，我会督促他多出去走走，每天晚上都把当天的想法和遇到的事情一五一十地记下来（最好选择在廉价酒店的房间里进行，这样他才能保持敏锐，不偷懒）。事情就这么简单。

- 《致亲爱的妈妈，爱你的基思：基思·莱森斯1940—1946年的战火家书》（*My Dear Mother... Love, Keith: The War Letters of Keith Lysons1940—1946*）

作为纪念，一位朋友出版了他的爸爸于“二战”期间在印度、巴基斯坦、伊拉克和埃及服役时写的家书。每一封信都饱含丰富的内容与情感，我几乎可以在这位爸爸身上看到我朋友的影子。

- 《鹰风：声音的刺客》（*Hawkwind, Sonic Assassins*），伊恩·亚伯拉罕斯著

我一直很喜欢“鹰风”乐队的实验性音乐风格、激进的局外人立场，以及他们所主张的“任何人都可以加入”的集体主义。一群志同道合的创作者在没有主流支持的情况下一起共事，这才是希望与执着精神的最纯粹体现。

- 《2019年最佳美国短篇小说》(*The Best American Short Stories 2019*)，由安东尼·多尔和海蒂·皮特勒共同主编

这本书是我的搭档去美国出差时为我买的。她把收据夹在书里了，通过这张收据，我仿佛看见她在2020年1月18日星期六上午的9点37分走进了这家位于马萨诸塞州剑桥市马萨诸塞大道1256号的哈佛书店，为我挑选了一份如此贴心的礼物，真是太令人感动和欣喜了。

- 《铁面具：揭晓哈利·本斯利“徒步环游世界”的骗局》(*Iron Mask, the Story of Harry Bensley's "Walking Round the World" Hoax*)，史蒂夫·霍兰德著

据说，1907年有人出价2.1万英镑请本斯利头戴2公斤重的铁面具，推着婴儿车环游世界。其他条件还包括，他的行李中只能有一件换洗内衣，旅行的资金必须通过本斯利出售自己的明信片来筹集。也许最大的挑战是，他必须娶一位从未见过他真容的女人为妻，并把她带回英国。世上还有比这更离奇的故事吗?

- 《为埃斯米而作——既有爱也有污秽凄苦》(*For Esmé—with Love and Squalor*)，J.D.塞林格著

自从我为BBC电台第四频道制作了一部关于“二战”期间

塞林格在英国参军岁月的纪录片，这本书就一直被挪来挪去。在节目录制期间，我重游了塞林格在德文郡蒂弗顿时常去的几个地方。该书实际上是以书里的一篇短篇小说命名的，这篇题为《为埃斯米而作》的小说堪称塞林格作品的典范。我之所以一直把它带在身边却又不舍得读它，是因为我想把它作为一个提醒，提醒自己凡事要尽善尽美。这部小说集所有优点于一身，从叙事手法到人物刻画，从文韵、智慧到幽默，从情感的深度到真诚的态度，简直面面俱到。如果可以的话，我愿意一日一读，每逢周日再多读一遍。

4号书堆——床头柜上

· 《三只左手弹贝斯》(*Playing the Bass with Three Left Hands*)，
威廉·卡拉瑟斯著

卡拉瑟斯所在的乐队“3号太空人”喜欢用一种嘈杂的、单和弦、学院派、低沉单调的方式进行演奏，这一点深得我心。

我被这本书吸引是因为它被宣布为“粗略贸易”唱片公司年度最佳书籍，并且是由费伯出版社出版的。该唱片公司发行的音乐在我的生活中占据了相当大的一部分，如“史密斯”乐队、Go-Betweens乐队、乔纳森·里奇曼、“AR凯恩”乐队、“微型迪士尼”乐队、“伊斯特豪斯”乐队、“星期天”乐队、

“心跳”乐队、“漂浮”乐队、“柔兹”乐队等。有一次，在一个颁奖典礼上，我发现身边坐着的居然是该公司创始人杰夫·特拉维斯，于是忍不住向他提了一大堆问题，比如乔纳森·里奇曼是真的那么孩子气还是装出来的？“AR凯恩”是如何进入大卫·伯恩的唱片公司卢卡·波普的？前“爱之屋”乐队成员特里·比克斯的近况如何？他的回答只有“是”与“不是”，或者只是点了点头。那一刻，他一定如坐针毡。

我对费伯出版社也怀有同样的忠诚。只要一看到书的背面印有两个可爱的小写字母“f”，我就很想把它带到一个安静的地方，花一整天的时间来读。我时常幻想这群费伯大家庭里的作家（无论是在世的还是已故的）聚在一起时会是什么样子，比如W.H.奥登、威廉·戈尔丁、马里奥·巴尔加斯·略萨、菲利普·拉金、哈尼夫·库雷希、埃兹拉·庞德、哈罗德·品特、让·科克托、西尔维娅·普拉斯和埃德娜·奥布莱恩。想象他们在一个冬日的午后相聚在伦敦一家具有森林气质的酒吧里，小口喝着雪利酒，或一杯接着一杯地喝着满到溢出来的啤酒，时而争得面红耳赤，时而又握手言欢，放声大笑。虽然还不到下午三点，所有人却早已陶醉在一片欢乐当中。

威廉·卡拉瑟斯看似与费伯的其他作者并无相似之处，但他却构成了多家出版社某一时期追逐的潮流。例如，从人群结构上就能看出那些最初在iPod上关注“粗略贸易”旗下乐队的人如今都已四五十岁并且身居出版业的要职。1988年的某一天，他们正巧不用写论文也不用听讲座，于是进城逛了一圈，买了一张限量版7英寸单曲唱片，仔细揣摩唱片封套的奇妙设计和那首歌里的每一句歌词（绝大多数都是以含糊不清或大喊大叫的方式唱出来的），现在他们却可以指挥这群当年的歌手、鼓手或巡回演出经理人完整地讲述他们乐队的故事。

与卡拉瑟斯的书一同被费伯出版社出版的还有“悸动的软骨”乐队的柯塞·范尼·图蒂写的《艺术·性·音乐》(*Art Sex Music*)、“裂缝”乐队的薇芙·艾伯丁写的《衣服、音乐和男孩》(*Clothes,Clothes, Clothes. Music, Music, Music. Boys, Boys, Boys*)、“音速青年”乐队的金·高登写的《乐队女孩》(*Girl in a Band*)，以及“正当的右人林”组合写的《2023》。这几本书幕后的编辑李·布莱克斯通在任职23年后于2019年离开了公司，并被猎户座出版集团赋予了一个独立的发行品牌——白兔。他在一次《寂灭》(*Quietus*)杂志[1]的采访中说道：“我想为音乐类作品创造一个实验阵地和能够体现其文学价值的环境。”布莱克斯顿早就意识到这类书籍会有不同类型的潜在读者（他们唯一的共同点就是拒绝被归类），无论是新浪潮、后朋克，还是一群喜欢独立音乐的年轻人，他们都受过良好的教育，身上都具有那个时代的乐队和艺术家所信奉的永葆青春的气质。他们当年看演出、买T恤，如今也一定会把这种情怀寄托在买书上。

1　英国摇滚乐电子杂志。——译者注

· 《奥斯维辛血泪史》(*Auschwitz, a History*),希比尔 · 施泰因巴赫尔著

过多的关于这一主题的电视纪录片和电视剧的出现勾起了我对纳粹主义崛起的好奇心。多年来,我一直回避这类书籍,担心自己会因深陷其中而感到恐惧或不知不觉地被同化。制作这些电视节目的目的是消除这种恐惧,仿佛只要把这段历史与更多人分享并且让观众从中找到一种归属感,就能减轻它对观众的影响。尽管没什么好担心的,但我还是忐忑不安地翻开了施泰因巴赫尔的这本书。书里并没有大肆渲染纳粹的暴行,反而写得十分简明和客观,估计我三两下就能看完。

· 《读书日记——本年度最喜爱的几本书》(*A Reading Diary—A Year of Favourite Books*),阿尔贝托 · 曼古埃尔著

这本书来自一位出版界的朋友。它给人一种怅然若失和牵强附会的感觉,我时常在里面寻找写作技巧方面的灵感。作者的写作风格过于冷静,仿佛一字一句都是从冰块上凿下来的。他是阿根廷人,长得有点像比尔 · 布莱森。我不太能接受他身上那件条纹背心。

· 《一猫，一帽，一根绳》(*A Cat, a Hat and a Piece of String*)，乔安妮·哈里斯著

这本书是我在号称“英格兰北部最大的书店”沃特斯通书店里买到的。这家三层楼的书店位于曼彻斯特的丁斯盖特街，店内拥有8万本书和一家餐厅。就在我详细考察这家书店的同时，我突然意识到自己虽然拥有那么多藏书，却极少光顾这类只卖新书的书店。因为二手书实在太便宜了。就拿离我家最近的一家慈善商店来说吧，目前店内二手书的价格是1英镑5本，而且几乎没有涨价的可能，因为货源看似很充足，这一点从墙上的一则通知就能看出来，通知上写道：“本店暂时拒收各类书籍、CD和黑胶唱片，谢谢。”这本乔安妮·哈里斯的书花了我8.99英镑，这笔钱足够我在旧货商店里一口气买45本书。我只恨自己为何不是威尔伯·史密斯、李·柴尔德或约翰·格里森姆的粉丝。

我很少光顾连锁书店的另一个原因是我太了解这一切是如何运作的了。出版商通常需要支付一笔费用，才能让自家的书摆满一个橱窗或是被摆在门口最显眼的桌子上，获得“买二送三”的促销资格，促销的方式不同，费用自然也不等。书店有时会向出版商索要“营销费”，这笔费用实际上已被很多零售商列为进货时的附加条件。令我惊讶的是，大多数读者竟然对此毫不知情，还一厢情愿地认为书本买卖是全天下最单纯朴实的交易。

这些政策应该被用来对抗亚马逊这条“恶龙”。沃特斯通书

店（值得称赞的是，该公司从不收取入场费和介绍费）在英国和欧洲共拥有283家门店和3500多名员工。但根据最新的数据显示，该公司2017年仅收获1800万英镑的利润——考虑到该公司的管理和运营规模，这样的回报对投资者来说实在是杯水车薪。而同年亚马逊英国公司的利润则高达7200万英镑。毫无疑问，在2020—2021年的新冠肺炎疫情之后，这个差距只会变得更大。

我的藏书中没有一类是靠单一的方式收集的。最接近单一的方式就是当好友中有人去世，他的父母会将他所有的足球类书籍全部送给我。这些书没有随他而去，而是从他的书架上来到了我的手里，这一流程似乎有悖自然规律，然而我总不舍得翻开它们，更不可能把它们读完，生怕就此切断了它们与前主人的情缘。

我购买乔安妮·哈里斯这本书纯粹是为了应付在一档电台节目中对她的采访。我先是快速浏览了一遍，但是在见到她本人后，我决定好好地读一读这部短篇小说集。书里的每一篇故事都像是乔安妮专门为我朗读的，她那情感丰富、充满好奇的嗓音迅速而坚定地占领了我的脑海。

· 《徒步中美洲》（*Walking the Americas*），利维森·伍德著

如果有人问我最喜欢什么书，我会说我不太喜欢故事或叙事类的书，而更喜欢漫谈类的书。这类书就像有人在和你说话，

或是一边阅读，一边倾听作者的想法。唯有游记是例外。这类书籍往往很吸引人，因为它从不缺乏好的素材。阅读这类故事，读者虽然会跟随作者偶遇不同的人，走访不同的地方，陷入各种困境，但都能幸存下来以便继续讲述（阅读）这个故事。我的阅读爱好始于十一二岁，在我读过的前10本书里就有3本是关于旅行冒险的，它们分别是斯拉沃米尔·拉维奇的《回来的路》（*The Long Walk*）、杰克·伦敦的《野性的呼唤》（*Call of the Wild*）和《白牙》（*White Fang*）。

伍德曾是伞兵团的少校，在这两段艰难而漫长的旅程中，他都以相同的目光漫不经心地盯着同样嗜血的敌人和虫子。他下笔干脆，从不拖泥带水，这就意味着你可以牢牢地跟着他，用不着放慢脚步去费力地解读那些又臭又长的散文。同样有才华的游记作家还包括科林·萨布伦［尤其是那部《在西伯利亚》（*In Siberia*）］、P.J.奥鲁尔克、乔恩·克拉考尔、保罗·塞洛克斯、简·莫里斯、T.E.劳伦斯、德夫拉·墨菲、J.B.普利斯特里和布鲁斯·查特温。

5号书堆——办公室兼书房的地上

· 《爱唠叨的女士》（*The Long-Winded Lady*），梅芙·布伦南著

令我心动的其实是这本书封面下方的宣传语——“《纽约客》

里的杂记”。该书收录了布伦南在1954年至1981年期间为《纽约客》的《城中话题》栏目（*Talk of The Town*）撰写的文章。几十年来，几乎所有与《纽约客》有关的东西都很值得一读，这本杂志几乎已成了一种保障，它能确保每一篇文章都以最精确、大胆的方式反映美国最迷人的一面。

· 《池塘》(*Pond*)，克莱尔-路易丝·贝内特著

这是一本又我说不清来历的书。它一直近在咫尺，我却总也感受不到它的存在，即使看到它，也完全没有似曾相识的感觉。我终于明白当初为何会把它拿在手里，而后又迅速将它忘在了购物袋里。该书的封面呈宝蓝色，上面除了书名、作者名和出版社名外，没有任何文字与图片。哑光的设计让人不由想起彼得·萨维尔为“新秩序”乐队的单曲《典礼》(*Ceremony*)和专辑《乐章》(*Movement*)设计的那两款朴实无华的唱片套。

在浏览了几页后，我本能地爱上了这本书，因为它的内容既尴尬又有棱有角，同时又蕴含着丰富的哲学思想，如果不是出于随便乱写的话。就比如这句话：“在很多方面，这个空洞的观点似乎比它最先发出的那个不情不愿的声明更加令人不安，我从中体会不到任何趣味。”我就喜欢这种措辞大胆，结构复杂，像是在用一种不太熟悉的语言写作的感觉。

- 《我们是“纪念物”乐队》(*This Is Memorial Device*)，大卫·基南著

我买这类书主要是为了考验自己的度量与豁达。这本书讲述了一个20世纪70年代末80年代初几位年轻人与乐队之间分分合合的故事，在主题上与我自己的小说《青春的最后一波疯狂》非常相似，然而它却被费伯出版社看中并出版，我自然十分眼红，想不通为何基南能得到出版社的大力支持和广泛宣传，而我却只能可怜地自掏腰包。如果它真有这么好的话，我应该会立刻喜欢上它，它也应该展现出傲视群雄的资本。总之，一切自会见分晓。

- 《裸体公仆》(*The Naked Civil Servount*)、《如何成为处男》(*How to Become a Virgin*)和《外星居民》(*Resident Alien*)，昆汀·克里斯普著

大家基本都知道克里斯普性格古怪，却忘了他同时还是位杰出的作家。这部由三本书合成的汇编所带来的悲情与尖刻，再配上盛在精美瓷盘里的茶点和饼干，足以让我度过好几个美好的下午了。

· 《罗奇代尔：失控学院》(*Rochdale, the Runaway College*)，大卫·夏普著

几年前，我在这本书里发现了一个不一样的罗奇代尔。这个故事发生在1968年，这所名为“罗奇代尔”的学院被设置在加拿大多伦多的一座高层建筑里，学校不开设结构化课程，不配备教学大纲和考试，也不采用传统的教学方式。这显然是一种极端自由主义的生活实验，奇怪的是，它的灵感竟来自1844年合作社运动的几位开创者——“罗奇代尔先锋”[1]。该校学生只需花25美元和50美元就能买到学士和硕士学位。这一模式仅维持了7年就被宣布放弃了。由于犯罪猖獗，经常有学生被警察强行带走，这所学校居然成了“北美最大的毒品配送仓库”。这本书不可能不好看。

· 《艾格尔峰之梦》(*Eiger Dreams*)，乔恩·克拉考尔著

这是一本由登山领域最受尊敬的作家撰写的关于登山的文集，最适合在一个温暖、安全的房间里阅读。

---

1 现代合作社的原型和合作社运动的开创者。该运动由1844年英格兰北部罗奇代尔镇的28名棉纺厂技工掀起。——译者注

· 《月亮下去了》(*The Moon Is Down*),约翰·斯坦贝克著

这是一本讲述某北欧小镇被军事占领的短篇小说(全书总共112页)。斯坦贝克著有三十多本书,这是我还没读到的为数不多的几本书之一。

· 《不忠》(*Infidelities*),克里斯蒂·古恩著

这本书的宣传语打动了我,它是这么说的:“本书包含了几个关于欲望、欺骗、怨恨和遗憾的故事。”然而,我对它的封面实在不敢恭维,这么说吧,它就是一张建筑师画的房屋设计平面图。从封底的标签上可以看出它来自乐施会[1],售价仅1.99英镑。还好,这个赌注不算大。

· 《一切都会过去》(*This Too Shall Pass*),米莲娜·布斯克茨著

“一切都会过去”一直是我很喜欢的一句话。有时候,当一个人付出了所有的努力,情况却依然失控,甚至被狠狠地扇了一巴掌时,这句话就成了他唯一的安慰,似乎所有的无奈与接受最终都化作这一声短短的叹息。据传说,最先发出这句感叹

1 一个具有国际影响力的发展和救援组织联盟,在英国牛津郡成立。——译者注

的是一位中世纪波斯的苏菲派诗人。

· 《7英里外》(*7 Miles Out*),卡罗尔·莫利著

本书的作者卡罗尔是作家保罗·莫利的妹妹,他们相差了9岁。我想,身边有这么一位能够滔滔不绝地谈论普鲁斯特[1]、黑格尔,以及“弗兰基去好莱坞”乐队的纳什尔兄长,她的压力一定不小。他们的爸爸在卡罗尔11岁时自杀了,不久之后她就开始过起了酗酒和淫乱的生活。她背着简单的行囊,游荡在曼彻斯特和伦敦街头。卡罗尔的作品,无论是小说还是电影,都在杂乱无章中展现出一颗沉沦在巨大伤痛里的心。

· 《夜晚的声音》(*Voices in the Evening*),娜塔丽亚·金兹伯格著

我发现几乎所有被翻译成英文的意大利小说都让我难以抗拒。我对意大利电影也有同感。我说不清他们是如何做到的,但意大利人在哲学和天马行空方面的确很出色,往往只需几页小说或电影里的几场戏就能表达出深刻的含义。意大利人仿佛总在思考、说话或吃东西,有时甚至三者同时进行。金兹伯格等人在语言表达上的精益求精使得他们的小说绽放出不一样的

1 此处指的是20世纪法国最伟大的小说家之一,意识流文学的先驱与大师马塞尔·普鲁斯特。——译者注

光芒，尽管我不太确定这是作者的才华还是译者的功劳，但不管怎样，书和读者都是受益者。

· 《写作这回事：创作生涯回忆录》（*On Writing: a Memoir of the Craft*），斯蒂芬·金著

我应该多读些斯蒂芬·金的书。每个人都这么说，但最后不是被那些自以为是的书评劝退了，就是担心先看书后看电影，那种兴奋感就会大打折扣。毕竟不是人人都做得到把原著从电影里剥离出来，不让两种演绎同时在脑海里打架。但是对于一本关于描写写作技巧的书来说，这个问题就不存在了（请注意，他的书名里并没有使用那个更为常见的字眼——“艺术”）。我相信这本书将成为我最可靠的伙伴，为我提供良好的审美参考和精彩的作家轶事。

致谢

我最想感谢的是凯莉·怀尔，感谢她在这本书的写作过程中给予我的帮助与支持。感谢我的经纪人凯文·波克灵顿凭借丰富的经验为这本书找到卡农盖特出版社这个幸福的归宿。感谢我在卡农盖特的编辑西蒙·索罗古德大胆地鼓励我想怎么写就怎么写。同样要感谢卡农盖特的莱拉·克鲁克香克一路小心翼翼地为这本书保驾护航。感谢肖恩·科斯特洛出色的编辑工作。感谢吉姆·斯金格和理查德·赖森斯对早期书稿提出的宝贵意见。感谢理查德·怀特黑德、奥斯汀·科林斯、奈杰·塔塞尔和特雷弗·霍伊尔为本书提供了专家级的建议。感谢詹姆斯·休厄德和詹姆斯·华莱士代我处理了各项我处理不了的事务。感谢戴尔·希伯特为本书提供了必要的技术支持。感谢我的两个儿子：乔治与亚历克，以及我的朋友约翰·亚伯拉罕、盖伊·帕特里克、克里斯蒂安·布雷特、加里·坎宁、克里斯·怀尔、特里·伊夫斯、迈尔斯·莫斯、约翰·马修斯、朱莉·马修斯和伯尼·威尔科克斯，他们为本书提供了许多建设性的意见与支持。感谢丽莎·埃德加和艾米丽·伍德慷慨地为我在康沃尔提供了一处闭关写作的好地方。感谢布莱恩·莱加德为本书提供了各种封面设计并帮忙处理各种照片。同时也感谢本杰明·迈尔斯、伊恩·麦克米伦、马克·雷德克里夫和大卫·海普沃斯对本书的赞赏。

图书在版编目 (CIP) 数据

这儿可没人读托尔斯泰 / (英) 马克 · 霍金森 (Mark Hodkinson) 著 ; 张蕾译 . — 北京 : 中央编译出版社 , 2024.3 (2025.7 重印)

ISBN 978-7-5117-4446-3

Ⅰ . ①这… Ⅱ . ①马… ②张… Ⅲ . ①长篇小说 – 英国 – 现代 Ⅳ . ① I561.45

中国国家版本馆 CIP 数据核字 (2023) 第 105373 号

这儿可没人读托尔斯泰
ZHEER KE MEIREN DU TUOERSITAI

总 策 划	李 娟
责任编辑	李小燕 宫青雲
特约编辑	邓佩佩
装帧设计	熊 琼
责任印制	刘 慧
出版发行	中央编译出版社
地 址	北京市海淀区北四环西路 69 号（100080）
电 话	（010）55627391（总编室） （010）55627359（编辑室） （010）55627320（发行部） （010）55627377（新技术部）
经 销	全国新华书店
印 刷	北京盛通印刷股份有限公司
开 本	880 毫米 ×1230 毫米 1/32
字 数	330 千字
印 张	15.25
版 次	2024 年 3 月第 1 版
印 次	2025 年 7 月第 2 次印刷
定 价	69.00 元

新浪微博：@ 中央编译出版社　　微　信：中央编译出版社（ID：cctphome）
淘宝店铺：中央编译出版社直销店（http://shop108367160.taobao.com）（010）55627331

本社常年法律顾问：北京市吴栾赵阎律师事务所律师 闫军 梁勤
凡有印装质量问题，本社负责调换，电话：（010）55626985

人啊，认识你自己！